ハヤカワ文庫 SF
〈SF1668〉

遠すぎた星

老人と宇宙 2

ジョン・スコルジー
内田昌之訳

早川書房
6301

THE GHOST BRIGADES

by

John Scalzi

Translated by
Masayuki Uchida
First published 2008 in Japan by
HAYAKAWA PUBLISHING, INC.
This book is published in Japan by
arrangement with
ETHAN ELLENBERG LITERARY AGENCY
through THE ENGLISH AGENCY (JAPAN) LTD.

シャラ・ゾールの友情とそのほかすべてに
クリスティンとアシーナの忍耐と愛情に

遠すぎた星　老人と宇宙（そら）2

第一部

1

だれもその岩には気づかなかった。

むりもないことではあった。岩はごくありきたりなもので、とっくに崩壊した短周期彗星の放物線軌道上にただよう無数の岩と氷のかけらのひとつにすぎず、ほかのかけらとなんのちがいもなかった。サイズも大きからず小さからずで、分布尺度から見れば、それだけを際立たせる要素はなにひとつない。ほとんどありえないほどの確率で惑星防衛グリッドに発見されたとしても、とおりいっぺんの検査では、組成が珪酸塩と数種類の鉱石だということがわかるだけ。要するに、重大なダメージを引き起こすにはほど遠い大きさの岩ということだ。

その岩と数千の同胞たちの進路を横切ろうとしている惑星にとって、これは学術的な問題にすぎなかった。そこには惑星防衛グリッドはなかった。ただし、重力井戸はあったので、岩は大勢の同胞を引き連れてそこへ落下した。惑星がその公転周期にいちど、彗星の軌道を横切るたびに、たくさんの氷と岩のかけらが流星雨となってふりそそいでいたのだ。このおそろしく寒い惑星の地表に知的生物は存在しないが、もしもそこに立っている者がいたら、空を見あげて、小さな岩のかけらが大気との摩擦によって過熱し、燃えるときに残す、きれいな光の筋を見たことだろう。

新たに生みだされた流星の大部分は大気中で雲散霧消し、燃えながら落下するあいだに単独の固形物から細長くひろがった微細粒子の群れへと変貌を遂げる。これらは大気中にいつまでもとどまり、やがて水滴の核になると、その水の質量によって地面へ引き寄せられ、雨（あるいは、この惑星の性質によりたいていは雪）になる。

だが、この岩はそれ自体に質量があった。無数のかけらとともに飛ぶうち、大気圧によってその構造に微細なひびがはいった。濃さを増していく大気のなかを落下することで生じる圧力が、構造上の欠陥や弱い部分を見つけだし、そこを徹底的に突いたのだ。いくつもの破片が剝がれ落ち、一瞬だけまばゆく輝いてから空にのみこまれた。だが、大気中を突破する旅が終わりを迎えたとき、そこにはまだ惑星の地表に衝撃をあたえるだけのものが残っており、燃えるまるいかたまりが、強風で表面の氷や雪がきれいに吹き飛ばされた岩盤にすさまじい勢いで激突した。

衝撃は落下した岩と岩盤の一部を消し去り、ささやかなクレーターをつくりあげた。惑星の地表と地下にかなりの距離までひろがっている岩盤は、鐘のように鳴り響き、既知のほとんどの知的種族の可聴範囲より数オクターブ下で重低音をとどろかせた。

大地がふるえた。

遠く離れた、惑星の地表の下で、ようやくその岩に気づいた者がいた。

「地震発生」シャランがモニターから顔をあげずにいった。

いっとき置いて、またふるえが伝わってきた。

「地震発生」シャランがいった。

カイネンは自分のモニターから助手のほうへ顔をむけた。「毎回それをくりかえすつもりかね？」

「起きたできごとを報告しておきたいだけよ」

「気持ちはありがたいが、いちいち報告する必要はない。わたしは科学者だ。大地が動けば地震が起きていることはわかる。きみの最初の報告は有益だった。五回も六回もつづくと、だんだんわずらわしくなってくる」

また大地がふるえた。

「地震発生」シャランがいった。「これで七回目。それはともかく、あなたは構造地質学者ではないわ。これはあなたの数多くの専門分野からはずれている」

口調はいつもどおり淡々としていたが、そこにある皮肉は聞き逃しようがなかった。

もしもこの助手と寝ていなかったら、カイネンはいらだちをおぼえたかもしれなかったが、いまはおもしろがってやるだけの心のゆとりがあった。

「きみが構造地質学の専門家だとは知らなかったな」

「趣味なの」

カイネンが口をひらこうとしたとき、ふいに大地が勢いよくせりあがってきた。一瞬わからなかったのだが、じつは床がせりあがったのではなく、カイネンのほうがいきなり床へ投げだされたのだった。いまやカイネンの体は、ワークステーションの上にならんでいた品々の半数とともに、タイルの上でぶざまに横たわっていた。作業用スツールは、右へ体ひとつぶん離れたところに倒れて、まだ激しい揺れにぐらついていた。

シャランに目をやると、彼女はもはやモニターを見ていなかった。それは、シャラン自身が横たわっている場所の近くで、モニターが床に倒れて壊れていたせいでもあった。

「なにが起きたんだ？」カイネンはたずねた。

「地震かしら？」

シャランはいくらか期待をこめてこたえてから、悲鳴をあげた。ふたりのまわりで研究室がふたたび激しく跳ねあがったのだ。照明や音響パネルが天井から落ちてきた。カイネンもシャランも必死になって作業台の下へもぐりこんだ。周囲で世界が崩壊していくあいだ、ふたりはそこでじっと身をちぢめていた。

しばらくして揺れはおさまった。カイネンが、わずかに残った照明のちらつく光のなかであたりを見まわすと、研究室の大部分が、天井の大半や壁の一部も含めて床に崩れ落ちていた。ふだんなら研究員やカイネンのほかの助手が大勢いるのだが、いまは、あるシーケンシングを仕上げるためにシャランとふたりだけで残業をしていたところだった。ほとんどのスタッフは基地の兵舎にいて、たぶん眠っているはずだ。まあ、これで目をさましただろうが。

かん高い音が、研究室へ通じる廊下でわんわんと響きわたった。

「あれが聞こえる？」シャランがいった。

カイネンはこくりと頭をうなずかせた。「戦闘配置を告げるサイレンだな」

「攻撃を受けているの？　この基地にはシールドがあるはずなのに」

「あるよ。いや、あったというべきか。本来はあるはずなんだが」

「じつに立派な仕事ぶりというしかないわね」

カイネンはさすがにいらいらしてきた。「なにごとも完璧にはいかないものだよ、シャラン」

「ごめんなさい」シャランが上司の突然のいらだちを察していった。

カイネンはひと声うめくと、作業台の下から這いだし、倒れた収納用ロッカーのほうへむかった。「こっちへ来て手を貸してくれ」

ふたりは両側からロッカーをかかえて位置をずらし、カイネンが扉を押しあけた。そのなかには、小型の射出式の銃と弾薬のカートリッジがおさまっていた。

「どこでこんなものを手に入れたの？」シャランがたずねた。

「ここは軍の基地なのだよ、シャラン。武器があるのは当然だ。わたしはこれを二挺持っている。一挺はここに、もう一挺は兵舎のほうにある。こういうことが起きたら役に立つかもしれないと思ってね」

「わたしたちは軍人じゃないわ」

「基地を攻撃している連中にとって、それはさぞかし大きなちがいを持つだろうな」カイネンはシャランに銃を差しだした。「ほら」

「よして。使ったこともないのに。あなたがどうぞ」

「本気でいってるのか？」

「本気よ。自分の脚を撃つことになるのがオチ」

「わかった」カイネンは弾薬のカートリッジを装塡し、銃を上着のポケットにすべりこませた。「兵舎へ行こう。仲間はあそこにいる。なにか起きたときには、みんなといっしょにいないと」

　シャランは無言でうなずいた。いつもの皮肉な調子はすっかり影をひそめている。疲れ果てて怯えているようだ。カイネンはすばやく彼女を抱きしめた。

「おいおい、シャラン。だいじょうぶだよ。とにかく兵舎へ行くことを考えよう」

廊下に散乱する瓦礫（がれき）のあいだを縫うようにして進みはじめたとき、地下の階段室のドアがごろごろとひらく音がした。カイネンがほこりと薄暗い光のなかで目をすがめると、ドアを抜けてふたつの大きな影がぬっと姿をあらわした。カイネンは研究室へと引き返しはじめた。ひとあし早く同じことを考えたシャランは、すでに研究室の戸口までたどり着いていた。このフロアから脱出するルートは、あとはエレベーターだけだが、それは階段室をとおりすぎた先にある。ふたりは逃げ道を失ったのだ。カイネンは歩きながら上着のポケットをさぐった。銃の経験についてはシャランと大差なかったし、離れたところにいる標的に命中させられるかというと、たとえ相手がひとりでもまったく自信がなかった。ましてや、相手は訓練を積んでいるにちがいない兵士たちなのだ。

「カイネン管理官」影のひとつが呼びかけてきた。

「なんだ？」カイネンは思わず返事をしてから、正体を明かしてしまったことをすぐさま後悔した。

「カイネン管理官。われわれはあなたを救出に来たのです。ここは安全ではありません」

円錐形の光のなかへ踏みこんできたのは、基地にいる指揮官のひとり、アートン・ランドだった。カイネンは、甲皮に描かれた氏族の模様と、記章によって、なんとかそれを見分けることができた。アートン・ランドはエネーシャ族だ。こんなことを認めるのはいささか恥ずかしいのだが、基地でこれだけ長くすごしたあとでも、カイネンの目には彼らがみんな同じように見えていた。

「だれがわれわれを攻撃しているんだ？」カイネンはたずねた。「どうやって基地を見つけた？」

「だれがなんのために攻撃しているのかはわかりません」アートン・ランドの口吻がカチカチ鳴る音を理解可能な音声に翻訳しているのは、首からぶらさがっている小さな装置だった。アートン・ランドはそれがなくてもカイネンのことばを聞きとれるのだが、自分が話すほうで必要なのだ。「爆撃は軌道上からおこなわれています。現在、われわれが捕捉しているのは敵の着陸船だけです」

アートン・ランドが近づいてきた。カイネンはたじろぐまいとこらえた。ここへ来てずいぶんたつし、仕事上では良好な関係をきずいているのだが、カイネンはいまでもこの大きな昆虫種族がそばにいると落ちつかない気分になった。

「カイネン管理官、あなたはここで発見されるわけにはいきません。基地が侵攻を受けるまえにあなたをここから連れださなければなりません」

「わかった」カイネンは身ぶりでシャランについてこいと合図した。

「その人はだめです」アートン・ランドがいった。「あなただけです」

カイネンは足を止めた。「わたしの助手だぞ。いなければ困る」

基地がまた爆撃を受けて揺れた。カイネンは壁に叩きつけられて床に倒れこんだ。アートン・ランドともうひとりのエネーシャ族は微動だにしていなかった。

「いまはそのような議論をしている場合ではありません、管理官」アートン・ランドがいった。翻訳装置の淡々とした発声のせいで、本人の意図とはかかわりなく皮肉っぽい台詞（せりふ）になっていた。

カイネンはもういちど抗議しようとしたが、シャランがその腕をつかんだ。

「彼のいうとおりよ。あなたはここを出ないと。わたしたちのだれがいたってまずいけれど、あなたがここで見つかったらほんとにまずいことになる」

「きみをここに残してはいけない」

「カイネン」シャランは、無表情にたたずむアートン・ランドを指さした。「彼はこの基地でいちばん地位の高い軍人のひとりなのよ。わたしたちは攻撃を受けているの。ただの使い走りで彼のような士官が送りこまれてくるはずがないわ。どのみち、いまは言い争っている場合じゃないし。だから行って。わたしはなんとかして兵舎へもどるから。ここへ来てずいぶんたつんだし、道順くらいおぼえてるわ」

カイネンはしばらくシャランを見つめてから、アートン・ランドの背後にいるべつのエネーシャ族の兵士を指さした。「そこのきみ。この人を兵舎まで護衛してくれ」

「わたしには彼が必要なのです、管理官」アートン・ランドがいった。

「こっちはきみがいれば充分だろう。その兵士がシャランに付き添わないのなら、わたしが付き添うことになるぞ」

アートン・ランドは翻訳装置におおいをして、身ぶりでその兵士を呼び寄せた。ふたりは身を寄せてカチカチとことばをかわした。そんなふうにひそひそ話さなくても、カイネンにはエネーシャ族のことばは理解できないのだが。ほどなくふたりは体を離し、兵士がシャランのそばに近づいた。

「彼がその人を兵舎まで送ります」アートン・ランドがいった。「しかし、これ以上の議論をすべきではありません。すでに多くの時間をむだにしてしまいました。わたしといっしょに来てください、管理官」

アートン・ランドはカイネンの腕をつかみ、階段室のドアへむかってぐいぐいと引っぱりはじめた。カイネンがふりかえると、シャランは巨大なエネーシャ族の兵士を怯えた目で見あげていた。アートン・ランドに押されて戸口を抜けたとたん、助手であり恋人でもある女の姿は見えなくなった。

「痛いよ」カイネンはいった。

「お静かに」

アートン・ランドがカイネンをまえに押しやり、ふたりは階段をのぼりはじめた。エネーシャ族のおどろくほど短くて繊細な二本の後脚が、カイネンの足のはこびに合わせて動いていた。

「あなたを見つけるのにも、あなたを動きださせるのにも、たいへんな時間がかかってしまいました。なぜ兵舎にいなかったのですか？」

「もうじきひと仕事片付くところだったんだ。ここじゃほかにやることはないしな。いまはどこへむかっているんだ？」

「上です。整備用の地下線路へ出なければなりません」

カイネンは足を止めてアートン・ランドをふりかえった。数段うしろにいるのに、背の高さはほぼ同じだ。「あれは水耕農場につながっているはずだが」

カイネンも、シャランをはじめとするスタッフたちも、緑とふれあいたいときには基地の地下にある広大な水耕農場へ出かけていた。惑星の地表は、低体温症になるのを趣味にしている者以外にはあまり心を惹かれる場所ではない。水耕農場は屋外にいる雰囲気をいちばんよく感じられる施設なのだ。

「水耕農場があるのは天然の洞窟です」アートン・ランドはカイネンの背中をつついて先へとうながした。「奥の封鎖されたエリアには地下の川が流れていて、それをたどっていくと地下の湖に出ます。あなたにはそこに隠された小さな居住用モジュールへ行ってもらうことになります」

「そんな話はいちども聞いたことがないぞ」

「お伝えする必要が生じるとは予想していませんでした」

「そこまで泳いでいくのか？」

「小型の潜水艇があります。あなたでも狭苦しいでしょう。しかし、モジュールのある場所へたどり着くようプログラムされています」

「で、いつまでそこにいればいいんだ？」

「ごく短時間ですむことを祈りましょう。さもなければとても長期間になります。あと階段を二階ぶんです、管理官」

　ふたりは二階のぼったドアのまえで立ち止まった。カイネンはぜいぜいと呼吸をととのえ、アートン・ランドは通信機にむかって口吻をカチカチ鳴らした。数階上で響きわたる戦闘の音が、岩盤とコンクリートの壁をとおして伝わってくる。

「敵は基地に到達しましたが、いまのところわれわれが地上でくいとめています」アートン・ランドが通信機をおろしてカイネンにいった。「この階層まではたどり着いていないようです。まだあなたをぶじに送り届けられるかもしれません。すぐうしろをついてきてください、管理官。けっして遅れないように。わかりましたか？」

「わかった」

「では行きましょう」

　アートン・ランドは、なかなか迫力のある武器をかまえると、ドアをあけて廊下へ踏みだした。動きだしたとたん、二本の後脚がにゅっとのびて、補助関節が甲皮の内側からあらわれた。この疾走用メカニズムにより、エネーシャ族は戦闘時におそるべきスピードと敏捷性(びんしょうせい)を発揮し、カイネンのほうはこどものときに見たカサカサと這いまわる昆虫のことを思いだすのだった。彼はわきあがる身震いを抑えつけると、遅れまいと走りだし、瓦礫の散らばる廊下で何度もつまずきながら、その階層の反対側にある小さな鉄道ステーションをめざしてよたよたと進んでいった。

　カイネンが息をきらして追いついたとき、アートン・ランドは小型機関車のむきだしの乗員室で操縦装置を調べていた。すでに機関車はその背後にならぶ車両から切り離してあった。

「ついてきてくださいといったでしょう」アートン・ランドがいった。

「わたしは歳をくっているし、脚の長さを二倍にのばすこともできないのだよ」カイネンは機関車を指さした。「そいつに乗れるのか？」

「歩くべきです」

　そのことばを聞いただけで、カイネンの両脚は痙攣(けいれん)を起こしかけた。

「しかし、あなたが最後までわたしについてこられるとは思えませんし、もう時間がありません。危険ですがこれを使うしかないでしょう。乗ってください」

　カイネンはそそくさと乗員室によじのぼった。エネーシャ族がふたり乗れる設計なので、ひろびろとしている。アートン・ランドは、小型機関車を慎重に発進させて最高速度まであげると――エネーシャ族が走るペースの二倍ほどで、狭苦しいトンネルのなかでは不安になるほど速かった――ふりむいてふたたび武器をかまえ、敵はいないかと背後のトンネルを見渡した。

「もしも基地が占領されたら、わたしはどうなるんだ?」カイネンはたずねた。

「居住モジュールにいれば安全です」

「それはそうだろうが、基地が占領されたら、だれがわたしを迎えにくるんだ? いつまでもそのモジュールですごすわけにはいかないし、わたしには外へもどる方法がわからない。きみのいうモジュールにどれほど充分なそなえがあるとしても、いずれは生活必需品が尽きるはずだ。空気のことはいうまでもないが」

「居住モジュールには水中に溶けこんだ酸素を抽出する機能があります。窒息する心配はありません」

「すばらしい。だが、やはり飢えの問題は残るだろう」

「湖には配給口があって――」

アートン・ランドがそこまでいったとき、機関車がガクンと揺れて脱線した。トンネルの崩壊する轟音がほかのすべての音をかき消した。カイネンとアートン・ランドはつかのま宙を舞った。小型機関車の乗員室から、ほこりのわきあがる闇のなかへと投げだされたのだ。

　どれくらい時間がたったのかはわからなかったが、カイネンはアートン・ランドにこづかれて目をさました。

「起きてください、管理官」

「なにも見えない」カイネンがいうと、アートン・ランドが武器に付属しているライトをぱっと点灯させた。「ありがとう」

「だいじょうぶですか？」

「ああ。できることなら、今日はもう二度と地面に倒れこみたくないがね」

　アートン・ランドは同感だというように口吻をカチカチ鳴らし、ライトでさっとあたりを照らして、ふたりを閉じこめた落石の山を見た。カイネンは立ちあがろうとして、瓦礫でちょっと足をすべらせた。

　アートン・ランドがライトの光をカイネンにもどした。「動かないでください、管理官。そのほうが安全です」光の筋がさがって線路を照らしだす。「まだ電流が流れているかもしれません」

　光の筋がふたたび遠ざかり、新たにふたりの檻（おり）となった崩れ落ちた壁を照らした。偶然にせよ意図的にせよ、鉄道線路を破壊した爆撃はカイネンとアートン・ランドを完全に閉じこめていた。瓦礫の山にはどこにも穴がなかった。カイネンは、また窒息のことを真剣に心配しなければならないことに気づいた。アートン・ランドは周囲の調査をつづけながら、ときどき通信機で交信を試みていた。どうやら作動していないようだ。カイネンは腰をおちつけて、あまり深く息をしないようにした。

アートン・ランドは、いったん調査をあきらめて、休息をとるあいだふたりを暗闇に引きもどしたが、しばらくたつと、ふたたびライトをつけて基地の方角にある瓦礫の山を照らした。

「どうした?」カイネンはたずねた。

「お静かに」

アートン・ランドは、なにかに耳をすまそうとするかのように瓦礫の壁に近づいた。やがて、カイネンにもそれが聞こえてきた。だれかの声のようだが、基地の者でもなければ友好的な相手でもない。すぐに爆発音が響きわたった。壁のむこう側にいるだれかが、こちらへはいってこようとしているのだ。

アートン・ランドは瓦礫の壁からさっと離れてカイネンに近づくと、武器をかまえ、ライトの光で彼の目をくらませた。「申し訳ありません、管理官」

そのことばを聞いたとたん、カイネンは悟った。アートン・ランドにあたえられた、カイネンを安全な場所へ連れていけという命令は、もはや無効になったのだ。考えるよりも先に本能で、カイネンは身をひねって光の筋からのがれようとした。銃弾は体の中心をはずれて腕に命中し、彼はうつぶせに倒れこんだ。じたばたもがいて膝立ちになると、背後からの光で前方に自分の影がひろがっているのが目にはいった。

「待て」カイネンはその影に顔をむけたまま いった。「背中からはやめてくれ。きみの任務はわかっている。とにかく背中からはやめてくれ。頼む」

ふいにおとずれた沈黙を、瓦礫の爆破される音が断ち切った。

「こちらをむいてください、管理官」アートン・ランドがいった。

カイネンは瓦礫で膝をこすりながら、ゆっくりとふりかえった。手かせでもつけられているかのように、両手は上着のポケットに入れたままだ。アートン・ランドが狙いをつけた。どこでも好きなところを撃てるということで、武器はカイネンの頭にまっすぐむけられていた。

「準備はいいですか、管理官?」

「ああ」カイネンは上着のポケットにある銃で、光の筋にむかって発砲した。

銃声が響くと同時に、瓦礫の壁のむこうから爆発音がとどろいた。アートン・ランドは、甲皮にできた穴から血が流れだしてはじめて、自分が撃たれたことに気づいたようだった。光をあびているカイネンには、その穴がほとんど見えなかった。アートン・ランドはうつむいて、傷口をちょっと見つめてから、とまどったようにカイネンに目をもどした。そのころには、カイネンはすでにポケットから銃を抜きだしていた。彼はエネーシャ族めがけてさらに三度、カートリッジが空になるまで発砲をくりかえした。アートン・ランドの大きな胴体は、前脚にむかってわずかにかしいでから、同じだけ後方へかしぎ、ついにはそれぞれの脚を斜めにひろげた格好で地面にへたりこんだ。

「すまんな」カイネンは、できたての死体にむかっていった。

瓦礫の壁に穴が貫通すると、あたりにまずほこりが、ついで光が満ちあふれ、武器に照明を付けた連中がなだれこんできた。ひとりがカイネンを見つけて叫び声をあげ、何本かの光の筋がさっと一点に集まった。カイネンは銃をほうりだし、降伏のしるしに動くほうの腕をあげて、アートン・ランドの死体から離れた。生きのびるためにアートン・ランドを射殺したものの、この侵略者たちがカイネンの体に穴をあけるという決定をくだすなら、たいしたちがいはなかったことになる。交錯する光の筋のむこうから、ひとりの侵略者が進みでてきて、自身の言語でなにやら口走ったとき、カイネンにもようやく相手がどんな種族なのかを目にすることができた。

宇宙生物学者としての習慣で、カイネンはすぐさまその種族の形態をこまごまとチェックした。左右対称の二足動物で、それゆえに外肢は腕と脚とに分化していた。膝は逆方向に曲がっている。大きさと基本構造はカイネンとほぼ同じだが、それはおどろくべきことではなかった。異常なほど多くのいわゆる知的種族が、二足動物で、左右対称で、体積も質量もほぼ似かよっているのだ。このあたりの宙域で種族間の争いが多いのは、それが一因といえた。似かよった形態の知的種族はあまりにも多く、利用可能な不動産は全員の需要を満たすにはあまりにも少ない。

その生物がふたたびなにか叫んだとき、カイネンは、それでもちがいはあるな、と考えていた。胴体や腹まわりがふといし、骨格や筋肉系も全体に不格好だ。切り株みたいな両足に、棍棒（こんぼう）のような両手。性的区別が外見にもはっきりとあらわれている（カイネンの記憶がたしかなら、いま目のまえにいるのは女性だった）。小さな視覚器および聴覚器がふたつずつしかないので、カイネンの頭部をほぼぐるりと取り巻いている帯状の視覚器および聴覚器と比べたら感覚入力は限定されている。頭部をおおっているのも、ほそいケラチン繊維で、熱放射性の皮膚のひだではなかった。以前にも思ったことだが、こと肉体面についていえば、進化はこの種族に多大な恩恵をほどこしたとはいえないようだ。

そのせいで、彼らは攻撃的で、危険で、惑星上から排除するのがきわめて困難な種族となってしまった。じつにゆゆしき問題だ。

カイネンのまえにいる生物がまたなにか口走り、長さの短い、見た目のあやしげな物体を取りだした。カイネンは相手のふたつの視覚器をまっすぐ見つめて、こたえた。

「いまいましい人間め」

生物が、手にした物体をカイネンめがけて勢いよくふった。カイネンは衝撃を感じ、色とりどりの光が踊るのを見ながら、この日最後となる地面への倒れこみを果たした。

「あたしがだれか、おぼえている？」

カイネンが連れこまれた部屋のなかで、テーブルについている人間がいった。カイネンをとらえた連中は（彼らにとっては）逆方向をむいた膝でもすわれるようにとスツールを用意していた。その人間がしゃべると、テーブルに置かれたスピーカーから翻訳された音声が流れだした。ほかには透明な液体のはいった注射器が一本あるだけだ。

「おまえはわたしを殴って気を失わせた兵士だ」

カイネンがこたえても、スピーカーから翻訳された音声は流れなかった。この兵士のためにはどこかにべつの翻訳装置があるのだろう。

「そのとおり。あたしはジェーン・セーガン中尉」といって、人間は身ぶりでスツールをしめした。「どうぞすわって」

カイネンはすわった。「殴って気を失わせる必要はなかったんだ。わたしなら自分の意志でついてきたのに」

「こちらにはあなたの気を失わせる理由がいろいろあったの」セーガンはカイネンの怪我をした腕を指さした。アートン・ランドに銃で撃たれたところだ。「腕の具合は？」

「いい感じだ」

「完全に治すことはできなかった。あたしたちの医療技術なら人間のたいていの怪我はすぐに治せるんだけど、あなたはラエィ族であって人間ではないから。まったく同じように適用することはできないの。でも、できるだけのことはした」

「感謝する」

「撃ったのは、あなたを発見したときにいっしょにいたエネーシャ族でしょう。あなたが射殺した相手」

「そうだ」

「撃ち合いになった理由を知りたいんだけど」

「彼はわたしを殺そうとしたが、わたしは死にたくなかった」

「となると、あのエネーシャ族があなたを殺そうとした理由を知りたくなる」

「わたしは捕虜になっていたのだ。彼が受けていた命令が、敵に生け捕りにされるくらいならわたしを殺せというものだったのだろう」

「あなたはあのエネーシャ族の捕虜だった」セーガンはくりかえした。「なのに、あなたは武器を持っていた」

「自分で見つけたのだ」

「なるほど。それくらい警備がいいかげんだったと。エネーシャ族らしくないけど」

「だれだってミスはする」

「基地で発見されたほかのララエィ族は？　やっぱりとらわれていたの？」

「そうだ」カイネンはこたえ、そのとたん、シャランやほかのスタッフのことが急に心配になってきた。

「いったいどういう経緯であなたたちはエネーシャ族の捕虜になったの？」

「われわれはララエィ族の宇宙船で、あるコロニーへ医療勤務を交代するためにむかっていた。そこでエネーシャ族の襲撃を受けたんだ。やつらはわれわれの宇宙船に乗りこんできて、乗っていた者をとらえ、ここへ送りこんだ」

「どれくらいまえのこと？」

「しばらくまえだが、はっきりとはわからない。ここではエネーシャ族の軍用時間が使われていて、わたしはその単位のことをよく知らない。しかも、惑星の自転周期がすこし速いから、よけいにややこしいことになっている。さらにいうと、わたしは人間の使う時間単位のことも知らないから、正確な説明ができないのだ」

「こちらの諜報部には、過去一年間にエネーシャ族がララエィ族の宇宙船を攻撃したという記録はない――いっておくけど、一年は一フケッドのおよそ三分の二よ」

フケッドというのは、ララエィ族の母星が太陽をめぐる時間をあらわす単位だ。

「その諜報部はおまえが考えているほど有能ではないのだろう」

「そうかもしれない。でも、エネーシャ族とララエィ族が形式上はまだ戦争状態にあることを考えると、宇宙船の攻撃はかなりのおおごとでしょう。ふたつの種族はもっと些細なことでも争ってきたんだから」

「わたしに話せるのは知っていることだけだ。われわれは宇宙船から連れだされて基地へ送られた。基地の外でなにが起きてなにが起きていないかについては、ほとんどなにも知らないのだ」

「あなたは基地で捕虜だったと」

「そうだ」

「基地をすっかり調べてみたけど、拘置エリアは小さいのがひとつあっただけ。あなたが閉じこめられていたことをしめす証拠はなにもなかった」

カイネンはララエィ族の苦笑にあたる音をたてた。「基地を見たのなら惑星の地表も見たはずだ。たとえ逃げようとしても、それほど行かないうちに凍死しただろう。そもそも逃げる先がどこにもないしな」

「どうしてそのことを知っているの?」

「エネーシャ族が話してくれた。それが事実かどうか確かめようとした仲間はひとりもいなかったよ」

「じゃあ、惑星についてほかにはなにも知らないと」

「あるときは寒いし、ほかのときはもっと寒い。わたしがあの惑星について知っているのはそれだけだ」

「あなたはドクターなのね」

「その単語は理解できない」カイネンはスピーカーを指さした。「おまえの機械はわたしの言語でそれに対応する単語を見つけられるほど賢くないようだ」

「医学を職業にしているということ。医者なんでしょ」

「そうだ。専門は遺伝学。わたしがスタッフとともにあの宇宙船に乗りこんでいたのもそのためだ。あるコロニーで、遺伝子配列と細胞分裂に影響をおよぼす伝染病が発生していた。われわれはその調査をおこない、可能であれば治療法を発見するために送りだされた。基地をすっかり調べたというのなら、われわれの機材も見ただろう。エネーシャ族は親切なことに研究をおこなうためのスペースを提供してくれたのだ」

「エネーシャ族がなぜそんなことを?」

「本来の仕事で忙しくさせておけば扱いやすくなると考えたのかもしれない。そうだとしたら成功だったな。たいていの場合、われわれは研究室にこもってトラブルを起こさないようにしていたから」

「ただし、武器を盗んだときは例外だったと」

「しばらくまえから持っていたから、疑われたことはなかったようだ」

「あなたが使った武器はララエィ族用の設計だった。エネーシャ族の軍事基地にあるというのはおかしな話ね」

「われわれの宇宙船へ乗りこんできたときに奪ったのだろう。おまえたちもあの基地を調べたのなら、ほかにもラライィ族用に設計された物品がたくさんあったはずだ」

「じゃあ、確認するけど、あなたを含めた医療要員の一行は、正確な期間は不明だけれどしばらくまえにエネーシャ族によってここへ連れてこられた、捕虜だったので、同胞であるラライィ族とはまったく連絡がとれなかった。ここがどこなのかも、エネーシャ族がなにをたくらんでいるのかも知らない」

「そのとおり。ひとつだけ推測すると、基地が侵攻を受けた場合、エネーシャ族はわたしがここにいたという事実をだれにも知られたくなかったと思われる。彼らのひとりがわたしを殺そうとしたからな」

「そうね。もっとも、それでもあなたの仲間たちよりはましだったのよ」

「どういう意味かわからないんだが」

「生きて発見されたラライィ族はあなたひとりなの。ほかは全員、エネーシャ族によって射殺された。ほとんどは兵舎らしき施設のなかにいたみたい。残りのひとりが発見された場所の近くにあったのが、たぶんあなたの研究室なんでしょうね。ラライィ族のテクノロジーがぎっしり詰まっていたから」

カイネンは気分が悪くなってきた。「嘘だ」

「残念ながらほんとうよ」

「おまえたち人間が殺したんだろう」カイネンは怒りのこもった声でいった。

「エネーシャ族はあなたを殺そうとしたのよ。ほかのララエィ族だって殺すのはあたりまえでしょう？」

「わたしは信じない」

「信じられないのはむりもないと思う。でも、これは事実なの」

カイネンはすわりこんだまま悲嘆にくれた。セーガンはしばらく待ってくれた。

「わかった」カイネンはようやく口をひらいた。「わたしになにをしてほしいのか、いうがいい」

「まずはじめに、カイネン管理官、ほんとうのことを話して」

カイネンは一瞬おいて気づいた。この人間が彼の名前を口にしたのはいまがはじめてだった。それと肩書きも。「ほんとうのことを話してきたんだが」

「戯(ざ)れ言(ごと)はやめて」

カイネンはまたスピーカーを指さした。「いまのは一部しか翻訳されなかった」

「あなたはカイネン・スエン・スー管理官。医療方面の訓練を受けているのは事実だけど、専門の研究分野は宇宙生物学と半有機的ニューラルネット防衛システム――あたしが思うに、このふたつの分野はとても緊密な関係にある」

カイネンは無言だった。セーガンはつづけた。

「さて、カイネン管理官、これからあたしたちが知っていることを話してあげる。十五カ月まえ、ララエィ族とエネーシャ族は、三十年にわたって断続的につづいている戦争のさなかにあった。あたしたち人間がその戦争を奨励していたのは、そのおかげで、あなたたちふたつの種族とかかわりをもたずにいられたから」

「かならずしもそうではない。〝コーラルの戦い〟があった」

「ええ、そうね。あたしもその場にいた。あやうく死ぬところだった」

「わたしはあそこで弟をなくした。いちばん下の弟だ。おまえも会ったかもしれないな」

「そうかもね。十五カ月まえ、ララエィ族とエネーシャ族は敵どうしだった。その後、急に風向きが変わり、あたしたちの諜報部にはその理由がわからなかった」

「おまえたちの諜報部の無能ぶりについてはすでに話したではないか。戦争をやめる種族はいくらでもいる。コーラルのあと、われわれとおまえたちも戦うのをやめた」

「戦うのをやめたのは、あたしたちがあなたたちを打ち負かしたから。あなたたちは撤退し、あたしたちはコーラルを再建した。つまりはそういうこと。人間とララエィ族が――少なくとも現時点では――戦いをやめているのには理由がある。あなたたちとエネーシャ族には理由がない。そこが気にかかるわけ。

　三カ月まえ、この惑星の軌道上へ送りこんだスパイ衛星から、居住者のいない世界とされているにもかかわらず、急にエネーシャ族とララエィ族による大量の交信が傍受されるようになったとの報告があった。あたしたちがこの件で興味をひかれたのは、この惑星の所有権を主張しているのがエネーシャ族でもララエィ族でもなく、オービン族だということ。オービン族は他者とは付き合わないし、かなり強力な種族だから、エネーシャ族にしてもララエィ族にしても軽々しくその領土で店をひらこうとは思わないはず。

そこで、もっと高性能なスパイ衛星を軌道上に配して、居住者の痕跡があるかどうか調べてみたの。でも、なにも見つからなかった。防衛方面の専門家として、その理由について推測してみる?」

「基地がシールドされていたんだろうな」

「そのとおり。偶然にも、まさにあなたが専門にしている防衛システムによって。もちろん、そのときは知らなかったけど、いまになってそれがわかった」

「シールドがあったのなら、おまえたちはどうやって基地を見つけたんだ? これは専門家としての好奇心だが」

「岩を落としたの」

「なんだって?」

「岩よ。一カ月まえ、あたしたちがこの惑星上にばらまいた数十個の地震センサーは、知的生物が設計した地下建造物の存在をしめす特徴をもった地震波をさがすようプログラムされていた。経験からいって、秘密基地は地下にあるほうがシールドしやすいから。まずは惑星上で起きる自然の地震活動を利用して調査する地域をしぼりこんだ。それから、あやしそうな地域にどんどん岩を落としたの。今日の攻撃を開始する直前にもいくつか落として、基地の正確な音波イメージをつかんでおいた。岩が好都合なのは、自然に落下した隕石のように見えること。だれにも警戒されることがない。地震波のイメージングに対してシールドを用意する人はいないでしょ。たいていの種族は、光学スキャンおよび高エネルギー電磁スキャンに対するシールドで手一杯だから、音波を大きな脅威とみなすことはない。高度なテクノロジーにありがちの誤信ね。より低レベルなテクノロジーの有効性を見すごしてしまう。たとえば、岩を落としたりとか」

「岩を打ち合わせるのは人間にまかせておくよ」

セーガンは肩をすくめた。「あたしたちは敵がナイフでの決闘に銃を持ちだしてきても気にしない。こちらにとってはナイフのほうが、敵の心臓、すなわち血液を全身へ送りだす器官をえぐりやすいから。あなたたちの過信がこちらに有利に働いたのよ。あなたがここにいることからもそれはあきらか。でも、ほんとうに知りたいのは、あなたがなぜここにいるのかということ。エネーシャ族とララエィ族が手を組むというだけでもとまどうのに、エネーシャ族とララエィ族とオービン族が手を組む？　もはやとまどうなんてものじゃない。すごく興味をそそられる」

「わたしはこの惑星の所有者についてはなにも知らないのだ」

「さらに興味をそそられるのは、カイネン管理官、あなたのことなの」セーガンはカイネンの発言を無視した。「あなたが気を失っていたあいだに、遺伝子スキャンであなたがだれなのか確認し、船内の記録庫にアクセスしてすこしばかり経歴を調べてみた。宇宙生物学の分野におけるあなたの専門のひとつは人間なのね。おそらく、人間の遺伝子についてはララエィ族でいちばんの権威といえる。さらにいうと、あなたは人間の脳の働きに特別な関心をもっている」

「それはニューラルネットの研究の一環だ。おまえがいうように、人間の脳に特別な関心をもっているわけではない。どんな脳でもそれなりに興味深いものだ」

「そういうことにしておきましょうか。でも、あなたが惑星の地下でなにをしていたにせよ、エネーシャ族があなたたちを人間の手に渡すくらいならいっそ殺してしまおうと考えたという事実には、大きな意味があるはず」

「いったたろう。われわれはエネーシャ族の捕虜だったのだ」

セーガンは目を見ひらいた。「すこしのあいだでいいから、あたしたちはどちらもバカではないという前提で話をしましょうよ、カイネン管理官」

カイネンは身を乗りだし、テーブル越しにセーガンに顔を近づけた。「おまえはどの種類の人間だ？」

「どういう意味？」

「人間に三種類あることは知っている」

カイネンは、人間と比べるとずっと長くて関節も多い指を折りながら、その三種類について説明をはじめた。

「まずは、惑星の植民者となる改変されていない人間だ。体型も大きさも色もさまざまで、遺伝的多様性にすぐれている。第二のグループは、おまえたち兵士階級の大半を占めていて、やはり体型や大きさはさまざまだが、その範囲はずっと狭く、色についてはみんな同じ緑色だ。こういう兵士たちは生まれつきの肉体を使っていない——意識だけが、おまえたち人間の年老いたメンバーの肉体から、より強靭で健康な肉体へ転送されている。その新しい肉体は遺伝子が大幅に改変されているため、おたがいどうしでも未改変の人間が相手でも繁殖をおこなうことができない。それでも、とりわけ脳の部分については、まだ人間とみなすことができる。だが、第三のグループになると」カイネンはテーブルから身を引いた。「いろいろ噂は聞いているよ、セーガン中尉」

「なにを聞いているって？」

「そいつらは死者からつくられたそうだ。死んだ人間の生殖質をほかの種族の遺伝子とあれこれ混ぜ合わせてどんなものが生まれるか試すらしい。なかには人間とは似ても似つかぬやつもいる——本人はそう認識しているのに。彼らは生まれたときからおとなで、さまざまな技術や能力は有しているものの、記憶はない。いや、記憶だけじゃない。自我もない。道徳心もない。自制心もない。要するに——」カイネンは、適切な単語をさがそうとするかのように間をおいてからつづけた。「人間性がない、というのかな。こどもの戦士が成熟した肉体におさまっている。醜悪だよ。まさに怪物だ。おまえたちのコロニー連合は、人生経験があって善悪の判断がつく兵士や、現世や来世における自分の魂のことを心配するような兵士にはとてもあたえられないような任務のとき、そいつらを道具として利用しているのだ」

「科学者が魂のことを気にするなんてね。あまり実際的な考えとは思えないけど」

「わたしは科学者だが、ラライィ族でもある。自分に魂があることはわかっているし、それを受け入れている。おまえには魂があるのか、セーガン中尉？」

「そんなことはわからない。魂は定量化がむずかしい」

「では、おまえは三番目の種類の人間だな」

「そうよ」

「死者の肉体からつくりあげられたのか」

「ある女性の遺伝子からよ。肉体からじゃない」

「遺伝子が肉体をつくるのだ、中尉。遺伝子が肉体を夢見て、そこに魂が住まうのだ」

「こんどは詩人になったわけ」

「いまのは引用だ。ラライィ族の哲学者のことばだ。彼女は科学者でもあった。おまえは知らないだろう。歳を教えてもらえるかな？」

「いまは七歳で、もうじき八歳になる。あなたたちの暦でいえば四・五フケッド」

「若すぎる。同じ歳のラエィ族ならやっと教育を受けはじめるところだ。わたしの歳はおまえの十倍以上なのだ、中尉」

「でも、どちらもここでこうしている」

「そうだな。もっとべつの状況で出会いたかったよ、中尉。ぜひともおまえを研究してみたいものだ」

「どう返事をすればいいのかわからない。お礼をいうのはふさわしくないでしょうね。あなたの研究とやらがなにを意味しているかを考えると」

「ちゃんと生かしておいてやるさ」

「ありがたい話ね。でも、その望みはとりあえずかなうかも。もうわかってると思うけど、あなたは捕虜になったの——今回はほんとうに。それも死ぬまでずっと」

「わたしが政府に報告できるようなことをおまえがしゃべりはじめたときから、それは想像がついていた。たとえば岩のトリックとかな。もっとも、はじめはわたしを殺すつもりなのかと思っていたが」

「あたしたち人間は割り切った考え方をするの。あなたは利用価値のある情報をもっているから、進んで協力するというのなら、いままでどおり人間の遺伝子や脳について研究をつづけてかまわない。ただし、ララエィ族のためではなく、あたしたちのために」

「しなければならないのは同胞を裏切ることだけだと」

「そういうことね」

「だったら死んだほうがましだな」

「こういってはなんだけど、本気でそう思っているなら、今日あなたを殺そうとしたエネーシャ族を撃ったりはしなかったはず。ほんとうは生きていたいんでしょう」

「そうかもしれない。だが、どちらが正しいにせよ、お嬢ちゃん、わたしにはこれ以上話すことはない。自分から話すつもりでいることはぜんぶ話してしまったからな」

セーガンはカイネンにほほえみかけた。「管理官、人間とララエィ族との共通点を知ってる?」

「共通点はたくさんある。どういったことかな」

「遺伝方面よ。あなたには説明するまでもないことだけど、人間の遺伝子配列とララエィ族の遺伝子配列は、こまかい部分では大きくことなっている。でも、マクロレベルではたしかに類似点があって、たとえば、どちらの種族でも、ひとりの親からひと組の遺伝子を、べつの親からもうひと組の遺伝子を受け取っている。両親による有性生殖ね」

「有性生殖をおこなう種族のあいだではごくふつうのことだ。三名、あるいは四名の親を必要とする種族もあるが、さほど多くはない。効率が悪すぎるからな」

「たしかに。管理官、フロニッグ症候群について聞いたことは？」

「ララエィ族に見られる珍しい遺伝病だ。きわめて珍しい」

「あたしの理解しているところでは、この病気の原因は無関係なふたつの遺伝子セットに欠陥が存在することにある。ひとつの遺伝子セットは、神経細胞、とりわけその周囲を取り巻く電気的絶縁性をもつ被膜の発生を規定する。もうひとつの遺伝子セットは、人間でいえばリンパ液にあたるものをつくりだす器官を規定する。この液体には人間のリンパ液と同じような作用もあれば、ことなった作用もある。人間のリンパ液はいくらか電気をとおすけど、ララエィ族のそれは電気をとおさない。ララエィ族の生理機能についてこちらで知っているかぎりでは、このララエィ版リンパ液がもつ電気的絶縁性は、ふだんは特別な利益も損害ももたらさない。それは、人間のリンパ液がもつ電気をとおすという性質がプラスにもマイナスにもならないのと同じこと——ただそうなっているだけ」

「そうだな」

「ところが、ふたつの神経発生遺伝子に異常がある不運なララエィ族の場合、この電気的絶縁性が利益をもたらしてくれる。この液体はララエィ族の神経細胞をはじめとする各細胞を取り巻く隙間の部分に浸透している。それで神経の電気信号がコースをはずれるのをふせいでいるわけ。ララエィ版リンパ液のおもしろいところは、その組成がホルモンによってコントロールされていて、ホルモン信号がわずかに変化するだけで、電気をとおさない状態から電気をとおす状態に変化するということ。くりかえすけど、大半のララェィ族にとって、これは取るに足らないこと。でも、遺伝子の異常で神経細胞がむきだしになっている場合は──」

「──神経信号が体内へもれることで発作や痙攣が起こり、ついには死にいたる。患者がきわめて少ないのはその致死率の高さのせいだ。電気をとおすリンパ液のために神経がむきだしになっている個体は胎児の段階で死亡してしまう。通常は、細胞が分化をはじめてこの症候群が発症したすぐあとで」

「でも、おとなになってから発症するフロニッグもある。遺伝子の規定でもっとあとの成人期初期にホルモン信号が変化することがあるから。その時期までいけば繁殖活動によって遺伝子を受け渡すことができる。ただし、それにはふたつの欠陥遺伝子が伝達されなければならない」

「ああ、当然だ。それもまた、フロニッグがきわめて珍しい病気となっている理由のひとつなのだ。ある個体が、欠陥のあるふた組の神経遺伝子と、成人期以降にリンパ器官にホルモン変化を引き起こすふた組の遺伝子を同時に受け継ぐことはめったにない。いったいこの話はどういう方向へ進むのかね」

「管理官、あなたが船に乗ったときに採取した遺伝子サンプルから、あなたの神経遺伝子に欠陥があることがわかったの」

「しかし、わたしにはホルモン変化を起こす遺伝コードはない。さもなければとっくに死んでいただろう。フロニッグは成人期の初期に発現するのだからな」

「そのとおり。でも、ララエィ族のリンパ器官内にある特定の細胞束を破壊すれば、ホルモン変化を引き起こすことはできる。適切なホルモンを生みだすのに必要なだけ細胞束を破壊しても、リンパ液の生成は止まったりはしない。ただ性質が変わるだけ。あなたの場合、それは致命的な変化になる。化学薬品で可能なのよ」

カイネンの注意は、この会話のあいだずっとテーブルに置かれていた注射器に引き寄せられていた。「そこにあるのがホルモン変化を可能にする化学薬品というわけか」

「それは解毒剤よ」セーガンはいった。


カイネン・スエン・スー管理官はなかなかたいしたやつだった。簡単には口を割らなかったのだ。リンパ器官の働きで体内のリンパ液が新しい改変された液体へと徐々に入れ替わると、絶縁性を失ったリンパ液が神経のミスファイアをランダムに引き起こすようになる。こうして全身の伝導性が刻一刻と高まっていくあいだ、カイネンは襲いくる痙攣や発作に何時間も耐えつづけたのだ。もしもあそこで降参しなかったら、話したくても話せなくなっていた可能性が高かっただろう。

それでも、カイネンは屈服し、解毒剤をくれと懇願した。結局は生きることを望んだのだ。セーガンはみずからの手で解毒剤を投与してやった（死んだ細胞束は永遠に死んだままなので、正確には解毒剤とはいえなかった。これから先ずっと、カイネンは毎日この注射を受けなければならない）。

解毒剤がカイネンの全身に行き渡ったあと、セーガンは、人類に対して起こされようとしている戦争と、彼女のすべての同胞を征服して根絶するための青写真について知ることとなった。この大虐殺を実現するための綿密な計画には、およそ前例のないことではあったが、三つのエイリアン種族が協力していた。

それと、ひとりの人間が。

2

　ジェイムズ・ロビンズ大佐は、死体保管所の安置台にのっている、掘り起こされた腐乱死体をじっと見おろして、地中での一年間がどれほどの腐敗をもたらしたかをたしかめようとした。頭蓋骨はショットガンの一撃でひどく変形していた。その一撃が、頭頂部の三分の一とともに、持ち主の命を——人類を三つのエイリアン種族に売り渡した可能性のある男の命を——吹き飛ばしたのだった。ロビンズ大佐は、フェニックス・ステーションの検死官であるウインターズ大尉に目をむけた。

「これはドクター・ブーティンの死体だといってくれ」

「そうともいえる」ウインターズがこたえた。「だが、そうではない」

「なあ、テッド、そいつはマットスン将軍に報告したら確実にケツを蹴りあげられるたぐいの返答だ。もっとわかりやすく説明するつもりはないのか」

「すまんな、ジム」ウインターズ大尉は安置台の上の死体を指さした。「遺伝学的にいえば、これはきみのいうとおりの人物だ。ドクター・ブーティンは植民者だから、軍用の肉体に交換したことはいちどもない。となると、その肉体にはオリジナルのDNAがすべてそろっていることになる。標準的な遺伝子検査をおこなってみた。この死体はブーティンのDNAを持っている。興味本位でミトコンドリアRNAの検査もおこなったんだが、そちらも一致したよ」

「じゃあなにが問題なんだ?」

「問題は骨成長にある。現実の宇宙では、骨がどのように成長するかは栄養や運動といった環境因子に応じて変わるものだ。高重力の世界で暮らしてからもっと低重力の世界へ移ったら、それが骨の成長に影響をおよぼす。骨折すればそれも痕跡が残る。骨の成長にはそれまでの生活歴がすべてあらわれるんだ」

ウインターズは死体に手をのばし、胴体からはずれている左脚の一部をつかみあげると、そこにのぞいている大腿骨の断面を指さした。

「この死体の骨の成長はありえないほど整然としている。環境の変化や事故による影響がいっさい見当たらず、ただ充分な栄養と低いストレスのもとで淡々と成長した痕跡が残っているだけだ」

「ブーティンの生まれはフェニックスだ」ロビンズはいった。「あそこは入植がはじまってから二百年になる。食料を確保したり身を守ったりするのに必死な僻地(へきち)で生まれ育ったわけじゃないんだろう」

「そうかもしれんが、やはりしっくりこない。人間の住むどんなに文明化された世界で暮らしていようと、階段から落ちたりスポーツで骨を折ったりすることはある。たったいちどの若木骨折すらなしに生涯をすごすことは可能かもしれないが、現実にそんなことをやり遂げたやつを知っているか？」

ロビンズは首を横にふった。

「この男はそうだった。だが、ほんとうはそうじゃなかった。なにしろ、医療記録に脚の──この脚の──骨折が残っているからな」ウィンターズは手にした脚の一部をふってみせた。「十六歳のときに。スキーの事故で。大岩につっこんで大腿骨と脛骨を折ったんだ。その痕跡がここにはない」

「最近の医療技術はずいぶん進歩しているそうだが」

「すばらしいものだよ、ありがたいことに。だが魔法とはちがう。骨が折れたらどうしたって跡は残る。それに、いちども骨折せずに生涯をすごしたとしても、骨がむらなく整然と成長していることの説明がつくわけじゃない。骨をこんなふうに成長させるには、環境的ストレスをいっさいあたえないようにするしかない。ブーティンはずっと箱のなかですごしていたということになる」

「さもなければクローン培養槽か」

「さもなければクローン培養槽だな。もうひとつ、ここにいるきみの友人がどこかの時点で脚を切断して新しいのを生やしたという可能性も考えられるが、記録を調べたかぎりではそういう事実はなかった。念のため、肋骨と骨盤と腕と頭から骨のサンプルをとってみた――なんとか損傷を受けていない部分を選んで。どのサンプルでも不自然なほど骨が整然と成長していた。ここにあるのはクローン培養された肉体だよ、ジム」

「じゃあチャールズ・ブーティンはまだ生きているのか」

「それはわからん。だが、この死体はブーティンではない。ひとつだけいい知らせといえるのは、あらゆる身体徴候から見て、このクローンは死の直前まで培養槽におさめられていたということだ。目をさましたことがあった可能性はほぼ皆無だし、たとえそうでも意識をもつことがあったとは思えない。想像してみたまえ――目をさまして最初で最後に見る世界がショットガンの銃口だなんて。そんな人生はひどすぎる」

「じゃあ、もしもブーティンが生きているなら、彼は殺人犯でもあるわけだ」

ウインターズは肩をすくめ、手にした脚をおろした。「なあ、ジム、コロニー防衛軍（CDF）はつねに肉体をつくっている。新兵たちには改良された高性能な肉体をあたえ、軍務を終えた兵士たちには本人のオリジナルのDNAからクローン培養したふつうの肉体をあたえる。そうした意識を転送されるまえの肉体には人権があるのか？　意識の転送がおこなわれるたびに、あとには肉体が残される――かつては心をもっていた肉体が。そういう肉体にも人権があるのか？　だとしたら、われわれはひどくまずい立場に置かれる。なにしろ、不要な肉体はさっさと処分しているんだからな。使用ずみの肉体をどうしているか知ってるか、ジム？」

「知らないな」

「肥料にするんだ。埋めるには数が多すぎる。だからすりつぶして、消毒して、植物用の肥料に変換してやる。それを新しいコロニーへ送るんだ。人間が植える作物に合わせて土壌を改良するために。新しいコロニーの植民者たちは死体を食べて生きているようなものだ。ただし、それはほんとうの死体ではない。生きている人間の抜け殻にすぎない。死体を埋葬するのは、そのなかにある心が死んだときだけだ」

「しばらく休暇をとったほうがいいんじゃないのか、テッド。仕事のせいか、いうことが病的だぞ」

「わたしが病的なのは仕事のせいじゃないさ」ウインターズはチャールズ・ブーティンではないものの残骸を指さした。「これはどうすればいい？」

「埋め直してもらいたいんだが」

「だが、これはチャールズ・ブーティンではない」

「そうらしいな。しかし、チャールズ・ブーティンがまだ生きているなら、われわれがそれに気づいているということを知られたくない」ロビンズは安置台の上の死体をふりかえった。「それに、この死体は自分の身に起きたことを知らないかもしれないが、いくらなんでもこれじゃあんまりだ。せめて埋葬くらいはしてやらないと」

「いまいましいチャールズ・ブーティンめ」グレッグ・マットスン将軍はそういって、デスクに両足をどんとのせた。

ロビンズ大佐はデスクのむかい側に立ち、じっと口をつぐんでいた。マットスン将軍の相手をしていると、いつも頭が混乱してくる。この将軍はコロニー防衛軍・軍事研究部の長を三十年近くつとめているのだが、CDFの軍人がみなそうであるように、歳をとらない肉体を支給されていた。見た目はせいぜい二十五歳くらいだ。ロビンズ大佐は、CDFで階級があがった人びとはすこしでいいから外見を老けさせるべきではないかと考えていた。二十五歳にしか見えない将軍では威厳がなさすぎる。

ロビンズは、マットスンの見た目が年齢どおりだったらどんなふうだろうと想像してみた。たしか百二十五歳くらいになるはずだ。制服を着たしわくちゃの陰嚢が脳裏に浮かぶ。笑えるイメージではあったが、ロビンズだって九十歳なのだから、それほどましというわけでもないのだ。

それに、部屋にはもうひとり将軍がいて、そちらは本来の年齢であれば、ほぼまちがいなく見た目の年齢よりも若いはずだった。特殊部隊は通常のCDFよりもさらにロビンズの頭を混乱させる。すっかり成長した最強の兵士が三歳児だというのは、なにか根本的にまちがっているような気がするのだ。

この将軍が三歳だというわけではない。おそらく十代だろう。

「では、われらがラエィ族の友人はほんとうのことをいったのだな」シラード将軍がデスクのまえに置かれた椅子からいった。「きみの意識研究グループの元リーダーはまだ生きているわけだ」

「自分のクローンの頭を吹き飛ばすとは、じつにナイスなやり口だ」マットスン将軍が皮肉まじりの口調でいった。「気の毒に、研究室の連中は機材にこびりついた脳のかけらをひろい集めるのに一週間もかかったんだぞ」ちらりとロビンズに目をむける。「やつはいったいどうやったんだ？　クローンを育てたのか？　そんなことをしたらだれかに気づかれたはずだ。クロゼットでひょいとでっちあげたわけじゃあるまい」

「いまいえるのは、クローン培養槽の監視ソフトウェアに改造コードを組みこんだらしいということです」ロビンズはいった。「クローン培養槽のひとつが故障したように見せかけたんです。培養槽が使用中止になると、ブーティンはそれを廃棄処分にし、自分専用の研究室の倉庫にはこびこんで自前のサーバーと発電装置で稼働させました。サーバーはシステムに接続していませんでしたし、培養槽は廃棄されたことになっていました。そして、倉庫に出入りできるのはブーティンだけでした」

「では、ほんとうにクロゼットでひょいとでっちあげたのか。あのクソ野郎」

「ブーティンが死亡したことになったあとは、きみたちも倉庫に出入りできたはずだ」シラードがいった。「倉庫にクローン培養槽があったのに、だれもおかしいと思わなかったのか？」

ロビンズは口をひらいたが、先にこたえたのはマットスンだった。

「ブーティンが研究グループのリーダーとして有能だったなら――事実そうだったのだが――廃棄処分になった余剰機材をたくさん倉庫にためこんでいたはずだ。実際に使用している機材の干渉を受けることなく、修理して最大限に活用できるようにな。おそらく、われわれが発見したときには、培養槽は溶液を抜かれ、消毒され、サーバーや発電装置からも切り離されていたんだろう」

「そのとおりです」ロビンズはいった。「そちらからの報告を受けてはじめて、わたしたちはこのふたつを結びつけて考えたんです、シラード将軍」

「情報が役に立ってよかった」とシラード。「もっと早くふたつを結びつけて考えてほしかったがね。軍事研究部の上層部、それもきわめて注意を要するグループのリーダーに裏切り者がいたという事実には愕然とさせられる。当然気づくべきだったのに」

ロビンズはこれには返事をしなかった。軍事面でのすぐれた技量をべつとして、特殊部隊のなにが有名かといえば、その隊員に気配りや忍耐といった能力がまったく欠けていることだった。三歳の殺戮マシンには社交術を身につけている暇がないのだ。

「なにに気づけというのだ？」マットスンがいった。「ブーティンには裏切りを働くような徴候はなかった。前日までふつうに仕事をしていて、いきなり研究室で自殺をはかった――というのがわれわれの理解だった。遺書もなかった。仕事以外のことをなにか考えているようなしるしはいっさいなかったんだ」

「さっき、きみはブーティンにきらわれていたといったじゃないか」シラードがマットスンにいった。

「ブーティンはたしかにわしをきらっていたし、それには充分な理由があった。おたがいにそういう感情をいだいていたんだ。しかし、自分の上官のことをクソ野郎と思っているからといって、自分の種族を裏切るということにはなるまい」マットスンはロビンズを指さした。「ここにいる大佐だって、とりたててわしに好感をもっているわけではないのに、こうして副官をつとめている。だが、彼は最高機密の情報をかかえてララエィ族やエネーシャ族のもとへ走ったりはしない」

シラードはロビンズに目をむけた。「ほんとうか？」

「どの部分のことでしょう？」とロビンズ。

「きみがマットスン将軍に好感をもっていないという部分だ」

「慣れるのにすこし苦労させられる面はあります」

「つまり、ろくでなしってことさ」マットスンはくっくっと笑った。「べつにそんなことはかまわん。わしがここにいるのは人気投票でトップになるためじゃない。武器とテクノロジーを兵士たちに届けるためだ。ブーティンが頭のなかでなにを考えていたにせよ、わしにそれをどうこうできたとは思えん」

「じゃあ、いったいどういうことだったんだ？」シラードがいった。

「それについてはおまえのほうがよく知っているんじゃないのか？　おまえが悲鳴のあげかたを教えてやった、あのララエィ族の科学者の相手をしているんだから」

「カイネン管理官はブーティンとじかに会ったことはない――とにかく、本人はそういっている。動機についてもなにも知らないらしい。いまわかっているのは、ブーティンがララエィ族に提供したのがブレインパルの最新ハードウェアに関する情報だったということだけだ。それはカイネンのグループが取り組んでいた研究の一部でもあった――ブレインパル・テクノロジーをララエィ族の脳に組みこもうとしていたんだ」

「最悪だな。スーパーコンピュータを頭に仕込んだララエィ族か」

「組みこみはあまりうまくいかなかったようです」ロビンズはそういって、シラードに目をむけた。「少なくとも、あなたがたがブーティンの研究室から回収したデータを見るかぎりでは。ララエィ族の脳の構造がちがいすぎるんです」

「不幸中の幸いだな」とマットスン。「シラード、そのララエィ族からほかになにか情報を得ていないのか」

「どんな研究をしていて、どんな境遇に置かれていたかということ以外、カイネン管理官はほとんど情報をもっていない」シラードはいった。「生け捕りにした数体のエネーシャ族は、遠回しな表現をするなら、対話に抵抗している。ラライィ族とエネーシャ族とオービン族が手を組んでわれわれを攻撃しようとしているのはわかっている。だが、その理由や、手段や、時期や、ブーティンが方程式にどんな因子を持ちこんだのかについてはわからない。それをきみたちに解き明かしてもらいたいんだよ、マットスン」

マットスンはロビンズにうなずきかけた。「それについてはどんな具合だ？」

「ブーティンは数多くの機密情報を取り扱う立場にありました」ロビンズはシラードにむかってこたえた。「彼の研究グループが担当していたのは、意識の転送と、ブレインパルの開発と、肉体生成技術です。どれかひとつでも敵にとっては有益な情報です——同等のテクノロジーを開発するにせよ、こちらの弱点を見つけるにせよ。ブーティン自身は、肉体から精神を取りだしてべつの肉体へ移す技術についてはトップクラスの専門家だったと思われます。しかし、彼がはこびだすことのできた情報には限界がありました。民間の科学者だったので、ブレインパルがなかったのです。あのクローンは登録ずみの脳プロテーゼをすべて装着していましたし、予備があったとは思えません。プロテーゼは厳重にモニターされていますし、体に慣らすためには数週間かかります。ネットワーク上の記録を見るかぎり、ブーティンが登録外のプロテーゼを使ったことはありません」

「いま話題にしている男はきみたちの目を盗んでクローン培養槽を手に入れたんだぞ」

「大量の資料をかかえて研究室から歩いて出ていくことは不可能ではないのですが、まずありえないでしょう。持ちだしたのは頭のなかにある情報だけだった可能性が高いと思われます」

「あとはブーティンの動機だな」シラードがいった。「それがわからないのが、われわれにとってはもっとも危険なことだ」

「わしはブーティンがなにを知っていたのかということが気にかかる」マットスンがいった。「ふつうにやつの頭にあったはずの情報だけでも大きな問題になるからな。いくつかのチームにプロジェクトを中断させて、ブレインパルのセキュリティの更新作業を進めさせている。ブーティンがなにを知っていたにせよ、そいつを過去のものにしてしまいたい。ここにいるロビンズは、ブーティンが残していったデータを綿密にチェックする作業を取り仕切っている。なにかあるなら、かならず見つかるはずだ」

「この会議が終わったら、ブーティンのもとで働いていた技術者と会うことになっています」ロビンズはいった。「ハリー・ウィルスン中尉です。わたしにとって興味深い情報があるとのことなので」

「わしらの相手をしている必要はない。さがってかまわんぞ」

「ありがとうございます。そのまえに、どのていどの時間的制約があるのかを知っておきたいのですが。われわれはあの基地を攻撃したことでブーティンについて知りました。エネーシャ族も自分たちの計画を知られたことに気づいたでしょう。報復されるまでどれくらいの時間があるのか知りたいんです」

「時間ならそれなりにあるはずだ」シラードがいった。「われわれがあの基地を攻撃したことはだれも知らないからな」

「知らないなどということがありえますか？ おことばを返すようですが、そういった攻撃のことを隠蔽するのはむずかしいものです」

「エネーシャ族が知っているのは基地との連絡が途絶えたことだけだ。たとえ調査をおこなっても、フットボールの競技場なみの大きさの隕石が基地から約十キロメートル離れた地点に落下して、基地もろともあたり一帯を壊滅させたということしかわからない。どれだけ調べたところで、見つかるのは自然災害の証拠だけ。なぜなら、現実にそのとおりのことが起きたから。われわれはほんのすこし手を貸しただけさ」

「きれいだな」ロビンズ大佐は、ハリー・ウィルスン中尉のホログラム・ディスプレイに表示されているミニチュア版の光のショーのようなものを身ぶりでしめした。「だが、いったいなにを見せてもらっているのかわからない」

「チャーリー・ブーティンの魂だ」ウィルスンがいった。

ロビンズはディスプレイから身を引き、ウィルスンを見あげた。「なんだって？」

ウィルスンはディスプレイにむかってうなずきかけた。「チャーリーの魂だよ。より正確にいうと、チャールズ・ブーティンの意識をあらわす動的電気システムのホログラム画像だ。というか、そのコピーだな。哲学的な話をしたいのなら、これがチャールズの精神なのか魂なのかという点について議論になるかもしれない。しかし、きみがいったチャーリーについての話が事実だとしたら、まだ正気をたもっているとしても、魂はなくしてしまったのかもしれない。それがここにあるわけだ」

「こういうのは不可能だと聞いていたんだが。脳がなかったらパターンが崩壊してしまう。だからいまは生きている肉体から生きている肉体へ意識を転送しているんだと」

「うーん、そういう理由であんなふうに意識の転送をしているのかなあ。もしもコンピュータ制御の記憶装置に保管されると知っていたら、人びとはＣＤＦの技術者に頭から精神を吸いとられることにもっと抵抗するんじゃないかと思う。きみだったらそんなことをするか？」

「かんべんしてくれ。それでなくても転送のときにはちびりかけたんだ」

「まさにそういうことさ。いずれにせよ、きみのいっていることは正しい。こいつが登場するまでは」ウィルスンはホログラムを身ぶりでしめした。「こんなことはやりたくてもできなかった」

「じゃあ、ブーティンはどうやったんだ？」

「もちろん、ずるをしたんだ。一年半まえには、チャーリーでもだれでも、人類が生みだしたテクノロジーか、ほかの種族から借りたり盗んだりしたテクノロジーで研究を進めるしかなかった。とはいうものの、周辺の宙域にいるほかの種族のテクノロジーは、ほとんどが人類のそれと同レベルだ。弱小種族は自分の世界から追いだされて絶滅するか虐殺されるかのどちらかだからな。だが、近隣種族より数光年先を行っている種族がひとつだけある」

「コンスー族か」ロビンズはその姿を脳裏に思い浮かべた。カニに似た大きな生物で、どこまで進歩しているかは知るすべさえなかった。

「そうだ。二年まえにララエィ族が人類のコロニーを攻撃したとき、コンスー族が一部のテクノロジーをララエィ族に提供していたが、人類は反攻作戦のおりにそれをララエィ族から盗みとった。おれが配属された研究チームは、リバースエンジニアリングでコンスー族のテクノロジーの解明を試みたが、はっきりいってその大半はいまだにわけがわからない。それでも、なんとか理解できた部分をチャーリーに提供して、意識の転送プロセスの改良を進めてもらうことになった。それがきっかけで、おれはチャーリーといっしょに働くことになった。おれがこの装置の使い方を教えてやったんだ。見てのとおり、チャーリーはのみこみが速かった。もちろん、道具が進歩すればいろいろなことが簡単になる。こいつのおかげで、おれたちは岩を打ち合わせるところからブロートーチを使うところまで進歩したんだ」

「きみはこれについてなにも知らなかったのか」

「ああ。こういうようなものを見てはいたがね。チャーリーはコンスー族のテクノロジーを利用して意識の転送プロセスの改良をおこなった。それまではなかったバッファの開発に成功したことで、転送作業は送る側でも受ける側でも失敗する確率がぐっと低くなったんだ。ところが、チャーリーはその技術をひとりで独占していた。おれがこいつを見つけたのも、きみにいわれてチャーリーが個人的に進めていた研究について調べたおかげだった。ラッキーだったよ。これが搭載されていたマシンは、解体されてCDFの天文台へ送られることになっていたからな。コンスー族のテクノロジーが恒星の内部構造をどこまで詳細にモデル化しているか知りたかったらしい」

ロビンズはホログラムを身ぶりでしめした。「これはもうすこし重要なものだと思うんだが」

ウィルスンは肩をすくめた。「一般的な意味ではそれほど役に立つわけじゃない」

「冗談だろう。意識を保管できるんだぞ」

「たしかに、それ自体は役に立つだろう。だが、それでなにができるというわけでもないんだ。きみは意識の転送についてどれくらいくわしく知ってる？」

「すこしだけだ。専門家ではないからな。わたしが将軍の副官になったのは、組織をまとめる能力を買われたからであって、科学方面の素養があったからではない」

「なるほど。きみがいったように、脳がなければ、ふつうは意識パターンは崩壊してしまう。意識が脳の物理的構造に完全に依存しているからだ。しかも、どんな脳でもいいというわけじゃない――その意識が生まれた脳に依存するんだ。意識パターンは指紋と似ている。その人物に特有のものであり、遺伝子レベルで決定されている」

ウィルスンはロビンズを指さした。

「自分の体を見てみたまえ、大佐。それは遺伝子レベルで大幅に改変されている――肌は緑色だし、筋肉は強化されているし、人工血液は通常の何倍もの酸素をはこぶことができる。きみ自身の遺伝子と、さまざまな能力を向上させるよう設計された遺伝子とが混ぜ合わされているんだ。従って、遺伝子レベルでは、きみはもはやきみではない。ただし、脳だけは完全に人間のものであり、完全にきみの遺伝子にもとづいている。そうでなければ意識を転送できないからだ」

「なぜ？」ロビンズはたずねた。

ウィルスンはにやりとした。「説明できるといいんだがね。いまのはチャーリーとその研究スタッフの受け売りだよ。おれはただの事務官だからな。ただし、それがなにを意味するかはわかっている。こいつが」――と、ホログラムを指さし――「知っていることをきみに話すためには、脳が必要であり、それはチャーリーの脳でなければならない。そして、チャーリーの脳は、それ以外の部分といっしょに行方不明になっている」

「これがなんの役にも立たないとしたら、きみがわたしを呼びつけた理由を聞かせてもらいたいものだな」

「さっきもいったが、一般的な意味ではそれほど役に立つわけじゃない。しかし、きわめて限定された意味では、たいへん役に立つ可能性がある」

「ウィルスン中尉、頼むから要点を話してくれ」

「意識というのは自我をあらわすだけのものではない。そこには知識や感情や精神状態も含まれている」ウィルスンはまたホログラムを指さした。「この意識には、チャーリーがこのコピーを作成する直前までに知ったり感じたりしたことを、すべて知ったり感じたりする能力がある。チャーリーのもくろみや、その動機について知りたいのなら、ここからはじめればいいんだよ」

「たったいま、この意識にアクセスするにはブーティンの脳が必要だといったばかりじゃないか。それを手に入れるのは不可能なんだ」

「だが、遺伝子ならある。チャーリーは自分の目的に役立てるためにクローンをつくった。きみも同じようにつくってみたらいいんじゃないかな」

「チャールズ・ブーティンのクローンか」マットスン将軍はふんと鼻を鳴らした。「ひとりだけでも充分にやっかいなのに」

マットスンとロビンズとシラードは、フェニックス・ステーションにある将官用の食堂で腰をおろしていた。マットスンとシラードは食事をとっていたが、ロビンズは遠慮していた。建前としては、将官用の食堂はすべての士官に開放されているが、実際には、将軍よりも下の階級にある者はだれもそこで食事をとらないし、将軍に招かれてそこにはいるときも、水を一杯飲むのがせいぜいだった。ロビンズはどうしてこんなバカげた慣習がはじまったのだろうと思った。彼は腹がへっていたのだ。

将官用の食堂はフェニックス・ステーションの回転軸の末端にあり、周囲をかこむ一体成形の透明なクリスタルが壁と天井をかたちづくっていた。そこから見える惑星フェニックスは息をのむほど美しかった。空の大半を埋めつくし、ゆるやかに回転する、しみひとつない青と白の宝石。地球と似たその姿を目にするたびに、ロビンズは脳のホームシック中枢に鋭い痛みをおぼえた。自分が七十五歳で、どんどん短くなっていく一年があと何度かすぎるうちに老衰で死ぬという選択肢しかなかったときには、地球を離れるのも容易だった。だが、いったん離れたら二度と帰ることはできない。人類のコロニーが点在する敵意に満ちた宇宙で長くすごせばすごすほど、五十代、六十代、そして七十代前半の、無気力ではあったがずっとのどかだった日々をなつかしく思いだすのだった。なにも知らない者は幸せだ。少なくとも、より心安らかだ。

いまとなっては手遅れだ――と思いながら、ロビンズはマットスンとシラードに視線をもどした。「ウィルスン中尉は、ブーティンがなにを考えていたかを理解しようとするなら、それがもっとも可能性が高いと考えているようです。いずれにせよ、現在の状況よりはましでしょう。なにもわかっていないのですから」

「ウィルスン中尉は、なぜマシンにおさめられているのがブーティンの脳波だとわかったんだ？　わしとしてはそこのところを知りたい」マットスンがいった。「ブーティンがべつのだれかの意識のサンプルをとった可能性もあるだろう。へたをしたら飼い猫を使ったかもしれん」

「このパターンは人間の意識のものです。毎日何百という意識を転送しているので、それくらいはわかります。猫ではありません」

「冗談だよ、ロビンズ。それでも、ブーティンのものではないという可能性は残る」

「別人のものかもしれませんが、その可能性は低いと思います。ブーティンの研究室にいた者はだれひとりとして、彼がこういう研究を進めていることを知りませんでした。他人の意識のサンプルをとる機会はなかったわけです。相手に気づかれずにこっそりできるようなことではありませんから」

「転送の方法くらいわからないのか？」シラードがたずねた。「ウィルスン中尉の話だと、これはコンスー族のテクノロジーを移植したマシンに搭載されていたんだろう。使おうと思えば、やりかたくらいわかるんじゃないのか?」

「むりです。現時点では。ウィルスンは解明できると確信しているようですが、彼は意識転送の専門家というわけではありませんから」

「わしは専門家だぞ」とマットスン。「少なくとも、長くこの仕事をして充分な知識をもっている連中の監督をしている。転送プロセスには中身の意識だけでなく物質としての脳もからんでいるからな。ここにあるやつには脳がない。いうまでもなく倫理面の問題もあるしな」

「倫理面の問題?」ロビンズはおどろきをつい声にだしてしまった。

「そうだ、大佐、倫理面の問題があるんだ」マットスンはいらいらといった。「おまえが信じようと信じまいと」

「あなたの倫理意識に疑問を呈したわけではありません、将軍」

マットスンはさっと手をふった。「もういい。いいたいことはわかった。コロニー連合には、ずっと以前からCDF以外の民間人のクローニングを禁じる法律がある。これは生死を問わないのだが、特に生きている場合は許されない。われわれが人間のクローンをつくるのは、兵役を終えた者の意識を改変されていない肉体にもどすときだけだ。ブーティンは民間人で、植民者だ。たとえわれわれがそうしたいと思っても、法的にはクローンをつくることはできんのだ」

「ブーティンはクローンをつくりました」

「そうだとしても、われわれは裏切り者の道徳観を指針にするつもりはない」マットスンはまたいらだちをあらわにした。

「研究目的でコロニー連合の法律からの免除を認められるはずです。以前にもあったでしょう。あなたがやったことです」

「これとは問題がちがう。われわれが免除を認められたのは、住民のいない惑星で兵器システムのテストをおこなったときのことだ。クローンにちょっかいをだすと、保守派の連中の神経を逆なでしてしまう。こういうのは委員会レベルで却下されるだけだ」

「ブーティンはララエィ族とその同盟種族の計画を突き止める鍵なんです。ここは合衆国海兵隊の先例にならって、許可を求めるよりもあとで謝罪することを考えるべきかもしれません」

「海賊の旗をかかげようというおまえの心意気は敬服にあたいするよ、大佐。だが、銃殺されるのはおまえではない。というか、おまえひとりではないのだ」

シラードが、もぐもぐやっていたステーキをのみこみ、フォークをおろした。「われわれがやろう」

「なんだって?」とマットスン。

「その意識パターンを特殊部隊のほうへ提供してくれ、将軍。それとブーティンの遺伝子も。われわれがそれを使って特殊部隊の兵士をひとりこしらえよう。兵士をつくるときにはひと組以上の遺伝子を使う——理屈からいえば、それはクローンではない。たとえその意識を取りこめなかったとしても、べつに問題はない。特殊部隊の兵士がひとり増えるだけだ。失うものはなにもない」

「だが、もしもその意識を取りこめたら、反逆の意志を胸に秘めた特殊部隊の兵士がひとりできあがるわけだ。あまり心惹かれる話とはいえんな」

「それにはこちらで準備をしておけばいい」シラードはふたたびフォークを取りあげた。

「生きている、しかも植民者の遺伝子を使うことになりますよ」ロビンズがいった。「わたしの理解が正しければ、特殊部隊は軍務につくまえに死んだCDF志願者の遺伝子だけを使っているはずです。だから〝ゴースト部隊〟と呼ばれているのだと」

シラードは目をあげてきっとロビンズを見た。「その呼び名はあまり好きじゃない。たしかに、死んだCDF志願者の遺伝子はひとつの部品だし、ふつうは志願者の遺伝子をテンプレートとして利用している。しかし、特殊部隊では、兵士たちをつくるときに使う遺伝物質の許容範囲をひろくとっている。CDFでわれわれが受け持つ任務を考えると、どうしても必要なことなのだ。どのみち、ブーティンは法的には死んでいる——彼の遺伝子をもつ死体があったのだからな。それに、生きているという証拠もない。ブーティンには遺族がいるのか？」

「いや」マットスンがこたえた。「妻と子がいたが、みなブーティンよりも先に死んでいた。ほかに家族はいない」

「だったら問題はないだろう。人が死んだら、その遺伝子はもはやその人のものではない。期限切れになった植民者の遺伝子なら以前にも使ったことがある。もういちどやってはいけないという理由は見当たらないな」

「特殊部隊で兵士をつくる方法について、そういう話を聞いたおぼえはないんだが」マットスンがいった。

「われわれは静かに作業を進めるんだよ、将軍。わかっているだろう」

シラードはステーキを切って口へとはこんだ。ロビンズの腹がぐうと鳴った。マットスンはひと声うなると、椅子に背をもたせかけ、ぱっと見ではわからないほどゆっくりと回転しているフェニックスを見あげた。ロビンズはその視線を追って、またホームシックによる心の痛みをおぼえた。

やがて、マットスンがシラードに視線をもどした。「ブーティンはわしの部下だ。好むと好まざるとにかかわらず、その責任をおまえに引き渡すことはできん」

「いいだろう」シラードはこたえ、ロビンズのほうへうなずきかけた。「では、ロビンズを貸してくれ。彼にきみとの連絡役をつとめてもらえば、この先も軍事研究部が関与をつづけることになる。情報を共有するんだ。ついでに技術者も借りるとしよう。ウィルスンだったか。その男とこちらの技術者を共同で作業にあたらせて、コンスー族のテクノロジーを解明させるんだ。うまくいけば、チャールズ・ブーティンの記憶と動機、それとこの戦争でどんな準備をすればいいかがわかる。うまくいかなくても、特殊部隊の兵士がひとり増えるだけだ。むだにはならない。困ることもない」

マットスンはシラードに目をむけて考えこんだ。「ずいぶん熱心なんだな」

「人類が、同盟を組んだ三種族との戦争に突入しようとしているんだ。そんなことはいままでなかった。どれかひとつなら相手もできるが、三ついっぺんではむりだ。特殊部隊は、この戦争をはじまるまえに阻止するよう命じられている。これがその役に立つのなら、なんとしてもやり遂げるべきだ。少なくとも努力はしないと」

「ロビンズ。おまえの考えはどうだ」

「シラード将軍のおっしゃるとおりなら、法的および倫理的な問題は回避できます。試してみる価値はあるでしょう。われわれも継続して情報を得られますし」

ロビンズ個人としては、特殊部隊の技術者や兵士といっしょに働くことについていろいろ不安もあったが、ここはそれを口にするのにふさわしい場ではなさそうだった。

だが、マットスンはそんな気づかいとは無縁だった。

「おまえのところの連中は一般的なタイプとあまりうまくやれないだろう、将軍。それもあって、軍事研究部と特殊部隊の研究者はめったにいっしょに働かないんだ」

「特殊部隊はどんなときでも兵士だ」シラードがいった。「彼らは命令に従う。なんとかなるさ。以前にもやったことがある。コーラルの戦いで通常のCDF兵士を特殊部隊の任務に参加させたんだ。それが可能だったとすれば、ひどい流血騒ぎを起こすことなく技術者たちをいっしょに働かせることも可能だろう」

マットスンはぼんやり考えながら、目のまえのテーブルをとんとんと叩いた。「時間はどれくらいかかる？」

「もとの遺伝子をただ適合させるのではなく、この肉体のために新しいテンプレートを作成しなければならない」シラードがこたえた。「うちの技術者に確認しないといけないが、ゼロからはじめてふつうは一カ月だ。その後、肉体を成長させるのに最低でも十六週間かかる。あと、どれだけかかるかわからないが、この意識を転送する方法を見つけなければならない。そっちは肉体の成長と同時に進めることはできる」

「もっと早めることはできないのか？」

「早めることはできるさ。だが、死体がひとつできあがるだけだ。もっと無惨なこともある。肉体の製造を急がせるのは不可能なんだ。きみのところの兵士の肉体だって同じスケジュールで成長する。それを急がせたときにどんなことが起きるかは、きみもよくおぼえているはずだ」

マットスンが顔をしかめた。この将軍の副官をつとめてまだ一年半にしかならないロビンズは、マットスンはとても長くこの仕事をつづけているのだと、あらためて思い起こさせられた。ふたりの仕事上の関係がどうあれ、ロビンズはまだまだ自分の上官について知らないことがあるのだった。

「いいだろう」マットスンがいった。「やってみるがいい。なにか情報を引きだせるかもしれん。だが、監視は怠るなよ。ブーティンとはいろいろ問題もあったが、裏切り者になるとは思いもしなかった。やつはわしをあざむいた。全員をあざむいたのだ。おまえが手に入れるのは特殊部隊の肉体におさまったチャールズ・ブーティンの精神だ。やつがそれを使ってどんなことをしでかすかは想像もつかん」

「承知した」とシラード。「転送が成功したら、遅かれ早かれ結果はあきらかになるだろう。失敗した場合には、どこへ配属すればいいかはわかっている。用心のために」

「よし」マットスンはそういって、もういちど頭上で回転する惑星を見あげた。「フェニックスか。不死鳥とは、まさにぴったりの名前だな。知ってるだろうが、あれは炎のなかからよみがえるといわれている。これからよみがえる生物がすべてを炎のなかへぶちこんだりしないことを祈るとしようか」

三人はそろって頭上の惑星を見あげた。

3

「いよいよだ」ロビンズ大佐がウィルスン中尉にいった。

培養槽におさめられた肉体が、転送ラボにごろごろとはこばれてきた。

「いよいよだな」ウィルスンはうなずき、その肉体の生命徴候を刻々と表示している一台のモニターに近づいた。「父親になったことはあるか、大佐？」

「いや。わたしの個人的性向はそういう方向へは進まなかった」

「だったら、それに近い体験ができそうだな」

通常、この転送ラボでは、最大で十六名の特殊部隊の兵士の転送が同時におこなわれる。それらの兵士たちは、覚醒後にいっしょに訓練を受けることで、部隊としての結束を高めると同時に、ちゃんと意識はあるのにまともな記憶がないという混乱した状況に対処しやすくなる。今回の対象者はひとりだけで、その兵士の肉体にはチャールズ・ブーティンの意識がおさまることになっていた。

二世紀以上まえ、生まれてまもないコロニー連合は、最初期の各コロニーの防衛において壮絶な敗北に直面し（フェニックスという呼び名にはちゃんと理由があるのだ）、改造されていない人間の兵士ではその任務を果たせないことを思い知らされた。人間たちの士気はとても高かった――人類の歴史には、当時のおもだった絶望的な戦いの記録が残されており、とりわけ〝アームストロングの戦い〟は、エイリアンの軍勢によってもたらされようとしている壊滅的な大敗北を、いかにして敵にとって犠牲と苦しみが多すぎて引き合わない勝利へと変えるかの、すぐれた実例とみなされている――が、生身の肉体はあまりにも脆弱だった。敵の種族はどれもみな、あまりにも俊敏で、あまりにも獰猛で、あまりにも無慈悲で、あまりにも数が多かった。人類のテクノロジーはすぐれていたし、武器と武器とを比べるなら、敵対者たちのほとんどにはひけをとらなかった。だが、最後のところで重要な決め手となるのは、引き金のうしろにいる者たちだった。

最初期の改造はわりあいにシンプルで、俊敏性、筋肉の量や強さ、耐久力を増大させるだけだった。しかし、初期の遺伝子エンジニアたちは、試験管のなかで人間をいじくることについて、実用面でも倫理面でも問題をかかえていたし、その兵士たちが体格や知力の面で戦闘に参加できるようになるまでには、およそ十八年の歳月が必要だった。コロニー防衛軍にとってはじつに無念だったことに、そうした（比較的）軽い遺伝子改造をほどこされた人間たちの多くは、自分が使い捨て要員として育てられたことを知って気分を害し、せいいっぱいの啓発および宣伝による説得が試みられたにもかかわらず、戦うことを拒否したのだった。改造されていない人びとが同じように憤慨したのは、この改造にまたもや政府による人種改良の気配を感じとったせいだった。人類の過去の経験からすると、人種改良を好む政府の実績はあまりかんばしいものではなかった。

コロニー連合は、兵士たちに対する最初期の遺伝子操作が引き起こした破滅的な政治的危機の大波を生きのびたが、それはほんとうにきわどいところだった。〝アームストロングの戦い〟が、この宇宙がどんなものであるかという現実を各コロニーにはっきりとしめしていなかったら、おそらくコロニー連合は崩壊していただろう。取り残された人類の各コロニーは、おたがいどうしだけでなく、それまでに人類が遭遇していたすべての知的種族を相手に張りあわなければならなかったはずだ。

コロニー連合にとってもうひとつありがたかったのは、ほぼ同時期にふたつのきわめて重要な技術が開発されたことだった。人体を数カ月で成人サイズまで強制的に成長させる技術と、個人の人格と記憶をべつの脳へ移す意識転送プロトコルの出現だ（後者については、転送先の脳が同じ遺伝子をもっていることと、事前の一連の処置によって脳内に必要な生体電気経路を用意しておくことが条件だった）。これらの新しいテクノロジーのおかげで、コロニー連合は大勢の高齢者を新兵候補として確保できるようになった。高齢者なら、その多くは老衰で死ぬよりはと進んで軍隊生活を受け入れてくれるし、たとえ戦死しても、健康な若者たちがエイリアンの武器をくらって遺伝子プールからごっそり吹き飛ばされるという世代を超えた人口学的損失をまねくことはない。

　こうして新兵候補の豊富な人材プールを手に入れたことで、コロニー防衛軍には人員確保の面でありがたい選択肢ができた。もはや植民者たちにCDFへの入隊を求める必要はなかった。そのため、植民者たちも新世界の建設とその惑星が許すかぎり大勢の次世代植民者を生みだすことに集中できるようになった。しかも、植民者たちとその政府とのあいだに政治的緊張を引き起こす要因が排除された。もはや各コロニーの若者たちが故郷と家族から引き離されて何兆マイルも彼方の戦場で死ぬことはなくなり、植民者たちも遺伝子操作された兵士をめぐる倫理的な問題にあまり関心をもたなくなった――とりわけ、みずから戦いに志願した兵士たちについては。

　CDFは、植民者たちのかわりに、人類の祖先の故郷である地球の住民のなかから新兵を選抜することにした。地球は数十億の人口をかかえている。たったひとつの球体に、人類のすべてのコロニーの住民を合わせたよりも多くの人びとが住んでいるのだ。新兵候補の人材プールは巨大だった。あまりにも巨大だったので、CDFはさらなる制限を加えて、近代化された住みやすい国々からのみ新兵を集めることにした。経済状況が良好で市民が高齢になるまで生きることができ、社会構造の影響から若さをもとめる傾向が強いうえに老化や死に対する激しい嫌悪が生まれている国々だ。このような国々の高齢者たちは、その社会で置かれた立場により、CDFにとっては優秀でやる気に満ちた新兵となる。すぐにわかったことだが、そうした高齢者たちは、CDFでどのような生活が待っているかについてくわしい情報がなくても入隊した。そして、情報が少なければ少ないほど、新兵の入隊率は高くなるのだった。新兵たちはCDFでの軍務が地球での軍務と同じようなものだと思いこむ。CDFはそうした思いこみをあえて正そうとはしなかった。

近代化された国々から高齢者を集めるという方針が大成功をおさめたため、コロニー連合は、人材プールを保護するために、それらの国々の市民が植民者となることを禁じ、コロニーへの移住については、経済や社会に問題をかかえているために若者たちが可能なかぎりさっさと脱出したいと熱望しているような国々からに限定した。このように新兵の募集と植民者の募集を切り離したことで、コロニー連合はどちらの方面でも多大な恩恵をこうむることとなった。

高齢の市民を新兵として募集したことで予想外の問題がひとつ生じた。かなりの数の人びとが、心臓発作や、脳卒中や、チーズバーガーやチーズケーキやチーズカードの食べすぎにより、入隊まえに死んでしまったのだ。新兵たちから遺伝子サンプルを採取していたCDFは、ふと気がつくと、使い道のないヒトゲノムのライブラリを大量にかかえこんでいた。そのCDFには、既存の戦闘部隊の応戦態勢をそこなうことなく、軍用の肉体モデルのデザインを向上させるための実験を継続したいという欲求もあった。

やがて突破口がひらかれた。人間の脳と完全に統合された、とてつもなく高性能でコンパクトな半有機的コンピュータが開発され、はなはだしく不適当な商標設定の場において、あっさりブレインパルと名付けられたのだ。すでに人生ひとつぶんの知識と経験がぎっしり詰まっている脳の場合、このブレインパルは知能や記憶やコミュニケーションの面で非常に重要な補助装置となった。

だが、文字どおりまっさらな脳に組みこまれた場合、ブレインパルはさらに多くのものを提供したのだった。

ロビンズ大佐は、牽引フィールドによって固定された肉体が横たわる培養槽をのぞきこんだ。「あまりチャールズ・ブーティンとは似てないな」

ウィルスン中尉は、ブーティンの意識をおさめた装置の最終調整をおこなっていたので、目をあげようともしなかった。「ブーティンは改造されていなかったからな。おれたちが知り合ったときにはもう中年だった。二十歳のころにはこんなふうな姿をしていたんだろう。緑色の肌とか猫の目とかはよけいだが。それに、実際はこの肉体ほど健康じゃなかったのかもしれない。おれだって、現実の二十歳のころには、こんなにすらりとしていなかった。いまは運動する必要さえないのに」

「きみの肉体はつねに健康をたもつよう改造されているんだよ」

「じつにありがたい。おれはドーナッツ中毒だからな」

「それを手に入れるには、宇宙にいるすべての知的種族の標的になるだけでいい」

「そこが落とし穴なんだ」

ロビンズは培養槽の肉体に顔をもどした。「こういう改造で意識の転送がだいなしになることはないのか?」

「ありえないな。脳の発達に関係のある遺伝子は、こいつの新しいゲノムでも改変されていない。そこにおさまっているのはブーティンの脳だ。少なくとも遺伝学的には」

「で、その脳の状態は?」

「見たところ良好だ」ウィルスンは培養槽の制御装置のモニターをとんと叩いた。「健康だし。準備万端ととのっている」

「成功すると思うか?」

「さてなあ」

「同僚が自信にあふれているのを見るのはいいものだな」

ウィルスンは応戦しようと口をひらいたが、そのときドアがあいて、マットスンとシラードの両将軍が、特殊部隊の三名の転送技術者をともなって姿をあらわした。技術者たちはまっすぐ培養槽へとむかい、マットスンとシラードは、ウィルスンとともに敬礼をしているロビンズのほうに近づいてきた。

「成功するといってほしいものだな」マットスンが敬礼を返しながらいった。

「ちょうどウィルスン中尉とその話をしていたところです」ロビンズはほとんど間髪をいれずにこたえた。

マットスンはウィルスンに顔をむけた。「どうなのかね、中尉？」

ウィルスンは、技術者たちにあれこれと世話を焼かれている培養槽のなかの肉体を指さした。「体は健康ですし、脳も健康です。ブレインパルも完璧に作動していますが、これは当然のことです。ブーティンの意識パターンを転送用マシンに組みこんだときも問題はおどろくほど少なかったですし、これまでにおこなったテストの結果を見るかぎり、転送時に問題が起こるとは思えません。理屈からいえば、ほかの意識と同じように転送をおこなえるはずです」

「話の内容は自信たっぷりだが、口ぶりはそうでもないな、中尉」

「不確定な要素がたくさんあるんです、将軍。ふつうは転送時の対象者には意識があって、それが助けになります。今回はそうはいきません。転送が成功したかどうかは、肉体を覚醒させるまでわかりません。ふたつの脳がそろわない転送は今回がはじめての試みなんです。もしもそこにあるのがブーティンの意識ではなかったら、パターンは受け入れられないでしょう。たとえブーティンの意識だとしても、刷り込みが成功するという保証はありません。われわれは円滑な転送を実現するためにできるだけのことをしました。報告書をご覧になったでしょう。それでも、不確定な要素が多すぎるので、はっきりしたことはいえないんです。成功への道筋はすべてわかっていますが、失敗への道筋をすべて把握することはできません」

「おまえは成功すると思うのか、思わんのか？」

「成功するでしょう。ただ、自分たちがすべてを知っているわけではないということは自覚する必要があります。エラーが発生する余地はたっぷりあるんです」

「ロビンズの意見は？」

「ウィルスン中尉の評価が妥当かと思われます、将軍」ロビンズがこたえた。

技術者たちが独自に評価を終えてシラード将軍に報告をおこなった。シラードはうなずき、マットスンのそばへやってきた。

「技術者たちが準備ができたといっている」シラードはいった。

マットスンはまずロビンズに、ついでウィルスンに目をむけた。「よし。さっさと片付けるとするか」


コロニー防衛軍特殊部隊が兵士をつくるときの手法は単純だった。まずはヒトゲノムではじめる。それから引き算をする。

ヒトゲノムには三十億の塩基対から成るおよそ二万個の遺伝子が含まれており、それが二十三本の染色体をかたちづくっている。ゲノムの大半は〝ジャンク〟であり、その部分のシーケンスは、DNAの最終生産物である人間の設計にはまったく関与していない。自然は、いったんあるシーケンスをDNAに組みこんでしまうと、たとえそれがなんの働きもしなくても、なかなか取りのぞこうとはしなくなるらしい。

特殊部隊の科学者たちはそこまで物持ちがよくはなかった。新しい肉体モデルを開発するたびに、まず最初に、いまは使われていない不必要な遺伝物質をそぎ落とす。あとに残るDNAシーケンスは、贅肉がなくなってすらりとしているが、そのままではなんの役にも立たない――ヒトゲノムを編集すると染色体構造が破壊されて、生殖機能が失われてしまうのだ。とはいえ、これは第一段階にすぎない。新たなゲノムを再構築して複製するのは、まだ数段階先のことだ。

小さくなった新しいDNAシーケンスは、人間の設計図となるすべての遺伝子を含んでいるが、それだけでは充分ではない。人間の遺伝子型は、人間の表現型が特殊部隊で要求されるほどの適応性をもつことを許さない――つまり、われわれの遺伝子では、必要とされる超人的な特殊部隊の兵士をつくることができないのだ。ヒトゲノムの残骸は、ばらばらに引き裂かれ、再設計と再構築によって大幅な機能強化を実現する遺伝子が生みだされる。この段階で遺伝子あるいは遺伝物質の追加が必要となることもある。ほかの人間からの遺伝子の追加については、ふつうはほとんど問題は起こらない。ヒトゲノムがもともとほかの人間のゲノムから遺伝情報を受け入れる設計になっているからだ（この、日常的に、自然に、熱心に遂行されるプロセスは〝セックス〟と呼ばれる）。地球産のべつの種族からの遺伝物質も、わりあいに容易に組みこむことができる。地球上の生物は遺伝を構成する単位がどれも同じであり、遺伝学的につながりをもっているからだ。

非地球産の種族からの遺伝物質を組みこむのは、それよりもはるかにむずかしい。一部の惑星では、地球のそれと似かよった遺伝子構造が進化していて、すべてではないにしても部分的には地球産の遺伝子にあるヌクレオチドが含まれている（おそらく偶然ではないと思われるが、こうした惑星の知的種族はときおり人間を食することが知られている。たとえばララエィ族は、人間のことをとても美味だと感じている）。だが、大半のエイリアン種族は、地球産の生物とは遺伝子の構造も成分もまったくことなっている。それらの遺伝子を利用する場合はただの切り貼りではすまない。

特殊部隊はこの問題を解決するために、各エイリアン種族のDNAにあたるものをコンパイラに読みこませ、地球型のDNA形式へと〝翻訳〟させた。そうやって書き直されたDNAからは、もしも培養が許されたら、外見や機能の面でもとのエイリアン種族とかなり近い存在が生まれることになる。あとは、その変換された生物の遺伝子を特殊部隊の兵士のDNAに組みこめばいい。

こうした遺伝子操作によってできあがったDNAは、人間を基本としてはいるが、まったく人間とはいえない生物を記述することになる。あまりにも非人間的なので、もしもこの段階からの培養が許されたら、不浄な部品を寄せ集めた怪物が誕生し、その精神的な教母であるメアリ・ウルストンクラフト・シェリーすら狂気の縁へと追いやるだろう。特殊部隊の科学者たちは、人間とはかけ離れたDNAを導入したあと、遺伝メッセージに手を加えて、自分たちがつくりだした生物が人間の姿に見えるよう形をととのえた。科学者たちのあいだでは、この段階がもっともむずかしいと考えられており、その有用性に（ひそかに）疑問をいだく者もいた。補足しておくと、その科学者たちのなかに人間未満の姿をしている者はだれひとりいなかった。

ここでようやく、所有者に超人的な能力と同時に人間の姿をあたえるDNAが完成する。ほかの種族の遺伝子を追加していても、人間の本来のDNAよりはずっとスリムだ。追加コーディングの影響でこのDNAは五本の染色体にまとまるが、これは未改造の人間の二十三本よりずっと少なく、ショウジョウバエより一本多いだけだ。特殊部隊の兵士たちは、遺伝子提供者の性別をあたえられるし、性的発達と関連する遺伝子も最終的にDNAのなかに保持されるのだが、Y染色体は存在せず、この事実は特殊部隊に配属された最初期の科学者（男性）たちをいささか困惑させた。

完成したDNAは、空の接合子のなかへ注入される。その接合子は、培養槽におさめられたあと、おだやかな刺激を受けて有糸分裂をはじめる。接合子が充分に発達した胎児へと成長するスピードは大幅に速められているため、発生する代謝熱はDNAを変性させるレベルまで近づく。培養槽を満たす伝熱液にはナノロボットが投入されており、それが発達する細胞に浸透して、急速に成長する胎児のために放熱器の役割を果たす。

それでも、特殊部隊の科学者たちには、兵士に残る人間らしさをさらに減少させる作業が残っている。生体的オーバーホールのあとは工学的アップグレードだ。急速に成長する兵士の胎児に注入された特製ナノロボットは、ふたつの目的地をめざす。ほとんどは骨髄へとむかい、そこで造血細胞を消化し、機械的に繁殖してスマートブラッドをつくりだす。この人工血液は、ほんものの血液よりも酸素をはこぶ能力が高く、凝固の効率もよく、病気に対してもほぼ完全な免疫がある。残りのナノロボットは、急速に成長する脳へ移動し、ブレインパルと呼ばれるコンピュータを設置するための基礎工事をはじめる。完成するとビー玉ほどの大きさになるブレインパルは、脳の奥深くにおさまり、周囲にひろがる緻密なアンテナのネットワークで脳電界のサンプリングをおこなって、兵士からの要求を解読し、目や耳に組みこまれた出力装置をとおして応答する。

改造点はほかにもあるが、その多くは実験的なもので、なにか利点があるかどうかをたしかめるために小人数の出生グループでテストがおこなわれる。役に立つようなら、その改造は特殊部隊の内部でひろく適用可能となり、コロニー防衛軍の一般兵士についても次世代むけアップグレードの候補リストに載せられる。役に立たないようなら、その改造は被験者の兵士とともに消えていく。

特殊部隊の兵士は、二十九日ほどで人間の新生児のサイズとなり、十六週間後には、培養槽の適切な代謝管理により成人サイズまで成長する。CDFがこの発育サイクルを短縮しようとしたところ、肉体はみずからの代謝熱でから揚げになってしまった。なんとか生きのびた場合でも、DNAの転写エラーにより、癌を発症したり致命的な突然変異が起きたりした。十六週間かけることでDNAの化学的安定性が高まるのだ。ぶじに十六週間が経過すると、培養槽が合成ホルモンを兵士の全身へ送りこみ、代謝レベルを通常の範囲へとリセットする。

発育中、培養槽は筋肉を運動させて体力強化をおこない、宿主が覚醒したらすぐに活動をはじめられるようにしておく。脳内では、ブレインパルが神経経路の発達を促進し、脳の処理中枢を刺激して、覚醒の瞬間にそなえて準備をととのえ、無から有への移り変わりがなるべく容易になるよう手助けをする。

特殊部隊のほとんどの兵士の場合、あとは〝出生〟をむかえるだけだ。転送処理がすむと、間をおくことなく（ふつうは）スムーズに軍隊生活へと移行していく。しかし、あるひとりの兵士だけは、もうひとつ段階を踏まなければならなかった。

シラードが合図を送ると、技術者たちが作業にとりかかった。ウィルスンは手もとの装置に目をもどし、転送開始の合図を待った。技術者たちが準備完了を告げると、ウィルスンは意識を送りだした。装置がぶんぶんと静かにうなる。培養槽のなかの肉体はじっと横たわったままだ。数分後、ウィルスンはまず技術者たちと、ついでロビンズとことばをかわした。

ロビンズがマットスンに近づいた。「終わりました」

「これだけか？」マットスンは培養槽のなかの肉体に目をむけた。「なにも変わりはないようだが。あいかわらず昏睡状態に見えるぞ」

「まだ覚醒させていないからです。技術者たちは将軍の指示を待っています。通常、特殊部隊の兵士を覚醒させるときは、ブレインパルを意識統合モードにします。兵士が自我を確立するまでのあいだ、一時的な自我を用意しておくんです。しかし、すでに意識があるという可能性を考慮して、その機能は作動させていません。なかにいる人物を混乱させるかもしれませんので」

マットスンはふんと鼻を鳴らした。おもしろがっているらしい。「ブレインパルを切った状態で覚醒させろ。そこにいるのがブーティンなら、混乱してもらっては困る。ちゃんと話をさせたいんだ」

「わかりました」

「転送が成功していたら、覚醒したとたんに自分が何者かわかるのか？」

ロビンズはちらりとウィルスンに目をむけた。ウィルスンは軽く肩をすくめ、わずかにうなずいた。

「われわれはそう考えています」ロビンズはこたえた。

「よし。それなら、まず最初にわしの姿を見てもらうとしよう」マットスンは培養槽に近づき、意識のない肉体の真正面に立った。「技術者たちにこいつを覚醒させろといってくれ」

ロビンズがうなずきかけると、女性の技術者がそれまで作業をおこなっていた制御盤を指で押した。

培養槽の肉体がびくんと動いた。ちょうど、覚醒と睡眠のはざまのぼんやりしたひとときに、いきなり落下している感覚をおぼえたときのように。まぶたがぴくぴくと動き、ぱっとひらいた。両目が混乱したように激しく動き、すぐにマットスンの顔をとらえた。そのマットスンは身を乗りだして笑みを浮かべていた。

「やあ、ブーティン。わしの姿を見てさぞかしおどろいているだろうな」

なにかいおうとするように、頭がマットスンのほうへ動いた。マットスンはつられて身を乗りだした。

肉体が絶叫した。

シラード将軍が見つけたとき、マットスンは転送ラボから通路を進んだ先にあるトイレで用足しをしていた。

「耳の具合はどうだ？」シラードはたずねた。

「なぜそんなバカげた質問を？」マットスンは壁をむいたままいった。「おまえがバブバブ野郎に耳もとで叫んでもらって、どんな気分か教えてくれ」

「バブバブ野郎ってことはないだろう。生まれたばかりの特殊部隊の兵士を、ブレインパルを切った状態で覚醒させたんだ。自我がまったくないままで。赤ん坊ならだれだってああなるさ。なにを期待していたんだ？」

「チャールズ・くそったれ・ブーティンを期待していたんだ」マットスンはぶるっと身をふるわせた。「いっておくが、われわれはそのためにあいつを育てたんだぞ」

「失敗する可能性があることはわかっていたはずだ。わたしも説明した。きみの部下たちも説明した」

「思いださせてくれてありがとうよ」マットスンはジッパーをあげ、洗面台のほうへと移動した。「このささやかな賭けは、とてつもない時間のむだだったな」

「まだ役に立つ可能性はある。意識が落ちつくまで時間が必要なのかもしれない」

「ロビンズとウィルスンは、覚醒したらすぐに意識がそこにあるはずだといっていた」マットスンは蛇口の下で両手をふった。「ムカつく自動蛇口だな」

センサーがようやくマットスンの手の動きに反応した。水が流れだした。

「こういうことをするのは今回がはじめてだ」とシラード。「ロビンズとウィルスンがまちがっていたのかもしれない」

マットスンは吠えるように笑った。「あいつらはたしかにまちがっていた。〝かも〟はいらんだろう。おまえのいうまちがいかたとはちがうがな。そもそも、特殊部隊のほうで、おとなサイズまでしっかり成長した赤ん坊の世話をして、〝意識が落ちつく〟のを待とうというのか？　そんなことは起こらんだろうし、わしはまちがってもやつの世話をする気はない。ただでさえこの件では時間をむだにしたんだからな」

マットスンは手を洗い終えて、ペーパータオルのディスペンサーを目でさがした。

シラードは奥の壁を指さした。「ディスペンサーは空だ」

「ふん、案の定か。人類はＤＮＡから兵士をつくれるのに、トイレにペーパータオルを補充しておくことはできんのだ」マットスンは両手をぶんぶんとふってから、残った水分をズボンでぬぐいとった。

「ペーパータオルの話はわきへ置いておくとして、それはつまり、あの兵士をわたしにくれるということか？　だとしたら、彼のブレインパルを作動させて、できるだけ早く訓練小隊のほうへ入れたいんだが」

「急いでいるのか？」

「彼は充分に成長した特殊部隊の兵士だ。べつに急いでいるわけではないが、特殊部隊の回転率はきみも知っているだろう。いつだって新兵は必要なんだ。それに、わたしはあの兵士がいずれ役に立つのではないかと考えている」

「えらく楽観的だな」

シラードはにやりとした。「特殊部隊の兵士にどうやって名前をつけているか知ってるか？」

「科学者や芸術家からとった名前をつけているんだろう」

「科学者や哲学者だ。とにかく、ラストネームについては。ファーストネームは一般的な名前をランダムにつけている。わたしのはレオ・シラードからとったんだ。最初の原子爆弾の開発にかかわった科学者だが、本人はあとでそのことを後悔したらしい」

「レオ・シラードのことくらい知っとるよ」

「きみが知らないと思ったわけじゃない。もっとも、きみたち真生人(リアルボーン)のことはわからないからな。知識に妙な欠落があったりする」

「学生時代の後半はどうやって女と寝るかということばかり考えていたからな。おかげで、ほとんどの連中は、二十世紀の科学者たちに関する情報には目がむかなかった」

「想像がつくよ」シラードはおだやかにこたえてから、本題にもどった。「レオ・シラードには、科学者としての才能だけでなく、先のことを予測する能力があった。二十世紀に地球で起きたふたつの世界大戦や、そのほかの重要なできごとを予測していたんだ。そのせいで神経過敏になってしまってね。ついには、ホテル住まいをして、つねに荷物を詰めたバッグを用意していた。万が一の用心に」

「おもしろい話だな。で、なにがいいたい？」

「自分がレオ・シラードとなにかつながりがあるというつもりはない。ただ名前をあてがわれただけだからな。ただ、先のこと、とりわけ戦争にかかわることを予測する能力だけは受け継いでいるような気がする。これから起ころうとしている戦争はとても厳しいものになると思う。ただのあてずっぽうじゃない。すでに情報収集をおこなって先の展開を予想しているんだ。なにも情報がなくたって、人類が三つの種族を相手にすればひどく分が悪いことはわかるしな」シラードはラボのほうへ頭をふった。「あの兵士にはブーティンの記憶はないかもしれないが、それでもあの肉体にはブーティンがいる――遺伝子が同じなんだからな。わたしはそれがちがいをもたらすと思うし、いまの人類にはどんなものでも助けが必要なんだ。わたしにとっての荷造りしたバッグということだ」

「ただの直感であの男がほしいというのか」

「それが第一の理由だ」

「ときどき思うんだが、おまえはやっぱり十代の若造なんだな」

「あの兵士をわたしに引き渡してくれるか、将軍？」

マットスンはもういいというように手をふった。「好きにするがいい。せいぜい楽しんでくれ。少なくとも、わしのほうではやつが裏切り者になる心配をしなくてすむ」

「ありがとう」

「で、新しいおもちゃでなにをするつもりだ？」

「まず最初に」シラードはいった。「名前をつけてやろうと思う」

4

彼はたいていの新生児と同じように世界へ踏みだした――まず絶叫したのだ。

周囲にあるのはもやもやとした混沌だった。世界があらわれたときには、なにかがそばにいて、彼にむかって雑音をたてていた。怖かった。そのあと急に、それは大きな雑音をたてながら離れていった。

彼は叫んだ。体を動かそうとしたができなかった。彼はもっと叫んだ。

べつのなにかが近づいてきた。たったひとつの経験をもとに、彼は恐怖の叫びをあげてそれを追い払おうとした。そのなにかが雑音をたてて動いた。

世界が澄みわたった。

意識に矯正(きょうせい)レンズをつけたかのようだった。すべてのものがあるべき場所にカチッとおさまった。どれも見慣れないことに変わりはないが、どれもくっきりとしている。名前も正体もわからないのに、すべてに名前と正体があることはわかるのだ。精神の一部がどっと活気づき、あらゆるものを分類しようとして、しかし果たせずにいた。

全宇宙が喉まで出かかっている。

《これが知覚できる？》

目のまえにいるなにかが――人が――問いかけてきた。知覚はできた。その質問を聞くことができたが、音が届いたわけではないこともわかっていた。その質問は脳のなかへじかに送りこまれてきたのだ。自分がなぜそのことを知っているのか、どうやってそんなことをしているのかはわからない。どうやって応答すればいいのかもわからない。彼は口をあけて返事をしようとした。

《だめ》目のまえにいる人物がいった。《わたしに返事を送ってみて。しゃべるより早いから。みんなそうしているの。やりかたはこうよ》

頭のなかに指示があらわれた。それだけではなく、いま理解できていないものも、いずれは明示され、説明され、筋道がとおるのだということがわかってきた。そう考えているうちにも、送られてきた指示が展開をはじめ、個々の概念や理念が枝分かれしてひろがり、それぞれの意味をさがしだして、彼が利用できる枠組みを提示しようとした。やがて、それはひとつの大きな理念へと融合し、ゲシュタルトとして彼に応答を許した。彼は目のまえの人物に応答したいという衝動が高まるのを感じた。彼の精神がこれを感じとり、可能な一連の返答を提案した。それらは指示と同じように展開し、適切な返答とともに理解と筋道をしめしてくれた。

すべては五秒に満たない時間内のできごとだった。
《知覚できます》彼はようやくこたえた。
《よかった》目のまえにいる人物がいった。《わたしはジュディ・キュリー》
《こんにちは、ジュディ》
彼の脳が、名前というものの概念と、身元を明かすために名前を伝えてきた相手に対する定型的な返答とを展開してくれた。彼は自分の名前を伝えようとしたが、なにも頭に浮かばなかった。急に不安がわきあがってきた。
キュリーがほほえみかけてきた。《自分の名前を思いだすのに苦労しているの？》
《はい》
《それはあなたにまだ名前がないから。自分の名前を知りたい？》
《おねがいします》
《あなたはジェレド・ディラック》
ジェレドはその名前が脳のなかで展開するのを感知した。ジェレドというのは聖書に由来する名前(ビブリカル・ネーム)だ（ビブリカルの定義が展開し、そこから本と聖書の定義へとつながったが、彼はそれを読まなかった。ぜんぶ読んでその後の展開に付き合うと数秒ではすまないことがわかったからだ）。マハラルエルの息子でエノクの父親であり、モルモン書（展開されたまま読んでいないべつの本）ではジェレドの民のリーダーとされている。定義は――子孫。ディラックのほうはいくつもの定義があり、その大半は科学者のポール・ディラックの名前に由来していた。ジェレドはあらかじめそれぞれの名前の出所と、その名をつけることがもつ意味とを展開してあった。彼はキュリーに顔をむけた。

《ぼくはポール・ディラックの子孫なのですか？》

《いいえ。あなたの名前は一群のグループからランダムに選ばれたの》

《でも、ぼくのファーストネームの意味は子孫です。そして、ラストネームというのは家名のはずです》

《真生人のあいだでさえ、ふつうはファーストネームは意味をもたないの。わたしたちの場合はラストネームも意味がない。自分の名前をあまり深読みしないで》

ジェレドはちょっと考えこみ、これらの概念が展開されるのを待ったが、〈真生人〉だけは展開しようとしなかった。あとで調べなければならないが、とりあえずは放置することにした。

《ぼくは混乱しています》ジェレドはようやくいった。

キュリーがにっこり笑った。《そもそもすごく混乱するものなのよ》

《混乱しないよう手助けしてください》

《もちろん。でも、あまり長くはだめ。あなたは遅れて生まれたの。いっしょに訓練する仲間たちはあなたより二日先んじている。できるだけ早く追いつかないと、ずっと遅れを取りもどせなくなるかもしれない。わたしができるだけ教えたあとで、訓練仲間のところへ連れていくわ。あとはみんなが教えてくれるから。さあ、その培養槽から出ないと。考えるのと同じくらい上手に歩けるかどうか見てみましょう》

〈歩く〉という概念が展開し、ジェレドを培養槽に固定していた拘束具が解除された。ジェレドは手をついて体を前方へ押しだし、培養槽の外へ出た。片足が床についた。

《ひとりの人間にとっては小さな一歩》キュリーがいった。

ジェレドがおどろいたことに、そのフレーズから展開される情報は膨大だった。

《まずこれだけはいっておくわ》キュリーがジェレドを連れてフェニックス・ステーションのなかを歩きながらいった。《あなたは自分が考えていると思っているけど、そうじゃないの》

ジェレドは、理解できませんとこたえそうになったが、ぐっとこらえた。このままではほとんどの場面でそういう反応をすることになりそうだと直観的に悟ったのだ。《説明してください》

《あなたはまだ生まれたばかり。あなたの脳には——ほんものの脳には——知識や経験はなにひとつおさまっていない。そのかわりに、頭のなかにあるブレインパルというコンピュータが知識や情報を供給しているの。あなたが理解していると思っていることはすべて、ブレインパルが処理して、あなたにわかるかたちでもどしているわけ。周囲のものごとにどんな反応を返したらいいか助言しているのもそう。人が多いから気をつけて》

キュリーは、通路のまんなかでかたまっているCDF兵士たちのあいだを縫うようにして進んだ。

ジェレドも同じように兵士たちのあいだをすり抜けた。《でも、なんとなく知っているような感じがするんです。まえは知っていたのに、いまは知らないみたいな》

《あなたが生まれるまえに、ブレインパルがあなたの脳を調整するの。人間の標準的な神経経路が設定されるのを手伝って、あなたの脳が情報を急速に学んで処理できるよう準備をするわけ。それでいろいろなことをすでに知っているような気がするのよ。脳のほうではそれを学ぶための準備ができているから。最初の一カ月は、あらゆるものにデジャヴュをおぼえるはず。で、実際にいろいろなことを学ぶと、それがあなたのほんとうの脳に格納されて、ブレインパルを杖みたいに使う必要はなくなる。こういう仕組みがあるおかげで、わたしたちは真生人より何倍も速く情報を集めて処理する――そして学ぶ――ことができるの》

ジェレドは足を止めた。いまキュリーから聞いたさまざまな概念を頭のなかで展開させるためでもあったが、理由はそれだけではなかった。キュリーも、ジェレドが立ち止まったのを感じて足を止めた。

《どうかした？》キュリーがいった。

《あなたがその単語を使ったのはこれで二度目です。真生人——その意味を見つけることができません》

《あなたのブレインパルにはその情報がはいっていないの》キュリーはふたたび歩きだし、通路にいるほかの兵士たちを身ぶりでしめした。《真生人というのは彼らのこと。赤ん坊として生まれ、年単位のとても長い期間をかけて成長しなければならない。十六歳の真生人があなたほどの知識をもっていない場合もある——生まれて十六分しかたっていないあなたに劣っているわけ。とても効率の悪いやりかたなんだけど、それが自然なやりかただから、良いことだと考えられているの》

《あなたはそうは思わないんですか？》

《良いとも悪いとも思わないけど、効率が悪いのはたしかね。わたしだって彼らと同じように生きている。真生人というのは誤称だと思う——わたしたちだって真に生まれているんだから。生まれて、暮らして、死ぬ。それは同じこと》

《じゃあ、ぼくたちも真生人と同じなんですね》

キュリーはちらりとふりかえった。《いいえ。同じじゃないわ。わたしたちのほうが肉体面でも精神面でもすぐれている。動くのも速い。考えるのも速い。話すのも速い。あなたがはじめて真生人と話をするときには、彼らが半分のスピードで動いているように見え

るはず。ほら、見てて》

キュリーは立ち止まり、困ったような顔をしてから、そばをとおりかかった兵士の肩をぽんと叩いた。

「ちょっと失礼」キュリーは口を動かして話しかけた。「このレベルに最高のハンバーガーを出す売店があると教わったんだけど、見当たらないの。教えてもらえない？」

キュリーの話す声は、ジェレドが頭のなかで聞いていた声とほぼ同じだった……が、ずっとゆっくりで、一瞬なにをいっているのか理解できないほどだった。

「いいよ」兵士がこたえた。「きみがいっている場所は、ここから二百ヤードほど行ったところにある。このまま進んでいけばいい。最初に出くわす売店がそうだから」

「よかった。ありがとう」キュリーはふたたび歩きだし、ジェレドに語りかけた。《わたしのいった意味がわかった？　ちょっと頭がにぶいのかと思うくらいでしょ》

ジェレドはぼんやりとうなずいた。脳が〝ハンバーガー〟という概念を展開し、それにつづいて〝食べ物〟が展開されたせいで、まったくべつのことに気づいたのだ。

《ぼくは腹がへっているようです》ジェレドはキュリーにいった。

《あとにして。訓練仲間といっしょに食べなさい。それも絆を深める経験。ほとんどのことは訓練仲間といっしょにするの》

《あなたの訓練仲間はどこにいるんですか？》

《おもしろい質問ね。みんなとはもう何年も会っていない。訓練が終わったら、仲間とはめったに会わなくなるの。各自が必要とされるところに配属されて、分隊と小隊に統合される。いまのわたしは、特殊部隊で生まれる兵士たちの意識の転送を担当する小隊に統合されているわけ》

ジェレドは脳内で〝統合〟という概念を展開したが、うまく理解できなかった。もういちど試してみようとしたら、しゃべりつづけるキュリーにさえぎられた。

《気の毒だけど、あなたはほかの訓練仲間より不利な立場に置かれることになる。みんなは覚醒したときから統合されていて、もうおたがいに慣れている。仲間たちがあなたに慣れるには二日ほどかかるかもしれない。あなたも転送と統合を同時にすませていればよかったんだけど》

《なぜそうじゃなかったんです？》

《着いた》キュリーはそういって、とあるドアのまえで足を止めた。

《ここにはなにが？》

《シャトル操縦士の待機室。あなたもいよいよ出発というわけ。来て》キュリーはドアをあけてジェレドをとおし、そのあとについて部屋にはいった。

室内には三人の操縦士がいて、ポーカーをしていた。

「クラウド中尉をさがしているんだけど」キュリーがいった。

「たったいまケツを蹴飛ばされてるやつだよ」ひとりの操縦士がいって、チップを場に投げこんだ。「一〇レイズ」

「それも強烈にな」べつの操縦士がいって、自分のチップをほうった。「コール」

「ほんとに金を賭けて遊んでいたら、そういうあざけりのことばがもっと効くんだろうけどな」三人目がいった。消去法でいけば、この男がクラウド中尉ということになる。彼は三枚のチップを投げこんだ。「コールして、さらに二〇レイズ」

「それが参加費無料の地獄ツアーの欠点だよな」最初の操縦士がいった。「支払いの必要がないから、給料をもらう理由もない。コール」

「社会主義者のために働くとわかっていたら、絶対に入隊しなかったのに」二人目がいった。「コール」

「けど、入隊しなかったら、呆けてるどころじゃなく、もう死んでたんじゃないか?」とクラウド。「仕事から見放されるだけじゃない。あらゆるものから見放されるんだ。しかも、この手でおまえは二百ドルなくすことになる」彼はカードをひらいた。「エースのワンペアと8のスリーカード。おれの勝ちだな」

「ああ、くそっ」と最初の操縦士。

「カール・マルクスさまさまだ」二人目の操縦士が歌うようにいった。

「ポーカーのテーブルでそんな台詞が吐かれたのは史上初だろう」とクラウド。「誇りに思うべきだな」

「いやまったく。けど、おふくろにはいうなよ。テキサス育ちだから悲しむはずだ」

「秘密は守るとも」

「クラウド中尉」キュリーがいった。「今世紀中に切りあげてくれると助かるんだけど」

「すまんな、中尉。こいつらをへこませるのは儀式みたいなものでね。わかってくれるだろう」

「そうでもないけど」キュリーはジェレドにうなずきかけた。「この新兵をキャンプ・カースンへ連れていって。すでに命令と許可が届いているでしょう」

「たぶんな」クラウドはそれから一分ほど黙りこんでブレインパルにアクセスした。「ああ、届いてる。シャトルの整備と燃料補給もすんでいるらしい。おれのほうでフライトプランを提出したら、それで準備完了だな」ジェレドに目をむける。「体のほかに持っていくものは？」

ジェレドがキュリーに目をやると、彼女は首を横にふった。

「ありません」ジェレドはこたえた。「ぼくだけです」

はじめて聞いた自分の声と、単語が出てくるまでの遅さに、ジェレドはいささかぎょっとさせられた。口のなかにある舌とその動きがひどく気にかかり、なんだか胸がむかむかしてくる。

クラウドは、ジェレドとキュリーの無言のやりとりをながめてから、身ぶりで椅子をしめした。「よし。じゃあすわってくれ、相棒。一分で片付けるから」
ジェレドは腰をおろし、キュリーを見あげた。《これからどうすれば？》
《クラウド中尉のシャトルでフェニックスのキャンプ・カースンへおりて、そこで訓練仲間たちと合流するの。彼らは二日まえから訓練をはじめているけど、最初の何日かは人格の統合と安定のためのものだから。本格的な訓練にはまにあうはず》
《あなたはどこに？》
《ここにいるわよ。ほかのどこにいると思ったの？》
《わかりません。怖いんです。あなた以外だれも知らないので》
《落ちついて》
キュリーがそういったとたん、ジェレドは彼女からひとつの感情が流れてくるのを感じた。ブレインパルがその感情を処理して〝共感〟という概念を展開した。
《二時間後に訓練仲間と統合されればもうだいじょうぶ。いろいろなことが理解できるようになるから》
《わかりました》とはいったものの、ジェレドは半信半疑だった。
《さようなら、ジェレド・ディラック》
キュリーはそっと笑みを浮かべると、きびすをかえして歩み去った。ジェレドはまだ心のなかに彼女の存在を感じていたが、ほどなく、キュリーが接続を切っていなかったのを急に思いだしたかのように、それはふっと消えた。ジェレドの心はいつしかふたりですごしたひとときを再訪していた。ブレインパルが〝思い出〟という概念を展開した。その概念がきっかけとなってひとつの感情が呼び起こされた。ブレインパルは〝好奇心〟という概念を展開した。

「なあ、ひとつ質問できるかな？」クラウドがジェレドにそうたずねたとき、ふたりはすでにフェニックスへの降下をはじめていた。

ジェレドがその質問について考察してみると、あいまいな構造のせいで複数の解釈が可能だった。クラウドが質問をする能力を有しているかという意味なら、すでに本人が質問をしたのだから答は出ている。ブレインパルが、それは質問の正しい解釈ではない可能性が高いと助言をくれたが、ジェレドも同じ意見だった。クラウドは手続きとして自分は質問をすることができると知っている。たとえこれまでは知らなかったとしても、いまはもう知っているはずだ。ブレインパルがほかの解釈を展開してよりわけているあいだに、ジェレドは、いずれは果てしない展開抜きで文章の正しい解釈を見つけられるようになりたいものだと考えた。覚醒して一時間ちょっとしかたっていないのに、彼は早くもうんざりしていた。

ジェレドは提示された選択肢について考えこみ、彼にとっては長く思えても操縦士にとっては気がつかないほどの時間がすぎてから、この文脈でもっとも適切と思われる返答を思いきって口にしてみた。

「はい」

「おまえは特殊部隊なんだろ？」

「はい」

「歳はいくつなんだ？」

「いま現在ですか？」

「ああ」

ブレインパルが体内クロノメーターの存在を教えてくれた。ジェレドはそれにアクセスしてこたえた。「七十一です」

クラウドがこちらに顔をむけた。「七十一歳？　噂に聞く特殊部隊にしては、ずいぶん歳をくっているんだな」

「いいえ。七十一年ではありません。七十一分です」

「マジかよ」

またもや複数の解釈からすばやく選択しなければならなかった。「マジです」

「ちぇっ、妙な感じだな」

「なぜです？」

クラウドは口をあけて、また閉じて、ちらりとジェレドを見た。「まあ、おまえは知らないだろうが、たいていの人間にとっては、生まれて一時間ちょっとしかたっていない相手と話をするのはすこしばかり異様なことなんだ。だって、おれがあそこでポーカーをはじめたとき、おまえはまだ生まれてさえいなかったんだろ。おまえくらいのとき、たいていの人間は呼吸をしたりウンチをしたりするのでせいいっぱいなんだ」

ジェレドはブレインパルに助言を求めた。「そのうちのひとつを、たったいまやっていますが」

クラウドはおもしろがっているような音をたてた。「おまえたちがジョークをいうのをはじめて聞いたな」

ジェレドは考えこんだ。「ジョークではありません。たったいま、ほんとうにそのうちのひとつをやっているんです」

「呼吸のほうであることを心から願うよ」

「そうです」

「そいつはよかった」クラウドはまたくすくす笑った。「一瞬、ユーモアのセンスがある特殊部隊の兵士を発見したのかと思ったぜ」

「すみません」

「あやまることはない。おまえはまだ生まれて一時間なんだ。ユーモアのセンスを身につけることなく百歳まで生きるやつもいる。おれの元妻のひとりなんか、結婚しているあいだほとんど笑顔を見せなかった。少なくとも、おまえには生まれたばかりという言い訳がある。あいつには言い訳の余地がなかった」

ジェレドは考えこんだ。「あなたがおもしろくなかったのかもしれません」

「ほら、ちゃんとジョークをいってるじゃないか。すると、おまえはほんとに生まれて七十一分なんだな」

「七十三分になりました」

「ここまではどんな具合だ？」

「なにがです？」

「これだよ」クラウドは身ぶりでまわりをしめした。「人生。宇宙。なにもかも」

「寂しいですね」

「ふん。早くもそのことに気づいたか」

「なぜ特殊部隊の兵士にはユーモアのセンスがないと思うんです？」

「べつに、ありえないといってるわけじゃない。見たことがないだけだ。たとえば、フェニックス・ステーションにいたおまえの友だち。あの美しきミス・キュリーだ。なんとか笑わせようとしてもう一年になる。おまえたち特殊部隊の群れをキャンプ・カースンまではこぶたびに会っているからな。いまのところ失敗つづきだ。ひょっとしたらあの女だけなのかもしれないが、特殊部隊の兵士たちを地上へはこんだり連れもどしたりするときにも、ときどき笑わせようとしているんだ。いまのところ成果はない」

「あなたがとことんおもしろくないのかもしれません」

「またジョークが出たな。いや、おれもその可能性は考えた。だが、ふつうの兵士たちなら、少なくともその一部の連中なら、苦もなく笑わせることができるんだ。ふつうの兵士はおまえたち特殊部隊とめったにかかわることはないが、おれたちのようにかかわっているやつらは、みんなおまえたちにはユーモアのセンスがないといってる。理由として考えられるのは、おまえたちが生まれたときからおとなだということだ。ユーモアのセンスを磨くには時間と練習が必要なんだろう」

「ジョークをいってください」

「本気でいってるのか？」

「はい。おねがいします。ジョークを聞いてみたいんです」

「おれにジョークを考えろってのか」クラウドはちょっと黙りこんだ。「よし、ひとつ思いついた。おまえはシャーロック・ホームズのことなんか知らないだろうな」

「もう知っています」ジェレドは数秒たってからこたえた。

「えらく不気味なことをやってくれるなあ。いいだろう。こんなジョークだ。シャーロック・ホームズとその相棒のワトソンが、ある晩キャンプに出かけた。いいな？　ふたりは焚き火をおこし、ワインを飲み、マシュマロを焼いた。ごくふつうに。それから寝床についた。夜遅くなって、ホームズが目をさまし、ワトソンを起こした。『ワトソン、空を見あげてなにが見えるか教えてくれ』ワトソンはこたえた。『星が見えるね』『それはきみになにを教えてくれる？』とホームズは質問した。ワトソンは、星が何百万もあることがわかるとか、空が晴れているから明日は天気がいいとか、宇宙の雄大さは全能の神が存在する証だとか、あれこれならべたてた。それがすむと、彼はホームズに顔をむけた。『夜空はきみになにを教えてくれるんだ、ホームズ？』するとホームズはいった。『だれかがぼくたちのテントを盗んだんだよ！』」

クラウドは期待のこもった目でジェレドを見たが、ぽかんとした視線が返ってきただけだったので眉をひそめた。「わからないんだな」

「わかります。でも、おもしろくありません。だれかがテントを盗んだんですから」

クラウドは一瞬ジェレドを見つめてから、声をあげて笑いだした。「おれはつまらん男かもしれないが、おまえはまちがいなくおもしろいやつだよ」

「そうなろうとしているわけではありません」

「ま、それも魅力の一部だ。さて、そろそろ大気圏へ突入するぞ。ジョークの交換はひと休みして、シャトルをぶじに地上へおろすことに専念するとしようか」

クラウドはキャンプ・カースンのスカイポートの駐機場でジェレドと別れた。

「おまえがここに来ていることは連絡がいっている」クラウドがいった。「だれかが迎えにくるはずだ。それまでここにいればいい」

「わかりました」ジェレドはいった。「旅とジョークをありがとう」

「どういたしまして。もっとも、おまえにとってはそのうちの片方が特に役に立ちそうだな」

クラウドが手を差しだした。ブレインパルがその礼儀作法のことを展開してくれたので、ジェレドも同じように手を差しだした。ふたりは握手をかわした。

「これで握手のしかたもおぼえたわけだ」とクラウド。「だいじな技術だからな。幸運を祈るぜ、ディラック。訓練が終わっておまえを連れて帰るときには、またジョークを交換できるかもしれないな」

「ぜひそうしたいです」

「だったら、それまでにいくつか仕入れておくんだぞ。しんどいことをみんなおれに押しつけられると思うなよ。ほら、だれかがこっちへやってくる。おまえを迎えにきたんだろう。じゃあな、ジェレド。離陸のときには離れるんだぞ」

クラウドは出発の準備をするためにシャトルのなかへ消えた。ジェレドは機体のそばから離れた。

《ジェレド・ディラック》ぐんぐん近づいてくる男がいった。

《はい》ジェレドはこたえた。

《わたしはゲイブリエル・ブラーエ。きみの訓練分隊を担当する指導官だ。ついてきたまえ。いっしょに訓練する仲間たちに引き合わせよう》

そばへ来るやいなや、ブラーエはくるりとむきを変え、キャンプをめざして歩きだした。ジェレドはあわててあとを追った。

《あの操縦士と話をしていたようだな》ブラーエが歩きながらいった。《どんなことを論じていたのだ？》

《ジョークを教わっていました。たいていの兵士は特殊部隊にはユーモアのセンスがないと考えているそうです》

《たいていの兵士は特殊部隊のことなどなにも知らない。いいか、ディラック、二度とそんなことはするな。彼らの偏見を助長するだけだ。真生人の兵士が特殊部隊にはユーモアのセンスがないというときには、単にわれわれを愚弄(ぐろう)しているにすぎない。われわれのほうが劣った人間だとほのめかしているのだ。もしもユーモアのセンスがなかったら、われわれは人類が気晴らしのためにつくった自動機械と同等になってしまう。感情をもたないロボットが相手なら、彼らは優越感を味わうことができる。そんなことをさせるチャンス

をあたえるな》

ブラーエの激しいことばがブレインパルによって展開されたあと、ジェレドはさっきの会話を思い返してみたが、クラウドが優越感にひたっていたようには思えなかった。とはいえ、ジェレドが生まれて二時間しかたっていないのは事実だ。見落としていることがたくさんあるのかもしれない。それでも、ブラーエのことばと、ささやかな自分の経験とのあいだに不一致があるような気がする。そこで思いきって質問してみた。

《特殊部隊にはユーモアのセンスがあるのですか？》

《当然だろう》ブラーエはちらりと背後をふりむいた。《どんな人間にだってユーモアのセンスはある。ただ、彼らのユーモアのセンスとはちがうだけだ。さっきの操縦士のジョークをいってみろ》

《はい》といって、ジェレドはシャーロック・ホームズのジョークをくりかえした。

《それ見ろ、ただバカげているだけだ。ワトソンがテントがなくなったことに気づいていないかのように聞こえる。そこが真生人のユーモアの問題点なのだ。つねにだれかが愚か者であることを前提としている。そんなユーモアのセンスなら、なくてもすこしも恥じることはない》

ブラーエはいらだちをあらわにしていた。ジェレドはこの話題はつづけないほうがよさそうだと判断し、べつの質問をしてみた。

《ここにいるのはみんな特殊部隊なんですか？》
《そうだ。キャンプ・カースンは特殊部隊が利用しているふたつの訓練場のひとつで、惑星フェニックスでは種類を問わず唯一の訓練基地だ。キャンプが森に囲まれているのが見えるだろう？》
ブラーエは頭を動かしてキャンプの端のほうをしめした。地球産の木々とフェニックス固有の大型植物が覇権をめぐって競い合っている。
《どの方向へ行っても文明にたどり着くまで六百キロメートル以上ある》
《なぜです？》《ほかの人たちからわれわれを遠ざけようとしているんですか？》ジェレドは、ブラーエがさっき真生人に関していったことを思いだしてたずねた。
《われわれからほかの人びとを遠ざけようとしているんだ。特殊部隊の訓練は真生人のための訓練とはちがう。通常のＣＤＦや民間人がいたらじゃまになるし、ここでおこなわれていることを見せたら誤解されかねない。われわれだけで静かに訓練をおこなうのがいちばんいいのだ》
《ぼくは訓練で遅れをとっているようですが》
《訓練についていては遅れていない。統合が遅れているのだ。われわれは明日から訓練をはじめる。しかし、きみの統合も同じくらい重要なことだ。統合をすませなければ訓練は受けられない》

《どうやって統合するんです？》

《まずは訓練仲間たちとの顔合わせだ》ブラーエは小さな兵舎の戸口で足を止めた。《さあ着いたぞ。みんなにはきみが来ることを伝えてある。待っているはずだ》

ブラーエはドアをあけてジェレドをなかへとおした。

兵舎はがらんとしていて、過去数世紀のあらゆる兵舎とほぼ同じだった。寝台が八台ずつ二列になって両側にならんでいる。そのなかですわったり立ったりしている十五名の男女が、そろってこちらに目をむけていた。ジェレドはいきなり注目されて舞いあがってしまった。ブレインパルが〝照れる〟という概念を展開する。訓練仲間にむかってあいさつしようとして、ブレインパル経由で複数の相手に話しかける方法がわからないことに気づいたが、それとほぼ同時に、ただ口をあけて話せばいいのだと気づいた。コミュニケーションの複雑さで頭が混乱してきた。

「こんにちは」ジェレドはやっとのことでいった。

未来の訓練仲間たちの何人かが、ジェレドの原始的なコミュニケーション形態に笑みを浮かべた。あいさつを返してくる者はいなかった。

《幸先のいいスタートとはいえないみたいです》ジェレドはブラーエにいった。

《みんなはきみが統合されてから自己紹介をするつもりなんだ》

《いつそれをやるんです？》

《いますぐに》ブラーエはそういって、ジェレドを訓練仲間たちと統合した。

　ジェレドは、ブレインパルからの報告で、上官であるブラーエによってブレインパルへのアクセスが制限されていたことを教えられてすこしおどろいたが、ほんの十分の一秒ほどで、そんなデータは押し流されてしまった。急に十五名の人びとがジェレドの頭のなかにあらわれ、ジェレド自身もほかの十五名の頭のなかにあらわれたのだ。十五の人生の物語が流れこんできて、野放しになった情報の奔流がジェレドの意識に焼きつけられ、彼自身のささやかな体験が十五のパイプラインへと枝分かれしていく。あいさつや自己紹介はまったくの蛇足だった。ジェレドは一瞬のうちに、この十五名の見知らぬ人びとについて必要なことをすべて知って、感じとって、人間どうしではこれ以上ないというほど親密な関係になったのだ。それぞれの人生が異常に短いのはせめてもの慰めだろう。

　ジェレドは卒倒した。

《おもしろい》
だれかの声が聞こえた。ほぼ瞬時に、ジェレドはそれがブライアン・マイケルソンのことばだと気づいた。いちども会話をしたことのない相手だったのに。
《こういうのを癖にしてほしくないもんだな》
べつの声がいった。こちらはスティーヴン・シーボーグだ。

《そうあわてないで》第三の声がいう。《この人は統合されずに生まれてきたのよ。いっぺんに対処するのはきついはず。さあ、床から起こしてあげないと》
サラ・ポーリング。
ジェレドは目をあけた。ポーリングがかたわらで膝をついていた。ブラーエとほかの訓練仲間たちはジェレドの頭をかこむようにして集まっていた。
《だいじょうぶです》
ジェレドは全員にむかって送信した。使ったのは分隊用の通信回線で、対象者のなかにはブラーエも含まれていた。特に意識せずにその回線を選ぶことができたのは、統合によって得た大量の情報のおかげだった。
《どうなるか予想していなかったんです。だから対処の仕方もわからなくて。でも、もう平気です》
訓練仲間たちはさまざまな感情をオーラのように発散していた。気づかい、困惑、いらだち、無関心、楽しみ。ジェレドは、楽しみの感情を出所までたどってみた。ポーリングが楽しんでいるのは、感情のオーラだけではなく、その顔に浮かぶ独特の笑みからもあきらかだった。
《たしかに、それほどめげてるわけじゃなさそうね》ポーリングは立ちあがり、手を差しだした。《さあ立って》

ジェレドは手をのばし、ポーリングの手をぐいと引っぱって立ちあがった。

《サラにペットができたぞ》

シーボーグがいうと、何人かのあいだに楽しげな感情がさざ波のようにひろがった。そこには、奇妙な感情のピングがひとつまじっており、ジェレドはそれが笑い声にあたるのだと気づいた。

《うるさいわよ、スティーヴ》ポーリングがいった。《ペットがどんなものかよく知らないくせに》

《だからといってそいつがペットでなくなるわけじゃない》とシーボーグ。

《だからといってあなたが愚か者でなくなるわけでもない》ポーリングがいいかえす。

《ぼくはペットじゃない》

ジェレドがいうと、全員の視線がいきなり集まった。頭のなかにみんながはいっているせいか、まえほど威圧的には感じない。ジェレドはシーボーグに意識を集中した。

《サラはぼくに親切にしてくれただけだ。それでぼくがペットになるわけじゃないし、彼女が飼い主になるわけでもない。いい人だから、ぼくが床から起きあがるのに手を貸してくれただけだ》

シーボーグは音をたてて鼻を鳴らし、ほかにおもしろいことはないかと、集まった人の輪から離れていった。数人がそのあとを追った。ポーリングがブラーエに向き直った。

《どの訓練分隊でもこんなことがあるんですか？》

ブラーエがにやりと笑った。《おたがいが頭のなかにいれば仲良くやっていけるようになるとでも思ったのか？　隠れる場所がないんだぞ。なによりおどろきなのは、いまだにきみたちのなかに仲間を殴ったやつがいないということだ。この時期には、バールで新兵どうしを引き剝がすのに苦労しているのがふつうなんだが》ジェレドに顔をむける。《そっちはだいじょうぶか？》

《だと思います》ジェレドはこたえた。《ただ、いろいろと整理する時間が必要になりそうです。頭のなかにたくさんのものがあって、それをどうすればいいのかよくわからないので》

ブラーエはポーリングに目をやった。《整理を手伝ってやれそうか？》

ポーリングはにっこりした。《もちろん》

《では、きみがディラックの世話役だ。明日からは訓練がはじまる。それまでに、できるだけ状況を把握できるようにしてやれ》

ブラーエは兵舎から出ていった。

《ほんとうにきみのペットになったらしい》ジェレドはいった。

ポーリングからジェレドにむかって楽しげな感情の波が押し寄せてきた。

《あなたはおもしろい人ね》

《今日、ぼくにそういったのは二人目だ》

《へえ？　おもしろいジョークでも知ってるの？》

ジェレドはシャーロック・ホームズのジョークを披露した。ポーリングは声をあげて笑った。

5

特殊部隊の訓練には二週間かかる。ゲイブリエル・ブラーエは、ジェレドの分隊――正式名称は第八訓練分隊――の訓練をはじめるにあたり、各自にひとつの質問をした。

《きみたちとほかの人間たちとの根本的なちがいは？　わかったら手をあげたまえ》

分隊の隊員は、ブラーエのまえでおおざっぱな半円を描いてならんだまま、じっと黙りこんでいた。しばらくしてジェレドが手をあげた。

《ぼくたちはほかの人間より賢く、強く、速いです》ジェレドはジュディ・キュリーのことばを思いだしていった。

《良い推測だ。しかしまちがっている。われわれはほかの人間より強く、速く、賢くなるようデザインされている。だがそれは、ほかの人間たちとの根本的なちがいがもたらした結果にすぎない。どこが根本的にちがうかというと、すべての人間のなかで、われわれだけは目的をもって生まれているのだ。その目的とは単純なものだ――人類をこの宇宙で生きのびさせること》

分隊の隊員は顔を見合わせた。サラ・ポーリングが手をあげた。
《人類が生きのびる手助けをしている人びとはほかにもいます。ここへ来る途中、フェニックス・ステーションで見かけました》
《だが、彼らはそのために生まれたわけではない。きみが見た人びと、つまり真生人たちは、なんの計画もなく生まれている。彼らが生まれたのは、人間をもっと増やそうとする生物としての欲求によるものだ。しかし、生まれたあとのことは考慮されていない。真生人は、なんのために生きるかについて手がかりすらつかめないまま何年もすごす。わたしの理解するところでは、一部の人びとは最後までそれを知ることがない。ただぼんやりと日々をすごし、最後に墓穴へはいるだけ。悲しいことだ。しかも効率が悪い。
　きみたちの人生にはいろいろなことがあるだろうが、ぼんやりと日々をすごすことだけはない。きみたちは人類を守るために生まれた。そのためにデザインされた。遺伝子レベルにいたるまで、すべてがその目的にかなうものとなっている。だからこそ、ほかの人間よりも強く、速く、賢いのだ》
　ブラーエはジェレドにむかってうなずきかけた。
《きみたちが成人の状態で生まれ、迅速に、能率よく、効果的に戦闘に加わることができるのもそのためだ。コロニー防衛軍が真生人の兵士を訓練するには三カ月かかる。われわれはそれと同等の――それ以上の――訓練を二週間でこなすことになる》

スティーヴン・シーボーグが手をあげた。《なぜ真生人の訓練はそんなに長くかかるんですか？》

《実際に見せてやろう。今日は訓練の初日だ。きみたちは、気をつけとか、そういった基本教練について知っているか？》

訓練分隊の隊員はぽかんとブラーエを見つめた。

《よろしい》ブラーエはいった。《では説明を送るとしよう》

ジェレドは脳のなかに新しい情報があふれるのを感じた。認識された知識が、意識の上に分厚く、まとまりなくふり積もる。ブレインパルがそれらの情報を適切な場所へ流しこむと、すでにおなじみとなった展開処理が、枝分かれした情報の道筋をのばし、生まれてまる一日たったジェレドがすでに知っているものごとと接続していく。

いまやジェレドは、軍隊ではどのように整列するかを知っていた。それだけでなく、予期せぬ感情が脳内で自然にわきあがり、訓練分隊の統合された思考によって増幅され、強化された。兵士たちはブラーエのまえでいいかげんにならんでいて、立っている者もいれば、兵舎の階段ですわりこんだりふんぞりかえったりしている者もいた。それはまちがっていた。礼を失していた。恥ずべきことだった。三十秒後、兵士たちは四人ずつ四列にきちんと整列し、気をつけをしていた。

ブラーエはにっこりした。《きみたちは最初の試みでそれをやってのけた。整列休め》

分隊の隊員は整列休めの姿勢へと移行した。両足をひらき、両手を背後で組む。
《すばらしい。休め》
分隊は目に見えて緊張を解いた。
《真生人を訓練してこれだけのことができるようにするのにどれほどの時間が必要かを教えても、きみたちにはとても信じられないだろう。真生人には教練が必要なのだ。何度も何度も練習をして、きちんとできるようにしてやらなければならない——きみたちが一度か二度の訓練で学び、身につけてしまうことを》
《なぜ真生人もこのやりかたで訓練しないのですか？》アラン・ミリカンがいった。
《むりだな。真生人の年老いた精神は、みずからのやりかたに固執してしまう。ブレインパルの使い方を学ぶだけでもひと苦労だ。いまきみたちにやったように教練の情報を送ろうとしても、彼らの脳はそれを処理しきれない。しかも、真生人は統合ができない——きみたちや特殊部隊の兵士みんながやっているように情報を自動的に共有することができない。彼らはそのようにデザインされていない。そのように生まれついていないのだ》
《おれたちのほうがすぐれているのに、やっぱり真生人の兵士がいるんですね》スティーヴン・シーボーグがいった。
《そうだ。特殊部隊はＣＤＦの全戦闘部隊の一パーセントにも満たない》
《それほど優秀なら、なぜそんなに人数が少ないんですか？》

《真生人がわれわれを怖がっているからだ》

《え?》

《真生人はわれわれを疑っている。人類を守るという目的でわれわれをつくっておきながら、われわれがほんとうに人間なのかどうか確信がもてない。よりすぐれた兵士になるようわれわれをデザインしておきながら、そのデザインに欠陥があるのではないかと心配している。そこで、われわれを人間以下の存在とみなし、自分たちがやったら人間以下に成り下がってしまいそうな仕事を割り当てている。そうした仕事のために必要なぶんだけわれわれをつくり、それ以上はけっして増やそうとしない。真生人がわれわれを信用しないのは、自分たちを信用していないからだ》

《そんなのバカげています》とシーボーグ。

《なんだか矛盾していますね》とサラ・ポーリング。

《両方だな》とブラーエ。《合理性は、われわれ人類の特質とはいえない》

《真生人がなぜそんなふうに考えるのか、ぼくには理解できません》ジェレドはいった。

《そのとおり》ブラーエはジェレドに顔をむけた。《しかも、きみは意図せずして特殊部隊のもつ人種的欠陥をしめしてくれた。真生人は特殊部隊をなかなか信用できない――そのいっぽうで、特殊部隊は真生人をなかなか理解できないのだ。それは解消されることはない。わたしは十一歳になるが――》

おどろきの鋭いピングが分隊内をとびかった。そんな高齢になるのがどんなものか、だれひとり想像できなかったのだ。

《――はっきりいって、いままでもほとんどの場合は真生人が理解できない。彼らのユーモアのセンスは、ディラック、きみとも話したが、もっとも顕著な例というだけのことでしかない。だからこそ、特殊部隊の訓練には、肉体および精神のコンディショニングだけでなく、これから出会う真生人の兵士たちの歴史や文化を学ぶ専門研修が含まれている。それによって、きみたちは真生人を理解し、彼らがわれわれをどのように見ているかを知ることができるのだ》

《時間のむだのような気がしますね》シーボーグがいった。《真生人がおれたちを信用していないのなら、どうしておれたちが彼らを守らなけりゃいけないんです？》

《われわれはそのために生まれてきたのだし――》

《生んでくれと頼んだわけじゃありません》

《――きみの考え方はまるで真生人のようだな。われわれだって人間なんだ。われわれが人間のために戦うということは、われわれ自身のために戦うということだ。だれも生んでくれと頼んだわけではないが、現実にこうして生まれているし、人間であることに変わりはない。ほかの人間たちのために戦うのと同時に、われわれ自身のために戦うのだ。人類を守らなかったら、ほかの人間たちといっしょに死ぬしかない。なにしろ無慈悲な宇宙だ

からな》

シーボーグは黙りこんだが、そのいらだちは全員に伝わっていた。

《やることはそれだけなんですか?》ジェレドはたずねた。

《どういう意味かね?》とブラーエ。

《ぼくたちは人類を守るために生まれてきました。でも、ほかにもなにかできるんじゃないですか?》

《たとえば?》

《わかりません。ぼくは生まれてまだ一日です。知っていることが少ないんです》

楽しげなピングがいくつもとびかい、ブラーエは笑みを浮かべた。

《われわれはそのために生まれたが、奴隷ではない》ブラーエはいった。《兵役には期限がある。十年だ。それがすぎたら退役もできる。真生人のように植民者になるのだ。われわれ専用のコロニーも用意されている。そこへ行く者もいれば、真生人にまじってほかのコロニーへ行く者もいる。だが、大半は特殊部隊にとどまる。わたしもそうだった》

《なぜです?》ジェレドはたずねた。

《わたしはそのために生まれたのだ。それがなによりも得意なのだ。きみたちはみんなそうだ。いまはだめでも、すぐにそうなる。はじめるとしようか》

《わたしたちが真生人よりも速くできることはたくさんある》サラ・ポーリングがスープを飲みながらいった。《でも、食事はそうはいかないみたい。あんまり急いで食べると喉につかえるの。笑える話だけど、困った話でもある》

ジェレドは、食堂で第八訓練分隊に割り当てられたふたつあるテーブルの片方で、ポーリングのむかいにすわっていた。アラン・ミリカンは、真生人と特殊部隊との訓練のちがいに興味をもち、真生人が分隊ではなく小隊で訓練をすることや、特殊部隊の訓練分隊がCDFの分隊と同じ規模ではないということを発見した。ミリカンがこの件について学んだことはすべて、第八分隊のほかの隊員たちに送られてその情報庫に追加された。こうして、統合によるもうひとつの利点があきらかになった。第八分隊のだれかひとりがなにかを学べば、ほかの隊員全員がそれを知ることができるのだ。

ジェレドもスープをすすった。《ぼくたちは真生人よりも速く食べていると思う》

《どうしてそうなるわけ？》とポーリング。

ジェレドはスプーンになみなみとすくったスープを口へはこんだ。「だって、真生人が話をしながらスープを飲んだら、こういうことになる」彼はしゃべりつづけてスープを口からだらだらと垂らした。

ポーリングは手を口に当てて笑いをこらえ、一瞬おいていった。《あらら》

《どうかした？》ジェレドはいった。

ポーリングがまず左へ、ついで右へ視線を走らせた。ジェレドが周囲を見まわすと、食堂にいる全員がこちらを見つめていた。ジェレドは遅まきながら気づいた。彼が口を使ってしゃべったのが全員に聞こえていたのだ。食堂にいるほかの者は、だれひとりとして食事のあいだに口を使ってしゃべったりはしていなかった。考えてみると、ジェレドが最後に他人の声を聞いたのは、クラウド中尉から別れを告げられたときのことだった。声をだしてしゃべるのはおかしなことなのだ。

《ごめん》ジェレドは一般回線でいった。

全員が食事にもどった。

《恥さらしなやつだな》同じテーブルにいるスティーヴン・シーボーグがいった。

《ただのジョークだよ》ジェレドはいった。

《"ただのジョークだよぅ"》シーボーグはあざけるようにいった。《バカが》

《きみはあまりやさしくないな》

《ジェレドはバカかもしれないけど、とにかく自分でことばを考えているわ》ポーリングがいった。

《"きみはあまりやさしくないなぁ"》

《黙ってろよ、ポーリング》とシーボーグ。《よけいな口出しをするな》

ジェレドが返事をしようとしたとき、視野でひとつのイメージがポップアップした。背が低くて不格好な人間たちが、かん高い声でなにか言い争いをしていた。そのうちのひとりが、べつのひとりのことばを真似てあざけりはじめた――ちょうど、シーボーグがジェレドにそうしていたように。

《だれだこいつらは?》シーボーグがいった。

ポーリングもきょとんとしている。

ゲイブリエル・ブラーエの声が彼らの頭のなかにとびこんできた。《こどもだよ。未熟な人間たちだ。彼らは口論をしている。その様子がきみたちにそっくりだと指摘しておきたくてね》

《こいつがはじめたんです》シーボーグはそういいながら、食堂を見まわしてブラーエの姿をさがした。

ブラーエは遠くのテーブルでほかの士官たちと食事をしていた。三人のほうへ顔をむけたりはしていない。

《真生人がわれわれを信用しないのは、われわれをこどもだと思いこんでいるせいでもある》ブラーエはいった。《感情面で育ちきっていないこどもが、成人サイズの肉体におさまっていると。その点については、彼らのいうとおりだ。われわれはおとならしく自分を抑えるすべを学ばなければならない――ほかの人間たちと同じように。しかも、それを学ぶための時間はずっと少ないのだ》

《しかし――》シーボーグがいいかけた。

《黙りたまえ。シーボーグ、午後の教練のあと、きみにひとつの課題をあたえる。ブレインパルでフェニックスのデータネットにアクセスできる。エチケットと対人トラブルの解決法について調べたまえ。できるだけ情報を集めて、それを就寝時までに第八分隊の全員と共有するんだ。わかったかね？》

《はい》シーボーグはこたえ、なじるような視線をジェレドにむけてから、無言で食事にもどった。

《ディラック、きみにも課題をあたえる。『フランケンシュタイン』を読みたまえ。そしてよく考えてみることだ》

《わかりました》ジェレドはこたえた。

《それと、もうスープをこぼすな。マヌケに見えるからな》ブラーエは接続を切った。

ジェレドはポーリングに目をむけた。《どうしてきみにはおとがめがないんだ？》

ポーリングはスプーンでスープをすくった。《わたしの食べ物は本来あるべきところにとどまっているから》ごくりとスープをのみこむ。《それに、わたしはこどもじみたことをしないし》

ポーリングはちろりと舌を出した。

午後の教練で、第八分隊の隊員は武器を支給された。MP-35A歩兵用ライフル――通称〝エムピー〟だ。これはブレインパルの認証機能によって所有者とリンクする。その時点から、発砲できるのは所有者かブレインパルを持つべつの人間だけになる。これにより、CDFの兵士が自分の武器を敵に使われるおそれがなくなるのだ。MP-35Aには、特殊部隊の兵士がもつ統合能力を活用するための特別な改造がほどこされている。そのひとつとして、MP-35Aは遠隔操作で発砲することができる。特殊部隊はこの機能を利用して、長年にわたり、数多くの好奇心旺盛なエイリアンに致命的な不意打ちをくらわせてきた。

MP-35Aはただのライフルではない。使う兵士の判断に応じて、通常弾、散弾、擲弾、小型誘導ミサイルを発射できる。さらに火炎放射や粒子ビームの設定も可能だ。こうしたさまざまな弾薬は、金属性の光沢をはなつナノロボットのブロックから、MP-35Aによってその場でつくりだされる。ジェレドはいったいどういう仕組みになっているのだろうとぼんやり考えた。そのとたん、ブレインパルがこの武器の基礎となる物理学についてわざわざ展開し、第八分隊は射撃練習場にいるというのに、そこからさらに一般的な物理法則にまつわる膨大で迷惑きわまりない情報の展開がはじまってしまった。当然ながら、こうして展開された情報は分隊の仲間たちにも転送されたので、全員がさまざまなレベルのいらだちをあらわにジェレドを見つめることとなった。

《ごめん》ジェレドはいった。

長い午後が終わるころには、ジェレドはMP－35Aとその無数のオプションの扱いをすっかりマスターしていた。同じ新兵であるジョシュア・レーダーマンとともに、MPで使用可能な銃弾のオプションに集中して取り組み、デザインのことなる銃弾を順繰りに試しては、それぞれの有利な点と不利な点を見きわめ、その情報を分隊の各隊員にとどこおりなく伝えた。

利用可能なべつの弾薬オプションへ移るとき、ジェレドとレーダーマンは、第八分隊のほかの隊員から送られてきたそれらの武器に関する情報を充分に活用して、同じようにそのオプションをマスターすることができた。ジェレドとしては、たとえスティーヴン・シーボーグと個人的なもめごとがあるにせよ、だれかに火炎放射器で支援を依頼するときには、シーボーグが第一の選択肢になると認めざるをえなかった。全員で歩いて兵舎へもどるとき、ジェレドは本人にそういってみた。シーボーグは彼を無視し、アンドリア・ゲルマンを相手にあてつけがましく個人回線で話をはじめた。

夕食のあと、ジェレドは兵舎の階段の一角に腰をすえた。ブレインパルの簡単な説明を受けてから（調査の内容についてはキャッシュに格納し、まえにやった恥ずかしいデータもれをくりかえさないよう気をつけた）、フェニックスの公衆データネットに接続し、メアリ・ウルストンクラフト・シェリーの『フランケンシュタイン』、あるいは現代のプロメテウス』を手に入れた。一八三一年発行の改訂第三版だった。

八分後にそれを読み終えたとき、ジェレドはいささかショックを受けていた。ブラーエが彼にその本を読ませた理由を（正しく）悟ったからだ。ジェレドをはじめとする第八分隊の隊員は――特殊部隊の兵士全員は――ヴィクトル・フランケンシュタイン博士が死者の肉体を寄せ集めて命を吹きこんだ哀れな怪物の精神的な子孫といえるのだ。フランケンシュタイン博士は、生命を創造したことに誇りをおぼえながらも、その生命をさずかった怪物をおそれ、嫌悪した。怪物は怒り狂って博士の家族や友人を殺し、ついには創造者と被創造者が同じ運命にからめとられ、薪の炎に焼きつくされる。その怪物と特殊部隊とのつながりはあまりにも明白だった。

とはいえ、怪物がその創造者によって理解されなかったように、特殊部隊も真生人に誤解され罵倒される運命にあるのだろうかと考えてみると、クラウド中尉とすごした短いひとときのことが思いだされた。クラウドにはジェレドをおそれたり嫌悪したりしている様子はまったくなかった。クラウドはジェレドに手を差しだした。それは、ヴィクトル・フランケンシュタインがみずからの創造した怪物と相対したとき、あからさまに拒否した行為だった。さらにいうなら、ヴィクトル・フランケンシュタインは怪物の創造者だが、そのフランケンシュタインの創造者であるメアリ・シェリーは、怪物に対して哀れみと共感をおぼえているように思われた。この物語を書いた現実の人間は、虚構の登場人物よりもずっと複雑な精神を有しており、その虚構の創造主よりも怪物のほうに心をかたむけていたのだ。

ジェレドはまるまる一分間そのことを考えつづけた。

せっせとテキストのリンクをたどっていたら、有名な一九三一年の映画版にたどり着いたので、十倍のスピードでむさぼるように観賞してみたが、ひどく失望させられただけだった。雄弁だったシェリーの怪物は、よたよた歩くでくのぼうに変わっていた。ほかの映画版もちょっとずつ見てみたが、失望はつづいた。ジェレドが共感をもった怪物は、どの映画でも影もかたちも見えず、原作に敬意を払っていると公言しているバージョンでさえだめだった。フランケンシュタインの怪物はジョークになっていた。二十一世紀の終わりにたどり着くまえに、映画版のほうはあきらめることにした。

方針を変えて、もっとべつの創造物を描いた物語をさがしてみたところ、すぐにいろいろなのが見つかった。フライデー、R・ダニール・オリヴァー、データ、HAL、ロボットのマリア、アトム、各種ターミネーター、チャンナ・フォーチューナ、ロボット野郎ジョーといった、多種多様なアンドロイド、ロボット、コンピュータ、レプリカント、クローン、そして遺伝子操作で生みだされたあれこれ。いずれも、ジェレド自身と同じように、フランケンシュタインの怪物の精神的な子孫といえた。ふと思いたって、シェリーからさらに時間をさかのぼってみると、ピグマリオン、ゴーレム、ホムンクルス、ゼンマイ仕掛けのオートマトンなどが出てきた。

読んだりながめたりしているうちにわかってきたのだが、そうした創造物の多くは、悲しいことに、しばしば危険なほどユーモアのセンスに欠けていて、そのことで哀れまれたり笑われたりしていた。ブラーエがユーモアの件であんなにピリピリした理由がようやくわかった。あのいらだちには、特殊部隊が真生人によって誤った描写をされているという思いがあったのだ。とにかく、ジェレドはそう考えた——特殊部隊を主役に据えた文学作品や娯楽作品をさがしはじめるまでは。

そんなものはひとつもなかった。コロニー時代には、CDFとその戦いを題材にした娯楽作品があふれている——アームストロングの戦いは特に人気があるようだ——が、特殊部隊については、ほのめかされることすらなかった。もっともそれらしかったのは、ラーマというコロニーで刊行されたパルプ小説のシリーズで、エロティックな超人兵士の秘密部隊が、架空のエイリアン種族を倒すために、相手が降参するまで激しいセックスで責めたてるという内容だった。ジェレドは、現時点ではセックスのことを繁殖行動として理解していたため、敵を倒すのにそれが有効だと考える者がいるのはふしぎだった。このセックスというやつについては、なにか重要なことを見落としているようなので、あとでブラーエに質問するために頭の隅にとどめることにした。

それはともかく、コロニーで生みだされるフィクションで、特殊部隊がなぜか存在していないような扱いになっているのは謎だった。

だが、それについてはまたべつの夜に考えればいいことだ。ジェレドはこの調査結果を分隊の仲間たちと早く共有したかった。情報をキャッシュから取りだし、全員に対して開放した。そのとたん、発見を共有しているのは自分だけではないことがわかった。ブラーエは第八分隊の大半に宿題を出していて、それぞれの調査結果が意識のなかにどっと流れこんできたのだ。シーボーグからはエチケットと紛争解決の心理について（彼はジェレドが転送した情報のほぼすべてにあきれているようだった）。ブライアン・マイケルソンからはコロニー防衛軍のおもだった戦闘について。ジェリー・ユカワという新兵からはアニメ映画について。サラ・ポーリングからは人間生理学について。ジェレドは、自分が課題を出されたときにからかわれたことを思いだし、あとでサラに仕返しをしてやることにした。ブレインパルは仲間たちが学んだことを残らずきびきびと展開しはじめた。ジェレドは階段に背をもたせかけ、情報が枝分かれしてひろがっていくあいだ、夕暮れの空をながめた。

新しい情報の展開が完了したときには、フェニックスの太陽は完全に沈んでいた。ジェレドは、兵舎を照らす小さな光のプールのなかですわりこんだまま、あたりをぶんぶん飛びまわるフェニックス版の虫をじっと見つめた。小さな生物のなかでも野心のあるやつがジェレドの腕にとまり、針に似た吻を肌に突き刺して体液を吸いあげた。数秒後、それは死んだ。ジェレドのスマートブラッドに仕込まれたナノロボットが、ブレインパルからの警告を受け、生け贄となってそのちっぽけな生物の体内にはいりこみ、運搬している酸素を可燃性のエージェントとして利用したのだ。哀れな生き物は体内から焼かれ、ほとんど目に見えないほどささやかな煙をその残骸から立ちのぼらせた。こういう防御反応をブレインパルとスマートブラッドに組みこんだのは、いったいだれなのだろう。生命のありかたとしては忌まわしく思える。

真生人がぼくたちをおそれるのは正解なのかもしれない。

兵舎の内部から、分隊の仲間たちが今夜学んだ情報について議論している様子が伝わってきた。シーボーグがフランケンシュタインの怪物は退屈なやつだと断じていた。ジェレドは怪物の名誉を守るために兵舎へはいっていった。

最初の週の朝から夕方まで、第八分隊の隊員は、戦い、身を守り、殺すための技術を学んだ。夜はそれ以外のあらゆることを学んだが、なかには意味があるのかどうかよくわからないものもあった。

二日目の夕方、アンドリア・ゲルマンが第八分隊に悪態という概念を持ちこんだ。昼食のおりに仕入れて、夕食の直前に全員と共有したのだ。夕食の席で、分隊の面々は、そこのクソな塩を取ってくれとか、このゴミ野郎とか熱心にいいあったが、ブラーエから、そのいまいましいバカしゃべりをやめろ、ごくつぶしども、どうせクソみたいに早くあきちまうんだぞ、といわれてしまった。全員がブラーエのいうとおりだと同意したものの、それはゲルマンがアラビア語の悪態をみなに教えるまでのあいだだった。

三日目、第八分隊の隊員は、食堂の厨房にはいってオーブンと食材をすこし使わせてほしいと頼み、許可された。翌朝、キャンプ・カースンに駐留するほかの訓練分隊には、新兵全員（と、その上官たち）に行き渡るだけのクッキーがプレゼントされた。

四日目、第八分隊の隊員は、フェニックスのデータネットで見つけたさまざまなジョークを披露しあったが、ほとんど笑いをとれなかった。各自のブレインパルがジョークの背景について展開するころには、もはやおもしろくなくなってしまうのだ。サラ・ポーリングだけはたいてい大笑いしているようだったが、結局のところ、彼女はほかのみんながジョークひとつついえないことをおもしろがっているだけだった。ほかのだれもそんなことをおもしろいとは思わなかったが、ポーリングはそのことでまた腹をかかえて笑ったあげく寝台からころげ落ちた。

全員があれはおもしろかったということで意見が一致した。

それと、だじゃれは通じるようだった。

五日目の午後、人類の各コロニーの配置やほかの知的種族との関係（はっきりいってつねに険悪だった）についての説明会の場で、第八分隊は、コロニー時代よりまえに生みだされた、エイリアンとの星間戦争を題材にした思弁小説とエンタテインメントの批評をおこなった。評決はおおむね一致した。『宇宙戦争』は高く評価されたが、結末だけは安易なトリックとみなされた。『宇宙の戦士』は、すぐれたアクションシーンがいくつかあったものの、あまりにも多くの哲学的な概念の展開が必要だった。むしろ映画のほうが好評だった——たとえ、そちらのほうがレベルが低いとわかっていても。『終りなき戦い』は、隊員たちの多くに不可解な悲しみをもたらした。戦争がそんなに長くつづくという考えは、生後一週間の人びとのグループにはほぼ理解不能だった。〈スター・ウォーズ〉を観賞したあとは、全員がライトセーバーをほしがり、現実にはそんなテクノロジーが存在していないことに腹をたてた。イウォーク族は皆殺しにするべきだという意見には全員が賛同した。

隊員たちの心に残った古典作品がふたつあった。『エンダーのゲーム』には全員がおおよろこびした。そこに登場する兵士たちは彼らとそっくりで、ただ体が小さいだけだった。主人公がエイリアン種族と戦うために生みだされたという点まで同じだった。翌日になると、隊員たちのあいだに《よう、エンダー(ホー)》というあいさつがはやり、ブラーエからバカなことはやめて集中しろといわれるまでつづいた。

もうひとつの作品は『チャーリーの帰郷』だった。コロニー時代がはじまる直前に書かれた最後の本の一冊であり、それゆえ、現実とはことなる宇宙——人類が遭遇するエイリアン種族が武器をむけるのではなく歓迎のあいさつをしてくれる宇宙――を想像することができた最後の本の一冊でもあった。のちに映画化されたが、そのころにはもはやSFではなくファンタジイ、それも皮肉なファンタジイとみなされるようになっていた。映画は失敗に終わった。第八分隊の面々は本と映画の両方に釘付けになった。隊員たちが心を奪われた宇宙は、彼らがけっして手に入れることのできない、彼らとはまったく縁のないものだった――なぜなら、そこでは特殊部隊が必要とされないのだ。

六日目、ジェレドをはじめとする第八分隊の隊員たちは、ようやくセックスというのがどういうものか理解することができた。

七日目は、前日の熱心な活動の直接的な影響により、休養日となった。

《意味がないことはないんじゃないかしら》

ポーリングがジェレドにいったのは、隊員たちが学んできたことについてだった。七日目の夜遅く、ふたりはポーリングの寝台でいっしょに横たわっていた。それは親密ではあるが性的なたわむれではなかった。

《どれもこれも、それ自体は役に立たないかもしれないけど、わたしたちみんなをより近づけているもの》

《たしかに近づいているね》ジェレドは認めた。

《こういうことだけじゃなくて》ポーリングはちょっとジェレドに体を押しつけて、また離した。《人として近づいている。グループとして。あなたがいったようなことはたしかにバカげてる。でも、あれはどうやって人間になるかの訓練なのよ》

こんどはジェレドがポーリングに体を押しつけて、その胸にすり寄った。《人間になるのはいいもんだな》

《わたしもあなたに人間でいてほしい》ポーリングはそういってから、声にだしてくすくす笑った。

《いいかげんにしてくれよ、おふたりさん》シーボーグがいった。《おれはここで眠ろうとしているんだ》

《文句ばっかりね》

ポーリングは、なにか付け加えることはあるかと胸もとを見おろしたが、ジェレドはすでに眠りこんでいた。そこで、頭のてっぺんにそっとキスをしてやってから、いっしょに眠りに落ちた。

《最初の一週間は、肉体的な面で、真生人の兵士にできるあらゆることについて訓練をおこなってきた》ブラーエがいった。《これから先は、きみたちだけができることについて訓練をおこなうとしよう》

第八分隊は長い障害コースのスタート地点に立っていた。

《このコースはもう走りましたよ》ルーク・グルストランドがいった。
《よく気づいたな、グルストランド。その観察力に免じて、今日はまずきみに走ってもらおう。ここに残れ。ほかの者はできるだけ均等な間隔でコースにならぶんだ》
隊員たちはコースに沿って配置についた。ブラーエがグルストランドに顔をむけた。
《コースが見えるな？》
《はい》
《目を閉じたままで走れると思うか？》
《いいえ。なにがどこにあるかぜんぶおぼえてはいません。どこかでつまずいて悲惨なことになるでしょう》
《みなも同じ意見か？》
ブラーエの問いかけに、肯定のピングがとびかった。
《それでも、今日中に全員が目を閉じてこのコースを走ることになる。きみたちにはそれだけの能力があるのだ。分隊の隊員たちとの統合のおかげで》
分隊のあちこちからさまざまなレベルの疑いの念が届いた。
《われわれは統合を活用して話をしたりデータを共有したりしています》ブライアン・マイケルソンがいった。《しかし、これはまったくちがうことです》
《いや。なにもちがいはない》とブラーエ。《先週あたえた夜の課題は、ただの罰則や気晴らしではなかった。すでに承知のとおり、きみたちはブレインパルと出生まえの条件付けにより独力で急速に学習することができた。さらに、この一週間で、自分でも気づかないうちに、膨大な情報を仲間どうしで共有して吸収する方法を学んだ。そうした情報とこの情報とのあいだにはなんのちがいもない。では、注目》

ジェレドは、ほかの隊員たちともども、思わずあえぎ声をもらした。頭のなかに、ゲイブリエル・ブラーエの存在だけではなく、生々しいその肉体の感触と周囲の状況が浮かびあがり、ジェレド自身の意識にかぶさってきたのだ。

《わたしの目をとおして見るんだ》ブラーエがいった。

ジェレドがいわれたとおりにすると、視野が自分の位置からブラーエの位置へぐるりと移行して、胸の悪くなるようなめまいに襲われた。ブラーエが左右へ視線を動かし、ブラーエのほうを見ているジェレド自身の姿が視界にとらえられた。ブラーエはカチッと接続を切った。

《経験を積んでいけばどんどん楽になる。これからは、すべての戦闘訓練でこれを実践してもらう。統合により、きみたちはこの宇宙ではほかに類を見ない状況認識力を手に入れているのだ。どんな知的種族でも戦闘時にはなんらかのかたちで情報を共有している——真生人の兵士でさえ、戦闘中はブレインパル経由で通信回線をひらいている。だが、このレベルの共有を、このレベルの戦術認識を実現しているのは特殊部隊だけだ。これこそが、われわれの活動や戦闘の肝なのだ。
さっきもいったように、先週、きみたちは真生人と同レベルの戦闘について基本的なことを学んだ――個人として戦闘に従事するすべを学んだのだ。これからは、特殊部隊として戦うすべを、分隊内で各自の戦闘技術を統合するすべを学んでいく。みずから情報を提供し、まわりから提供された情報を信用する。それがきみたちの命を救い、分隊の仲間たちを救うことになる。なによりも重要なことだが、なによりも学ぶのがむずかしい。だからしっかりと集中したまえ》
ブラーエはグルストランドに顔をもどした。《さあ、目を閉じて》
グルストランドはためらった。《目を閉じていられるかどうかわかりません》
《分隊の仲間を信用するんだ》
《仲間のことは信用しています。ただ、自分が信用できないんです》
気持ちはよくわかるというピングがとびかった。
《それも訓練の一環だ》とブラーエ。《はじめたまえ》
グルストランドが目を閉じて足を踏みだした。ジェレドはコースのなかほどにいたので、スタート地点のそばで位置についているジェリー・ユカワの姿がよく見えた。自分の心とグルストランドの心の距離をすこしでもちぢめようとしているのか、わずかに身を乗りだしている。グルストランドは障害コースをゆっくりと進んだが、足どりは徐々に着実さを増していた。ジェレドのところにたどり着く直前、泥の上に架かる木の梁をバランスをとりながら渡り終えた直後、グルストランドは笑みを浮かべた。信じられるようになってきたのだ。

グルストランドが意識をジェレドの視点へのばしてきた。ジェレドは自分の五感を自由に利用させて、励ましと安心の感情を転送した。グルストランドはそれを受け取り、短く感謝の念を転送してきた。そして、ジェレドのかたわらにあるロープの壁をよじのぼることに集中しはじめた。てっぺんに着くと、グルストランドはならんでいるつぎの隊員のほうへ自信満々で進んでいった。コースの終点にたどり着くころには、グルストランドはほぼ全速力で走っていた。

《すばらしい》ブラーエがいった。《グルストランド、列の最後の位置につけ。全員がひとつずつまえにずれるんだ。ユカワ、つぎはきみだ》

さらにふたりが走り終えるころには、分隊の隊員たちがコース上の隊員に視野を提供するだけではなくなっていた。コース上の隊員も、あたえられた視野をほかの隊員と共有して、まだコースを走っていない隊員たちに、つぎになにが待ちかまえているかを伝えていたのだ。そのつぎの隊員が走るときには、コースわきにならぶ隊員たちがひとつまえの位置にいる隊員とそれぞれ視野を共有していたので、コース上の隊員がそばへ来たときにはもっとうまく手助けをすることができた。ジェレドの順番がくるころには、すでに全員が視野を完全に統合しており、自身の視点から離れることなく、仲間の視野のサンプリングをすばやくおこなって適切な情報を選びだすコツをつかみかけていた。まるで同時にふたつの場所にいるようだった。

コースに出たジェレドは、こうして手に入れたふしぎな知覚力に大きなよろこびをおぼえた——少なくとも、泥の上に架かる梁を渡っていて、そのとき借用していた視点が両足を置いた場所から急にそっぽをむくまでは。ジェレドは足場を見失い、泥のなかへばしゃっと倒れこんだ。

《すまねえなあ》

スティーヴン・シーボーグの声だった。ジェレドは体を起こして目をあけた。

《なにかに刺された。それで気が散ったんだ》

《嘘だ》アラン・ミリカンが個人回線でジェレドに送信してきた。《わたしはシーボーグのつぎの位置にいて、なにもかも見ていた。やつは刺されてなんかいない》

ブラーエが割りこんできた。《シーボーグ、戦闘中に虫に刺されたせいで分隊の仲間を死なせたりしたら、エアロックの不運な側に取り残されることになりかねないぞ。心しておくことだ。ディラック、先へ進め》

ジェレドは目を閉じて、足を交互にまえへはこびはじめた。

《それにしても、シーボーグはぼくのどこが気にくわないのかな？》ジェレドはポーリングに問いかけた。

ふたりはコンバットナイフによる戦闘訓練をおこなっていた。統合知覚を全開にしたまま、分隊の隊員ひとりひとりと五分ずつ手合わせをする。こちらの精神状態を熟知している相手と戦うのは、なかなか興味深い挑戦だった。

《ほんとにわからないの？》ポーリングはぐるぐるとまわりながら、左手でナイフを軽くかまえていた。《理由はふたつある。第一に、彼がクソ野郎だから。第二に、彼がわたしに気があるから》

ジェレドは足を止めた。《ええっ？》

とたんに、ポーリングが激しく攻撃をしかけてきた。右へフェイントをかけてから、左手でジェレドの首を狙ってナイフを突きあげてくる。ジェレドはそれをかわそうとして右後方へよろめいた。ポーリングはナイフを右手に持ち替えてさっと突きおろしたが、あと一センチのところでジェレドの脚をとらえそこねた。ジェレドはすぐに立ち直り、防御姿勢をとった。

《注意をそらしたな》ジェレドはふたたびまわりはじめた。

《あなたが勝手に注意をそらしたの。わたしはその隙を利用しただけ》

《ぼくの動脈を切り裂かないと気がすまないのか》

《あなたが黙ってそのナイフでわたしを殺すことに集中してくれないと気がすまないの》
《あのなあ》
といいかけて、ジェレドは急に身を引いた。ポーリングが切りつけようとしているのを一瞬早く察知して攻撃をかわしたのだ。敵に後退するいとまをあたえず、ジェレドはのびた腕の内側へさっと踏みこむと、右手に持ったナイフを突きだしてポーリングのあばらに軽く当てようとした。その寸前に、ポーリングが頭をぐいとのけぞらせてジェレドの顎の下に叩きつけた。ジェレドの上下の歯がカチンと音をたててぶつかり、目のまえが真っ白になった。ポーリングはその隙に一歩さがると、ジェレドの両脚をさっと払ってあおむけに転倒させた。ジェレドが我に返ったとき、ポーリングは左右の脚でジェレドの両腕をおさえつけ、手にしたナイフを彼の頸動脈の上でまっすぐにかまえていた。
《あのねえ》ポーリングが、直前のジェレドのことばをちゃかしていった。《これがほんとうの戦いだったら、わたしはいまごろあなたの動脈を四本ほど切り裂いて、つぎの相手にむかっていたはず》
ポーリングはナイフをさやにおさめ、左右の膝をジェレドの腕からどけた。
《ほんとうの戦いでなくてよかった》ジェレドは手をついて体を起こした。《シーボーグのことだけど――》
ポーリングがジェレドの鼻にパンチを叩きこんできた。がくんと頭がのけぞった。一瞬後には、ポーリングはふたたびナイフをジェレドの喉にあて、左右の脚で彼の両腕をおさえつけていた。
《なんだよっ？》とジェレド。
《まだ五分たってないわ。戦いはつづいているのよ》
《でもきみは――》
ジェレドがいいかけたとたん、ポーリングは彼の首にナイフを突き立てた。スマートブラッドが流れだす。ジェレドは声をあげて叫んだ。
《〝でもきみは――〟は無効よ》ポーリングがいった。《あなたのことは好きだけど、どうも集中力が足りないみたい。わたしたちは友だちだし、そういう関係ならこういうときにおしゃべりをしたっていいだろうと考えているんでしょう。でも、こんどいまみたいな隙を見せたら、かならずあなたの喉を切り裂いてあげる。スマートブラッドだから、たぶん死なずにすむと思う。そうすれば、友だちだから本気で傷つけたりはしないなんて考えも消えるはず。わたしはあなたが大好きなの。実戦であなたがほかのことを考えていたせいで死ぬのを見たくない。わたしたちが相手をする連中は、おしゃべりをするために戦いを中断したりはしないんだから》
《戦闘中はぼくのかわりに気をくばってくれればいい》
《そのつもりよ。でも、この統合でできるのはそこまで。あなただって自分で気をくばら

ないと》
ブラーエが五分たったことを告げた。ポーリングはジェレドの上からどいた。
《本気でいってるのよ》ジェレドを引き起こしたあとで、ポーリングがいった。《こんど注意を怠ったら、あなたをひどく切り裂くから》
《わかってる》ジェレドはそっと鼻にふれてみた。《あるいは、パンチを叩きこむか》
《そういうこと》ポーリングはにっこり笑った。《選り好みはしないから》
《じゃあ、シーボーグがきみに気があるとかいう話は、ぼくの注意をそらすためだったんだな》
《まさか。あれはほんとのこと》
《へえ》
ポーリングは声をあげて笑った。《ほら、また注意がそれてる》
サラ・ポーリングは最初に撃たれた。アンドリア・ゲルマンといっしょに狭い谷間の偵察をしていて待ち伏せにあったのだ。ポーリングは頭と首を撃たれてすぐに倒れた。ゲルマンはなんとか狙撃手の位置を突き止めたが、それまでに胸と腹に三発の銃弾をくらって倒れた。いずれの場合も、倒れた者と分隊の仲間たちとの統合は崩壊した。分隊の集合意識からそっくり引き剥がされたかのようだった。さらに数名の仲間が倒れると、残った隊員は大混乱におちいった。

第八分隊にとってはさんざんな対抗演習だった。

ジェリー・ユカワが脚を撃たれてさらに事態が悪化した。訓練用スーツに〈被弾〉が登録され、そちらの脚が動かせなくなった。ユカワは走っている途中で倒れたが、キャサリン・バークリーが数秒まえに身をひそめた大岩の陰に、片足を蹴りだすようにしてなんとか這いこんだ。

《掩護射撃はどうなったんだ》ユカワがとがめるようにいった。

《やったわ》バークリーがいいかえす。《いまもやってる。こっちはひとりで相手は五人。あなたならもっとうまくやれるってわけね》

ユカワとバークリーを大岩の陰に追いつめた第十三訓練分隊の五名の隊員が、ふたたび一斉射撃をあびせてきた。発砲している隊員たちは、訓練用ライフルの機械的にシミュレートされた反動を感じながら、ブレインパルによって視覚的および聴覚的にシミュレートされた銃弾が谷間の狭い袋小路へ飛んでいくのを体感する。ユカワとバークリーのブレインパルがそれに応じて、数発の銃弾が大岩に命中し、ほかの銃弾がひゅんひゅん飛びすぎていく様子をシミュレートする。銃弾はほんものではなかったが、これ以上はないというほどそれらしかった。

《援軍がほしいところだな》ユカワが、この演習で指揮官をつとめるスティーヴン・シーボーグにいった。

《わかってるよ》シーボーグはこたえ、ジェレドに顔をむけた。

ジェレドはこの三人以外では唯一の生き残りで、黙ってシーボーグを見つめていた。第八分隊でまだ立っているのは（ユカワの場合は比喩的な表現にすぎないが）四人だけなのに、第十三分隊のほうは七人が森のなかで活動をつづけていた。とても分がいいとはいえない。

《そんな目で見るなって》シーボーグはいった。《おれのミスじゃない》

《なにもいってないよ》とジェレド。

《考えていただろ》

《考えてもいなかった。データを見直していたんだ》

《なんの？》

《第十三分隊の行動と戦略について。うちの分隊の隊員が死ぬまえに送ってきたんだ。なにか役に立つ情報はないかと思って》

《もうすこし手早くできないのか？》ユカワがいった。《こっちはひどくお寒い状況になっているのに》

ジェレドはシーボーグに目をむけた。シーボーグはため息をついた。

《わかったよ。提案は歓迎する。おまえの考えをいってみろ》

《頭がおかしくなったと思われるかもしれないけど、ひとつ気づいたことがある。これまでのところ、どっちの分隊の隊員もあまり上を見ていないんだ》
シーボーグは太陽の光が射しこむ森の天蓋を見あげた。地球産の木々と、竹に似た太い幹から立派な枝をのばすフェニックス産の大型植物。この二種類の植物相は遺伝学的には競合しない——ことなる世界で進化したため、そもそも交雑が起こりえない——が、日光をめぐる争いは熾烈だった。できるだけ空高くのびて分厚く枝を張りめぐらし、光合成をおこなう木の葉やその同等物のために土台を用意する必要があるのだ。
《上を見ないのは、木のほかになにもないからだろう》シーボーグはいった。
ジェレドは頭のなかで秒をかぞえはじめた。七までいったところで、シーボーグが口をひらいた。
《ああ》
《そうなんだ》ジェレドは地図をポップアップさせた。《ぼくたちがいるのはここ。ユカワとバークリーはここ。両者のあいだにはずっと森がひろがっている》
《で、木々をつたえばここからそこまで行けると考えているのか》
《問題はそこじゃない。ユカワとバークリーが生きているあいだに、しかも自分たちが殺されないように静かにたどり着けるかどうかということだ》

すぐにわかったことだが、木々をつたって移動するというのは、理屈は簡単でも実行するのはたいへんだった。ジェレドとシーボーグは最初の二分のあいだに二度も墜落しかけた。枝から枝への移動にこれほどの身体能力が要求されるとは思ってもみなかった。フェニックス産の木々は考えていたよりずっと耐荷力が低かったし、地球産の木々にはおどろくほどたくさんの枯れ枝がまじっていた。ペースの遅さも、たてる物音の騒々しさも予想外だった。

東のほうからガサガサという音が近づいてきた。ジェレドとシーボーグはそれぞれべつの木の幹にしがみついて動きを止めた。第十三分隊のふたりの隊員が、ジェレドの位置から距離にして三十メートル、高さにして六メートル離れた茂みのなかから踏みだしてきた。油断なく慎重に足をはこびながら、目と耳を働かせて獲物をさがしている。ふたりとも上は見なかった。

ジェレドの目の端で、シーボーグがゆっくりとMPに手をのばした。

《待った》ジェレドはいった。《こっちの姿がまだ敵の視野にはいっている。とおりすぎるまで待とう》

ふたりの兵士はじりじりと前進し、ほどなく、ジェレドとシーボーグの位置から彼らの背中が見えるようになった。シーボーグがジェレドにうなずきかけた。ふたりは静かにMPを肩からはずし、できるだけしっかりとかまえて、兵士たちの背中に狙いをつけた。シーボーグが命令を出した。短連射モードで銃弾がたてつづけに飛んでいく。兵士たちは身をこわばらせて倒れた。

《あとはユカワとバークリーを釘付けにしているやつらだな》シーボーグがいった。《さあ行くぞ》

シーボーグは移動をはじめた。さっきまで勢いをなくしていたシーボーグのリーダーシップが急に復活したので、ジェレドはなんだかおかしくなった。

十分後、ユカワとバークリーは弾薬を使い果たし、ジェレドとシーボーグは第十三分隊の残りの隊員たちを視界にとらえた。彼らの左手、八メートル下では、ふたりの兵士が大きな倒木の陰に身をひそめていた。右手、約三十メートル前方では、べつのふたり組が寄り集まった大岩のかたわらで身をひそめていた。これらの兵士たちがユカワとバークリーの注意を引きつけているあいだに、五人目の兵士が音もなく側面へまわりこんでいた。全員がジェレドとシーボーグに背をむけていた。

《おれは倒木のそばにいるふたりをやる。おまえは大岩の陰にいるやつらを狙え》シーボーグがいった。《わきにまわりこんでいるやつのことはバークリーに伝えるが、おれたちがほかの四人を倒すまで手をだすなといっておく。手の内をさらすことはないからな》

ジェレドはうなずいた。シーボーグは自信を深めたらしく、作戦の内容がどんどんよくなっていた。ジェレドはあとで検討できるようにデータをファイルし、大枝の上でしっかり腰をすえると、背中を幹に押しつけ、安定感を増すために左足をすこし下の枝に引っかけた。

シーボーグは視界をさえぎる枝を避けてひとつ下の枝へ移った。彼が足をのせた枝は枯れていて、重みに耐えきれずにボキッと折れると、これ以上はないというほど大きな音をたてて落下していった。足がかりを失ったシーボーグは、残った枝を死にものぐるいでつかみ、MPを取り落とした。地上の四人の兵士がふりかえり、顔をあげて、なすすべもなくぶらさがっているシーボーグを見つけた。そしていっせいに武器を持ちあげた。

《くそっ》シーボーグはジェレドを見あげた。

ジェレドは自動連射モードで大岩の陰にいるふたりの兵士めがけて発砲した。ひとりは身をこわばらせて倒れ、もうひとりは大岩のむこう側へとびこんだ。ジェレドは銃身をふって、倒木のそばにいる兵士たちにも銃弾をあびせた。命中はしなかったが、敵がうろたえている隙にMPを誘導ミサイルモードに切り替え、ふたりの兵士のあいだをめがけて発射した。シミュレート版のロケット弾が炸裂してヴァーチャル金属片を周囲にばらまいた。兵士たちは倒れた。顔をもどすと、大岩のむこうへ逃げこんでいた女の兵士が銃をかまえるのが見えた。ジェレドは誘導ミサイルを発射し、兵士は引き金をひいた。訓練用スーツが収縮してあばらが痛いほど締めつけられ、ジェレドはMPを取り落とした。撃たれたようだが、木から落ちていないということはまだ生きているのだ。

これが演習か！　アドレナリンが思いきり全身にみなぎっていて、ジェレドはいまにも小便をちびりそうだった。

《ちょっと手を貸してくれ》シーボーグがいった。

ジェレドに引きあげてもらおうとシーボーグが左手をのばしたそのとき、引き返してきた五人目の兵士がシーボーグの右肩を撃ち抜いた。腕全体がスーツに締めつけられて、枝をつかんでいた手が離れた。ジェレドはさっとシーボーグの左手をつかまえて、勢いがつくまえになんとか墜落をくいとめた。枝に引っかけたままの左脚にずしりと重みがかかり、筋肉が痛いほどぱんぱんに張りつめた。

地上にいる兵士が銃をかまえた。ヴァーチャル弾だろうと実弾だろうと、ここで撃たれたらスーツが硬直してシーボーグもろとも墜落することになりかねない。ジェレドは右手をのばしてコンバットナイフを抜き、思いきり投げつけた。ナイフは地上の兵士の左腿に突き刺さった。兵士は倒れ、悲鳴をあげながらそろそろとナイフをまさぐった。その隙にバークリーが兵士の背後に忍び寄り、銃弾を撃ちこんで行動不能にした。

《対抗演習は第八分隊の勝ちだ》ブラーエの声がいった。《訓練用スーツの硬直はただちに解除する。つぎの対抗演習は三十分後だ》

ジェレドの右半身にかかっていた圧力がすっとゆるみ、シーボーグのスーツの硬直も解けた。ジェレドはシーボーグを枝の上に引きあげ、ふたりで慎重に地上へおりてそれぞれの武器を回収した。

硬直が解けた第十三分隊の隊員たちが、まだ地面でうめいている仲間のそばから離れてふたりを待っていた。

《きさま》ひとりがジェレドの鼻先に顔を近づけていった。《チャーリーにナイフを投げたな。相手を殺そうとするのは反則だろう。これは〝演習〟なんだぞ》

シーボーグがジェレドと兵士とのあいだに割りこんできた。《おまえの友だちにいっておけ、クソ野郎。もしもあいつがおれたちを撃ったら、おれは身動きがとれないまま八メートル下まで墜落していたんだ。あいつはおれが死ぬことなんか気にもしないで銃をかまえていた。ジェレドはナイフを投げておれの命を救った。しかもおまえの友だちはちゃんと生きのびるだろう。だからそいつもおまえもクソくらえだ》

にらみあいがもうしばらくつづいたあと、相手の兵士は顔をそむけ、地面にぺっと唾を吐いて、仲間たちのところへもどっていった。

《ありがとう》ジェレドはシーボーグにいった。

シーボーグはまずジェレドに、ついでユカワとバークリーに目をむけた。《さあ引きあげだ。つぎの対抗演習が待っている》

シーボーグはどすどすと歩きだした。三人はあとにつづいた。

途中で、シーボーグがペースを落としてジェレドのわきにならんだ。《木の上を行くっ

てのはいいアイディアだった。それと、落ちるまえにつかまえてくれたのは助かった。ありがとよ》
《どういたしまして》ジェレドはこたえた。
《おまえのことはやっぱり気にくわない。だが、もめごとを起こすのはもうやめだ》
《それでいいよ。とにかく一歩前進だ》
シーボーグはうなずき、ふたたびペースをあげた。兵舎にもどるまで、彼はひとことも口をきかなかった。

「おや、これはこれは」

クラウド中尉が声をかけてきたのは、ジェレドが解散した第八分隊の仲間たちとともにシャトルへ乗りこんだときだった。各自の最初の配属地へむかうために、いったんフェニックス・ステーションまでもどるのだ。

「わが相棒のジェレドじゃないか」

「こんにちは、クラウド中尉」ジェレドはいった。「また会えてうれしいです」

「デイヴと呼んでくれ。訓練は終わったようだな。ちぇっ、おれの訓練も二週間ですんだらよかったのに」

「まだやるべきことはたくさんあります」

「そいつはまちがいないな。で、配属はどうなった、ディラック二等兵？　これからどこへ行くんだ？」

「カイト号に配属されました。ふたりの友人、サラ・ポーリングとスティーヴン・シーボーグがいっしょです」

ジェレドは、すでに座席についているポーリングをしめした。シーボーグはまだシャトルに乗りこんでいなかった。

「カイト号なら見たことがある。新しい宇宙船だ。ラインがいかしてる。もちろん、乗ったことはない。おまえたち特殊部隊は身内でひきこもりがちだからな」

「よくいわれます」

アンドリア・ゲルマンがはいってきて、ジェレドに軽くぶつかった。彼女は謝罪のピングを送ってきた。ジェレドはそちらに顔をむけてにっこり笑った。

「どうやら満席になりそうだ」とクラウド。「なんなら、また副操縦士の席にすわってもかまわないぞ」

「ありがとう」ジェレドはちらりとポーリングに目をやった。「今回は友人たちといっしょにすわることにします」

クラウドはポーリングに目をむけた。「納得したよ。ただし、新しいジョークを仕入れるという約束を忘れてないだろうな。訓練の合間にすこしはユーモアのセンスを磨く時間もあったんじゃないか」

ジェレドはちょっと口をつぐみ、ゲイブリエル・ブラーエとの最初のやりとりを思いだした。「クラウド中尉、『フランケンシュタイン』を読んだことがありますか？」

「ないな。だが話は知ってる。最新の映画版を見たのはそれほどまえじゃない。怪物がしゃべるんだが、そのほうが原作に近いってことだった」

「どう思いました？」

「おもしろかったよ。すこしばかり演技過剰だったけどな。怪物がかわいそうだった。あと、フランケンシュタイン博士ってのはゴミ野郎だな。なぜそんなことを？」

「ちょっと興味があったので」ジェレドは座席がほぼ埋まった客室のほうへうなずきかけた。「みんな読んだんです。いろいろと考えさせられるところがあって」

「ああ――なるほど。ジェレド、人間に関するおれの哲学を聞いてくれ。簡単に要約できるんだ。おれはいいやつが好きだ。おまえはいいやつに見える。だれにとっても同じとはいえないが、おれにとってはそれがなによりも重要なことなんだ」

「うれしいですね。ぼくの哲学も同じだと思いますから」

「だったら、これからも仲良くやっていけそうだな。さてと。新しいジョークは？」

「いくつかありそうですよ」

6

「きみさえよければ、ここでは声をだして話すとしよう」シラード将軍がジェーン・セーガンにいった。「ふたりの人間が音もたてずにじっと見つめ合っていると、ウエイターが神経質になるからな。こっちが黙っているのを見て、なにか用事はないかと一分おきにそばへやってくる。気が散ってかなわない」

「わかりました」セーガンはこたえた。

ふたりがすわっているのは将官用の食堂で、頭上では惑星フェニックスがゆっくりと回転していた。セーガンはそれを見あげた。シラードがその視線を追った。

「たいした見ものだろう」とシラード。

「はい」

「ステーションのどの出入口でも、少なくとも特定の時間は、あの惑星を見ることができる。だが、実際に目をむける者はいない。ここへ来ると、逆にながめずにはいられなくなってしまう。とにかく、わたしはそうだ」シラードは、ふたりを取り巻くクリスタルのドームを指さした。「このドームは贈り物なんだ。知っていたかね？」

　セーガンは首を横にふった。

「人類がこのステーションを建設したときに、アーラ族から提供されたものだ。全体がダイアモンドでできている。天然のダイアモンドで、故郷の星系にあるガス惑星の核から引きあげたもっと大きなクリスタルから削りだしたそうだ。アーラ族はすばらしいエンジニアだったと読んだことがある。この話もほんとうかもしれない」

「アーラ族のことはよく知りません」

「絶滅したからな。百五十年まえに、あるコロニーをめぐってオービン族と戦争になったんだ。アーラ族にはクローンの軍隊があり、そのクローンを迅速に培養する手段もあったから、しばらくのあいだは、彼らがオービン族を打ち負かすのではないかと思われた。その後、オービン族がアーラ族のクローンの遺伝的特徴に反応するウイルスを開発した。そのウイルスは、最初はなんの害もおよぼさずに空気感染する。ちょうどインフルエンザのように。われわれの科学者の推定によれば、およそ一ヵ月でアーラ族の軍隊すべてにひろがり、それから一ヵ月後に、ウイルスが発動して、アーラ族の軍用クローン全員の細胞分裂周期に攻撃を開始した。犠牲者は文字どおり分解した」

「全員がいちどにですか？」

「約一ヵ月かかった。だからこそ、われわれの科学者も、最初に軍隊すべてに感染するのにそれだけの期間がかかったと推定したのだ。オービン族は、こうしてアーラ族の軍隊を排除したあと、ただちに民間人を一掃した。迅速かつ残忍な大量虐殺だった。オービン族は情けとは無縁な種族なのだ。現在、アーラ族の各惑星はすべてオービン族の所有となっていて、そこからコロニー連合はふたつのことを学んだ。ひとつ、クローンの軍隊はきわめてまずいアイディアである。ふたつ、オービン族にはけっして近づくな。いまにいたるまで、われわれはその教訓を守ってきた」

セーガンはうなずいた。特殊部隊の巡洋艦カイト号とその乗組員は、すこしまえからオービン族の領域で偵察と極秘攻撃を実行し、彼らの兵力や対応能力の評価をおこなっていた。それは危険な任務だった。オービン族は攻撃してくる相手を容赦しないし、オービン族とコロニー連合は建て前としては敵対状態にはない。オービン・ララエィ・エネーシャが同盟を組んでいるという事実は厳重に保護された機密事項だ。コロニー連合とコロニー防衛軍のほとんどの人びとは、同盟の存在にも、それが人類におよぼす脅威にも気づいていない。エネーシャ族にいたっては、フェニックスの首都であるフェニックス・シティに外交拠点すら置いている。厳密にいえば、彼らは同盟種族なのだ。

「オービン族への攻撃について説明をしたいのですか?」セーガンはいった。

セーガンは、カイト号に乗りこんでいる分隊の隊長であるだけでなく、諜報士官として戦力評価もまかされていた。特殊部隊の士官は、ほとんどが複数のポストを兼任し、そのうえで戦闘分隊の指揮をとる。こうすれば、艦内の人員を削減できるし、士官たちに現場の指揮をとらせることで特殊部隊の使命感に訴えかけることもできる。人類を守るために生まれた者は、けっして戦闘を免除されることはないのだ。

「いまはいい」とシラード。「そういう場ではないからな。ここで話したいのは、きみのところに行く新兵たちのことだ。カイト号には三名の新兵が配属されたが、そのうちの二名がきみの部下になる」

セーガンは気色ばんだ。「それが問題なんです。分隊の欠員は一名だけなのに、補充兵は二名。場所をあけるために古参兵が転属になりました」

ペレグリン号への転属命令が届いたときにウィル・リスターが見せた、途方に暮れたような表情を、セーガンは忘れることができなかった。

「ペレグリン号は新しい船で、経験豊富な人材を必要としているのだ。いっておくが、ほかの船に乗っているほかの分隊長たちのなかにも、きみと同じようにいらだっている者はいる。カイト号は古参兵をひとりあきらめなければならず、たまたま、わたしの手もとにはきみの下に置きたい新兵がいた。そこで、ペレグリン号にきみのところの兵士をまわしたのだ」

セーガンはもういちど抗議しかけたが、思い直して口を閉じ、怒りをのみこんだ。シラードはセーガンの顔にあらわれるさまざまな感情を見物した。たいていの特殊部隊の兵士は、幼少期や青年期に社会的な常識を叩きこまれる機会がなかったせいで、最初に頭に浮かんだことを口にしてしまう。シラードがセーガンに注目するようになったのは、彼女がこうした自制心をもっていることが理由のひとつだった。

「どの新兵の話をしているのですか？」セーガンはようやく口をひらいた。

「ジェレド・ディラック」

「どこがそれほど特別なんでしょう？」

「チャールズ・ブーティンの脳を持っているのだ」

シラードはセーガンがふたたび直情的な反応をこらえるのを見物した。

「将軍はそれがよい考えだと思っているのですね」というのが、最終的にセーガンの口から出てきたことばだった。

「次善の策だ」

シラードは、ディラックに関する機密ファイル一式を、技術資料も含めてそっくり送信した。セーガンは席についたまま無言でその資料に目をとおし、シラードもそんな中尉の様子を黙って観察した。一分ほどたつと、食堂のスタッフがふたりのテーブルに近づいてきて、なにかご用はありませんかとたずねた。シラードは紅茶を注文した。セーガンはウエイターを無視した。

「よくわかりました」セーガンはファイルの検分を終えていった。「なぜ裏切り者をわたしに押しつけるんですか？」

「裏切り者はブーティンだ。ディラックは彼の脳を持っているにすぎない」

「裏切り者の意識を刷り込もうとした脳です」

「そうだ」

「先ほどの質問をもういちどくりかえします」

「なぜなら、きみにはこういう方面の経験があるからだ」

「裏切り者の相手ですか？」セーガンはとまどった。

「通常とはちがう特殊部隊の隊員の相手だ。きみはかつて、ＣＤＦに所属する真生人の兵士を一時的にあずかっていた。ジョン・ペリーだ」

セーガンはその名前を聞いてわずかに身をこわばらせた。シラードはそれに気づいたがなにもいわなかった。

「ペリーはきみのもとで活躍してくれたではないか」シラードはつづけた。

この発言はいささか皮肉でひかえめにすぎた。コーラルの戦いにおいて、ペリーは負傷して意識をなくしたセーガンをかついだまま戦場を数百メートル走り抜けて医療施設へたどり着き、その後、崩壊していく建物のなかで敵のテクノロジーに関する重要な資料を見つけだしたのだ。

「それはわたしではなくペリーの手柄です」セーガンはいった。

シラードは、ペリーの名前を口にしたセーガンからまた感情のゆれを感じとったが、やはりその点にふれようとはしなかった。

「そう謙遜するな」シラードは、ウエイターが紅茶を置いて立ち去るのを待って、話をつづけた。「わたしがいいたいのは、ディラックがある種の混血だということだ。特殊部隊ではあるが、べつのなにかでもあるかもしれない。そういう〝べつのなにか〟に経験がある人材が必要なのだ」

「〝べつのなにか〟──ということは、将軍はブーティンの意識がディラックのどこかに存在していると考えているのですか？」

「そうはいっていない」シラードの口調には、ひょっとしたらという含みがあった。

セーガンはちょっと考えて、おもてむきのことばよりも裏側の含みのほうに対して話を進めることにした。「もちろんおわかりでしょうが、カイト号は今後の一連の任務において、ララエィ族とエネーシャ族の両方とかかわりを持つことになります。特にエネーシャ族とかかわる任務については、きわめて慎重な対応が要求されます」

だからウィル・リスターが必要なのよ──とセーガンは思ったが、口には出さなかった。

「もちろんわかっている」シラードはうなずき、紅茶に手をのばした。

「唐突に裏切り行為を働く可能性のある人物は、危険要素といえるのではないでしょうか。任務だけではなく、いっしょに活動する隊員たちにとっても」

「もちろん危険はある。だからこそ、きみに過去の経験を生かして対処してもらいたいのだ。そのいっぽうで、ディラックは決定的な情報の宝庫になってくれるかもしれない。それについても対処が必要になる。付け加えると、きみは諜報士官だ。この兵士をまかせる士官としては理想的なのだ」

「クリックはこの件についてどういっているのですか?」セーガンがいったのは、カイト号の指揮官であるクリック少佐のことだった。

「クリックはこの件についてなにもいっていない。なぜなら、なにも伝えていないからだ。これは知る必要のある者にだけ伝えるべき事項であり、わたしはクリックが知る必要はないと判断した。彼にとっては、三名の新兵が配属になるだけのことだ」

「わたしは気に入りません。まったく気に入りません」

「気に入ってくれと頼んでいるわけではない。しっかり対処しろといっているのだ」シラードは紅茶をひと口飲んだ。

「わたしとしては、ララエィ族あるいはエネーシャ族にかかわる任務でディラックに重要な役割をあたえる気にはなれません」

「ディラックのことは、きみの配下にいるほかの兵士とまったく同じように扱うのだ」

「では、ほかの兵士と同じように殺されるかもしれません」

「だったら、きみ自身のためにも、それが友軍からの誤射によるものではないことを祈ったほうがいい」シラードはカップをおろした。

セーガンはふたたび黙りこんだ。ウエイターが近づいてきた。シラードはいらいらと手をふって追い払った。

「このファイルを見せたい人がいるんですが」セーガンは自分の頭を指さした。

「それは機密ファイルだ。理由はいうまでもないだろう。その件について知る必要がある者はすでに知っているし、それ以外の者にひろめたくはない。ディラックすら自分の過去を知らないのだ。あえてその状況を変えるつもりもない」

「とてつもない危険人物になる可能性のある兵士をあずかるんです。せめて、それに対する準備はさせてください。人間の脳機能とブレインパルとの統合を専門に研究している者がいます。彼の意見は役に立つと思います」

シラードは考えこんだ。「信頼できるんだろうな」

「この件については信頼できます」

「その男のセキュリティ・クリアランスを知っているのか？」

「はい」

「この件を伝えられるほどのレベルにあるのか？」

「えー、その点については少々変わった状況にありまして」

「やあ、セーガン中尉」

カイネン管理官が英語で呼びかけてきた。発音はひどいが、それはカイネンの責任ではない。口の構造がたいていの人間の言語と合わないのだ。

「こんにちは、管理官」セーガンはいった。「あたしたちの言語を学んでいるのね」

「ああ。学ぶ時間はたっぷりあるし、やることは少ない」

カイネンは、PDAのかたわらにある、ララエィ族の主言語であるクカン語で書かれた一冊の本を指さした。

「ここにはクカン語の本が二冊しかない。言語の本と宗教の本。わたしは言語のほうを選んだ。人間の宗教は……」カイネンは少ない英語の語彙からことばをさがした。「……もっとむずかしい」

セーガンはPDAのほうへうなずきかけた。「コンピュータが手にはいったから、いろいろ読めるようになったはず」

「ああ。それを手配してくれたことには感謝する。幸せだ」

「どういたしまして。でも、そのコンピュータには交換条件がついているのよ」

「わかっている。頼まれたファイルを読んでみた」

「それで?」

「クカン語に切り替えないと。わたしの英語には多くの単語がない」

「わかった」

「ディラック二等兵に関するファイルにじっくり目をとおしてみた」カイネンは、しゃがれているが響きのせわしないクカン語でしゃべりはじめた。「チャールズ・ブーティンは、意識パターンを脳の外部に保存する方法を発見した天才だ。そしてきみたちは、その意識をもとへもどそうとした愚か者だ」

「愚か者ね」セーガンはかすかに笑みを浮かべた。クカン語を翻訳した音声は、首にかけたラニヤードに装着した小型スピーカーから流れだしていた。「それは専門家としての評価なの？　それとも、ただの個人的な見解？」

「両方だ」

「理由を教えて」

カイネンはPDAからファイルを送信しようとしたが、セーガンは手をあげて制した。

「技術面の詳細は必要ないわ。知りたいのは、このディラックという人物があたしの部隊と任務に危険をおよぼすかどうかということ」

「いいだろう」カイネンはちょっと口をつぐんだ。「脳というのは、たとえ人間のものでも、ひとつのコンピュータのようなものだ。完璧なたとえとはいえないが、これから話す内容にはちょうどいい。コンピュータが作動するためには三つの要素がいる。ハードウェア、ソフトウェア、そしてデータファイル。ソフトウェアはハードウェア上で動作し、ファイルはソフトウェア上で動作する。ハードウェアはソフトウェア抜きではファイルをひらくことができない。あるファイルを、必要なソフトウェアのないコンピュータに入れたところで、それはただそこにあるだけだ。わかるかね？」

「いまのところ」

「よろしい」

カイネンは手をのばしてセーガンの頭をぽんと叩いた。セーガンはカイネンの指をへし折ってやりたいという衝動をこらえた。

「つまりこうだ。脳がハードウェア。意識がファイル。だが、きみの友人のディラックの場合、ソフトウェアが欠けている」

「ソフトウェアにあたるのは？」

「記憶だよ。経験だ。五感の活動。ブーティンの意識を脳におさめても、それを生かすための経験が欠けていたのだ。その意識がまだディラックの脳にあるとしても――それすらわからないのだが――完全に孤立しているからアクセスすることはできない」

「新しく生まれた特殊部隊の兵士は、覚醒した瞬間から意識をもっている。でも、やはり経験や記憶はないわ」

「そのとき経験しているのは意識ではない」

セーガンはカイネンの口ぶりに嫌悪を感じとった。

「いまいましいブレインパルが人工的に感覚チャンネルをこじあけて、まやかしの意識をあたえているのだ。きみたちの脳はそのことを知っている」カイネンはまたPDAを指さした。「きみの仲間たちは、脳とブレインパルの研究についてかなり広範囲にわたる資料にアクセスさせてくれた。そのことを知っていたか？」

「ええ。あなたがあたしに協力するために必要なファイルは自由に見せるよう頼んでおいたから」

「きみがそんなことをしたのは、わたしが死ぬまで捕虜であり、たとえ脱走することができてもきみにあたえられた病気のせいですぐに死んでしまうと知っているからだ。それなら、わたしにアクセスさせても害はないと」

セーガンは肩をすくめた。

「ふむむむ」カイネンは話をつづけた。「知っているか？　特殊部隊の兵士の脳は通常の兵士の脳よりもはるかに急速に情報を吸収できるが、これについては説明可能な理由がないのだ。どちらも未改造の人間の脳だし、どちらもブレインパルを装備している。特殊部隊の脳は通常とはことなったやりかたで条件付けがなされているが、それで脳が情報を処理するペースが目に見えて速まるわけではない。にもかかわらず、特殊部隊の脳はありえないほどのペースで情報を吸収して処理する。理由がわかるかね？　脳がみずからを守っているのだよ。通常のＣＤＦ兵士には最初から意識があり、それを利用できるだけの経験もある。きみたち特殊部隊の兵士にはなにもない。きみたちの脳は、ブレインパルが押しつける人工の意識を知覚しながら、大急ぎで自前の意識を構築していく。さもないと、自前の意識が人工意識によって永久にそこなわれてしまう。あるいは破壊されてしまう」

「特殊部隊の兵士がブレインパルのせいで死んだことはない」

「ああ、いまはそうだろう。だが、ずっと以前までさかのぼったら、どんな事実が見つかることやら」

「なにか知っているの？」

「なにも知らないさ」カイネンはおだやかにいった。「ただの無意味な憶測だよ。わたしがいいたいのは、特殊部隊が〝意識〟を持って覚醒するのと、きみたちがディラック二等兵にやろうとしたことを同列に考えてはいけないということだ。そのふたつは同じではない。似ているとすらいえない」

セーガンは話題を変えた。「さっきあなたは、ブーティンの意識はもうディラックの脳にはないかもしれないといったわね」

「そのとおり。意識にはインプットが必要だ。さもないと消えてしまう。だからこそ、意識パターンを脳の外で保存するのはほぼ不可能だし、それを実現したブーティンは天才といえるのだ。わたしが思うに、たとえブーティンの意識が脳内にあったとしても、それはとっくに流れ去っていて、ただの兵士がひとり残っているだけだろう。実際にブーティンの意識が脳内にあるかどうかをたしかめるすべはない。ディラック二等兵の意識に取りこまれてしまっているはずだからな」

「仮に脳内に残っているとしたら、どうすれば覚醒する？」

「わたしにそれを推測しろというのか？」

セーガンはうなずいた。

「最初の段階でブーティンの意識にアクセスできなかったのは、脳に記憶と経験がなかったからだ。ディラック二等兵がこれから経験を積んでいけば、ブーティンの意識の一部が解放されるかもしれない」

「そうしたら、彼はチャールズ・ブーティンになると」

「なるかもしれない。ならないかもしれない。ディラック二等兵にはすでに独自の意識があるのだ。独自の自我が。たとえブーティンの意識が覚醒しても、それは脳内のただひとつの意識ではない。それが良いことなのか悪いことなのかを決めるのはきみたちだ。わたしにはそんな判断はできないし、ブーティンが覚醒した場合に実際になにが起きるかもわからない」

「まさにそういうことを教えてほしいんだけど」

カイネンはララエィ版のくすくす笑いをもらした。「研究室を用意してくれ。そうしたらなんらかの回答を出せるかもしれない」

「あたしたちには絶対に協力しないといっていたのに」

カイネンは英語に切り替えた。「考える時間が多い。あまりにも多い。ことばの勉強だけでは余る」それからまたクカン語にもどった。「それに、これはきみたちがわたしの同胞と戦うのを助けるわけではない。きみを助けるだけだ」

「あたしを？　今回あなたが協力してくれる理由はわかっている。コンピュータへのアクセスを許可してあげた見返りだから。でも、それ以上の協力をしてくれるのはなぜ？　あたしはあなたを捕虜にしたのよ」

「しかも、きみがくれた病気のせいで、わたしは自分の敵から毎日解毒剤をもらわないかぎり死んでしまう」カイネンは、独房の壁と一体化した奥行きのない机のなかに手をのばし、小さな注射器を取りだした。「これがわたしの薬だ。自分で投与するのを許してもらった。いちど、わざと注射をしないで、死なせてもらえるかどうか試してみた。こうして生きていることがその答だ。しかし、彼らは床の上でのたうちまわるわたしを何時間も放置した。考えてみると、きみがやったのと同じことだな」

「あたしに協力する理由の説明になっていない」

「なぜなら、きみがわたしのことをおぼえていたからだ。ほかの連中にとって、わたしは数多い敵のひとりにすぎず、退屈で気がふれてしまうのをふせぐために本を一冊あてがってやるくらいの価値しかない。いつか、解毒剤をあたえるのを忘れてわたしを死なせてしまうかもしれないが、それでなにが変わるわけでもない。だが、きみだけは、少なくともわたしに価値があると認めている。いま暮らしているこのとても小さな宇宙で、きみはわたしのたったひとりの親友なのだ——たとえ敵であろうとも」

セーガンはカイネンを見つめて、はじめて会ったときの傲慢な態度を思いだした。それがすっかりみじめで卑屈な態度になっていて、いっとき、こんなに悲しいものは見たことがないという気持ちにさせられた。

「ごめんなさい」といってから、セーガンはそんなことばが自分の口から出たことにびっくりした。

ふたたび、ララエィ版のくすくす笑い。

「われわれはきみの同胞を抹殺しようとしていたのだぞ、中尉。いまだってそうかもしれん。あまり申し訳ないと思う必要はあるまい」

セーガンにはなにもいうことはなかった。営倉の担当士官に出してくれと合図をすると、MPを手にした衛兵が近づいてきて独房のドアがひらくあいだ監視に立った。

ドアが背後で閉じると、セーガンはカイネンをふりかえった。「協力してくれてありがとう。研究室の件は頼んでおくから」

「ありがたい。期待しないで待つとしよう」

「それが正解ね」

「そうそう、ふと思ったんだが、ディラック二等兵はきみたちの軍事行動に参加することになるのか」

「ええ」

「監視を怠るな。人間でもララエィ族でも、戦闘のストレスは消えることのない傷を脳に残す。原体験となるのだ。もしもブーティンが残っているなら、彼を引きだすのは戦闘かもしれない。戦闘そのものか、なにかの体験との組み合わせによって」

「戦闘中にどうやって監視しろというの？」

「それはきみの専門だろう。きみの捕虜になったあのときをべつにすれば、わたしは戦闘に参加したことはない。教えようがないのだ。とにかく、ディラックのことが気にかかるのなら、わたしだったらそうするだろう。きみたち人間にはこんないいまわしがあるではないか――〝友はそばに置け、敵はもっとそばに置け〟。ディラック二等兵の場合はその両方に該当するようだ。わたしならすぐそばに置いておくよ」

カイト号はララエィ族の巡洋艦に不意打ちをくらわせた。

スキップドライヴは扱いのむずかしいテクノロジーだ。宇宙船を光よりも速く推進させる――それは不可能だ――のではなく、時空に穴をこじあけて、宇宙船（あるいはスキップドライヴを搭載したものならなんでも）を同一の宇宙における任意の地点へ移すことで恒星間飛行を実現している。
（これは厳密にいうと正しくない。対数スケールで見ると、スキップドライヴによる飛行は出発地点と到着地点との距離が長ければ長いほど信頼性が低下する。いわゆる〝スキップドライヴ地平線問題〟の原因はまだ完全には解明されていないが、そのせいで宇宙船と乗組員が何度も失われていた。
そのため、人類も、恒星間レベルの〝近所〟でスキップドライヴを利用している他の種族も、とりあえずはそれぞれの母星にとどまっていた。ある種族が自分たちのコロニーをきちんと管理したいと考えた場合――ほとんどの場合そうなのだ――コロニーを設置できるのはスキップドライヴ地平線によって規定される球の範囲内にとどまる。もっとも、この制限にはあまり意味がなかった。人類が暮らしているあたりの宙域では不動産をめぐる激しい競争がくりひろげられているために、ひとつの例外をのぞくどの知的種族も、みずからのスキップドライヴ地平線のそばまで勢力をひろげてはいないのだ。その例外というのがコンスー族で、テクノロジーが近隣の宙域にいる多種族と比べるとあまりにも進歩しているため、そもそもスキップドライヴを利用しているのかどうかさえ確認されていなかった）
スキップドライヴにはいろいろと妙な癖があり、利用しようとするならがまんするしかないのだが、そのうちのひとつが、出発と到着のときの必要条件だった。出発のとき、スキップドライヴは比較的〝平坦な〟時空を必要とする。すなわち、近くにある惑星の重力井戸から充分に離れていないとスキップドライヴを起動できないので、まず通常エンジンを使って宇宙空間を移動しなければならない。ただし、到着するときには、どれだけ惑星がそばにあってもかまわない。理論上は、惑星の地表を目的地にしたっていいのだ――それをやってのけられるくらい腕に自信がある航宙士を見つけられるなら。宇宙船をスキップドライヴで惑星上に着陸させるのは、公式にはコロニー連合によって強く非推奨とされているのだが、コロニー防衛軍のほうは、突然の到来がもつ戦略上の価値をしっかりと認識していた。

カイト号が、人間の植民者にゲティズバーグと呼ばれている惑星に到着したとき、その出現地点はララエィ族の巡洋艦から四分の一光秒と離れておらず、二連レールガンはウォームアップもすんで発砲準備をととのえていた。カイト号の兵装クルーは一分とたたないうちに不運な巡洋艦へ狙いを定め、敵もどたんばで応戦しようとはしたものの、電磁レールガンの投射物がカイト号とその獲物とをへだてる空間を飛びすぎるのに必要な時間は約二・三秒だった。投射物のすさまじいスピードだけでも、ララエィ族の巡洋艦の外殻をつらぬき、銃弾がやわらかいバターを突き抜けるように内部を通過するには充分すぎるほどだが、設計者はそれだけでは満足しなかった。投射物そのものが、なにかとほんのすこしでも接触したら爆発的に拡散する構造になっているのだ。

投射物は巡洋艦の外殻を突き抜けた直後に分解し、無数の破片が当初の弾道をはずれてばらばらに飛散する。まさに宇宙最速のショットガンだ。こうした弾道の変化は膨大なエネルギーを消費するので、破片の速度は大きく低下してしまう。それでも、個々の破片にはまだ余力があり、ラエィ族の巡洋艦にダメージをあたえたあとは、傷ついた船体を飛びだして、摩擦のない宇宙空間へと長い旅に乗りだすことになる。

カイト号とララエィ族の巡洋艦との位置関係により、最初のレールガン投射物は巡洋艦の前部右舷側に命中した。この投射物の破片は斜め上方へ穴をうがち、船内のいくつかの階層をぼろぼろにしながら突進して、大勢のララエィ族の乗組員を血の霧に変えた。投射物の入口は直径十七センチのきれいな円形だったが、出口の傷は直径が十メートルあるぎざぎざの穴で、金属と肉片と空気が真空の宇宙空間へ音もなく噴きだしていた。

二発目のレールガン投射物は、一発目よりも後方に、ほぼ並行する弾道で命中したものの、飛散には失敗した。出口の穴は入口のそれよりほんのすこし大きいだけだった。しかし、エンジンの一基を貫通したことで失敗は埋め合わされた。巡洋艦の自動被害対策システムが隔壁を閉鎖して損傷したエンジンを隔離し、故障の連鎖をふせぐためにほかの二基のエンジンの接続を切り離した。非常電源に切り替わると、攻撃面でも防御面でも最小限のオプションしかなくなり、いずれもカイト号に対してはまったく効果がなかった。

カイト号は、レールガンを使用したことで電力の一部を消耗したので（すでに再充電は進んでいた）、つなぎとして五発の戦術核ミサイルをラライェィ族の巡洋艦めがけて発射した。こちらは目標に到達するまで一分以上かかるが、いまやカイト号にはたっぷりと時間があるのだ。その巡洋艦は、付近では唯一のラライェィ族の宇宙船だった。船体の前方から小さな閃光がほとばしる。命運尽きた巡洋艦がスキップドローンを発射したのだ。ただちにスキップ可能な距離まで移動し、なにが起きたかをラライェィ軍の本隊に知らせるようプログラムされているのだ。カイト号は六発目となる最後のミサイルをドローンめがけて発射した。ミサイルは、スキップ可能地点まであと一万キロメートルほどのところでドローンに追いつき、破壊するだろう。ラライェィ族がこの巡洋艦の運命を知るころには、カイト号は何光年も彼方にいるはずだ。

ほどなく、ラライェィ族の巡洋艦は宇宙にひろがりゆくデブリの群れと化し、セーガン中尉と第二小隊は独自任務の開始許可を受け取った。

ジェレドは、はじめての任務でたかぶる気持ちと、ゲティズバーグの大気圏へ降下する兵員輸送機のゆれが引き起こす不安をおさえるために、よけいなことを頭から締めだして意識を集中しようとした。となりにいるダニエル・ハーヴィーのせいで、それはなかなかむずかしかった。

《無鉄砲な植民者には腹が立つぜ》ハーヴィーがいったのは、兵員輸送機が大気圏をぐんぐん降下しているときだった。《勝手に違法コロニーをつくっておきながら、どこかのクソな種族がねぐらに忍び寄ってきたらおれたちに泣きつくんだからな》
《落ちつけよ、ハーヴィー》アレックス・レントゲンがいった。《カッカしてると偏頭痛が起きるぞ》
《わからないのは、こういう連中がどうやって惑星までたどり着くのかってことだ。コロニー連合がはこんでやるわけはないからな。連合がイエスといわなけりゃどこにも行けないはずなのに》
《行けるさ。コロニー連合はすべての恒星間飛行を管理しているわけじゃない。対象となるのは人間だけだ》
《ここの植民者は人間なんだぜ、アインシュタイン》
《ちょっと》ジュリー・アインシュタインがいった。《あたしを巻きこまないで》
《そういういいまわしがあるんだよ、ジュリー》
《植民者は人間でも、そいつらをはこぶ連中がちがうんだ。無法植民者はコロニー連合と商売をしているエイリアンから輸送手段を買い、そのエイリアンが連中をどこへでも連れていくってわけだ》
《そんなのバカげてる》
ハーヴィーは同意を求めて小隊の仲間を見まわした。ほとんどの隊員は目を閉じているか、あえて議論に加わるのを避けていた。ハーヴィーの議論好きは有名なのだ。《コロニー連合はその気になれば阻止できるはずだ。エイリアンに無謀な乗客をひろうのはやめろといえばいい。そうすりゃ、おれたちがケツを吹き飛ばされる危険をおかす必要もなくなるし》

前方の座席で、ジェーン・セーガンがハーヴィーをふりむいた。《コロニー連合には無法植民者を止める気がないのよ》

《なんでそうなるんです？》

《そういう植民者はトラブルメイカーなの。連合に反抗して違法コロニーをつくるような人びとは、外へ出ることを禁じられたら故郷でもめごとを起こすだけ。連合はそんなことにはかまっていられない。だから勝手に行かせて、知らんぷりをしているわけ。あとはその人たちの問題》

《そいつらがトラブルに巻きこまれるまでは》

《ふつうはそれでも放置しているわ。どんなに無鉄砲でも自分がなにをしているかはわかっているんだから》

《だったらわれわれはなぜここに？》とレントゲン。《ハーヴィーの肩を持つわけじゃありませんが、ここにいるのはまさに無法植民者でしょう》

《命令よ》セーガンはそれだけいうと、目を閉じて議論を打ち切った。

ハーヴィーが鼻息を荒げて反論しようとしたとき、船体のゆれが急に激しくなった。《どうやら地上のラエィ族がこっちに気づいたらしい》チャド・アッシジが操縦席で声をあげた。《さらに三発のミサイルが接近中だ。つかまれ。接近しすぎないうちに焼き払うぞ》

数秒後、ブーンという重々しいうなりが響いた。三発のミサイルを迎撃するために、輸送機の防御用メーザーが起動したのだ。

《軌道上から猛爆撃を仕掛けたらどうなんだ？》ハーヴィーがいった。《まえにもやっただろう》

《下には人間もいるんじゃないですか？》ジェレドは思いきって口をはさんだ。《植民者たちが怪我をしたり死んだりするような戦術は避けたほうがいいと思います》

ハーヴィーはジェレドをちらりと見てから話題を変えた。

ジェレドがサラ・ポーリングに目をむけると、彼女はひょいと肩をすくめた。ふたりが第二小隊へ配属されてからの一週間、ほかの隊員たちの態度をあらわすのにぴったりな形容詞は〝ひややか〟だった。必要に迫られればそれなりに相手をしてくれるが、さもなければ無視するだけだ。小隊の指揮官であるジェーン・セーガンは、最初の実戦に従事するまで、新兵はよくそういう扱いを受けるのだと説明してくれた。

《耐えるしかないわね》といって、セーガンは自分の仕事にもどった。

ジェレドとポーリングは不安になった。さりげなく無視されるだけでなく、ふたりは小隊との完全な統合も拒否されていた。一般回線に接続し、今後の任務について話し合ったり情報を共有したりはしていたが、訓練分隊で体験したような親密なつながりはなかった。ジェレドはハーヴィーに目をもどし、やはり統合は訓練用のツールでしかないのだろうかと考えた。そうだとしたら、あたえておいてあとで奪うのは残酷すぎる。だが、小隊内では統合がおこなわれている証拠は見かけていた。ちょっとした身のこなしやふるまいが、口には出されない対話や五感を超越した知覚の存在を暗示していた。ジェレドとポーリングはそこに加わりたくてたまらなかったが、いまだに許可されないのは、その状態でどんな反応をするかを見るためのテストだということも承知していた。

ほかの隊員たちとの統合がないために、ジェレドとポーリングの統合は過剰なほど親密になった。最初の一週間が終わるころ、ふたりはおたがいの頭のなかでとても多くの時間をすごすようになり、深い親愛の情があるにもかかわらず、うんざりする気持ちを抑えきれなくなりそうだった。どうやら統合のしすぎはよくないらしい。そこで、すこしだけ密度を薄めるために、スティーヴン・シーボーグをふたりの非公式な統合に招いた。シーボーグは第一小隊で同じように冷遇されており、友だちづきあいのできる相手もいなかったので、この申し出に痛々しいほどの感謝の念をしめした。

ジェレドはジェーン・セーガンを見おろした。この指揮官は、ふたりの新兵が任務の最中に統合からはずれていてもかまわないのだろうか。なんだか危険に思える。少なくともジェレドとポーリングにとっては。

そんな思いを読みとったのか、セーガンはちらりと目をあげてしゃべりだした。

《任務を説明する》セーガンは、ゲティズバーグの小さなコロニーの地図に各自の配置をかさねたものを隊員たちに送った。《今回は掃討作戦だということを忘れないで。スキップドローンの動きがまったくないから、植民者は全員が死んでいるか、どこかメッセージを送れない場所へ連れていかれているはず。目的はコロニーの建造物への被害を最小限にとどめながらララエィ族を一掃すること。最小限よ、ハーヴィー》

セーガンにまっすぐ見つめられて、ハーヴィーはそわそわと身じろぎした。

《必要な場合はいろいろと吹き飛ばしてもかまわないけど、破壊すればするほど植民者たちは多くを失うことになるから》

《ええっ？》レントゲンがいった。《植民者がここに残ることを許すんですか？　生きていればの話ですが》

《そもそも無法植民者だから。理性のある行動を強要することはできない》

《まあ、おれたちなら強要できると思いますが》とハーヴィー。

《強要はしない。今回は小隊に新兵がふたりいる。レントゲン、あなたはポーリングをあずかって。あたしはディラックをあずかる。ほかの者はふたりひと組で任務にあたって。

着陸地点はここ》――狭い着陸ゾーンがぽっと明るくなる――《あとは各自で独創力を発揮して目的地までたどり着きなさい。周囲と敵によく目をくばること。それが全員のためになるから》

《全員じゃないかもしれないけどね》ポーリングが個人回線でジェレドにいった。

そのとたん、ふたりの新兵は押し寄せる統合の感覚にのみこまれた。自分の視点に多数の視点がかぶさる超越的な認識。ジェレドはあえぎ声を必死にこらえた。

《パンツを濡らすなよ》ハーヴィーがいった。

小隊内に、おもしろがっているようなピングがいくつかとびかった。ジェレドはそれを無視して、仲間たちから送られる感情と情報のゲシュタルトをのみこんだ。ララエィ族と戦う自分たちの能力に対する自信。それぞれの目的地までのルートを決める初期計画の叩き台。この先の戦闘とはあまり関係がなさそうな、緊張とわずかな期待が入り交じった興奮。そして、だれもがひとしく感じている、建造物を傷つけないよう気をくばるのは無意味だという思い。なぜなら、植民者たちがすでに死んでいるのはほぼ確実なのだから。

《うしろ》サラ・ポーリングの声がいった。

ジェレドとジェーン・セーガンはさっとふりかえり、遠方にいるポーリングの視点からの映像とデータを受信しながら、同時に発砲をはじめた。そのララエィ族の三体の兵士は、音もなく、しかし姿は隠すことなく、小さな多目的ビルをまわりこんでジェレドたちに奇襲攻撃をしかけようとしていた。そして、ジェレドとセーガンが雨あられと撃ちだした銃弾のまっただなかへ踏みこむはめになった。一体は即死し、残りの二体はべつべつの方向へ逃げだした。

ジェレドとセーガンは、小隊のほかの隊員たちの視点をすばやく借用して、逃走するラライィ族の片方あるいは両方をしとめられる位置にだれかいないかとさがした。全員が交戦中で、ポーリングも、ゲティィズバーグ居留地のはずれにいるラライィ族の狙撃兵を倒すという目先の任務にもどっていた。セーガンは音をたててため息をついた。

《そっちのを追って》セーガンは一瞬おいて走りだした。《殺されないように》

ジェレドはラライィ族の兵士を追った。そいつは鳥に似たたくましい両脚で、ぐんぐん差をひろげようとしていた。ジェレドが追いつこうとして足を速めると、そのラライィ族はくるりとふりかえり、片手で握った武器でジェレドめがけてやみくもに発砲した。反動で銃が跳ねあがり、ラライィ族の手からとびだした。銃弾はジェレドのすぐ前方で土ぼこりをあげ、ジェレドは身を隠す場所をもとめて進路を変えた。銃が地面にガチャンと落下する。ラライィ族は武器を回収せずにそのまま走りつづけ、居留地にある車庫のなかへ姿を消した。

《応援が必要です》ジェレドは車庫のベイで呼びかけた。

《みんな同じさ》どこかにいるハーヴィーがこたえた。《やつらの数は、少なくとも二対一でこっちにまさっている》

ジェレドはベイを抜けて車庫にはいった。すばやく見まわすと、ほかの出口は、ベイと同じ壁についているドアと、ふたつある換気用の窓だけだった。窓はどちらも位置が高くて小さいので、ララエィ族がそこを抜けたとは考えにくい。まだ車庫のどこかにいるはずだ。ジェレドは建物の片側へ寄り、整然と内部の捜索にとりかかった。

一本のナイフが低い棚にかぶさった防水シートの陰から突きだされ、ジェレドのふくらはぎに切りつけてきた。軍用ユニタードの生地が、ナイフの刃が接触した部分だけ硬化する。おかげでかすり傷ひとつ負わなかったが、おどろいて動いた拍子に足がもつれた。床にばったりと倒れて足首をひねり、MPが手を離れて床にころがった。ジェレドが銃を取りもどすよりも先に、ララエィ族が隠れ家からとびだしてきて彼にのしかかり、ナイフをつかんだままのこぶしでMPを押しやった。銃は手の届かないところへすべっていき、ララエィ族はジェレドの顔めがけてナイフを突き立てた。頰が深くえぐれてスマートブラッドが噴きだす。ジェレドは悲鳴をあげた。ララエィ族はさっと彼の上からおりてMPへと走った。

ジェレドが身をひるがえしたときには、ララエィ族がMPをこちらにむけていた。長くのびた指をぎこちなく、だがしっかりと銃床と引き金にかけている。ジェレドは凍りついた。ララエィ族はなにやらギャアと叫んで引き金をひいた。

なにも起こらない。ジェレドは、MPが自分のブレインパルとリンクしていることを思いだした。人間でなければ発砲できないのだ。ジェレドはほっと笑みを浮かべた。ララエィ族はまたギャアと叫ぶと、MPをジェレドの顔面へ叩きつけ、すでに裂けている頬をさらにえぐった。ジェレドは叫び、激しい痛みにのけぞった。ララエィ族はMPを高い棚の上へほうり投げて、どちらも手が届かないようにした。カウンターの上からタイヤロッドをつかみあげ、それを激しくふりまわしながら迫ってくる。

ジェレドは腕で相手の一撃を受け止めた。ユニタードはふたたび硬化したが、衝撃で腕に痛みがはしった。もういちど攻撃されたとき、ジェレドは手をのばしてロッドをつかもうとしたが、接近する速度の判断を誤った。ロッドは勢いよく手にぶつかり、右手の薬指と中指をへし折って腕を押しさげた。ララエィ族は鉄製のロッドを横にかまえると、ジェレドの頭に叩きつけた。ジェレドはがくっと両膝をつき、さっき痛めた足首をまたひねってしまった。ふらふらしながら左手でコンバットナイフをさぐる。ララエィ族がその手を勢いよく蹴飛ばし、ナイフはくるくると宙を舞った。つぎの鋭いキックはジェレドの顎をとらえ、歯が舌にくいこんで、口のなかでスマートブラッドがほとばしった。ララエィ族はジェレドを押し倒すと、自分のナイフを抜き、喉を切り裂こうとかがみこんできた。そのとき、ジェレドはサラ・ポーリングとの戦闘訓練を思いだした――のしかかられ、喉にナイフを突きつけられて、集中力が足りないといわれたときのことを。

ジェレドは精神を集中した。

すっと息を吸いこみ、ララエィ族の顔と帯状の目にむかってスマートブラッドをぺっと吐きつけた。相手が嫌悪をあらわにしてたじろいだ隙に、ジェレドはブレインパルに命じて、ララエィ族の顔にかかったスマートブラッドにフェニックスで吸血虫に吸いとられたときと同じ変化を生じさせた――つまり燃焼させたのだ。

ララエィ族は、スマートブラッドで顔と帯状の目を焼かれて絶叫し、ナイフをほうりだして自分の顔をかきむしった。ジェレドはナイフを取りあげ、ララエィ族の側頭部に突き立てた。ララエィ族はおどろいたようにコッと鳴いてから、骨を抜かれたみたいに床にあおむけに倒れこんだ。ジェレドがそれにならってじっと横たわり、なにもせずに目を休ませていると、ゆっくりと燃えていくララエィ族の鼻につんとくる濃厚な異臭が、だんだん強烈に意識されるようになってきた。

《立って》

だれかが呼びかけてきて、ブーツのつま先でジェレドをつついた。ジェレドはびくっとして声の主を見あげた。ジェーン・セーガンだった。

《さあ、ディラック。敵はすべて倒したから。もう起きあがってだいじょうぶ》

《痛むんです》ジェレドはいった。

《あのねえ、ディラック、こっちはあなたを見ているだけで痛くなるの》セーガンはララエィ族を身ぶりでしめした。《つぎの戦闘では銃で倒しなさい》

《おぼえておきます》

《そういえば、あなたのMPは？》

ジェレドは、ララエィ族が銃をほうり投げた高い棚を見あげた。《梯子がいるんじゃないかと思います》

《それより顔を縫わないと。頬がいまにも落ちそう》

《中尉》ジュリー・アインシュタインがいった。《来てください。植民者たちを見つけました》

《生存者はいた？》とセーガン。

《とんでもない》

統合により、セーガンとジェレドはアインシュタインの身震いを感じとった。

《あなたはどこにいるの？》セーガンがたずねた。

《えーと、じかに見るほうがいいかもしれません》

一分後、セーガンとジェレドはコロニーの食肉処理場にたどり着いた。

《ララエィ族のクソども》セーガンは建物に近づきながらいった。外で待っていたアインシュタインに顔をむける。《このなかにいるの？》

《そうです》アインシュタインはこたえた。《奥の冷蔵室に》

《全員?》

《だと思いますが、はっきりしません。大半がばらされているので》

冷蔵室には肉がぎっしり詰まっていた。

特殊部隊の兵士たちは、フックにぶらさがる皮を剝がれた胴体を呆然と見つめた。ならんだフックの下に置かれた樽はどれも屑肉でいっぱいだ。作業台には途中まで処理された四肢が積みあげてある。べつの作業台には頭部がずらりとならび、脳を取り出すために頭蓋骨がノコギリで切りひらかれていた。不要になった頭部は作業台のかたわらの樽に放りこんである。

未処理の死体の小さな山に防水シートがかぶせてあった。ジェレドはそこに近づいてシートをめくった。出てきたのはこどもたちの死体だった。

《なんてことを》セーガンはアインシュタインに顔をむけた。《コロニーの管理事務所へだれかやって、医療記録や遺伝子方面の情報を見つけられるだけ集めさせて。植民者たちの写真も。身元を確認するために必要だから。それと、ふたりほど使ってゴミ箱を調べさせなさい》

《なにをさがすんですか?》アインシュタインがたずねた。

《残り物よ。ララエィ族が食べ残した》

ジェレドにはセーガンが命令をとばす声がただの雑音にしか聞こえなかった。しゃがみこみ、小さな死体の山をじっと見つめる。てっぺんにある幼い少女の死体は、おだやかな顔が小さな妖精のようで、とても美しかった。ジェレドは手をのばして少女の頬にそっとふれた。氷のように冷たかった。

なぜか、ジェレドは刺すような強い悲しみをおぼえた。彼は嗚咽をもらしながら顔をそむけた。

アインシュタインといっしょに冷蔵室を見つけたダニエル・ハーヴィーが、ジェレドのそばへやってきた。《はじめてか》

ジェレドは顔をあげた。《え？》

ハーヴィーは死体のほうへ顎をしゃくった。《おまえはいまはじめてこどもを見た。そうなんだろう？》

《はい》

《おれたちはどうしてもこういうめぐりあわせになる。はじめて見る植民者は死体だ。はじめて見るこどもも死体だ。はじめて見る人間以外の知的生物は、たとえ死んでいなくてもおれたちを殺そうとしているから、いやでも殺すことになる。そのあとはやっぱり死体だ。おれは生きている植民者を見るまで何カ月もかかった。生きているこどもはまだ見たことがない》

ジェレドは死体の山に顔をもどした。《この子はいくつなんでしょう?》

《さあな、知らんよ》ハーヴィーはそういいながらも少女に目をむけた。《たぶん三歳か四歳。せいぜい五歳だろう。けど、おかしいよな。それでもおれたちふたりを合わせたより歳をくっているんだ。それどころか、ふたりを合わせて二倍にしたよりも。まったくバカげた宇宙だぜ、相棒》

ハーヴィーはぶらぶらと歩み去った。ジェレドは幼い少女をもうしばらく見つめてから、死体の山にもとどおり防水シートをかぶせた。それからセーガンをさがしにいった。見つけたのはコロニーの管理事務所の外だった。

《ディラック》セーガンは近づいていくジェレドにいった。《最初の任務の感想は?》

《かなりひどいと思います》

《そうね》セーガンはいった。「あたしたちがなぜここにいるかわかる? なぜ違法な居留地へわざわざ出向いてきたか?」

ジェレドは、一瞬おいて、セーガンが口でしゃべったことに気づいたので、同じやりかたで返事をした。「わかりません」

「この居留地のリーダーはコロニー連合の外務長官の息子なの。そのマヌケ野郎は自分の母親である長官に証明したかったわけ——コロニー連合が自由な居留地の設置を禁じているのは人権侵害であると」

「そうなんですか？」

セーガンはジェレドに目をむけた。「なぜそんな質問を？」

「ただの好奇心です」

「そうかもしれないし、そうじゃないかもしれない。いずれにせよ、その主張を証明するのにもっともふさわしくない場所がこの惑星なの。ララエィ族が、居留地こそ置いていないものの、長年に渡って所有権を主張しているんだから。バカ息子は、ララエィ族はこのまえの戦争でコロニー連合に負けたから、報復をおそれて見て見ぬふりをするかもしれないと考えたみたい。そして十日まえに、連合が軌道上に置いたスパイ衛星が、さっきあたしたちがしとめた巡洋艦によって撃墜された。衛星が破壊されるまえに巡洋艦の映像をとらえていたの。で、あたしたちがここへ来たわけ」

「むちゃくちゃですね」

セーガンは陰気に笑った。「さて、あのクソな冷蔵室へもどって、長官の息子が見つかるまで死体を調べてまわらないと。そのあとは、長官にむかって、あなたの息子とその家族はララエィ族に食用として切り刻まれましたと伝える楽しい仕事が待ってるし」

「家族？」

「妻と娘がひとり。四歳」

ジェレドは死体の山の少女を思いだして、激しく身をふるわせた。セーガンがじっとその様子を観察していた。

「だいじょうぶ？」セーガンがたずねた。

「はい。ただ、気の毒だなと思って」

「妻と娘はたしかに気の毒ね。でも、そのふたりをここへ連れてきたバカ息子は当然のむくいを受けただけ」

ジェレドはまた身をふるわせた。「そうかもしれません」

「そうなのよ。さあ、いっしょに来て。植民者たち、というか、その残骸の身元をたしかめないと」

《まったく》サラ・ポーリングが、カイト号の医務室を出たジェレドにいった。《あなたはなにごとも楽にはすませないのね》
ポーリングはジェレドの頬に手をのばし、ナノ縫合をほどこされても消えていないみみず腫れにふれた。
《まだ切られた跡が残ってる》
《痛みはないんだ》ジェレドはいった。《それだけで足首や手よりはましだよ。足首は折れてないけど、手の指は完全に治るまで二日ほどかかるって》
《死ぬよりはいいでしょ》

《スマートブラッドを加熱できることはだれでも知ってるよ。みんながフェニックスで虫を焼き殺すのをしょっちゅう見た》

《それに、おかげで全員が新しい技を学んだ。スマートブラッドであんなことができるとは知らなかったもの。いまじゃ、みんながあなたを〝灼熱のジェレド〟と呼んでる》

《そうだな》

《ええ、だれでも小さな虫を焼くのにスマートブラッドを使ってる。でも、それを利用して大きな虫を焼くことを思いつくには特別な頭脳が必要なの》

《特に考えたわけじゃない。ただ死にたくなくて》

《おかしなことに、それで創造性が高まるのね》

《おかしなことに、それで集中力が高まるんだ。きみにもっと集中力をつけろといわれたことを思いだしてね。きみに命を救ってもらったようなものだよ》

《よかった。いつかお返ししてね》

ジェレドはふと足を止めた。

《どうかした？》とポーリング。

《あれを感じるかい？》

《なにを？》

《どうしてもセックスをしたいような感じがする》

《あのねえ、ジェレド。通路でいきなり立ち止まられても、ふつうはあなたがどうしてもセックスをしたがってるとは気づかないわ》

《ポーリング、ディラック》アレックス・レントゲンがいった。《娯楽室へ来い。いますぐに。ささやかな戦闘終了のお祝いだ》

《わあ》とポーリング。《お祝いだって。ケーキやアイスクリームがあるかも》

ケーキやアイスクリームはなかった。あったのは乱交パーティだった。第二小隊の隊員が、ひとりをのぞいて全員集まり、それぞれに服をぬぎかけていた。二人あるいは三人でカウチやクッションに横たわり、キスをしたり抱きあったりしている。

《こういう戦闘終了のお祝いもあるんですか？》とポーリング。

《これこそが戦闘終了のお祝いだ》アレックス・レントゲンがこたえる。《おれたちは戦闘のたびにやってる》

《なぜです？》ジェレドはたずねた。

アレックス・レントゲンは信じられないという顔でジェレドを見つめた。《乱交パーティをひらくのに理由がいるのか？》

ジェレドが口をひらこうとすると、レントゲンがさっと片手をあげた。

《第一に、みんな死の影の谷をぶじにとおりぬけたばかりだからだ。となると、生きていることを実感するにはこれがいちばんだ。きょうみたいなクソを見せられたあとは、すぐにそいつを頭から追いださないとな。第二に、セックスはそもそもすばらしいが、統合している仲間が全員同時にやってるともっとよくなる》

《じゃあ、統合を切断するつもりはないんですね？》ポーリングがたずねた。ひやかすような口調だったが、ほんのすこしだけ不安そうでもあった。

《ない》レントゲンがおだやかにいった。《おまえたちはもう仲間だ。それに、これはただのセックスじゃない。心のまじわりと信頼をより深く表現する行為だ。ちがうレベルの統合なんだ》

《すごく嘘っぽい口実に聞こえるんですけど》ポーリングが笑顔でいった。

レントゲンはとても楽しげなピングを送ってきた。

《まあな。みんなセックスが大好きだってことも否定はしない。いずれわかるさ》レントゲンはポーリングに手を差しだした。《お相手願えるかな？》

ポーリングはジェレドに目をむけ、ウインクすると、レントゲンの手をとった。《よろこんで》

ジェレドが離れていくふたりを見送っていると、だれかが彼の肩をつついた。ふりかえると、ジュリー・アインシュタインが裸体をさらして意気揚々と立っていた。

《あなたが〝灼熱〟だという仮説をたしかめにきたわ、ジェレド》

しばらくたって、ポーリングはようやくジェレドのもとへたどり着き、そのとなりに横たわった。

《おもしろい夜になったわ》ポーリングはいった。

《そういういいかたもあるかな》ジェレドはこたえた。

レントゲンは統合している仲間が全員同時にやっているときのセックスはふつうとちがうといっていたが、それはひかえめすぎる表現だった。いや、ひとりだけ欠けているなとジェレドは思い直した。

《セーガンはどうしてここにいないのかな》ジェレドはいった。

《アレックスの話だと、以前は参加していたみたい。ある戦闘で死にかけたあと、ぱったり顔を出さなくなったらしいわ。もう二年くらいたつのかな。アレックスは、参加するかどうかは完全に個人の自由だといってた。参加を強制はできないのよ》

〝アレックス〟という名を聞いて、ジェレドは鋭い胸のうずきをおぼえた。彼は、レントゲンとポーリングがいっしょにいるところを、アインシュタインに乗られていたときにちらりと見ていた。

《そういうことか》ジェレドはいった。

ポーリングが腕をついて上体を起こした。《あなたは楽しんだ？　これで？》

《わかってるだろ》

《そうね。頭のなかであなたを感じることができた》
《ああ》
《なのに、あんまり楽しそうじゃないわね》
ジェレドは肩をすくめた。《なぜかわからないけど》
ポーリングは身を乗りだし、そっとジェレドにキスした。《嫉妬しているあなたはかわいいわね》
《嫉妬するつもりはないんだ》
《そうしようと思って嫉妬する人はいないと思う》
《ごめん》
《あやまらないで。わたしは統合できてよかったと思う。この小隊の一員になれてうれしいの。これもすごく楽しいし。それでも、あなたは特別よ、ジェレド。いつでもそうだった。最愛の人》
《最愛の人だ》ジェレドはうなずいた。《いつでも》
ポーリングはにっこり笑った。《話がついてよかった》手を下へとのばす。《さあ、そろそろ最愛の人の特権を享受させてもらわないと》

7

《三十キロメートル》ジェーン・セーガンがいった。《降下開始》

第二小隊の兵士たちは、兵員輸送機をとびだして夜の空へと降下をはじめた。眼下にはエネーシャ国の首都であるダーリュウがひろがっている。行く手でぽつぽつと炸裂しているのは、輸送機を破壊する威力をもつ対空防衛兵器などではなく、ほとばしる色とりどりの閃光からわかるとおり花火だった。エネーシャ族が復活と再生を祝うチャファランが最終日の夜をむかえているのだ。世界中の通りにあふれだしたエネーシャ族は、それぞれのいる地域の時刻にふさわしいやりかたでお祭り騒ぎをくりひろげ、その大半がエネーシャ版のほろ酔い状態で発情していた。

ダーリュウの今年のチャファランはことのほか騒がしかった。通常のさまざまな祝祭に加えて、跡継ぎの聖別式がとりおこなわれたからだ。エネーシャ族の大祭司であるフィレブ・セーアは、娘のヴュト・セーアが将来の支配者となることを宣言した。この聖別式を記念して、フィレブ・セーアはヴュト・セーアにあたえているロイヤルゼリーのサンプルを提供し、希釈された合成版の大量生産を許可した。そして、チャファランの最終日の夜に、それを小瓶に詰め、贈り物としてダーリュウ市民にふるまったのだ。

未加工のロイヤルゼリーは、変態まえのエネーシャ族にあたえられると激しい発育変化を引き起こし、そのエネーシャ族が成体へと成長したときには、肉体面および精神面で明確な優位をもたらすことになる。希釈された合成版のロイヤルゼリーは、成体のエネーシャ族にすばらしい幻覚を見せてくれる。ダーリュウ市民の多くは、花火とライトショーのまえにゼリーを摂取しており、いまは自宅の庭や市民公園ですわりこみ、口吻をカチカチ鳴らしてエネーシャ版の〝うわー〟や〝すげー〟にあたる音をたてていた。花火のもつ華々しく爆発的な性質が、薬によってエネーシャ族の感覚スペクトルの全域に作用しているのだ。

その三十キロメートル上空で急速に降下しているジェレドには、陶然としているエネーシャ族の姿を見ることも声を聞くこともできなかったし、眼下の花火はたしかに華々しいが遠すぎて、その炸裂音も距離と薄いエネーシャの成層圏にはばまれて失われてしまった。ジェレドの知覚を占めているのはもっとべつのことだった。分隊の仲間たちの位置。自分の降下速度。着地時には必要とされる場所にいて、しかも、さほど遠くない未来にいろいろと起きたときには充分離れた場所にいられるようにするための操作。

分隊の仲間たちの位置を特定するのはいちばん簡単だった。第二小隊の隊員は、完全放(ブラック)

射体（ボディ）であるナノバイオ・ユニタードと装備カバーにより、視覚でも電磁スペクトルの大半でも姿をとらえることはできないが、唯一の例外は各自が身につけている小型タイトビーム送受信機だった。これが、ほかの隊員の位置をジャンプの直前からマイクロ秒単位の間隔でずっと知らせているのだ。サラ・ポーリングの位置は右手前方四十メートル、ダニエル・ハーヴィーは下方六十メートル、輸送機から最後にとびだしたジェーン・セーガンは上方二百メートル。ゲティズバーグの一件からしばらくして、夜間の高々度ジャンプをはじめて体験したとき、ジェレドはうかつにもタイトビームの信号を見失い、分隊の仲間から数キロメートル離れた場所に着地してしまった――方向感覚を失い、ひとりきりで。あのときはぼろくそにいわれたものだった。

ジェレドの最終到着地点まではあと二十五キロメートル。ブレインパルはその場所を明るく表示し、同時に、ジェレドがそこへたどり着くためにとるべき降下ルートを提示していた。ルートは風などの大気現象を考慮に入れて随時更新されており、さらに、ジェレドの視野に表示されている密集した三本のヴァーチャルな柱を慎重によけていた。それらの柱は天空から下へとのびて、ひとつの建物の三つのエリアで途絶えていた。その建物というのが大祭司の宮殿で、フィレブ・セーアとその廷臣たちの住まいでもあり、政府の公式所在地でもあった。

三本の柱がなにをあらわしているかが判明したのは、ジェレドと第二小隊の高度が四キロメートルを切って、三本の粒子ビームが空に出現したときだった。特殊部隊がエネーシャの低軌道に置いた衛星から地上へむかって射出されたビームだ。一本は薄暗く、もう一本は強烈に明るく、三本目はもっとも暗くて妙にちらちらしている。ダーリュウの市民は、その光景と、同時に響きわたった雷鳴のような音の壁におどろきの声をあげた。彼らは認識力の向上と減退を同時に体験していたので、三本のビームをライトショーの一部だと考えた。侵略者と、ダーリュウのライトショーの本来の主催者だけが、最初からそうではないと気づいていた。

エネーシャ族の惑星防衛グリッドは、この粒子ビームを射出している三つの衛星を発見できなかった。敵の兵器を見つけるのは惑星防衛グリッドの本来のつとめだ。だが、今回の場合、各衛星が修理用の曳航船に巧みに偽装されていた。数カ月まえ――ゲティズバーグの一件のしばらくあと――に、これら三隻の曳航船は、通常の整備船団にまぎれこんで、エネーシャ族の三つある主要宇宙ステーションのひとつに設置されたコロニー連合の外交用埠頭をおとずれた。実際、それらは曳航船として申し分のない働きをした。かなり異例の改造をほどこされたエンジンは、外見は変化がなかったし、船内のシステムチェックでも異常が認められることはなかった。後者については、ソフトウェアが巧妙に改造されていたので、よほどやる気のある調査員でないかぎりエンジンの真の能力を見抜くことはできなかっただろう。

三隻の曳航船は、エネーシャ宙域に出現したカイト号の担当となり、最近のラエィ族の巡洋艦との交戦で損傷を負った船体と機械装置の修理をおこないたいとの要請を受けた。カイト号はその戦闘で勝利をおさめたものの、損傷を完全に修理するまでは撤退を余儀なくされていた（相手はラエィ族のやや防御が手薄なコロニーで、その軍事力は、特殊部隊の単一の艦船を追い払うことはできても、それを完全に撃破できるほどではなかったのだ）。指揮官からは型どおり船内への表敬訪問の招待がなされたが、エネーシャ軍は当然のごとくこれを辞退していた。ラエィ族との非公式な諜報ルートを通じて、すでにカイト号の説明は事実であると確認されていたからだ。カイト号はさらに、乗組員の一部をトレシュへ上陸させる許可を得ていた。トレシュは、エネーシャに駐在するコロニー連合の外交官とそのスタッフのために用意されたリゾート地だ。位置はダーリュウの南東で、同時に、第二小隊が申請した〝バケーション〟を楽しみにいく二分隊相当の隊員たちを乗せた兵員輸送機の飛行ルートのすぐ北方でもあった。

兵員輸送機は、ダーリュウの近くにさしかかると、大気の乱れを避けるためにコースを北寄りへ変更すると報告し、ダーリュウ上空の飛行禁止区域へじわりとはいりこんだ。エネーシャの航空管制局はその変更を許可したが、乱気流を抜けたらただちに当初のフライトプランにもどることを要求した。輸送機がもとのルートにもどったとき、その積み荷は二分隊ぶんだけ軽くなっていた。

公式には同盟関係にありながら、じつは敵だとわかっている種族が相手だと、いろいろとおもしろいことができるものだ。

三本の粒子ビームは、カイト号を担当する三隻の曳航船から射出され、大祭司の宮殿に命中した。ほかの二本より段違いに強力な第一のビームは、宮殿の六つの階層を貫通してその中心部まで達し、補助発電機とその二十メートル下にある主送電線を消し去った。主送電線が切断されたことで、宮殿の電気システムは補助電源に切り替わったが、それはほんの一瞬早く破壊されていた。集中補助電源が失われたのを受けて、さまざまな局所補助電源が起動し、システム化された防護扉によって宮殿を閉鎖した。この電気システムと保安システムの設計者たちは、主電源と補助電源の両方が落ちるときには、宮殿全体が攻撃を受けているはずだと考えたのだ。この推論自体は正しかったが、設計者たちにとって想定外だったのは、局所補助電源を利用する分散型システムが、襲撃者の作戦において重要な役割を果たしていることだった。

このビームが引き起こした二次的損害はわりあいに少なかった。エネルギーはすべて円の内側にとどまるよう調節されており、エネーシャの大地を深々とつらぬいた。できあがった穴は深さが八十ヤードあり、底の部分には、ビームの作用で掘り起こされた（および宮殿の六階層から落ちてきた）瓦礫が、さらに数メートルの深さでたまっていた。

第二のビームは宮殿の行政棟をつらぬいた。第一のビームとはちがい、こちらはひろく拡散して大量の廃熱を放出するよう調節されていた。命中したところはぐにゃりとゆがみ、どろどろに溶解した。過熱状態になった空気が部屋をつぎつぎと駆けぬけて、大きなドアや窓を吹き飛ばし、屋内にある燃焼点が摂氏九百三十二度に満たないものすべてを発火させた。エネーシャ族の三十名を超える夜勤の政府職員、護衛の兵士、用務員が犠牲となり、その甲皮のなかで一瞬のうちに蒸し焼きになった。大祭司の執務室とそのなかにあったものは、ビームの直撃をくらってコンマ数秒で灰と化し、その熱とエネルギーが生みだした嵐のような炎によって、急速に崩壊していく棟内の隅々へと吹き飛ばされた。

第二のビームは、三本のビームのなかでは圧倒的な破壊力をもっていたが、重要性はもっとも低かった。特殊部隊は執務室にいる大祭司を暗殺しようとしたわけではない。夜はそこにいないのがふつうだし、チャファランの祝いで公式行事に出席しているこの夜には絶対にいるはずがない。ダーリュウのまるっきり反対側にいるはずなのだ。どうがんばってもむだな試みにしかならない。だが、特殊部隊の狙いは、それを大祭司の命を狙ったむだな試みに見せかけることで、大祭司とその手ごわい専用警護部隊を宮殿から遠ざけておくことにあった。その隙に第二小隊がほんとうの目的地へ到達するために。

第三のビームはもっとも出力が低く、ちらちらと明滅しながら宮殿の屋根を破壊していった——ちょうど外科医が電気メスで皮膚を一層ずつ剝がしていくように。このビームの目的は、威嚇や大規模な破壊ではなく、宮殿の特定の部屋までまっすぐ道を切り開くことだった。その部屋にあるものこそ、第二小隊の目標であり、人類攻撃をもくろむ三種族同盟からエネーシャ族を離脱させるきっかけになるかもしれないものだった。

《なにを誘拐するんですって?》ダニエル・ハーヴィーがたずねた。

《ヴュト・セーアを誘拐するの》ジェーン・セーガンがこたえた。《エネーシャの王位継承者》

ダニエル・ハーヴィーは思いきり疑わしそうな顔をした。ジェレドは、特殊部隊の兵士たちが、統合しているにもかかわらず、わざわざ集まって打ち合わせをおこなう理由を思いだした。結局のところ、ボディランゲージにまさるものはないのだ。

セーガンは、今回の任務に関する諜報報告と詳細計画を転送したが、その情報が完全に展開されるまえに、またハーヴィーが話に割りこんだ。

《いつからおれたちは誘拐なんてものに手を染めるようになったんです? 新しい趣向じゃないですか》

《誘拐なら以前にもやったことがあるわ》とセーガン。《べつに新しいことじゃない》

《これまでに誘拐したのはおとなです。しかも、たいていの場合、そいつらはこっちに危害を加えようとしていました。今回は誘拐する相手がこどもじゃないですか》

《むしろ幼虫というべきだけどな》アレックス・レントゲンがいった。彼はすでに任務に関する資料を展開し、それに目をとおしはじめていた。
《なんだって同じさ》ハーヴィーは反論した。《幼虫でも、ガキでも、こどもでも。問題は、おれたちがなんの罪もないおちびさんを交渉の材料に使おうとしてるってことだ。そうだろ？　しかも、そんなことをやるのはこれがはじめてときてる。反吐が出るぜ》
《いつも暴走するなと諭されているやつの口からそんな台詞が出るとはなあ》
ハーヴィーはちらりとレントゲンに目をむけた。《そうさ。ふだんのおれは暴走するなと諭される立場だ。そのおれがこの任務はクソだといってるんだぞ。いったいどうしちまったんだ、おまえら？》
《敵はあなたほど基準が高くないのよ、ハーヴィー》ジュリー・アインシュタインが口をはさみ、ゲティズバーグで山積みになっていたこどもたちの死体の画像を転送した。
ジェレドはまた身をふるわせた。
《だからといって、こっちがやつらと同じ低い基準に合わせる必要はないだろ？》とハーヴィー。
《待って》セーガンがいった。《これは投票で決めることじゃないの。諜報部からの報告によれば、ララエィ族とエネーシャ族とオービン族は、いまにも人類の宙域への大規模な侵攻を開始しようとしている。ララエィ族とオービン族に対しては周辺部でしつこく攻撃をくりかえしているけど、エネーシャ族に対しては、いまもおもてむきは同盟関係にある以上、こちらから攻撃はできない。それがやつらに準備のための時間をあたえてしまっているの。たっぷり偽情報を流してあるとはいえ、やつらはこちらの弱点をしっかりとつかんでいるわけ。たしかな情報によれば、エネーシャ族はどの攻撃計画でも最前線に立つことになっている。もしもエネーシャ族におおっぴらに攻撃を仕掛けたら、三つの種族から反撃を受けることになり、こちらにはそのすべてと戦うだけの資源はない。ハーヴィーのいうとおりよ。あたしたちはこの任務で新たな領域へ踏みこむことになる。でも、これだけのインパクトがある計画はほかにないの。軍事面でエネーシャ族を倒すことはできない。でも、心理面でやつらを倒すことはできる》

このころには、ジェレドは報告書の取り込みをすっかり終えていた。

《誘拐だけではすまないんですね》ジェレドはセーガンにいった。

《ええ。誘拐だけでは大祭司にこちらの条件をのませることはできない》

《うげっ》ハーヴィーがやっと報告書の取り込みを終えた。《マジで反吐が出るな》

《ほかに選択肢はないわ。あなたがコロニー連合に三種族を同時に相手にする力があると思うならべつだけど》

《ひとつ質問してもいいですか?》とハーヴィー。《なんでおれたちがこんな任務に?》

《あたしたちが特殊部隊だから。これがあたしたちに適した任務だから》

《嘘だ。中尉もいったじゃないですか。おれたちはこんなことはしません。だれだってこ

んなことはしないんです。今回おれたちがやることになったのは、ほかにだれもやりたがるやつがいないからでしょう》

ハーヴィーは部屋のなかを見まわした。

《なあ、せめておれたちのあいだだけでは本音で話そうぜ。諜報部にいる真生人のクソ野郎がこの計画を思いついて、真生人の将軍たちの一団がそれを承認し、コロニー防衛軍の真生人の司令官がそんなものにはかかわりたくないと考えた。それでおれたちにお鉢がまわってきた。道徳と無縁な生後二年の殺し屋集団なら、なにも気にしないだろうと思われているからだ。だが、おれには道徳観念があるし、この部屋にいるやつはみんな同じだと知っている。おれは正々堂々とした戦闘を逃げたりはしない。みんなもそれはわかってるだろう。だが、これはそういうのとはちがう。ゴミだ。第一級のゴミだ》

《そうね、たしかにゴミよ》セーガンがいった。《でも、あたしたちの任務でもある》

《おれに誘拐役をやらせないでくださいよ。だれがやるにせよ、その掩護はしますが、おれが受け入れられるのはそこまでです》

《心配しないで。あなたにはなにかほかの役割を見つけるから》

《だれにまかせるつもりです？》アレックス・レントゲンがいった。

《あたしが自分でやる。同行者が二名、だれか志願して》

《いったとおり、掩護ならやります》とハーヴィー。

《いま必要なのは、あたしが頭に銃弾をくらったとき、かわりに誘拐を実行してくれる人なのよ、ハーヴィー》

《わたしがやります》サラ・ポーリングがいった。《ハーヴィーのいうとおり、この作戦には反吐が出ますけど》

《ありがとうよ、ポーリング》とハーヴィー。

《どういたしまして。でも、つけあがらないで》

《これでひとり》セーガンがいった。《ほかには？》

会議室にいる全員がジェレドに顔をむけた。

《はい？》ジェレドは急に身がまえるような口ぶりになった。

《べつに》とジュリー・アインシュタイン。《ただ、ふだんはあなたとポーリングがペアを組んでるから》

《それは事実じゃない。この小隊に配属されて七カ月、ぼくはそのときどきで全員の掩護をしてきた》

《そう興奮しないで。だれもあなたたちが結婚してるとはいってないでしょ。たしかにあなたは全員の掩護をしてるし。ただ、だれでも任務でよく組む相手がいるの。あたしはレントゲンとペアを組んでいる。セーガンがハーヴィーとくっついてるのは、ほかに彼と組みたがる人がいないから。で、あなたはポーリングと組んでいる。それだけのこと》

《ジェレドをからからのはやめて》ポーリングが笑顔でいった。《根っからの善人で、あなたたちみたいに堕落してないんだから》

《おれたちは堕落した善人なんだよ》とレントゲン。

《とにかく、立派に堕落しているわね》とアインシュタイン。

《楽しいおしゃべりはそれくらいにして》セーガンがいった。《もうひとり志願者が必要なのよ》

《ディラック》ハーヴィーが即座にいった。

《それはもうやめ》とセーガン。

《いえ》ジェレドはいった。《ぼくがやります》

セーガンは反論しかけたようだったが、思いとどまった。《わかった》といって、そのまま作戦の説明をつづけた。

《まただ》ジェレドは個人回線でポーリングに送信した。《きみも見ただろう？　セーガンが〝だめだ〟といいかけたのを》

《見たわ》とポーリング。《でも、実際には口にしなかった。結局のところ、セーガンはあなたをほかのみんなと同じように扱っているのよ》

《わかってる。ただ、どうしてセーガンがぼくを気に入ってないように見えるのか知りたくて》

《セーガンはだれのこともそんなに気に入ってないみたいだけどね。被害妄想はそれくらいにして。とにかく、わたしはあなたを気に入ってるの。被害妄想モードのときはべつにして》
《改善の努力をするよ》
《そうして。あと、志願してくれてありがとう》
《ほら、いうじゃないか。民衆には望みのものをあたえよって》
ポーリングは声にだしてくすくす笑った。セーガンがちらりと彼女を見た。
《すみません》ポーリングは一般回線でいった。
数分後、ジェレドは個人回線でポーリングに呼びかけた。《ほんとうに今回の任務はひどいと思っているのか？》
《最低のクソね》ポーリングはこたえた。

ビームによる攻撃がやみ、ジェレドをはじめとする第二小隊の面々はパラセールをぱっとひろげた。荷電ナノロボットがバックパックからうねうねとひろがって、個人用のグライダーとなる。もはや自由落下状態ではなくなったジェレドは、ぐっと体をかしげて、宮殿の、第三のビームによって煙をあげている穴をめざした――その穴の奥に、跡継ぎがいる育児室があるのだ。

大祭司の宮殿は、おおよそサン・ピエトロ大聖堂なみの大きさがあり、けっして小さな建造物とはいえない。しかも、謁見式がおこなわれる大広間と、すでに破壊された行政棟をのぞくと、非エネーシャ族は入室を許されていなかった。宮殿の設計図は公表されていないし、宮殿そのものが、流動的で混沌としたエネーシャ様式で建てられていて、シロアリの塚をならべたものと大差なく、重要なエリアや部屋を簡単に発見できるような構造ではなかった。エネーシャ族の跡継ぎを誘拐する計画を実行に移すまえに、その跡継ぎの居室がどこにあるのかを見つけなければならない。軍事研究部は、かなりの難問ではあるが、解決にそれほど時間はかからないと踏んでいた。

その解決策とは、小さく考えること。いっそ単細胞で考えること——C・ザヴィエリについて考えることだった。これはエネーシャの原核生物で、進化的にはバクテリアと同等とされる。バクテリアが人間と共生関係にあるように、C・ザヴィエリもエネーシャ族と共生関係にある——主として体内だが、体外でも。多くの人間と同じように、すべてのエネーシャ族がトイレのあとの手洗いにこだわるわけではなかった。

コロニー連合の軍事研究部は、C・ザヴィエリをぱっくりと割って、遺伝子配列をいじくり、C・ザヴィエリ・モヴェーレという亜種をつくりだした。ミトコンドリア大の無線送受信機だ。このちっぽけな生物マシンは、宿主の行動を記録するために、通信範囲内にいるほかのエネーシャ族に寄生するC・ザヴィエリ・モヴェーレとの相対位置をつねに把握している。顕微鏡レベルの装置だけに記憶容量は小さい——記録しておける行動は一時間ぶんに満たない——が、細胞分裂のたびに新しい記録装置がつくられて、新たに行動を追跡することができる。

軍事研究部は、この遺伝子改造された細菌を、なにも知らないコロニー連合の外交官に支給したハンドローションによって、大祭司の宮殿へ送りこんだ。外交官なら定期的にエネーシャ族の外交官たちとの肉体的な接触がある。そのエネーシャ族たちが、こんどは宮殿内のほかのスタッフとの日々の接触によって細菌をひろめた。外交官自身の脳プロテーゼ（と、彼女のスタッフ全員のプロテーゼ）は、やはりひそかに改造されていて、宮殿のスタッフや居住者たちから発信されるささやかな無線送信を記録できるようになっていた。もちろん、そこには大祭司とその跡継ぎからの送信も含まれていた。一カ月もたたないうちに、軍事研究部は、宮殿のスタッフの行動にもとづいた建物内部の完全な地図を手に入れた。

軍事研究部は、この無意識の諜報活動について、コロニー連合の外交スタッフにはなにも伝えなかった。そのほうが本人たちにとって安全だというだけでなく、そんなふうに利用されたことを知ったらショックを受けるに決まっていたからだ。

ジェレドは宮殿の屋根に近づくと、グライダーを分解し、足場が崩れたら困るので穴から離れた場所におりた。第二小隊のほかの隊員たちもつぎつぎと到着していて、すでにおりた者は懸垂下降用のザイルの固定にとりかかっていた。サラ・ポーリングの姿があった。穴に近づき、煙とデブリの雲をとおして下をのぞきこんでいる。

《下を見るな》ジェレドは呼びかけた。

《もう手遅れよ》

ポーリングの視点から目のくらむような映像が送られてきた。統合を通じて彼女の不安と期待が伝わってくる。ジェレドも同じように感じていた。

懸垂下降用のザイルの固定が完了した。

《ポーリング、ディラック》ジェーン・セーガンがいった。《行動開始よ》

三本のビームが空を切り裂いてから、まだ五分とたっていなかった。時間がたてばたつほど、目標が移動する可能性は高くなってしまう。それはまた、最終的な各部隊や緊急対応要員の降下にも支障となる。行政棟を吹き飛ばしたことで混乱が生じ、第二小隊へ敵の注意がむくのは遅れるだろうが、それほど長いことではない。

三人はザイルに体をつないで四つの階層を降下し、まっしぐらに大祭司の居室をめざした。育児室はそのすぐとなりだ。あやまって破壊するのを避けるために、ビームの狙いを真上からずらしてあったのだ。ジェレドは降下しながら、その判断がいかに賢明だったかを実感した。どれほど精密な攻撃だろうと、ビームは大祭司の居室の上にある三つの階層をめちゃめちゃにしており、その瓦礫はまっすぐ下へ落ちていた。

《赤外線を起動》セーガンが懸垂下降をつづけながらいった。《照明は落ちているし、下はほこりだらけだ》

　ジェレドとポーリングは指示に従った。あたりがぼうっと輝いた。空気がビーム攻撃と眼下でくすぶる瓦礫によって熱せられているからだ。

　三人がまだ下降している最中に、大祭司の居室を守る護衛たちが侵入者を打ち倒そうと部屋へなだれこんできた。ジェレド、セーガン、ポーリングは、ザイルから体を切り離し、エネーシャのより大きな重力に引かれて瓦礫のなかへ勢いよく落下した。ジェレドは、ぶつかった瓦礫が体に突き刺さりそうになるのを感じたが、身につけたユニタードが硬化してそれをふせいでくれた。三人は目と赤外線で室内をさっと走査して護衛たちの位置を確認すると、その情報を上へ送った。数秒後、屋根のほうから鋭いピシッという音が何度か聞こえてきた。護衛たちはばたばたと倒れた。

《片付けました》アレックス・レントゲンがいった。《この翼棟は封鎖しましたし、こっちからはもう護衛の姿は見えません。引きつづき降下をおこないます》

　そのことばと同時に、第二小隊のジュリー・アインシュタインとほかの二名の隊員がザイルで下降をはじめた。

　育児室は大祭司の居室に隣接していた。このふたつの部屋は、保安上の理由から単一の密閉ユニットになっており、たいていの暴力的な侵入の試みを阻止できた（宇宙から強力な粒子ビームを撃ちこめばべつだが）。外部からの攻撃に対しては安全なので、ふたつの部屋のあいだの防護措置はゆるかった。豪華な彫刻がほどこされてはいるが、スライド錠がひとつあるだけのドアが、大祭司の居室からこども部屋への侵入をふせぐ唯一の障壁だった。ジェレドは銃でそのスライド錠を破壊し、ポーリングとセーガンに掩護されながら部屋へ踏みこんだ。

ジェレドが部屋の隅々をチェックしていたとき、なにかが突進してきた。とっさに身をかがめて横転し、顔をあげると、エネーシャ族が即席の棍棒をこちらの頭めがけてふりおろそうとしていた。ジェレドは腕でその一撃を受け止め、足をふりあげて相手の前部下肢のあいだを蹴りつけた。エネーシャ族は甲皮を蹴破られて怒号をあげた。ジェレドはもう一体のエネーシャ族が部屋にいるのを視野の端でとらえた。片隅でうずくまり、悲鳴をあげるなにかを抱きかかえている。

最初のエネーシャ族が大声で吠えながらまた突進してきた。声は途中でやんだが、そのまま突進をつづけてジェレドの体の上へ倒れこんできた。エネーシャ族にのしかかられたあとになってようやく、ジェレドはそのまえに銃声が聞こえていたことに気づいた。死体のむこう側をのぞき見ると、サラ・ポーリングがいて、エネーシャ族の甲皮をつかんでジェレドから引き離そうとしていた。

《そいつが突進してくるまえに射殺できたはずなのに》ジェレドはいった。

《もういちど文句をいったら、下敷きのまま放置するわよ》ポーリングがいった。《あとね、そっちから押してくれれば、もっと早くどかせると思うんだけど》

ポーリングが引っぱってジェレドが押すと、エネーシャ族の死体はごろりと横へころがった。ジェレドは死体の下から這いだし、襲撃者をしげしげとながめた。

《彼かしら？》ポーリングがたずねた。

《わからないな。みんな同じように見えるから》

《どいて》ポーリングは近づいてきて、エネーシャ族をじっくりと見つめ、任務の資料にアクセスした。《やっぱりそう。父親よ。大祭司の配偶者》

ジェレドはうなずいた。大祭司の配偶者であるジャーン・ヒーオは、政治的な理由で跡継ぎの種親に選ばれた。エネーシャ族は伝統的に母系の王族なので、跡継ぎの父親は、変態まえの跡継ぎの世話に直接かかわることになる。さらに、聖別式からエネーシャ日で三日のあいだ、父親は跡継ぎのそばでずっと起きていて、父親としての義務を受け入れることをしめさなければならない。これが――聖別式がらみでほかにもいろいろ理由はあったが――今回の誘拐が計画されたそもそもの理由だった。ジャーン・ヒーオの暗殺は、二次的ではあるが重要な任務の一環だった。

《自分の子を守ろうとして死んだんだ》ジェレドはいった。

《それはどうやって死んだかでしょ。なぜ死んだかじゃなくて》

《そのちがいは彼にとってはたいして重要じゃなかったんだと思う》

《この任務はほんとムカつく》

部屋の隅で短く銃声が響いた。三人が部屋にはいってからずっと聞こえていた悲鳴が一瞬やみ、すぐにまた、もっとせっぱつまった感じで再開した。その隅から出てきたセーガンは、片手でMPを持ち、反対の手でじたばた動く白いかたまりを抱きかかえていた。もう一体のエネーシャ族がセーガンに撃たれたところでぐったりしていた。

《子守りが》セーガンはいった。《跡継ぎをよこそうとしなかったから》

《頼んだんですか？》ポーリングがたずねた。

《ええ》セーガンは、ベルトにクリップでとめてある小さな翻訳用スピーカーを指さした。任務のもっとあとの段階で使うはずのものだった。《とにかく、試してはみた》

《配偶者を殺したのも助けにはならなかったでしょうね》ジェレドはいった。

セーガンの腕のなかで悲鳴をあげていたものが、激しく体をひねって、あやうく外へ抜け出しかけた。セーガンはMPをほうりだしてかかえなおした。彼女の腕と体のあいだでぎゅっと締めつけられて、それはますます大きな声で叫びだした。ジェレドはじっとそれに見入った。

《じゃあ、それが跡継ぎなんですね》ジェレドはいった。

《そういうこと。実際は〝彼女〟だけどね。変態まえのエネーシャ族。悲鳴をあげるでっ

かいウジ虫みたい》

《鎮静剤を投与できませんか？》ポーリングがたずねた。《かなりやかましいので》

《だめ。生きていることを大祭司に確認させる必要がある》跡継ぎがまたもがいた。セーガンはあいているほうの手でそれをなでてあやそうとした。《あたしのMPをあずかって、ディラック》

ジェレドはかがんでセーガンのライフルを取りあげた。

照明がついた。

《ああ、くそっ》とセーガン。《電力がもどった》

《補助発電機は撃破したはずなのに》ジェレドはいった。

《そうよ。一台だけじゃなかったみたいね。もう行かないと》

三人は育児室を出た。セーガンは跡継ぎをかかえ、ジェレドは自分とセーガンのMPをかまえながら。

大祭司の居室では、小隊の二名の隊員が体をゆらしながらザイルをのぼっていた。ジュリー・アインシュタインが、居室にあるふたつのドアを同時に見張っていた。

《上のふたつの階層を制圧しに行くところです》とアインシュタイン。《ビームの穴が貫通した部屋は、その二階層では入口がひとつしかありません。少なくとも、間取り図ではそうなっています。ただ、最上階はどこからでも出入りできます》

《輸送機がこちらへむかっています》屋根に残っているアレックス・レントゲンが報告してきた。《こっちは敵に発見されて銃撃を受けています》
《われわれが上へむかうときにはだれかに掩護してもらわないと》とセーガン。《それと、最上階を制圧するための人手もいる。あけっぴろげだから、敵がやってくるとしたらそこになるはず》
《了解》
セーガンは跡継ぎをポーリングにわたすと、装備パックをおろし、跡継ぎをおさめられる大きさのポーチがついたスリングを取りだした。悲鳴をあげる跡継ぎを苦労してそこに押しこみ、きちんと閉じてから、ストラップをかぶって右肩にかけた。
《あたしが中央のザイルを使う》セーガンはいった。《ディラック、あなたは左、ポーリングは右。アインシュタインはのぼっていくわれわれを掩護して。そのあと、アインシュタインとそのほかのふたりが脱出するときには、あなたたちふたりが上から掩護しなさい。わかった？》
《了解》ジェレドとポーリングはいった。
《あたしのMPを再装塡してアインシュタインに渡して》セーガンはジェレドにむかっていった。《彼女には再装塡する余裕はないはずだから》
ジェレドはセーガンのMPから弾倉を排出して、自分の予備のやつを再装塡し、それを差しだした。アインシュタインはMPを受け取ってうなずいた。

《こっちは準備ができました》屋根にいるレントゲンが呼びかけてきた。《急いで》

三人がそれぞれのザイルへ近づいたとき、エネーシャ族の重々しい足音が近づいてくるのが聞こえた。三人がのぼりはじめると、アインシュタインが発砲をはじめた。すぐ上の二階層では、小隊の仲間たちが静かに待機して、ひとつきりの入口に銃の狙いをつけていた。統合により、彼らがひどく怯え、不安をかかえているのが伝わってくる。

ジェレドの頭上でふたたび発砲音が響きはじめた。エネーシャ族が最上階へなだれこんできたのだ。

セーガンは跡継ぎという重荷をしょっていたが、MPも装備パックもなかった。差し引きすると身軽になっていたので、彼女はザイルを飛ぶようによじのぼり、ジェレドやポーリングを引き離していった。二発の銃弾がセーガンの肩にたてつづけに当たったのは、彼女が屋根のすぐ下までたどり着き、待機していたジュリアン・ローウェルの手をつかもうとしたときだった。三発目はセーガンの肩をかすめてローウェルの右目に当たり、脳を貫通してから頭蓋骨の内側で跳ねて首に突き刺さり、途中で頸動脈を切断した。頭はいったんのけぞってからがくっとまえに折れ、力を失った体が屋根の穴に倒れこんだ。ローウェルは落ちる途中でセーガンにぶつかり、跡継ぎを入れたスリングをつなぎとめていた最後の生地を引きちぎった。セーガンは生地が裂けてバッグがすべり落ちるのを感じたが、自分が落ちないようにするのがせいいっぱいで、なすすべがなかった。

《つかまえて》セーガンがいうと同時に、アレックス・レントゲンが彼女の体をつかんで屋根へ引きあげた。

ジェレドは手をのばしたがだめだった——距離が遠すぎたのだ。スリングはポーリングのそばをはためくように通過し、彼女がさっとつかみ取ると、その体のまわりでぶんと大きく弧を描いた。

穴の底から、ジュリー・アインシュタインが感じた突然の痛みが伝わってきた。MPが沈黙した。そのあとに聞こえてきたカサカサという音は、エネーシャ族が大祭司の居室へはいりこんできた音だった。

ポーリングがジェレドを見あげた。《のぼって》

ジェレドは下を見ずにザイルをのぼった。宮殿の最上階にさしかかったとき、大勢の死んだエネーシャ族と、そのむこうにいるもっと大勢の生きているエネーシャ族の姿が目にはいった。彼らはのぼっていくジェレドめがけて発砲し、小隊の仲間たちが銃弾と擲弾で応戦していた。そこを通過すると、仲間のだれかが宮殿の屋根にジェレドを引っぱりあげてくれた。ふりむいて穴をのぞきこむと、片手でザイルにつかまっているサラ・ポーリングと、その下でいっせいに武器の狙いをつけているエネーシャ族が見えた。スリングをつかんでいるからのぼれないのだ。

ポーリングがジェレドを見あげてほほえんだ。《愛してる》といって、彼女がスリングをジェレドめがけてほうり投げたとき、最初の銃弾が命中した。ジェレドが手をのばすまえで、ユニタードの防御をしのぐ力をもつ銃弾が、ポーリングの両脚に、胴体に、背中に、頭蓋にくいこみ、その体を踊らせた。ジェレドがスリングをつかみ取ったとき、ポーリングはザイルから落下し、彼がスリングを穴から引きあげたとき、彼女は穴の底にぶつかった。ポーリングから送られてきた最後の意識がふっと消えた。

叫びつづけるジェレドを、仲間たちが輸送機のなかへ引きずりこんだ。

エネーシャ族の文化が母系制と同時に部族制をとっているのは、遠い祖先が巣に群居する昆虫に似た生物だったなごりだ。大祭司はおもだった部族の女族長たちの投票によって選ばれる。ただし、現実のプロセスはそれほど文明的なものではない。集票の過程で、各部族がみずからの女族長を後継者にしようとして戦いをくりひろげ、何年にもわたる壮絶な内戦に突入しかねないからだ。大祭司の治世が終わるたびに大きな騒乱が起こるのを避けるため、大祭司がいったん選ばれると、その地位は世襲制となる――それも、かなり強引なかたちで。大祭司は、その地位を受け継いでからエネーシャ暦で二年以内に跡継ぎを生んで聖別し、将来の秩序ある権力移譲を保証しなければならない。さもなければ、その大祭司の治世が終わると同時に、その部族による支配も終わりを告げる。

エネーシャ族の女族長は、ホルモンの濃厚なロイヤルゼリーをあたえられて肉体が全面的に変化している（やはり遠い祖先から受け継がれた仕組み）ため、生涯ずっと繁殖力を失わない。従って、跡継ぎを生む能力が問題になることはめったにない。問題はどの部族から父親を選ぶかということだ。女族長は愛のために結婚することはない（厳密にいうと、エネーシャ族はそもそも結婚しない）ので、ここで政治的思惑が働きはじめる。大祭司の地位をつかみそこねた各部族は、こんどは配偶者を輩出しようと（より巧妙に、ふつうはあまり暴力的でないレベルで）競い合うことになる。その部族がじかに社会的利益を得られるだけでなく、〝花嫁持参金〟の一部として政策決定に影響をおよぼせるようになるからだ。新しい部族が支配者となった場合、その大祭司は伝統的につぎのような基準で配偶者を選ぶ――奉仕に対する見返りとして、自分たちの最大の味方から選ぶか、〝投票〟がひどく混乱してエネーシャ国全体を立て直す必要があるとの判断で、逆に最大の敵から選ぶか。いっぽう、世襲によって地位を受け継いだ大祭司の場合は、配偶者選びについてはずっと大きな裁量の余地がある。

フィレブ・セーアは、現在のセーア系列（この部族はエネーシャ暦で過去数百年のあいだに三度支配者の地位についていた）の六代目の大祭司だ。就任にあたり、彼女は配偶者をヒーオ一族から選んだ。この部族がもつコロニー拡張主義的な野心が、のちに、人類の宙域に攻撃を仕掛けるためにララエィ族やオービン族とひそかに同盟をむすぶという決定につながった。戦争で中心的な役割をになうエネーシャ族は、コロニー連合のおもだった不動産の一部を手に入れることになっており、そこにはコロニー連合が本拠とする惑星フェニックスも含まれていた。ララエィ族が手に入れる惑星はやや少ないものの、しばらくまえに彼らがコロニー連合によって恥をかかされたコーラルは、ちゃんとそこにはいっていた。

あくまでも謎めいたオービン族は、エネーシャ族とほぼ同規模の軍勢を送りだすことになっていたにもかかわらず、要求した惑星はただひとつ――人口過剰で資源の枯渇した地球だけだった。もはや回復が困難とみなされ、コロニー連合によって隔離状態に置かれている惑星だ。エネーシャ族もララエィ族もよろこんでそれはゆずった。

ヒーオ一族からの圧力が政策決定に影響をおよぼし、エネーシャ族は人類との戦争をもくろむにいたった。だが、大祭司の統治下で結びついているとはいえ、エネーシャの各部族はそれぞれ独自の意見をもっていた。少なくともゲルン一族は、コロニー連合を攻撃することに強く反対していた。人類はそれなりに強力で、いやになるほどしぶとく、脅威を感じたときにはかならずしも原則にはとらわれない、というのがその理由だった。ゲルン一族は、ララエィ族のほうがずっとよい標的だと考えていた。エネーシャ族とは長年にわたって反目してきたし、コーラルで人類に叩きのめされてからは軍事面で弱体化しているからだ。

フィレブ・セーア大祭司は、この件についてはゲルン一族の意見を無視することに決めたが、彼らがあきらかに人類を好んでいることに注目し、ゲルン一族の評議員のひとりであるフー・ゲルンをエネーシャ族の大使としてコロニー連合へ送りこんだ。フー・ゲルンは、跡継ぎの聖別式に出席して大祭司とともにチャファランを祝うために、最近になってエネーシャへ呼びもどされていた。そして、第二小隊が攻撃を仕掛けたときには大祭司のそばにいて、いまもいっしょに身を隠していた。その大祭司は、彼女の配偶者を殺して跡継ぎをさらった人間たちからの呼びかけを受けていた。

《敵が発砲をやめました》アレックス・レントゲンがいった。《こちらが跡継ぎを確保していることに気づいたようです》

《よし》セーガンはこたえた。

ポーリングとアインシュタインは死んだが、まだ宮殿で踏んばっているほかの兵士たちを脱出させなければならなかった。セーガンは彼らに輸送機へむかうよう合図した。ダニエル・ハーヴィーに肩の手当てをしてもらいながら、痛みで顔をしかめる。一発目の銃弾はユニタードが完全にふせいでいたが、二発目は貫通してかなりのダメージを残していた。いまのところ右腕はまったく使えない。セーガンは左手で輸送機の中央にある小さなストレッチャーをしめした。大祭司の跡継ぎであるヴュト・セーアが、ストラップで安全に固定されたまま体をもぞもぞさせている。悲鳴がやんで弱々しい泣き声だけになっているのは、極度の疲労で恐怖感が薄れたせいだろう。

《だれかが注射を打たないと》セーガンはいった。

《ぼくがやります》ジェレドはそういって、ほかにだれも志願しないうちにさっさと立ちあがると、セーガンの座席の下にある医療キットから長い注射針を取りだした。むきを変えてヴュト・セーアに歩み寄り、憎しみのこもった目でそれを見おろした。視野にブレインパル経由でぱっと情報が表示され、針をどこへどれだけの深さまで挿入してから中身を注入すべきかを教えてくれた。

ジェレドが注射針を荒っぽく突き刺すと、ヴュト・セーアが冷たい金属の侵入する感触におそろしい悲鳴をあげた。ジェレドは注射器のボタンを押して、中身の半量を、跡継ぎのふたつある未成熟な繁殖嚢の片方に注入した。そこでいったん針を抜いて、もうひとつの繁殖嚢にあらためて突き刺し、残りをすべて注入した。ふたつの繁殖嚢のなかで、ナノロボットが内壁をコーティングしてから組織を焼きつくし、その持ち主から生殖能力を永遠に奪い去った。

ヴュト・セーアは混乱と痛みで泣き叫んだ。

《大祭司との回線がつながりました》レントゲンがいった。《音声と映像で》

《一般回線に流して》セーガンはいった。《それとアレックス、ストレッチャーの横へ来

て。あなたにカメラになってもらうから》

レントゲンはうなずき、ストレッチャーのまえに立ってセーガンをまっすぐ見つめ、自分の耳と目から音声と映像をブレインパルへ送ることで、マイクとカメラの役割を受け持った。

《流れました》レントゲンがいった。

ジェレドの視野に――そして輸送機のなかにいる全員の視野に――エネーシャの大祭司の姿があらわれた。エネーシャ族の表情についてくわしく知らなくても、大祭司が怒り狂っているのは明白だった。

「この人間のクソ野郎めが」大祭司がいった（実際にいったのは翻訳装置で、直訳調を避けているのは、ことばの裏にある意図を表現するためだった）。「三十秒以内にわたしの娘を返せ。さもないと、おまえたちのすべての世界に対して宣戦を布告するぞ。なにもかも瓦礫の山に変えてやる」

「黙れ」セーガンがいうと、ベルトのスピーカーから翻訳された音声が流れた。

回線のむこうからカチカチという複数の大きな音が聞こえてきたことが、廷臣たちの受けた激しいショックを物語っていた。大祭司にそんな口をきく者がいるとは想像もつかなかったのだろう。

「なんだと」大祭司がショックを受けた声でいった。

「〝黙れ〟といったの。あなたが利口なら、こちらのいうことに耳を貸して、双方に不必要な被害が出るのを避けるはず。大祭司、あなたはコロニー連合に対して宣戦を布告することはできない。なぜなら、あなたはすでに宣戦を布告しているから。ララェィ族やオービン族といっしょに」

「なんの話やらさっぱり――」

「もういちど嘘をついたら、あなたの娘の頭を切り落とす」

さらにたくさんのカチカチ。大祭司は口をつぐんだ。

「こたえて」セーガンはつづけた。「あなたはコロニー連合と戦争状態にあるの？」

「ああ」大祭司は長い沈黙のあとでこたえた。「現時点では、まだこれからの話だが」

「あたしはそうは思わない」

「おまえは何者だ？　ハートリング大使はどこにいる？　なぜ、わたしの娘を殺すと脅迫している相手と交渉しなければならないのだ？」

「ハートリング大使は自分のオフィスにいて、なにが起きているのか突き止めようとしているでしょうね。あなたが自分たちの軍事計画を大使に教える必要性を感じなかったように、あたしたちもその必要性を感じなかった。あなたが自分の娘を殺すと脅迫している相手と交渉しているのは、あなたが人類のこどもたちを殺すと脅迫したから。そして、あなたがあたしと交渉しているのは、現時点ではあなたが交渉できる相手があたししかいないから。はっきりいっておくけど、この件について、あなたは二度とコロニー連合と交渉することはできない」

大祭司はまた黙りこみ、しばらくしていった。「娘を見せてくれ」

セーガンがうなずいて合図すると、レントゲンがむきを変えて、またそめそしはじめたヴュト・セーアの姿を見せた。ジェレドは大祭司の反応を見ていた。世界のリーダーからただの母親にもどり、自分のこどもの苦しみと恐怖をわがことのように感じている。

「そちらの要求は？」大祭司が単刀直入にいった。

「戦争を中止して」とセーガン。

「ほかにふたつの勢力がからんでいる。われわれが手を引くといったら、彼らは理由を知りたがるだろう」

「だったら戦争の準備をつづけて。そして同盟種族のどちらかを攻撃しなさい。ララエィ族のほうがいいかな。彼らは弱いし、あなたは不意打ちを仕掛けられるんだから」

「オービン族はどうする？」

「そっちはわれわれが相手をする」

「おまえたちが」大祭司は疑いをあらわにした。

「そう」

「今夜ここで起きたことをあっさり隠せるというのか？　おまえたちがわたしの宮殿を破

壊するために使ったビームは数百マイル彼方からでも見えたはずだ」

「隠さずに、きちんと調べればいい。コロニー連合も、エネーシャ族の友人たちの調査にはよろこんで協力するから。ララエィ族が背後にいるとわかれば、あなたには戦争を起こす口実が手にはいる」

「ほかの要求は」

「チャールズ・ブーティンという名の人間がいる。彼があなたたちに協力していることはわかっている。こちらに引き渡して」

「われわれのもとにはいない。オービン族のところだ。そいつのことはオービン族にきくがいい。ほかの要求は」

「あなたたちがたしかに戦争を中止するという保証がほしい」

「条約を結べと？」

「いいえ。新しい配偶者をこちらで選ばせてもらう」

廷臣たちのあいだからこれまで以上に激しいカチカチがわきあがった。

「わたしの配偶者を殺しておきながら、つぎの配偶者を選ばせろと要求するのか？」大祭司がいった。

「そのとおり」

「なんのために？」大祭司は切々と訴えた。「わたしのヴュトは聖別されたのだ！　彼女は法で定められた跡継ぎだ。わたしがおまえの要求を受け入れて娘を解放してもらった場合でも、娘の父親がヒーオ一族であることに変わりはないから、しきたりにより、彼らはそのまま政治的影響力を持つことになる。おまえたちがヒーオ一族の影響力を消したいと考えているのなら、わたしの娘を殺すしかない」大祭司はふいにことばを切り、またつづけた。「だが、そんなことになったら、わたしにはそちらの要求に従う理由がなくなるだろう?」

「大祭司。あなたの娘は生殖能力を失った」

沈黙。

「おまえはやっていない」大祭司はすがるようにいった。

「やったのよ」とセーガン。

大祭司は口吻をこすり合わせて、この世のものとは思われぬ強烈な音をたてた。泣いているのだ。座席から立ちあがり、号泣(ごうきゅう)しながら視界から消えたかと思うと、急にカメラのすぐ近くにあらわれた。

「おまえたちはモンスターだ!」大祭司は絶叫した。

セーガンは無言だった。

跡継ぎの聖別は取り消すことはできない。跡継ぎが生殖能力を失うということは、その大祭司の系列が途切れるということを意味する。すなわち、各部族が新たに大祭司の地位を手に入れようとして競い合い、容赦ない血みどろの内戦を何年もくりひろげることになる。跡継ぎが生殖不能とわかった場合、各部族はその跡継ぎが天寿をまっとうするのを待つことなく内紛をはじめる。まずはじめに現職の大祭司が暗殺され、生殖能力のない跡継ぎが権力の座につく。その後は、跡継ぎが絶えず暗殺の標的となりつづける。権力が手の届くところにあるとなれば、しんぼう強くそのときを待つ者はまずいない。

　コロニー連合によってヴュト・セーアの生殖能力を奪われたことで、セーア系列は忘却の彼方へと追いやられ、エネーシャ族は無秩序な混乱状態へとおちいることになる。それをふせぐためには、大祭司がコロニー連合の圧力に屈して、言語に絶する要求を受け入れるしかない。大祭司はそのことをよく承知していた。

　それでも大祭司は抵抗した。「おまえに配偶者を選ばせるわけにはいかない」

「それなら、すべての女族長にあなたの娘が生殖能力を失ったと伝える」

「おまえの輸送機がどこにいようと、わたしの娘もろとも破壊してやる！」

「どうぞ。そうなったら、あなたが大祭司として無能なために、人類の攻撃を受けて配偶者と跡継ぎを殺されたということが、すべての女族長の知るところになる。あなたが配偶者を提供してもらうためにどこかの部族を選んだところで、その部族は提供を拒むかもしれない。配偶者がいなければ跡継ぎも生まれない。跡継ぎがいなければ平和もない。あたしたちはエネーシャ族の歴史を熟知しているの。過去にも部族が配偶者の提供を拒んだことはあったし、ボイコットされた大祭司はあまり長くは生きられなかった」

「そんなことになるものか」

セーガンは肩をすくめた。「じゃあ、あたしたちを殺せばいい。あるいは、こちらの要求を拒否して、生殖能力を失った娘を取りもどしてもいい。さもなければ、要求どおりにして、人類の協力により大祭司の系列をさらにのばし、あなたの国を内戦の危機から救うか。選択肢はこの三つ。そして、選ぶための時間はほとんど残っていない」

ジェレドは大祭司の顔と体にさまざまな感情があらわれるのを見守った。エイリアンだけに奇妙なかたちではあったが、だからといって、その激しさが弱まるわけではなかった。静かな、胸の張り裂けるような闘い。今回の任務について説明を受けたとき、セーガンは、人類は軍事面でエネーシャ族を打ち破ることはできないといっていた——心理面で打ち破るしかないのだと。ジェレドの見つめるまえで、大祭司は葛藤して葛藤して葛藤して、ついに屈服した。

「だれを受け入れればよいのか教えろ」大祭司はいった。

「フー・ゲルン」セーガンはこたえた。

大祭司は、背後で静かにたたずんでいるフー・ゲルンをふりかえり、エネーシャ版の苦い笑い声をあげた。「おどろくことではないな」

「フー・ゲルンは有能な男。きっとあなたによい助言をしてくれる」

「もういちどわたしを慰めたりしてみろ、人間、総力をあげておまえたちに戦争を仕掛けてやるからな」

「失礼した、大祭司。では、合意に達したと考えていいのかな？」

「そうだ」大祭司はそうこたえると、また号泣しはじめた。「おお、神よ。おお、ヴュト。おお、神よ」

「やるべきことはわかっているはずよ」セーガンがいった。

「できない。できない」大祭司は叫んだ。

その悲鳴を聞いて、静かになっていたヴュト・セーアが身じろぎし、母をもとめて泣きだした。大祭司がまた号泣をはじめた。

「やるしかないの」とセーガン。

「たのむ」この惑星で最大の力をもつ生き物が懇願した。「わたしにはできない。たのむ、人間、わたしを助けてくれ」

「ディラック」セーガンがいった。「やりなさい」

ジェレドはコンバットナイフを抜き、サラ・ポーリングが命を落とす原因になったものに近づいた。跡継ぎ娘はストレッチャーに縛りつけられ、もぞもぞ動きながら、母をもとめて泣いていた。ひとりきりで、恐怖に怯えながら死ぬのだ。自分を愛してくれた人びとから遠く離れたまま。

ジェレドにもできなかった。なぜかはわからなかった。

ジェーン・セーガンがジェレドに近づき、彼のナイフを取りあげると、さっとふりあげた。ジェレドは顔をそむけた。

泣き声がやんだ。

第二部

8

きっかけは黒いゼリービーンズだった。

ジェレドがそれを見かけたのは、フェニックス・ステーションの売店にある菓子コーナーをながめていたときのことだった。はじめはむしろチョコレートのほうに興味を引かれていた。ジェレドの目が何度もそこへもどったのは、ほかのゼリービーンズが色とりどりの詰め合わせになっているのに、その小さな容器だけが隔離されていたせいだ。

「なぜこんなふうに？」ジェレドは、五度目に黒いゼリービーンズへ視線をもどしたとき、売り子にたずねてみた。「黒いゼリービーンズのどこがそんなに特別なんだ？」

「好きかきらいかのどちらかなんですよ」売り子はこたえた。「きらいな人は――たいていの人がそうなんですが――ほかのゼリービーンズのなかから黒だけを抜きとるのがめんどくさい。大好きな人は黒だけを小袋で手に入れたい。だから、うちでは黒は仕入れるけれど、それだけ別にしてあるんです」

「きみはどっちなんだ？」

「わたしはだめですね。でも、夫はほんとに大好きで。しかも、食べているときにいやがらせで息を吹きかけてくるんです。いちどベッドから蹴り落としてやりましたよ。あなたは黒いゼリービーンズを食べたことがありますか？」

「いや」ジェレドは口のなかに唾がわいてくるのを感じた。「でも、ちょっと試してみようかな」

「勇気がありますね」

売り子は透明なビニール袋にゼリービーンズを詰めて差しだした。ジェレドはそれを受け取り、売り子が注文を処理しているあいだにゼリービーンズをふたつ取りだした。CDFに所属するジェレドは代金を支払う必要はない（CDFの兵士たちが好んでいう、この地獄行きパッケージツアーでは、あらゆるものが無料になる）が、売り子は兵士たちになにを売ったかを記録してCDFに請求しなければならない。資本主義制度は宇宙にまで進出して、それなりに健闘しているのだ。

ジェレドは、つまんだ二個のゼリービーンズを口に放りこむと、奥歯でつぶして、唾液でリコリスの味が舌の上にしみわたり、たちのぼる香りが口蓋から鼻腔へとひろがるにまかせた。目を閉じると、それが記憶にあるとおりの味だと気づいた。片手であらためてゼリービーンズをつかみとり、口に入れる。

「どうです？」売り子がその熱心な食べっぷりを見てたずねた。

「うまい」ジェレドはゼリービーンズをもぐもぐやりながらいった。「ほんとにうまい」

「夫に仲間がひとりいたと教えてやりますよ」

ジェレドはうなずいた。「ふたりだ。うちの小さな娘も大好きなんだ」

「それはそれは」

だが、ジェレドはすでにその場を離れ、もの思いにふけりながら、自分のオフィスへ引き返しはじめていた。十歩目で、口のなかのゼリービーンズをすっかりのみこみ、さらに袋へ手をのばそうとして立ち止まった。

〝うちの小さな娘〟――そう考えたとたん、強烈な悲しみと思い出がどっと押し寄せてきて、胸がむかつき、ゼリービーンズを通路に吐いた。げほげほと最後のかけらを吐き捨てたとき、頭のなかにひとつの名前が浮かびあがった。

〝ゾーイ。わたしの娘。わたしの死んだ娘〟

だれかの手が肩にふれた。ジェレドはぎょっとし、身をひねってのがれようとした拍子に嘔吐物で足をすべらせかけ、ゼリービーンズの袋を取り落とした。ふれたのはCDFの女の兵士だった。女はおかしな目つきでジェレドを見つめた。頭のなかに十倍に加速された人間の声みたいな短く鋭いうなりが響きわたる。それがもういちど、さらにもういちどとくりかえされた。頭のなかを二度ぴしゃりと叩かれたかのようだった。

「なんだ？」ジェレドは女にむかって怒鳴った。

「ディラック」女がいった。「落ちついて。どこが具合が悪いのか教えて」

ジェレドはわけのわからない恐怖をおぼえ、足早に女の兵士から離れると、ほかの歩行者にぶつかりそうになりながら苦しげに歩き去った。

ジェーン・セーガンは、ふらふらと歩いていくディラックを見送ったあと、床に飛び散った黒い嘔吐物と散らばっているゼリービーンズへ視線を落とした。菓子コーナーをふりかえり、つかつかとそこへ近づく。

「あなた」セーガンは売り子を指さした。「なにがあったのか教えて」

「あの人はここで黒いゼリービーンズを買いました」売り子はこたえた。「大好きだといって、ひとつかみ口へ放りこみました。それで、歩きだしたと思ったら、いきなり吐いたんです」

「それだけ」

「それだけです。わたしの夫は黒いゼリービーンズが好きだと話したら、彼はこどもがやっぱり大好きなんだといって、品物を受け取って歩きだしたんです」

「彼はこどものことを話したのね」

「はい。小さな娘がいるといってました」

セーガンは通路へ目をむけた。ディラックの姿は見当たらなかった。セーガンは最後に彼の姿が見えた方向へむかって走りだし、シラード将軍への回線をひらいた。

ジェレドがステーションのエレベーターにたどり着くと、ちょうど人びとがおりてくるところだった。自分の研究室がある階のボタンを押したとき、腕が緑色であることに気づいた。あわてて手を引っこめたら腕が壁に勢いよくぶつかり、強烈な痛みのおかげで、それがたしかに自分の腕であり、のがれることはできないのだと理解できた。エレベーターに乗っているほかの人びとはジェレドをふしぎそうに見つめていたが、なかにひとつだけ敵意のこもった視線があった。急いで腕を引いたときに、ひとりの女性をあやうくひっぱたきかけてしまったのだ。

「すみません」ジェレドはいった。

女性は鼻を鳴らし、エレベーターでよくあるようにじっと前方を見つめはじめた。ジェレドも同じようにして、つや消し加工された金属製の壁にきたならしく映る、緑色をした自分の姿をながめた。不安はどんどん高まって、いまや恐怖へと近づきつつあったが、見知らぬ人でいっぱいのエレベーターのなかで取り乱したくはないということだけは理解していた。さしあたり、社会的条件付けのほうが、アイデンティティの混乱によるパニックよりも強いようだった。

このとき、もしもジェレドが、目的の階に着くのを静かに待ちながら、わたしはだれなんだろうと自問していたら、はっきりとした返事ができないことに気づいて愕然としたことだろう。だが、そんな問いかけはしなかった。日々の暮らしのなかで、人は自分のアイデンティティについて疑問に思ったりはしないものだ。ただ、肌が緑色になっているのがおかしいということと、自分の研究室が三階下にあることと、娘のゾーイが死んだということはわかっていた。

エレベーターが研究室のある階に到着し、ジェレドはひろいホールへ踏みだした。フェニックス・ステーションのこの階には売店も菓子コーナーもない。この階ともうひとつの階はもっぱら軍事研究のために利用されている。ＣＤＦの兵士たちが百フィートほどの間隔でならび、奥へのびる各通路の監視に当たっていた。どの通路にも生体スキャナとブレインパル／脳プロテーゼスキャナが設置されており、接近するすべての人びとの走査をおこなっていた。その人物が通路の先へ進むことを許可されていない場合、ＣＤＦの警備兵が進入を阻止することになる。

ジェレドは、本来ならほとんどの通路をとおれるはずだが、こんなおかしな体に通行許可がおりるとは思えなかった。いかにも用事があるような態度でホールを歩きだし、自分の研究室とオフィスがある通路へむかう。あそこに着くまでには、つぎにどうするべきか思いつくかもしれない。もうすこしというところで、行く手の通路にいるＣＤＦの警備兵たちがいっせいにこちらへ顔をむけるのが見えた。

くそっ。めざす通路まではあと五十フィートもないのに。思わず走りだしたら、自分の体がとてつもない速さで目的地へ突進しはじめたのでおどろいた。それは警備している兵士も同じだったらしい。さっとMPをかまえたが、銃口があがったときには、すでにジェレドが間近に迫っていた。ジェレドは兵士を突き飛ばした。兵士は通路の壁にぶつかって倒れた。ジェレドは足どりをゆるめることなくそのかたわらを走り抜け、二百フィート先にある研究室のドアをめざした。走っているあいだにサイレンが鳴りだし、非常扉がつぎつぎと閉じはじめた。通路の側面から飛びだしてコンマ五秒で各セクションを隔離する非常扉によって、あやうく目的地への進路をふさがれそうになったが、ジェレドはかろうじてそこを突破した。

研究室にたどり着いてドアを押しあけた。そこにはCDFの研究技術者とララエィ族がひとりずついた。ジェレドは、自分の研究室にララエィ族がいるという矛盾した状況にショックを受けて身動きができなくなり、その混乱のなかでナイフのように鋭い恐怖がわきあがるのを感じた。ララエィ族に対してではなく、罰を受けるような危険なおそろしい行為を見つかってしまったという恐怖だ。脳が沸き立ち、その恐怖に付随する記憶か説明はないかとさがしたが、なにも見つからなかった。

ララエィ族は頭をゆらし、デスクをまわりこんでジェレドに近づいてきた。

「おまえが問題の男なんだな？」ラエィ族が、発音はおかしいがちゃんと聞きとれる英語でいった。

「だれのことだ？」ジェレドはたずねた。

「裏切り者を罠にかけるためにつくられた兵士だ。失敗したようだがな」

「なんの話かわからない。ここはわたしの研究室だ。きみはだれだ？」

ララエィ族はまた頭をゆらした。「おや、やはり成功したのかもしれないな」そして自分の体を指さした。「カイネンだ。科学者であり捕虜でもある。これでわたしのことはわかっただろう。おまえは自分がだれか知っているのか？」

ジェレドは返事をしようと口をひらいて、自分がだれなのかわからないことに気づいた。ぽかんと口をあけてたたずんでいると、数秒後に非常扉がするりとひらいた。さっき話をした女の兵士があらわれて、銃をかまえ、ジェレドの頭を撃った。


《第一の質問だ》シラード将軍がいった。ジェレドはフェニックス・ステーションの診療所で横たわり、スタンガンで受けた衝撃から回復しようとしていた。CDFの二名の警備兵がベッドの足もとで配置につき、ジェーン・セーガンが壁ぎわに立っていた。《きみはだれだ？》

《ジェレド・ディラック二等兵です》ジェレドはシラードがだれなのかたずねたりはしな

かった。相手が部屋にはいってきたときに、ブレインパルがその身元を教えてくれていたのだ。シラードのブレインパルもやはりジェレドの身元を伝えているはずなので、その質問は単なる確認でしかなかった。《カイト号に配属されています。指揮官はセーガン中尉で、いまそこにいらっしゃいます》

《第二の質問だ》シラード将軍はつづけた。《チャールズ・ブーティンが何者か知っているか？》

《いいえ。知っているはずなのですか？》

《おそらくはな。われわれが発見したとき、きみはブーティンの研究室のまえに立っていた。きみはララエィ族にむかって、ここはわたしの研究室だといったが、あれはブーティンの研究室だ。以上の点から、少なくとも一分ほどのあいだ、きみは自分のことをチャールズ・ブーティンだと考えていたと思われる。それに、セーガン中尉の話では、彼女が話しかけようとしたとき、きみは自分の名前に反応しなかった》

《ディラックだと自覚していたかどうかはわかりません。しかし、ほかのだれかだと考えていたという記憶もありません》

《だが、きみはいちども来たことのないブーティンの研究室へたどり着いた。きみがあの場所を見つけたときに、ブレインパルでステーション内のマップにアクセスしなかったことは確認ずみだ》

《説明できません。場所の記憶が頭のなかにあったんです》ジェレドは、シラードがちらりとセーガンに目をむけたことに気づいた。

ドアがひらき、ふたりの男が部屋にはいってきた。ブレインパルで身元を確認する間もなく、ひとりがジェレドに近づいてきた。

「わしがだれかわかるか？」男はたずねた。

ジェレドはパンチをくりだし、その男は床に倒れた。警備兵たちがMPをかまえた。突然わきあがった怒りとアドレナリンはすぐにおさまったので、ジェレドは急いで両手をあげた。

男は立ちあがり、ジェレドのブレインパルがようやく相手の身元がグレッグ・マットスン将軍であると確認した。軍事研究部の長をつとめる人物だ。

「これで答は出たな」マットスンが右目を手でおさえながらいった。そして、怪我の具合をたしかめるために洗面所へむかった。

「まだ確実とはいえないな」シラードはジェレドに顔をむけた。「二等兵、きみがたったいま殴った男がだれか知っているか？」

「いまはマットスン将軍だと知っています」とジェレド。「しかし、殴ったときには知りませんでした」

「なぜ殴った？」

「わかりません。ただ……」ジェレドは口をつぐんだ。

「質問にこたえたまえ、二等兵」

「ただ、あのときはそうするのが正しいことだと思いました。理由は説明できません」

「なにかおぼえているのは確実だな」シラードはマットスンのほうに顔をむけた。「しかし、すべておぼえているわけではない。それに、自分が何者かもおぼえていない」

「バカな」マットスンが洗面所からこたえた。「わしの頭を殴るだけのことはおぼえているんだ。あいつはそれを何年も待っていたんだろう」

「なにもかもおぼえているのに、そうではないと思わせようとしている可能性もあります、将軍」もうひとりの男がシラードにいった。ジェレドのブレインパルによれば、ジェイムズ・ロビンズ大佐だった。

「ありうることだ」とシラード。「しかし、彼のこれまでの行動からすると、それは考えにくいな。ほんとうにブーティンだとしたら、すこしでも記憶があることをわれわれに教えるのは得策ではない。将軍を殴るのはあまり賢明とはいえないだろう」

「賢明なものか」マットスンが洗面所からもどってきた。「ただのカタルシスだ」彼はジェレドに顔をむけ、自分の目を指さした。目のまわりはスマートブラッドが血管から押しだされて灰色のあざになっていた。「これが地球だったら、二週間はこのあざが消えないだろう。本来なら銃殺にするところだ」

「将軍」シラードがいいかけた。

「落ちつけ、シラード。おまえのいうとおりだ。ブーティンはわしを殴るほどバカじゃないから、こいつはブーティンではない。だが、一部は顔を出しているようだ。どれだけの情報が得られるか調べてみないと」

「ブーティンがはじめようとした戦争はもう終わりました、将軍」ジェーン・セーガンがいった。「エネーシャ族はララエィ族に攻撃を仕掛けるでしょう」

「じつにすばらしいことだな、中尉」とマットスン。「だが、この件に関しては三分の二ではだめなのだ。オービン族はまだなにかたくらんでいるかもしれんし、ブーティンがやつらのところにいるとすれば、勝利宣言をして調査を打ち切るというわけにはいかん。ブーティンがなにを知っているか知っておく必要があるし、ここにいる二等兵が頭のなかでふたつの人格をガラガラいわせていることがわかった以上、もうひとりのほうに出てきてもらうためになにかできることがあるかもしれん」ジェレドに顔をむける。「おまえの意見はどうだ、二等兵？　いくらゴースト部隊と呼ばれていても、ほんもののゴーストを頭のなかに飼っているのはおまえだけだ。そいつに出てきてほしくないか？」

「失礼ですが、将軍がなにをいっているのか見当もつきません」とジェレド。

「それはそうだろう。研究室の場所以外、おまえはチャールズ・ブーティンについてなにも知らないみたいだからな」

「知っていることはもうひとつあります。彼には娘がいたようです」

マットスンはあざのついた目にそっと手をやった。「そのとおりだ、二等兵」手をぱたりとおろし、シラードに顔をむける。「この男をわしのところへもどしてくれ」

セーガン中尉がシラードにちらりと目をむけた。特殊部隊がことばのかわりに使う精神メッセージを送っているにちがいない。

「ほんの一時的なことだ、中尉」マットスンはいった。「用事がすんだら返してやる。壊したりはしないから安心しろ。とにかく、この男が任務の最中に撃たれて死んでしまったら、有益な情報をなにひとつ引きだせずに終わってしまうんだ」

「これまではディラックが任務の最中に撃たれて死んでもまったく問題なかったということですね」とセーガン。

「ふん、よくいわれる特殊部隊の思いあがった態度というやつだな。六歳にもなればわかることだと思っていたんだが」

「わたしは九歳です」

「わしは百三十歳だ。だからじいさんのじいさんの話をちゃんと聞け。これまで死んでも気にならなかったのは、こいつが役に立つとは思わなかったからだ。こうして役に立つ可能性がでてきたからには、なるべく死んでほしくない。最終的に役に立たないとわかったら、おまえのところへもどしてやるから、そのあとはまた死のうがどうしようがわしの知ったことじゃない。とにかく、おまえには投票権はないんだ。さあ、わかったらおとなたちの話に口をつっこむな」

　セーガンは怒りをのみこんで口を閉じた。

「ディラックをどうするつもりだ？」シラードがたずねた。

「むろん、徹底的に調べるさ。なぜ記憶がこぼれたのかを突き止めれば、もうすこしこぼすにはどうすればいいのかわかるだろう」マットスンは親指をロビンズのほうへぐいとふった。「公式には、ロビンズの助手ということになる。非公式には、研究室でたくさんの時間をすごしてもらうことになるだろうな。おまえのところから引き取ったラエィ族の科学者はなかなか役に立つ。あいつならなんとかできるかもしれん」

「ラエィ族を信用するというのか？」

「おいおい、シラード、カメラもなしで野放しにするわけがないだろう。それに、薬がなければあいつは一日で死ぬんだ。わしが絶対的な信頼を置ける科学者といえば、あいつしかおらんよ」

「わかった。このまえはわたしが頼んで引き取ったからな。こんどはきみに引き渡すとしよう。ただし、特殊部隊の一員だということは忘れないでくれ。わたしが部下のことをどう思っているかはきみも知っているはずだ」

「いいだろう」

「転属命令はそっちへ送った。きみが承認すれば手続きは完了だ」シラードはロビンズとセーガンにうなずきかけ、ジェレドにちらりと目をやってから、部屋を出ていった。

マットスンがセーガンに顔をむけた。「別れを告げたいのなら、いまのうちにすませておけよ」

「ありがとうございます、将軍」セーガンはいった。それからジェレドにむかって、《ほんとにムカつくやつ》

《ぼくはいまだになにが起きているのかわかりません。チャールズ・ブーティンが何者かということも》ジェレドはこたえた。《その人物に関する情報にアクセスしようとしたんですが、すべて機密扱いになっていました》

《じきにわかるわ。この先なにを知ることになろうと、ひとつだけ忘れないでほしいことがある。最後の最後のところでは、あなたはジェレド・ディラックなの。ほかのだれでもない。どんな理由で、どんなふうに生まれようと関係ない。あなたについては、あたしもときどきそれを忘れたことがあって、申し訳なかったと思う。とにかく、いまいったことを忘れないで》

《わかりました》

《けっこう。話が出ているラライ族のことだけど、名前はカイネンというの。彼に会ったら、セーガン中尉があなたの世話を頼むといっていたと伝えて。そうしてくれたら恩に

着ると》
《もう会いました。伝えますよ》
《それと、頭をスタンガンで撃ったりしてごめんなさい。やむをえなかったとはいえ》
《わかります。ありがとう。さようなら、中尉》
セーガンは立ち去った。
マットスンが警備兵たちを指さした。「おまえたちふたりもさがれ」
警備兵たちは姿を消した。
「さてと」マットスンはジェレドに顔をむけた。「きょうのような発作がひんぱんに起きることはないという前提で仕事を進めるぞ、二等兵。とはいうものの、これからおまえのブレインパルは記録・位置特定モードにセットされる。そうすれば、おまえの行動で不意打ちをくらうことはないし、いつでもおまえの居所がわかるようになる。その設定を勝手に変更したら、フェニックス・ステーションにいるすべてのCDF兵士におまえを射殺する許可がおりることになるからな。その頭にはいっているのがだれなのかはっきりするまでは、おまえの考えはすべて筒抜けというわけだ。わかったか？」
「わかりました」ジェレドはこたえた。
「よろしい。ではあらためて、軍事研究部へようこそ」
「ありがとうございます。いまさらですが、いったいなにが起きているのか教えてもらえませんか？」

マットスンはにやりと笑い、ロビンズに顔をむけた。「おまえが教えてやれ」そして部屋から出ていった。

ジェレドはロビンズに目をむけた。

「えー」ロビンズがいった。「ようこそ」

「おもしろいあざだな」カイネンがジェレドの側頭部をしめしながらいった。カイネンは自分の言語でしゃべり、ジェレドのブレインパルがそれを翻訳していた。

「ありがとう。撃たれたんです」ジェレドも自分の言語でこたえた。数カ月がすぎて、カイネンの英語力は格段に向上していた。

「おぼえている。わたしもその場にいた。奇遇なことに、わたしもかつてセーガン中尉に失神させられたことがあるのだ。ふたりでクラブをはじめるかな、きみとわたしで」カイネンはそばに立っているハリー・ウィルスンに顔をむけた。「きみも仲間入りしてかまわないぞ、ウィルスン」

「遠慮しておくよ」ウィルスンはいった。「ある賢人がこんなふうにいっていた――自分をメンバーにするようなクラブには絶対にはいりたくないと。それに、あんまり失神したくはないな」

「臆病者め」とカイネン。

ウィルスンはお辞儀をした。「おおせのとおりで」

「さてと」カイネンはジェレドに注意をもどした。「なぜここにいるのかすこしは理解しているんだろうな」

ジェレドは、前日のロビンズ大佐との、ぎこちなく、さほど率直とはいえないやりとりを思い起こした。「ロビンズ大佐の説明によると、ぼくが生みだされたのは、このチャールズ・ブーティンの意識をぼくの脳へ転送するためだったようです。でも、それはうまくいきませんでした。ブーティンはここの科学者でしたが、裏切り者になったんだそうです。ぼくが思いだしているこの新しい記憶は、実際はブーティンの昔の記憶で、いまになって出現した理由はだれにもわかっていません」

「ブーティンの経歴や研究内容についてどれくらいくわしく聞いている？」ウィルスンがたずねた。

「なにも聞いていません。ブーティンの資料をあまりたくさん見てしまうと、記憶が自然にもどるのがさまたげられるかもしれないといわれました。そうなんですか？」

ウィルスンは肩をすくめた。

カイネンがいった。「こんな状況に置かれた人間はきみが最初なんだから、これからどうするべきかについて参考になるものはない。いちばん近いのはある種の記憶喪失だろうな。きのう、きみはこの研究室を見つけだし、ブーティンの娘の名前を思いだしたが、どうやって知ったのかはわからない。それは出典健忘と似ている。大きくちがうのは、問題が起きているのがきみの記憶ではなく、他人の記憶だということだ」

「じゃあ、ぼくの頭からもっと多くの記憶を引きだす方法もわからないんですね」

「仮説はあるんだ」とウィルスン。

「仮説ですか」

「より正確にいうなら、推測だな」カイネンがいった。「何ヵ月もまえのことだが、わたしはセーガン中尉にこういったことがある。ブーティンの意識がきみの頭にはいらなかったのは、それが成熟した意識であるために、充分な経験をもたない未成熟な脳のなかでは手がかりを見つけられなかったのではないかと。だが、いまやきみは必要な経験を積んでいるだろう？　戦場で七ヵ月すごせば、どんな精神だって成長する。きみの経験したなにかが、ブーティンの記憶への橋渡しの役目を果たしたのだろう」

ジェレドは思い返してみた。「いちばん最近の任務で、ぼくにとってすごくたいせつな人が死にました。ブーティンの娘もやはり死んでいます」カイネンには話さなかったものの、ヴュト・セーアが暗殺されたことや、自分で殺そうとしてナイフをかまえたのにできなかったことも頭にはあった。

カイネンがうなずいた。人間の言語については、ことばだけでなく身ぶりも理解しているらしい。「たしかに、それがきっかけかもしれない」

「でも、どうしてそのときに記憶がよみがえらなかったんでしょう？　フェニックス・ステーションへもどって、黒いゼリービーンズを食べていたときに起きるなんて」

「まさに〝過去のできごととの記憶〟だ」ウィルスンが口をはさんだ。

ジェレドはウィルスンに顔をむけた。「なんですって？」

「原題の翻訳としては〝失われた時を求めて〟のほうが適切だけどな。マルセル・プルーストの長篇小説だよ。その冒頭のあたりで、主人公が紅茶にマドレーヌをひたして食べたことがきっかけで幼少期の記憶があふれだしてくる。人間の記憶と五感は密接につながっているからな。ゼリービーンズを食べたことで記憶がよみがえるというのは充分に考えられる。とりわけ、そのゼリービーンズがなにか重要な意味をもっていたとすれば」

「ゾーイの好物だといったことをおぼえています。ブーティンの娘です。ゾーイという名前だったんです」

「充分なきっかけかもしれない」カイネンがいった。

「もうすこしゼリービーンズを食べてみるべきかもしれないなあ」ウィルスンが冗談めかしていった。

「食べてみました」ジェレドは真顔でいった。

もうひと袋のゼリービーンズについては、ロビンズ大佐に頼んで手に入れてもらっていた。まえに吐いてしまったことが恥ずかしくて、自分では売店へ行きにくかったのだ。その袋を手に、新しい自分の部屋ですわりこみ、一時間かけてゆっくりと黒いゼリービーンズを食べたのだった。

「どうだった？」ウィルスンがたずねた。

ジェレドはただ首を横にふっただけだった。

「これを見たまえ、二等兵」カイネンが自分のキーボードのボタンを押した。デスクの表示エリアに三つの光のショーがあらわれた。カイネンはそのひとつをしめした。「チャールズ・ブーティンの意識をあらわすホログラムだ。ブーティンがテクノロジー面で勤勉だったおかげで、彼の意識のコピーがうちのファイルに残っているのだ。そのとなりはきみ自身の意識のホログラムで、こちらは訓練期間中に手に入れたものだ」

ジェレドはおどろきをあらわにした。

「そうだ、二等兵、きみにはずっと監視がついていた。きみは生まれたときから科学実験の材料だったのだ。しかし、これはただのホログラムでしかない。ブーティンの意識とはちがい、きみの意識はファイルに残っていない。

第三のホログラムは、いま現在のきみの意識だ。きみはホログラムを読みとる訓練は受けていないだろうが、なにも知らなくても、ほかのふたつのホログラムとちがうのは明白だ。われわれが考えるに、きみの脳はいまはじめて、引き継いだブーティンの意識と自分の意識とを融合させようとしているのだろう。きのうの一件できみは変わった。おそらくは永遠に。それを感じられるか？」

ジェレドはしばらく考えこんだ。「なにもちがいは感じません。新しい記憶はありますが、自分がふだんとちがう行動をとっているとは思いません」

「将軍を殴ったことをべつにすれば」ウィルスンが指摘した。

「あれは事故でした」

「いや、そうではない」カイネンが急に生き生きしはじめた。「ここが重要なところなのだ。きみはある人物となるべく生まれた。そしてべつの人物となった。いま、きみは第三の人物になろうとしている——最初のふたりを合わせた人物だ。このままいって、うまくすれば、ブーティンの面がもっとたくさん出現するだろう。きみは変わる。人格が、ひょっとしたら劇的に変わるかもしれない。きみがこれからなる存在は、いま現在のきみとはちがうものになる。この点はきちんと理解してほしい。なぜなら、それが起きてほしいかどうかを、きみ自身に選択してもらいたいからだ」

「選択？」

「そうだ、二等兵、選択するのだ。きみにとってはあまり経験のないことだろう」カイネンはウィルスンをしめした。「ウィルスン中尉はこの人生を選択した。みずから進んでコロニー防衛軍に入隊した。きみや、特殊部隊のほかの連中には、選択肢はなかった。わかるか、二等兵？　特殊部隊の兵士は奴隷なのだ。戦うかどうかを自分で決めることはできない。拒否することは許されない。拒否することが可能だということすら知らされていない」

ジェレドは話の流れに落ちつかないものを感じた。「ぼくたちはそんなふうには考えていません。軍務につくことは誇りです」

「当然だろう。生まれたときからそのように条件付けられているのだからな。脳にスイッチがはいったときには、ブレインパルがきみのかわりに考え、複数の選択肢から特定のものを選んでいた。脳が自力でものを考えられるようになったときには、選択をしないというルートがすでに敷かれてしまっていたのだ」

「いつだって自分で選択していますよ」ジェレドは反論した。

「重大な選択ではちがう。条件付けと軍隊生活により、きみの短い人生における数々の選択はすでになされているのだ。だれかがきみを生みだすことを選んだ――それについては、ほかのだれともちがいはない。だが、その連中は他人の意識をきみの脳に刷り込むことを選んだ。きみを戦士にすることを選んだ。きみがどの戦いにおもむくかを選んだ。自分たちの都合できみをわれわれに引き渡すことを選んだ。さらには、きみの脳を卵のように割ってチャールズ・ブーティンの意識を解放することで、きみをほかの人物に変えることを選ぶだろう。だが、わたしはきみに選ばせることを選んだ」

「なぜです？」

「それが可能だからだ。きみは選ぶべきなのだ。ほかのだれもきみに選ばせようとはしていないようだしな。これはきみの人生なのだ。きみが先へ進むことを選ぶなら、われわれがブーティンの記憶と人格をもっと解放できると思われる手段を教えてやろう」

「もしも進まないと決めたら？　どうなるんです？」

「そのときは、おれたちはおまえに対していかなる処置もほどこさないと軍事研究部に伝えるよ」ウィルスンがいった。

「研究部のほうで、ほかにだれか処置する人を見つけるだけでしょう」

「ほぼ確実にそうなるだろうな」とカイネン。「それでも、きみは自分で選択をしたことになるし、われわれも自分で選択をしたことになる」

　ジェレドは、カイネンのことばにも一理あると気づいた。生まれてからずっと、自分に関係のあるおもだったことがらは、ほかの人びとによって決定されてきた。ジェレドの意思決定は、どうでもいい些細なことや、なにかを選ばなければ死ぬという軍事状況のみに限定されていた。自分を奴隷と思ったことはなかったが、特殊部隊にいないという選択肢をいちども考えたことがないという事実は認めざるをえなかった。ゲイブリエル・ブラーエは訓練分隊の面々にむかって十年の兵役が終われば植民者になれるといっていたが、彼らが十年の兵役をつとめるべく生まれてきたそもそもの理由について質問した者はいなかった。特殊部隊の訓練では、つねに個人の選択よりも分隊あるいは小隊にとっての必要性が優先されていた。特殊部隊の大きな軍事的優位点である統合さえ、個人の自意識を集団へと溶けこませるものだった。

（統合のことを考えたとたん、ジェレドは強烈な孤独感をおぼえた。新しい命令を受けてからというもの、第二小隊との統合は切断されていた。小隊の仲間たちからの絶え間ない思考と感情の雑音が消えて、ぽっかりと大きな穴があいたようだった。最初に意識が孤立していたときの経験を思いだすことができなかったら、二度と小隊の仲間たちを感じることができないのだと気づいた瞬間に、すこし頭がおかしくなっていたかもしれない。現に、異動のはざまの日は、ほとんどずっと意気消沈したままますごすことになった。体の一部をばっさりと切り取られたような気がして、これは一時的なことなのだという思いだけでなんとか耐え抜いたようなものだった）

ジェレドは、高まる不安のなかで、自分の人生が、よそからの指図と、決定と、命令と、指揮によってどれほど左右されてきたかを実感した。カイネンから提示された選択をおこなうにあたり、自分がどれほど準備不足であるかを実感した。はじめは、はい、このままつづけますと返事をしたかった。チャールズ・ブーティンについて、自分がなるべき男についてもっと学び、なんらかの方法でその男になりますと。だが、それがほんとうに自分のやりたいことなのか、それとも、自分に期待されていることにすぎないのか、ジェレドには判断がつかなかった。コロニー連合や特殊部隊に対してではなく、カイネンに対して怒りをおぼえた。こいつのせいで、自分の選択について——というか選択をしていないことについて——自問しなければならない立場に追いこまれたのだ。

「あなたならどうします?」ジェレドはカイネンにたずねた。

「わたしはきみではない」カイネンはこたえた。

その件について、カイネンはもうなにもいおうとはしなかった。ウィルスンもあきらかに非協力的だった。ふたりは研究室でそれぞれの仕事にとりかかり、残されたジェレドは、三つの意識のホログラムを見つめてじっと考えこんだ。意味はちがえど、それらはすべてジェレド自身なのだった。

「決めました」ジェレドはいった。すでに二時間以上たっていた。「先へ進みます」

「理由を教えてくれるかな?」カイネンがいった。

「この件についてもっと知りたいからです」ジェレドは第三の意識のホログラムをしめした。「あなたはぼくが変わりつつあるといいました。ほかのだれかになりつつあると。そのことは信じます。でも、ぼくはいまでも自分だと感じるんです。これからどんなことがあろうと、ぼくは自分でいられると思います。このぼくが知りたがっているんです」

ジェレドはカイネンを指さした。「あなたは特殊部隊は奴隷だといいました。そのとおりです。反論はできません。でも、ぼくたちはこうもいわれました——すべての人間のなかで、おまえたちだけは目的を、ほかの人間たちの安全を守るという目的をもって生まれたのだと。その目的について、以前は選択の余地はなかったんですが、いまはそうではありません。ぼくはこの道を選びます」

「奴隷になることを選ぶのか」とカイネン。

「ちがいます。この選択をしたときに、ぼくは奴隷であることをやめたんです」

「だが、きみが選ぼうとしているのは、きみを奴隷にした連中がきみに進ませようとしている道だ」

「それがぼくの選択です。ブーティンが人類に害をおよぼそうとしているのなら、それを阻止したいんです」

「ブーティンのようになるかもしれないということなんだぞ」ウィルスンがいった。

「まえはブーティンそのものになるはずでした。似ているだけなら、まだぼくの居場所はあります」

「では、それがきみの選択なのだな」とカイネン。

「はい」

「まあ、とにかくよかった」ウィルスンがいった。あきらかにほっとしている。カイネンも緊張がほぐれたようだった。

ジェレドはふたりをふしぎそうに見つめた。「どういうことですか」

「われわれはきみのなかからできるだけ多くのチャールズ・ブーティンを引きだすよう命じられている」カイネンがいった。「きみがノーといって、われわれが命令に従うことを拒否した場合、それはわたしにとって死刑判決も同然だった。わたしは戦争捕虜なのだよ。こうしてささやかな自由をあたえられているのは、いまのところ役に立っているからにすぎない。役に立たなくなったら、CDFはわたしの命綱である薬を取りあげるだろう。あるいは、なにかほかの方法で殺すか。ウィルスン中尉のほうは、命令にそむいたことで銃殺されたりはしないだろうが、聞くところによると、CDFの拘置所はあまり居心地のいい場所ではないようだ」

「命令にそむいた兵士は、チェックインはしてもチェックアウトはしないらしい」とウィルスン。

「なぜ話してくれなかったんです？」ジェレドはいった。

「話したら、おまえにとって公平な選択にならなかったからな」

「わたしとウィルスンは、きみにこの選択をさせて、その結果を受け入れようと決めていた」カイネンはいった。「われわれはこの件でみずから選択をした。きみにも同じように自由な選択をさせたかったのだ」

「というわけで、先へ進むと決めてくれて助かったよ」ウィルスンがいった。「おまえが心を決めるのを待つあいだは息が止まりそうだった」

「すみません」とジェレド。

「もう考えるな。おまえにはもうひとつ選んでもらうことがあるんだ」

「きみのなかにあるブーティンの意識からもっと大量に記憶を流出させることができそうな手段がふたつある」とカイネン。「ひとつは、最初にブーティンをきみの脳へ入れたときに使った意識転送プロトコルだ。同じ手順でもういちど意識を埋めこめばいい。きみの脳もずっと成熟しているから、もっとたくさんの意識を受け入れる可能性は高い――それどころか、すべて受け入れるかもしれない。だが、これはいろいろと重大な結果を引き起こしかねない」

「たとえば？」ジェレドはたずねた。

「たとえば、新しい意識の到来でおまえの意識は完全に消えてしまう」とウィルスン。

「ははあ」

「なぜ問題なのかはわかるだろう」とカイネン。

「それはやりたくないですね」

「われわれも同じ意見だ。となると、より侵略性の低いプランBになる」

「といいますと？」

「記憶の小道を旅するのさ」ウィルスンがいった。「ゼリービーンズはほんの手始めだ」

9

ジェイムズ・ロビンズ大佐は、空にかかる惑星フェニックスを見あげた。また来てしまったな——と、彼は思った。

シラード将軍はロビンズが不快そうにしていることに気づいた。「きみは将官用の食堂があまり好きではないようだな、大佐？」そういって、彼はステーキを口のなかへ押しこんだ。

「最悪」ロビンズは思わず口走ってしまってから、急いで付け加えた。「です」

「むりもない」シラードは肉をもぐもぐやりながらいった。「将軍以外はここで食事ができないという慣習はほんとうにバカげている。ところで、その水はどうだ？」

ロビンズは自分のまえにある汗をかいたコップを見おろした。「とてもおいしいです」

シラードはフォークでぐるりと食堂全体をしめした。「これはわれわれ——つまり、特殊部隊のせいなんだ」

「なぜそうなるんです？」

「特殊部隊の将軍はその指揮系統にある者ならだれでもここへ連れてきてしまう——士官だけではなく、配下の下士官さえも。なにしろ、戦闘中をべつにすれば、特殊部隊の連中はだれも階級なんか気にしないからな。そういうわけで、特殊部隊のあらゆる兵士たちが、ここで上等なステーキを食べながら頭上のフェニックスをながめることになった。それがほかの将軍たちの神経にさわった——単に下士官がいるということではなく、それがゴースト部隊の下士官だということが。まだ初期のころの話で、きみたち真生人は生後一年に満たない兵士という存在を気味悪がっていた」

「いまでもそうですよ」ロビンズはいった。「ときどきは」

「ああ、わかっている。だが、いまはきみたちもその感情をうまく隠しているからな。とにかく、しばらくすると、真生人の将軍たちがここは自分たちの遊び場だということを周知徹底するようになった。いまでは、それ以外の者がここで手に入れられるのは、きみのまえにあるそのとてもおいしい水だけだ。というわけで、特殊部隊を代表して、きみに迷惑をかけていることをあやまりたい」

「ありがとうございます、将軍。どのみち腹はへっていませんし」

「それはよかった」シラードはさらにステーキを口へはこんだ。

ロビンズ大佐は将軍のまえにある料理をじっと見つめた。ほんとうは腹がへっていたのだが、ここでそれを口にするのは賢明ではなかった。このつぎに将官用の食堂での会合に呼ばれたときは、そのまえになにか食べておこう。

シラードはステーキをのみこみ、ロビンズに注意をもどした。「大佐、エスト星系について聞いたことがあるか？　調べなくていい、知っているかどうか教えてくれ」

「知りません」

「クラナは？　マウナケアは？　シェフィールドは？」

「地球のマウナケアなら知っています。しかし、将軍がおっしゃっているのはそこのことではないんでしょうね」

「ちがう」シラードはまたフォークをふって、フェニックスの東側のへりのむこうにあるどこかをしめした。「マウナケア星系はこの方向、フェニックスのスキップドライヴ地平線のすぐ手前にある。そこに新しいコロニーがあるんだ」

「ハワイ人のコロニーですか？」

「もちろんちがう。データを見るかぎり、大半がタミル人だな。彼らは名前をつけたわけではなく、ただそこに住んでいるだけだ」

「その星系がどうかしたのですか？」

「三日ほどまえに、特殊部隊の巡洋艦がそこで姿を消した」

「攻撃を受けたのですか？　撃破された？」

「ちがう。ただ消えたのだ。マウナケア星系に到着したあとで連絡がとれなくなった」

「コロニーへあいさつに寄ったのですか？」

「そんな予定はなかった」シラードの抑揚のない口調は、その件についてはあまりくわしく追及するなと語っていた。

ロビンズは追及しなかった。「現実宇宙（リアル・スペース）へ再出現したとき、船体になにか起きたのかもしれません」

「スキップドローンを送りこんでみた。船はどこにもいなかった。ブラックボックスもなかった。予定されていた飛行経路の周辺にデブリがあるわけでもなかった。なにもなかった。ただ消えたんだ」

「それは不気味ですね」

「いや、ほんとうに不気味なのは、それが今月にはいって消えた四隻目の特殊部隊の船だということだ」

ロビンズはシラードをぽかんと見つめた。「巡洋艦が四隻も？　どうやって？」

「まあ、それがわかっているなら、とっくにだれかの首を踏みつけているさ。こうしてきみのまえでステーキを食べているということは、われわれにもなにもわかっていないということだ」

「しかし、だれかが裏で糸を引いていると考えているのでしょう？　船体やスキップドライヴの問題とは思えません」

「もちろんそう考えている。船が一隻消えるのは偶発的なできごとだ。一カ月に四隻消えるとなればひとつのトレンドだ。船体やスキップドライヴの問題ではない」

「裏にいるのはだれだと思います？」

シラードは怒ったようにナイフとフォークをおろした。「おいおい、ロビンズ。わたしがきみと話しているのは友だちがいないからだと思っているのか？」

ロビンズは思わず苦笑した。「じゃあオービン族なんですね」

「そう、オービン族だ。やつらはチャールズ・ブーティンをどこかに隠している。われわれの巡洋艦が消えた星系は、オービン族の宙域の近くか、オービン族がどこかの時点で争奪戦をくりひろげた惑星のどちらかだ。ささやかな手がかりではあるが、いまわかっているのはそれだけだ。わからないのは手段と理由で、わたしとしては、きみがいくらかでもそのあたりを解明してくれるのではないかと期待しているわけだ」

「ディラック二等兵の進捗状況について知りたいということですね」

「きみさえかまわなければ」シラードはまたナイフとフォークを取りあげた。

「順調とはいえません。記憶の漏出が起こるのは、ストレスと五感への入力が原因ではないかと思われます。戦闘でかかるようなストレスをあたえることはできませんが、ブーティンの人生の断片をディラックにひとつずつ紹介しているところです」

「ブーティンに関する記録か？」

「いいえ。少なくとも、ほかの人が書いたり記録したりしたブーティンに関する報告書やファイルではありません。それはブーティンが残したものではないので、外部の視点をまじえたくないのです。カイネンとウィルスン中尉が利用しているのは、ブーティンが書いたり記録したりした一時資料と、ブーティン自身のものです」

「ブーティンの所有物ということか？」

「所有物とか、好きだったもの――ゼリービーンズの件があったでしょう――とか、彼が知人から得たものとか。それと、ディラックをブーティンが生まれ育ったいろいろな場所へ連れていっています。ご存じのとおり、ブーティンはフェニックス出身ですから。シャトルですぐなんです」

「ディラックが実地調査に出かけているのか」シラードの口ぶりには、ほんのすこしだけあざけりがあった。「だが、順調ではないといったな」

「ブーティンはすこしずつ出現しています。しかし、その多くは人格の部分だと思われます。ディラック二等兵の心理分析書を読んでみました。以前のディラックは受動的な性格でした。みずから動くのではなく、周囲の動きに流されていたのです。われわれのところへ来た最初の一週間ほども、まさにそんな調子でした。しかし、この三週間で、より積極的に、より率直に行動するようになってきました。そういう性格は、むしろブーティンのほうに近いといえます」

「ディラックがブーティンに似てきたということか。それはよかったが、なにか思いだしているのか？」

「そこが問題なのです。記憶はほんのすこしだけもどってきましたが、その大半は、仕事ではなく家族との暮らしに関するものです。ブーティンが各プロジェクトで残した音声メモを聞かせても、ディラックはなんの反応もしめしません。ブーティンの幼い娘の画像を見せると、しばらくそわそわしたあと、その画像がどういう状況で撮影されたかを話してくれるのです。なかなか思うようになりません」

シラードは口をもぐもぐさせながら考えこんだ。ロビンズはその隙に水を飲んだ。さっき自分でいったほどうまくはなかった。

「幼い娘の記憶から、それに付随するほかの記憶があらわれることはないのか？」シラードはたずねた。

「そういうこともあります。ある研究基地に駐在していたときのブーティンと娘の画像から、そこでおこなっていた研究の内容を思いだしました。意識のバッファリングに関する初期の研究です——彼がフェニックス・ステーションへもどり、われわれがコンスー族から入手したテクノロジーを使って本格的に研究にとりかかる以前の。しかし、役に立つことはなにひとつ思いだしていません。つまり、ブーティンが人類を裏切ろうと決めた理由をさぐる手がかりになるようなことは」

「ブーティンの娘の写真をもっと見せればいい」

「入手できたものはすべて見せました。あまり多くないのです。それに、娘の持ち物はなにひとつ残っていません――おもちゃとか描いた絵とかいったものは」

「なぜだ?」

ロビンズは肩をすくめた。「娘はブーティンがフェニックス・ステーションへもどるまえに死にました。娘の持ち物をいっしょに持ち帰る気にならなかったんでしょう」

「これはなかなか興味深い」シラードは遠くにあるなにかに焦点を合わせているような目つきをしていた。ブレインパルから情報を読みとっているしるしだ。

「なんです?」

「きみが話しているあいだにブーティンのファイルを呼びだしてみた。彼はコロニー人だが、コロニー連合の仕事であちこちの軍事研究施設に駐在していた。ここへ来る直前に働いていたのはコヴェル研究ステーションだった。聞いたことがあるか?」

「聞きおぼえはあります。ただ、正確には思いだせません」

「無重力状態をつくれる研究施設だそうだ。生物医学方面の研究もおこなっていて、それでブーティンが駐在していたようだが、中心は兵器と航行システムの開発だった。興味深いのはここだ――ステーションは惑星のリングのすぐ上に位置していた。リングの平面からの距離はわずか一キロメートル。リングのデブリを利用して近距離用航行システムのテストをおこなっていたんだ」

ロビンズもようやく気づいた。リングをもつ岩石惑星は珍しく、人類のコロニーがあるとなるとさらに珍しい。たいていの植民者は、スタジアムサイズの岩のかたまりが千年にいちどではなく日常的に大気圏を落下してくるような場所には住みたがらないのだ。そのうえ軌道上を軍の研究ステーションが周回しているとなると——ほとんど唯一だろう。

「オーマですね」ロビンズはいった。

「オーマだ。もはやわれわれのものではない。最初にコロニーあるいはステーションを襲撃したのがオービン族だったのかどうかは結局わからなかった。ひょっとすると、ララエィ族が最初にコロニーを攻撃し、われわれとの戦闘で疲弊して増援を待っているあいだに、オービン族に襲われたのかもしれない。そのため、あの惑星をめぐって人類とオービン族とが交戦することはなかった。だが、われわれがオーマ星系を奪還するための軍勢をかき集めるまえに、オービン族がいち早くそこの所有権を主張したのはたしかだ」

「ブーティンの娘はそのコロニーにいたんですね」

「死傷者名簿を見るかぎり、娘はステーションにいたようだ」シラードは名簿を転送してロビンズに見せた。「大きなステーションだった。家族用の居室もあったんだ」

「なんと」

「じつをいうと」シラードはステーキの最後のひときれをフォークで口へはこんだ。「コヴェル・ステーションは攻撃を受けたが、完全には破壊されなかった。それどころか、信頼できるデータによれば、ステーションはいまも大部分が原形をたもっている」

「わかりました」

「家族用の居室も含めて」

「ええ、わかりましたよ」ロビンズは話の流れを読んでいた。「もうその先は聞きたくなくなりました」

「きみはディラックの記憶がストレスと五感への入力にもっとも強く反応するといっていた。彼を娘が死んだ場所——娘の持ち物がすべて残っていると思われる場所——へ連れていけば、きわめて重要な五感への入力となるだろう」

「ひとつささいな問題があります。あの星系はいまやオービン族が所有して監視の目を光らせているんですが」

シラードは肩をすくめた。「それがストレスになるわけだ」彼は食事がすんだことをしめす状態でフォークとナイフを皿に置き、まとめて押しやった。

「マットスン将軍がディラック二等兵を引き取ったのは、彼に戦闘で死んでほしくなかったからです。ディラックをオーマ宙域へ放りこむというのは、将軍の希望に反することではないでしょうか」

「それはそうだが、ディラックを危険な目にあわせたくないというマットスン将軍の希望は、三日まえの時点で特殊部隊の四隻の巡洋艦と千人以上の兵士たちが最初から存在しなかったかのように消え失せているという事実により、かならずしも尊重するわけにはいかなくなった。それに、結局のところ、ディラックはまだ特殊部隊の一員だ。わたしはこれを強行することができる」

「マットスン将軍はおもしろくないでしょうね」

「わたしだっておもしろくない。マットスン将軍とはよい関係を築いているのだ。彼が特殊部隊とわたしに対して保護者ぶった態度をとっているにもかかわらず」

「あなただけではありません。マットスン将軍はだれに対してもそんな調子ですから」

「ああ、マットスンは分け隔てのないゴミ野郎だ。本人も自覚しているんだから、それでかまわないと思っているんだろう。いずれにせよ、べつにマットスンを敵にまわしたいわけではないのだから、必要とあらば希望には従うさ。だが、わたしは必要だとは思わないのだよ」

ウエイターがシラードの皿をさげようと近づいてきた。シラードはデザートを注文した。

ロビンズはウエイターが離れてからいった。「なぜ必要だと思わないのですか？」

「われわれがすでに特殊部隊をオーマへ送りこみ、あの星系を奪還する準備を進めているといったらどう思う？」

「信じられませんね。そういう活動は遅かれ早かれ気づかれるものですし、オービン族は容赦のない連中です。特殊部隊の存在を察知したら黙ってはいないでしょう」

「その点についてはきみのいうとおりだ。しかし、信じないのはまちがいだな。特殊部隊は一年以上まえからオーマに潜入している。コヴェル・ステーションの内部にさえはいったことがあるんだ。あまり注意を引くことなくディラック二等兵を潜入させて脱出させるのは可能だと思う」

「どうやるんです？」

「とても慎重に。それと新しいおもちゃをいくつか使って」

ウエイターが将軍のデザートを手にもどってきた。大きなトールハウスクッキーがふたつ。ロビンズは皿をまじまじと見つめた。彼はトールハウスクッキーが大好きだった。

「おわかりでしょうが、もしもあなたがまちがっていて、ディラックがオービン族につかまって殺されたら、あなたの秘密のオーマ奪還作戦が白日のもとにさらされ、ディラックがもっているブーティンに関する情報がいっしょに失われてしまうんですよ」

シラードはクッキーをつまんだ。「リスクはつねに方程式に含まれている。これを決行してしくじったら、われわれはおしまいだろう。だが、決行せずにいて、もしもディラックがずっとブーティンの記憶をとりもどさなかったら、オービン族のつぎの計画に対して打つ手がなくなってしまう。その場合、われわれはほんとうにおしまいだ。どのみちおしまいになるのなら、膝をつくのではなく立ったままそのときを迎えたい」

「心象風景の描きかたが上手ですね、将軍」

「ありがとう、大佐」シラードは手をのばしてふたつ目のクッキーをつまみ、ロビンズに差しだした。「さあ。ほしそうな顔をしていたぞ」

ロビンズはクッキーをにらんでから、あたりを見まわした。「いただけません」

「いいじゃないか」

「ここではなにも食べてはいけないことになっているんです」

「それがどうした？　かまうものか。バカげた伝統だということはきみもわかっているはずだ。そんなものぶち壊せ。クッキーを受け取るんだ」

ロビンズはクッキーを受け取り、むっつりとそれを見つめた。

「やれやれ」とシラード。「食べろと命令しなければいけないのか？」

「そのほうがいいかもしれません」

「わかった。大佐、きみに命令する。そのいまいましいクッキーを食べるんだ」

ロビンズはクッキーを食べた。ウエイターは仰天していた。


「見ろよ」ハリー・ウィルスンがジェレドにいった。ふたりはシクラ号の貨物室へはいっていくところだった。「おまえのチャリオットだ」

その〝二輪戦車(チャリオット)〟は、カーボンファイバー製のバスケットシートと、出力を限定して機動性を高めた二基の超小型イオンエンジンから成っていた。各エンジンはバスケットシートの両側に装着され、オフィス用冷蔵庫くらいの大きさの物体がシートのすぐうしろに据えつけられていた。

「みっともないチャリオットですね」ジェレドはいった。

ウィルスンがくすくす笑った。ジェレドのユーモアのセンスはこの数週間で向上していた。少なくとも、ウィルスンの好みには近くなっていた——彼が知っていた皮肉っぽいチャールズ・ブーティンを思い起こさせるのだ。ウィルスンはそのことでよろこびと警戒心を同時におぼえた。自分とカイネンの努力で変化が生じたのはうれしいのだが、ブーティンがしょせんは人類の裏切り者だったと思うと警戒せずにはいられない。ウィルスンはジェレドを気に入っていたので、彼にそんな運命がおとずれないことを祈った。

「たしかにみっともないが、最新技術の結晶なんだぞ」ウィルスンはそばへ歩み寄り、冷蔵庫のような物体をぴしゃりと叩いた。「こいつは史上最小のスキップドライヴだ。製造ラインから出てきたばかりでな。ただ小さいだけじゃなく、スキップドライヴ・テクノロジーにおける過去数十年で最初の本格的な進歩の証なんだ」

「当ててみましょうか」とジェレド。「われわれがララエィ族から盗んだコンスー族のテクノロジーをもとにしているんでしょう」

「悪いこととみたいないいかただな」

「だって、ほら」ジェレドは自分の頭をぽんと叩いた。「ぼくがこういう苦境におちいっているのはコンスー族のテクノロジーのせいなんです。その利用については中立ではいられませんよ」

「たしかに一理あるな。だが、こいつはいいぞ。おれの友人が開発を担当したんだ——ふたりでよく話をしたよ。通常のスキップドライヴだと、まず平坦な時空へ移動してから起動する必要がある。惑星からは遠く離れなくちゃいけない。こいつはそこまで条件が厳しくなくて、ラグランジュポイントを利用できる。それなりの大きさの衛星をもつ惑星なら、その付近にはこいつを起動できるていどに重力場が平坦なポイントが五つあるわけだ。いくつかの欠陥を解決できたら、こいつは宇宙旅行に革命をもたらすかもしれない」

「〝いくつかの欠陥〟？　ぼくはこれから使うんですよ。欠陥は困りますね」

「欠陥というのは、このドライヴが、搭載される物体の質量に敏感だということだ。あまり質量が大きいと近くの時空に大きなゆがみができてしまう。そうするとスキップドライヴがいろいろと奇妙なふるまいをする」

「たとえば？」

「爆発するとか」

「それはうれしくないですね」

「まあ、〝爆発〟ってのはあまり正確な表現じゃないな。実際に起きている物理現象はもっとずっと奇妙なものだ」

「あまり説明しないほうがいいのでは」

「いや、おまえは心配しなくていいんだ。ドライヴが不安定になるにはおよそ五トンの質量が必要なんだから。この橇が砂漠用のバギーみたいに見えるのはそのせいだ。おまえが乗っても、これなら質量の限界までまだまだ余裕がある。だいじょうぶなはずだ」

「〝はず〟ですか」

「おいおい、赤ん坊みたいにぐずるなよ」

「ぼくは生まれて一年もたっていないんです。その気になれば赤ん坊にだってなれますよ。こいつに乗るのを手伝ってくれますか」

ジェレドはスレッドのバスケットシートになんとかもぐりこんだ。ウィルスンがベルトを締めてやり、MPをシートのわきにある物入れへおさめた。

「システムチェックを実行しろ」ウィルスンがいった。

ジェレドはブレインパルを起動してスレッドと接続し、スキップドライヴと各イオンエンジンの状態を確認した。すべて正常だ。スレッドにはいわゆる操縦装置はなかった。ブレインパルでコントロールするのだ。

「機体に異常はありません」ジェレドはいった。

「ユニタードはどうだ？」

「良好です」

コックピットは開放式だった。ジェレドのユニタードは真空用なので、カウルを引きおろすと顔が完全におおわれて気密状態になる。ナノロボット製の生地は光電性で、可視光線以外の電磁情報もじかにジェレドのブレインパルへ引き渡す。おかげで、カウルで両目をおおわれているときのほうが、裸眼よりもよく〝見る〟ことができる。腰のまわりには循環呼吸システムが装着されており、必要とあらば一週間でも呼吸可能な空気を供給してくれる。

「じゃあ出発だな」ウィルスンがいった。「こちら側で必要な座標は入力してある。むこう側からもどってくるときも同じだ。座標を入力してすわっていれば、あとはスレッドがやってくれる。シラードの話だと特殊部隊の回収チームがむこう側で待機しているそうだ。おまえはマーティン大尉をさがせ。彼が身元を証明するための認証キーをもっている。そこから先は大尉の命令に従うんだ。わかったか？」

「わかりました」

「よし。おれはもう行くからな。空気の排出をはじめる。スーツの準備をしろ。ベイの扉がひらいたら、すぐに航行プログラムを起動して、あとはそれにまかせればいい」

「わかりました」

「幸運を祈る、ジェレド。なにか役に立つものが見つかるといいな」

ウィルスンがベイを出ていくのと同時に、シクラ号の生命維持システムがベイから空気を排出する音が聞こえてきた。ジェレドはカウルを作動させた。一瞬の暗闇のあと、ユニタードの視覚信号が流れこんできて、ジェレドの周辺認識力は大幅に向上した。

空気の流れる音がだんだん小さくなり、ついには消えた。ジェレドは真空のなかですわっていた。船体の金属とスレッドのカーボンファイバーをとおして、ベイの扉がひらく振動が伝わってくる。ジェレドは航行プログラムを起動した。スレッドがベイの床から浮かびあがり、するすると扉の外へむかった。ジェレドの視野には、フライトプランの視覚化された軌跡と、千キロメートル以上先にある目的地が表示されていた。惑星フェニックスと衛星ベヌーから等距離にあるL４ポイントは、現在はなんの物体にも占拠されていなかった。イオンエンジンが点火した。ジェレドは加速で体が押しつけられるのを感じた。

スレッドがL４ポイントに到達したとき、スキップドライヴが起動した。ジェレドは突然の変化にめんくらった。上方、一キロメートルにも満たないところに出現した幅のひろいリングが、左手に見える地球に似た青い惑星を取り巻いていた。それまでかなりの速度で前進していたスレッドは、いまや完全に静止していた。イオンエンジンはスキップの直前に停止しており、機体が慣性で前進することもなかった。ジェレドはほっとした。このちっぽけなイオンエンジンではすぐには止まれず、そのままリングへつっこんで回転する岩に激突するのではないかと心配していたのだ。

《ディラック二等兵か》
声が聞こえると同時に、認証キーがジェレドのブレインパルに送られてきた。
《そうです》ジェレドはこたえた。
《マーティン大尉だ。オーマへようこそ。もうすこしがまんしてくれ。いまそちらへむかっている》
《方向を教えてもらえれば、こちらから出向くこともできますが》
《やめたほうがいい。最近、オービン族はこのエリアの監視を強めている。姿を見られないようにしないと。そのままじっとしているんだ》
一分ほどたったころ、ジェレドはリングのなかにある三個の岩がゆっくりと自分のほうへ動いていることに気づいた。
《デブリがいくつかこちらへむかってきます》ジェレドはマーティンに送信した。《回避行動をとります》
《やめろ》
《なぜです？》
《追いかけまわすのはしんどいからな》
ジェレドはユニタードに指示して接近する岩に焦点を合わせ、画像を拡大した。三個の岩には手足が生えていて、そのうちのひとつが牽引ケーブルらしきものを引きずっていた。

見ているうちに、岩はそのまま近づいてきてスレッドまでたどり着いた。ひとつがジェレドのまえにやってきて、あとのふたつが二本のケーブルをつないだ。その岩は人間くらいの大きさで、ゆがんだ半球形をしていた。近くからだと、頭を突きだす穴のない亀の甲羅のように見える。同じ長さの四本の外肢がバランスよく四方へのびていた。どの外肢も二カ所に関節があり、先端についている手は、むかいあわせの指を手のひらの両側にそなえていた。岩の腹にあたる側はたいらで斑点があり、中央に線がのびているので、そこからひらくようになっているのかもしれない。岩の上側は、たいらで光沢のあるパッチ状になっており、どうやら光電性を有しているらしい。

《予想外だったか、二等兵？》岩がマーティンの声でいった。

《はい、大尉どの》ジェレドは内部データベースにアクセスし、人類に友好的な（少なくとも、おおっぴらに敵対していない）数少ない知的種族を調べてみたが、どれもこの生物とは似ても似つかなかった。《人間が迎えにくると思っていました》

楽しげな鋭いピングが送られてきた。

《われわれは人間だよ》マーティンがいった。《きみと同じだ》

《とても人間には見えません》ジェレドはそうこたえて、すぐに後悔した。

《それはそうだろう。だが、われわれは典型的な人間の生息環境で暮らしているわけではない。住んでいる環境に適応してきたのだ》

《どこに住んでいるんです？》

マーティンの外肢の一本があたりをぐるりとしめした。《ここだよ。われわれは宇宙空間での生活に適応したのだ。真空に耐えられる体。光合成によってエネルギーを取り入れるストライプ》腹の側をぽんと叩く。《このなかには、必要な酸素と有機化合物を供給してくれる改造藻をおさめた臓器がある。ここで何週間もぶっつづけで暮らし、オービン族の監視や妨害工作をおこなっても、存在すら知られることはない。やつらはつねにＣＤＦの宇宙船をさがしているからな。ひどく混乱しているよ》

《そうでしょうね》

《よし、ストロスが準備ができたといっている。牽引をはじめるぞ。じっとしていろ》

機体ががくんとゆれて、そのあとに牽引ケーブルが巻き取られるこまかな振動が伝わってきた。スレッドがリングのなかへと引き寄せられていく。岩たちは後肢で小型のジェットパックをあやつり、同じペースでついてきた。

《あなたは生まれたときからこうだったんですか？》

《わたしはちがう》とマーティン。《このタイプの体が開発されたのは三年まえだ。なにもかもはじめてのことだった。テストのために志願者がつのられた。テストなしで意識を投入するのはあまりにも危険だからな。正気をたもったままこの体に適応できるかどうか試してみる必要があった。この体はほぼ完全な閉鎖系だ。酸素や栄養素や水分は改造藻をおさめた臓器が供給してくれるし、排泄物は体内に取りこまれて藻の肥料となる。ふつうの人間のように食べたり飲んだりすることはない。小便すらふつうにはしない。生まれつきやるようになっていることをやらないと頭がおかしくなる。小便をしないせいで精神を病むなんて信じられないだろう。だが、ほんとうのことなんだ。フル生産にはいるまえに対策を考えないといけない点のひとつだ》

マーティンはほかのふたつの岩を指さした。《ストロスとポールのほうは、生まれたときからあの体だった。なんの違和感もないらしい。ハンバーガーを食べるとか排便をするとかいった話をすると、頭がどうかしたんじゃないかという態度で見られてしまう。通常のセックスについて説明しようとするのは完全な時間のむだだ》

《セックスをするんですか？》ジェレドはびっくりしてたずねた。

《性欲をなくしたくはないだろう、二等兵。それは種にとってよくない。ああ、われわれはつねにセックスをしているよ》マーティンは腹の側を身ぶりでしめした。《ここがひらくんだ。おたがいの開口部のへりが接触して気密をたもつようになっている。体位の種類については、きみたちと比べるとすこしばかり制限がある。きみたちの体のほうが柔軟性があるからな。そうはいっても、完全な真空中でファックできるんだ。みごとな芸当といえるだろう》

《そうですね》ジェレドは、大尉が〝情報過多〟の領域へそれていこうとしているのを感じた。
《だが、われわれはべつの血統だ。それはまちがいない。ほかの特殊部隊の隊員とは名前のつけかたさえことなっている。科学者ではなく、昔のＳＦ作家の名前をとっているんだ。わたしも体を切り替えたときに新しい名前にしたよ》
《また切り替えることになるんですか？　ふつうの体へ？》
《それはないな。切り替えたばかりのときはそのつもりだった。だが、もう慣れてしまった。いまではこちらがふつうなんだ。それに、これは未来へつながっている。ＣＤＦがわれわれをつくったのは戦闘時に便利に活用するためだった。オリジナルの特殊部隊をつくったときと同じだよ。そしてたしかに有効だった。われわれは暗黒物質なんだ。宇宙船に忍び寄っても、敵はわれわれをデブリだと思いこむ――とおりすぎざまに船体にはりつけたポケット核爆弾が爆発するまでは。そのあとは、もうどんなふうにも思いようがないわけだが。
　しかし、それだけではない。われわれは宇宙空間での暮らしに生物として適応した最初の人間なのだ。体組織はすべて有機物だし、ブレインパルもはじめて完全に有機化されたものを装備している。この点については、つぎの改良版の体を手に入れる特殊部隊の兵士たち全員に受け継がれるだろう。われわれのすべてがＤＮＡのなかに書きこまれているのだ。もしも自然繁殖の方法が発見されたら、新しい種が誕生することになる。惑星と惑星のあいだで生息可能なホモ・アストラムだ。そうなったら、もう不動産をめぐって争う必要はなくなる。それは人類の勝利を意味するのだ》
《亀みたいな姿になるのをいとわなければ、ですね》
マーティンは楽しげな鋭いピングを送ってきた。《たしかに。その問題はある。わたしたちもわかっているんだ。自分たちをガメランと呼んでいるくらいだからな》
ジェレドは、すぐにはその呼び名の由来がわからなかった。キャンプ・カースンで夜になるたびにSF映画を十倍速で観賞していたときの記憶がよみがえった。《日本の怪獣のことですか？》
《そのとおり》
《あなたたちは火も吹けるんですか？》
《オービン族にきいてくれ》
スレッドはリングのなかへ進入した。

コヴェル・ステーションの側面にあいた穴をとおり抜けたとたん、死んだ男の姿が目に飛びこんできた。
ガメランたちからの報告では、コヴェル・ステーションは大部分が原形をたもっているとのことだったが、〝大部分が原形をたもっている〟というのは、真空のなかで生きる兵士たちにとってはすこし意味がちがうようだった。コヴェル・ステーションは空気がなく生命がなく重力もなかったが、おどろいたことに、太陽電池パネルとしっかりした工学技術のおかげで一部の電気系統がまだ生きていた。ガメランたちはステーションを熟知していた。以前にも潜入して、まだオービン族に破壊されたり奪われたりしていなかったファイルや書類や物品を回収していたのだ。彼らは死体は回収しなかった。オービン族がいまでもときどきステーションへやってくるので、時間の経過とともに死体の数が大幅にへったりしたら気づかれてしまうかもしれない。というわけで、死体のほうは冷たく干からびてステーション内に浮かんでいるのだった。

死体は通路の隔壁にへばりついていた。ジェレドは、彼らが抜けてきた外殻の穴ができたとき、この男はここにいなかったのではないだろうかと思った。もしもいたのなら爆発的な減圧で宇宙へ吸いだされてしまったはずだ。ジェレドはマーティンに顔をむけてこの点を確認した。

《新顔だな》マーティンはこたえた。《とにかく、このセクションにかぎっていえば。ここでは、死体だけでなくどんなものでも、あちこちへふわふわと移動するからな。それはきみたちがさがしている人物だったのか？》

ジェレドはふわふわと死体へ近づいた。男の体はからからに乾き、水分はとっくに沸騰して消えていた。たとえブーティンの知っている男だとしても、これではとてもわからないだろう。ジェレドは男の実験着に目をとめた。名札にアプタル・チャタジーとある。紙みたいな肌は緑色だった。いかにも植民者らしい名前だが、過去のどこかの時点で西側国家の一市民だったことがあるらしい。

《だれだかわかりません》ジェレドはいった。

《では、こっちだ》

マーティンは左側のふたつの手で手すりをつかみ、通路を奥へと進んでいった。ジェレドはあとを追ったが、通路にただよう死体を避けるために、ときどき手すりを放さなければならなかった。ステーション内の通路かどこかでゾーイ・ブーティンの死体を見つけることになるのだろうか。

〝いや〟と、頭のなかで声がした。〝ゾーイの死体が見つかることはない。植民者の死体はおそらく見つからない〟

《待ってください》ジェレドはマーティンに呼びかけた。

《どうした？》

《思いだしてきました》

もともとカウルでおおわれてはいたが、ジェレドは目を閉じた。ふたたびひらいたときには、頭がはっきりして集中力が増していた。それだけでなく、自分がどこへ行きたいのかを正確に理解していた。

《ついてきてください》ジェレドはいった。

ジェレドとマーティンは、兵器開発エリアからステーションにはいっていた。もっと内側へ行くと航行システムや生物医学方面の研究施設があり、中心部は広大な無重力研究室になっている。ジェレドはマーティンを先導して中心部へとむかい、途中から時計まわりに通路を進んだ。作動しない非常扉に行き当たったときは、マーティンに頼んでジャッキに似たピストンでこじあけてもらった。太陽電池パネルから供給される電力で、通路には明かりがついていた。弱々しい光ではあったが、ジェレドの機能強化された視覚には充分な光量だった。

《ここです》ジェレドはようやくいった。《ぼくが働いていたところです。ここがぼくの研究室です》

その研究室は瓦礫と銃弾の穴だらけだった。ここへ突入した連中は、研究成果を確保することには興味がなかったらしい。全員の命を奪いたかっただけなのだ。乾いて黒ずんだ血がテーブルの表面やデスクの側面にこびりついていた。少なくともひとりがここで撃たれていたが、死体はなかった。

〝ジェローム・コス。助手の名前だ。グアテマラ出身で、こどものときにアメリカ合衆国へ移住した。彼がバッファのオーバーフローの問題を解決してくれた――〟

《ひどい》ジェレドはいった。

ジェローム・コスの思い出が頭のなかに浮かび、前後の状況とのつながりを見つけようとしていた。ジェレドは部屋を見渡し、コンピュータか記憶装置はないかとさがした。なにも見当たらなかった。

《あなたたちがここにあったコンピュータをはこびだしたんですか？》ジェレドはマーティンにたずねた。

《この部屋のはちがうな。いくつかの研究室では、われわれが来たときにはもうコンピュータなどの機器はなくなっていた。オービン族かだれかが奪ったんだろう》

ジェレドは手すりを押しやり、ブーティンのものとわかっているデスクに近づいた。その上にのっていたものはとっくにただよい去ってしまっていた。引き出しをあけるとオフィス用の備品やハンギングフォルダなどが残っていたが、とくに役に立つものはなかった。ハンギングフォルダの引き出しを閉めようとしたとき、フォルダのひとつに紙片がはさまっているのが見えた。ジェレドは手を止めて一枚抜きだしてみた。それはゾーイ・ブーティンのサイン入りのスケッチで、正確さよりも熱意に重きをおいた作品だった。

〝週にいちど描いてくれた。水曜日の美術の時間に。新しいのを画鋲でとめて、そのまえのやつをフォルダにしまった。一枚も捨てなかった〟

ジェレドはデスクの上にかかっているコルクボードをちらりと見あげた。画鋲はいくつか刺さっていたが、絵はなかった。最後の一枚は部屋のどこかにただよっているのだろう。

ジェレドは見つかるまでさがしたいという衝動をこらえた。デスクを押しやってふわりとドアへむかい、マーティンがどこへ行くのかとたずねる間もなく通路へ出た。マーティンは急いであとを追いかけた。

コヴェル・ステーションの研究区画の通路はひどく殺風景だったが、居住用区画のほうはそれとは正反対の雰囲気を出そうとしていた。規格品とはいえ、床にはカーペットが敷かれていた。通路の壁には、こどもたちが美術の授業で描かされた太陽や猫や花の咲く丘の絵があった。それは、自分が親でなければ美術とはいえないが、自分が親だったら芸術にほかならない作品だった。通路に浮かぶデブリや、ときどき壁についている黒っぽいよごれが、その楽しげな雰囲気をぶち壊していた。

研究チームの責任者で、こどももいたので、ブーティンにあてがわれた居室はかなり広めのほうだったが、それでも耐えがたいほど狭かった。宇宙ステーションではスペースがかぎられているのだ。ブーティンの居室はC通路（Cは猫の頭文字で、壁には解剖学的にあまりにも多種多様な猫の姿が描かれていた）の突き当たりにある10号室だった。ジェレドは手すりをつたって通路を進み、10号室をめざした。ドアは閉じていたが鍵はかかっていなかった。ジェレドはドアをするりとあけて部屋にはいった。

ほかのところと同じように、その部屋にもいろいろなものが音もなく浮かんでいた。見覚えがあるのはごく一部だ。カレッジの友人からもらった本。額入りの写真。ペン。シェリルとの新婚旅行のときに買った敷物。

シェリル。ハイキング中の転落事故で死んだ妻。あれはブーティンがここへ転勤になるすこしまえのことだった。葬儀は出発のわずか二日まえ。ゾーイの手を握って話をしたことをおぼえている。どうしてママはいなくなってしまったのときかれ、パパは絶対にいなくならないと約束してとせがまれたのだ。もちろん、ブーティンは約束した。

ブーティンの寝室は狭かった。となりのゾーイの寝室は、五歳児以外のだれにとっても快適とはいいがたかった。小さなこども用のベッドは、隅のほうにぎゅっと押しこまれていたので、ただよったりはしていなかった。マットレスまでのっていた。絵本や、おもちゃや、動物のぬいぐるみが浮かんでいた。ジェレドはそのうちのひとつに目をとめて、手をのばした。

象のババールだ。フェニックスへの植民がはじまったのは、コロニー連合が豊かな国々からの植民者の受け入れをやめるまえのことだった。フランス人の植民者が大勢いて、ブーティンもその子孫だった。フェニックスでは、ババールはこどもむけのキャラクターとして、アステリックス、タンタン、シリー・マンとならんで人気があった――フェニックスから遠く離れた、もはやほとんど顧みられることもない惑星でのこども時代をしのばせるものとして。ゾーイはほんものの象を見たことはなかった――宇宙にまで進出した象はほんのわずかしかいない――が、四歳の誕生日にシェリルからババールをもらったときにはおよろこびだった。シェリルが死んだあと、ゾーイはババールに固執するようになった。ババールなしではどこへも行こうとしなかった。

ブーティンが最終段階のテストでフェニックスへ数週間の旅行に出かけようとして、ゾーイをエレーヌ・グリーンのところへあずけたとき、彼女がババールをもとめて泣きだしたことがあった。ブーティンはすでにシャトルに遅れかけていた。取りにもどっている時間はなかった。結局、ババールのかわりにセレストのぬいぐるみを見つけてあげると約束して、なんとか落ちつかせることができた。機嫌をなおしたゾーイは、父親にキスをして、友だちと遊ぶためにケイ・グリーンの部屋へはいっていった。ブーティンはすぐにババールとセレストのことを忘れてしまい、コヴェル・ステーションへ帰る日になってようやく約束を思いだした。手ぶらで帰ることについて、なにかそれらしい言い訳はないかと考えていたとき、わきへ連れていかれて、オーマとコヴェルが攻撃を受け、基地とコロニーにいた人びとが全員死んだと告げられた。ブーティンの娘が、最愛の娘が、ひとりきりで恐怖に怯えながら死んだのだ。彼女を愛した人たちから遠く離れたまま。

そうやってババールを手にしていたら、ジェレドの意識とブーティンの記憶とをへだてるバリアが崩れ去り、ブーティンの悲しみと怒りがわがことのように迫ってきた。これがそうだ。このできごとがきっかけで、ブーティンは裏切り者の道へと踏みだしたのだ。あらゆるよろこびの源だった、娘のゾーイの死によって。ジェレドは、ふせぐすべもないまま、ブーティンが感じたことをそのまま感じた。娘の死の状況を頭に思い描くという吐き気のするような恐怖、かつて娘がいた場所に立つという空虚でおぞましい苦痛、ただ嘆く以外のなにかをしたいという激しい切望。

ジェレドは押し寄せる記憶の奔流に打ち据えられ、新しいものが意識にぶつかってもぐりこんでくるたびにあえいだ。勢いが速すぎて完全なかたちにはならず、というか完全には理解することができないまま、叩きつける大量の記憶がブーティンのたどった道のりをぼんやりと浮かびあがらせていく。ブーティンがオービン族とはじめて接触したときの記憶はなく、その決断のおかげでつきまとう苦痛と怒りから解放されたという感覚だけがあった。ただ、オービン族と取引をしているブーティンの姿は見えた。安全な隠れ家と引き換えにブレインパルと意識の研究に関する自分の知識をあたえようとしていた。

ブーティンの研究の詳細な内容はわからなかった。ジェレドの頭にはそれを理解するために必要な認識経路ができていないのだ。彼にわかるのは、感覚的な体験の記憶だけだった。自分の死を偽装して脱走する計画を立てるときのよろこび、ゾーイともう会えないという苦しみ、人類圏を離れて自分の研究を進めて復讐を成し遂げたいという執念。

感覚と感情の大釜のあちこちで、明確な記憶が宝石のようにきらめいていた。記憶領域で何度も再生されたデータ、いちどならず思い返されたできごと。一部はいまも記憶のなかでゆらめいていたが、つかみとることはできなかった。ゾーイがブーティンの亡命の鍵だということはわかっても、なぜその鍵がまわされてしまったのかはわからず、手をのばしても答が遠ざかってしまうのが、もどかしく、苦しい。
ジェレドは、強固で、明確な、しかも手の届くところにある記憶のかたまりに意識を集中した。意識がそのひとつをぐるりと取り囲む。人間のようにはしゃべらない生物によって口にされた単語をおおざっぱに翻訳した、ある場所の名前。
ジェレドはブーティンがどこにいるかを知った。
玄関のドアがするりとひらき、マーティンがぬっと姿をあらわした。彼はゾーイの部屋にいるジェレドを見つけて近づいてきた。
《そろそろ行くぞ、ディラック。ヴァーリーからオービン族が接近しているとの連絡があった。ここに監視装置を仕掛けていたにちがいない。しくじった》
《あと一分ください》
《一分も待てないんだ》
《わかりました》ジェレドはババールを手にしたままゾーイの部屋を出た。
《おみやげを持ち帰るような状況じゃないんだが》
《黙って。行きましょう》
ジェレドはブーティンの居室を出た。ふりむいてマーティンがついてきているかどうかたしかめたりはしなかった。

アプタル・チャタジーの死体は、さっきマーティンとジェレドがとおりかかったときのままだった。ステーションの外に浮かぶオービン族の偵察機は、まえにはなかったものだった。
《ここから出るルートはほかにもあります》ジェレドはいった。
ふたりはチャタジーの死体のそばで身を寄せあっていた。偵察機の姿は斜めに見えていたが、むこうはまだふたりを発見してはいないようだった。
《そりゃあるさ》とマーティン。《問題は、敵の数が増えるまえにそこへたどり着けるかどうかだ。必要とあらば一機は撃破するしかないかもしれない。それ以上となるとやっかいなことになる》
《あなたの分隊はどこにいるんです？》
《こっちへむかっている。われわれはリングの外での行動は必要最小限にとどめるようにしているんだ》
《いまはそうもいってられないのでは》
《あんな機体は見たことがない。新型の偵察機みたいだ。武器があるのかどうかさえわからない。もしもなければ、われわれのMPだけで倒せるかもしれないんだが》
ジェレドは考えこんだ。チャタジーの死体をつかみ、外殻にできた穴のほうへそっと押しやった。チャタジーはゆっくりと穴の外へ出ていった。

《ここまでは順調だな》マーティンがいった。死体は半分ほど穴を抜けていた。

偵察機からたてつづけに撃ちだされた発射物が凍りついた体をつらぬき、チャタジーは粉々に吹き飛んだ。くるくると舞い散った四肢も、穴へ撃ちこまれたつぎの連射で粉々になった。通路の奥の壁に発射物が命中する衝撃が伝わってきた。脳をつつかれるような妙な感覚があった。偵察機がわずかに姿勢を変えた。

《伏せて》

ジェレドはマーティンに伝えようとしたが、通信がうまくいかなかった。ジェレドはさっと身をかがめ、マーティンをつかんで引き寄せた。そのとたん、新たな連射が通路を襲い、外殻を引き裂いて穴をさらに大きくひろげ、ジェレドとマーティンの危険なほど近くを飛びすぎていった。

外でオレンジ色の閃光がほとばしり、ジェレドの位置からでも、偵察機が大きくかしぐのが見えた。下のほうからミサイルが弧を描いてのぼってきたかと思うと、偵察機の下面に命中し、機体をまっぷたつにした。ガメランたちが攻撃を仕掛けたのだ。

《──なかなか爽快だったな》マーティンがいった。《これで一、二週間は身をひそめているしかない。だれがあの偵察機を撃墜したのか、オービン族が徹底的に調べてまわるはずだからな。われわれの暮らしもかなり刺激的なものになりそうだよ、二等兵。さあ行くぞ。仲間たちが牽引ロープを打ちこんでくれた。これ以上敵があらわれないうちにここを

出るんだ》

マーティンは体を起こし、穴の外へむかって体を押しだすと、五メートルほど先でただよっている牽引ケーブルをめざした。ジェレドはそのあとを追い、片手でババールを握りしめたまま、反対の手で必死にケーブルにしがみついた。

三日たってようやく、オービン族は彼らをさがしまわるのをやめた。

「おかえり」ウィルスンがいった。彼はスレッドに近づいてきて、足を止めた。「それはババールか？」

「ええ」ジェレドはスレッドのなかでババールをしっかりと膝にのせていた。

「いったいどういうことなのか、知るべきなのかどうかすらわからんな」

「知るべきですよ。信じてください」

「ブーティンとなにか関係があるのか？」

「おおいに関係があります。ブーティンが裏切り者になった理由がわかりました。なにもかもわかったんです」

10

ジェレドが象のババールを手にフェニックス・ステーションへ帰還する前日、特殊部隊の巡洋艦オスプレイ号がナガノ星系へスキップした。惑星コーベの採鉱現場からスキップ伝書で救難信号が送られてきたので、その調査にむかったのだ。オスプレイ号の消息はそこで途絶えた。

ジェレドはロビンズ大佐に報告をおこなうことになっていた。だが、彼はロビンズのオフィスをどすどすと通過すると、秘書が止める間もなくマットスン将軍のオフィスへ踏みこんだ。部屋にいたマットスンが顔をあげた。

「どうぞ」ジェレドは、おどろいているマットスンの両手にババールを押しつけた。「やっとあなたを殴った理由がわかりましたよ、このクズ野郎」

マットスンはぬいぐるみの動物を見おろした。「当ててやろうか。これはゾーイ・ブーティンのものだな。そしておまえは記憶をとりもどしたというわけだ」

「思いだしましたよ。娘が死んだのがあなたのせいだということを」

「妙なことを」マットスンはバーバールをデスクの上に置いた。「わしには、娘が死んだのはラフェィ族かオービン族のせいだと思えるが」

「とぼけないでください、将軍」ジェレドがいうと、マットスンは片方の眉をひょいとあげた。「あなたはブーティンにここで一カ月働くよう命じた。ブーティンは娘をいっしょに連れてきたいといった。あなたは拒否した。ブーティンは娘をステーションに残し、娘は死んだ。ブーティンはあなたの責任だと思っています」

「おまえもそう思っているようだな」

ジェレドは無視して話をつづけた。「どうしてブーティンに娘を連れてこさせなかったんです？」

「わしは保育所を運営しているわけではないのだ、二等兵。ブーティンには仕事に集中してもらわなければならなかった。彼の妻はすでに亡くなっていた。だれが娘の世話をするのだ？　コヴェルには世話をしてくれる者がいた。わしがむこうに残してこいといったのだ。まさか、ステーションとコロニーを失い、娘を死なせることになるとは思ってもいなかったからな」

「このステーションにはほかにも民間人の科学者や作業員がいるじゃないですか。家族がいるんです。ブーティンは仕事をしているあいだゾーイの世話をしてくれる人を見つけるか雇うかできたはずです。理不尽な要求じゃなかったことはあなたもわかっているでしょう。ブーティンに娘を連れてこさせなかったほんとうの理由を教えてください」

マットスンの秘書からの連絡で、ロビンズが部屋に姿をあらわしていた。マットスンは困ったように身をよじった。

「いいか」マットスンはいった。「ブーティンは一流の科学者だったが、どうしようもない変人だった。とくに妻が死んだあとは。シェリルはあの男の奇矯さの放熱板になっていた。彼女のおかげでブーティンは落ちついていられたんだ。シェリルがいなくなってからのブーティンはずっと情緒不安定だった——とりわけ娘がからむことでは」

ジェレドが口をひらこうとすると、マットスンは手をあげて制した。

「べつにブーティンを非難しているわけではないのだ」マットスンはつづけた。「妻が亡くなり、幼い娘がいて、彼はその子のことが心配でたまらなかった。わしだって親だったからな。どんなものかはおぼえている。ただ、それが組織におけるものごとよりも優先されてしまったのが問題だった。実際にプロジェクトにも遅れが出ていた。そのせいもあって、わしはテスト段階でブーティンをここへ呼びもどしたのだ。気を散らすことなく仕事に集中できるようにしてやりたかった。効果はあったよ。テストは予定よりも早く片付いたし、なにもかも順調だったから、ブーティンを管理者レベルへ昇進させる許可を出したほどだ。テスト段階のまえには考えられなかったことだ。コヴェルが襲撃されたとき、ブーティンはそこへ帰ろうとしていたのだ」

「ブーティンは、要求が拒否されたのはあなたが暴君だからだと思っていました」

「むろん、ブーティンはそう思っただろうな。いかにもあいつらしい。いいかね、わしとブーティンは最初からうまくいかなかった。おたがいの性格がかみ合わなかった。ほんとうにわがままなやつで、とんでもない天才じゃなかったら、トラブルに引き合う人材とはいえなかった。ブーティンはわしや部下たちにつねに監視されるのが不快だった。仕事について説明したり弁解したりしなければならないのが不快だった。そして、彼が不快に思っていることをわしがまったく気にしないのが不快だった。ブーティンがわしのことを心の狭い人間だと思っていたとしてもおどろきはしないさ」

「あなたはそうじゃないといいたいんですね」

「もちろん」マットスンはこたえたが、ジェレドの疑いのこもった顔を見て、ひょいと両手をあげた。「わかった。そうさな。ひょっとすると、険悪な関係だったことが多少は影響したかもしれん。ほかの連中に対するときよりも、あいつには少々容赦がなかったかもしれん。それは認めよう。だが、わしがなによりも気にかけていたのは、あいつに仕事をさせることだった。そして、実際にあいつを昇進させたんだ」

「しかし、ゾーイの身に起きたことについて、ブーティンはけっしてあなたを許さなかったんです」

「わしがブーティンの娘の死を望んでいたと思うのか、二等兵？　あいつの要求を受け入れていれば娘はまだ生きていたことに、わしが気づいていないとでも思うのか？　冗談じゃない。ブーティンがあの件でわしを恨んだとしても、わしはあいつを非難したりはしない。ゾーイを死なせるつもりはなかったが、彼女が死んだという事実について、わしにも責任があることは認めている。ブーティン自身にもそのことは話したんだ。おまえの記憶のなかをさがしてみるがいい」

それは事実だった。ジェレドは頭のなかで、マットスンが研究室にいるブーティンに近づいてきて、ぎこちなくお悔やみと同情のことばをかけるのを見た。その不器用なことばと、娘の死についてマットスンは許されるべきだという暗黙のほのめかしに、ブーティンがどれほどショックを受けたかを感じた。いまジェレドは、わきあがる冷たい怒りに押し流されそうになりながら、その感情は他人のものであり、問題になっているのは他人のこどもなのだと自分にいいきかせなければならなかった。

「ブーティンはあなたの謝罪を受け入れなかったんです」ジェレドはいった。

「そんなことはわかっとる」マットスンはちょっと間をおいてからつづけた。「で、おまえは何者なのだ？　ブーティンの記憶があるのはあきらかだ。いまはブーティンになっているのか？　頭のなかは、ということだが」

「ぼくはいまでもぼくです。ジェレド・ディラックです。でも、チャールズ・ブーティンの感じたこともわかるようになりました。彼の行動を理解できます」

ロビンズが口をひらいた。「ブーティンのやったことを理解できる。それはつまり、きみもブーティンと同じ考えだということか？」

「裏切りのことですか？」ジェレドがいうと、ロビンズはうなずいた。「いいえ。ブーティンの感じたことはわかります。彼がどれほど怒っていたかを。娘をなくしてどれほど寂しく思っていたかを。でも、そこからどうして人類すべてを裏切ることになったのかはわかりません」

「感じられないのか？　それともおぼえていないのか？」とロビンズ。

「両方です」ジェレドはいった。

コヴェルでの覚醒以来、記憶はどんどんよみがえっていた。ブーティンの人生のあらゆる断片をかたちづくる具体的なできごとやデータだ。ジェレドは、あそこで起きたなにかが自分を変えて、ブーティンの人生をはぐくむ肥沃な土壌ができあがったような気がしていた。とはいえ、まだまだ抜けはあった。ジェレドはなるべくそのことは気に病まないようにしていた。

「考えれば考えるほど記憶はよみがえってくるようです」ジェレドはいった。「でも、現時点では、その点についてはなにもわかりません」

「だが、居場所はわかるんだな」マットスンはジェレドを夢想から引きもどした。「ブーティンだよ。あいつがどこにいるか知っているんだろう」

「知っています。少なくとも、ブーティンが脱走したときにどこへむかおうとしていたかはわかっています」ジェレドの脳裏にひとつの名前がくっきりと浮かんでいた。ブーティンは、まるでおまもりのようにその名前に意識を集中し、けっして消えないように記憶に焼きつけていた。「行き先はアリストです」

マットスンとロビンズがそれぞれのブレインパルにアクセスして情報を仕入れるあいだ、短い沈黙がおりた。

「ふん、やってくれるな」マットスンがいった。

オービン族の母星系には四つのガス惑星がある。そのひとつであるチャーは、炭素ベースの生物にとっては暑からず寒からずの〝ゴルディロックス・ゾーン〟にある軌道上をめぐっており、惑星サイズの三つの大きな衛星と数十の小さな衛星をかかえていた。大きな衛星のうちではもっと小さなサルフは、惑星のロッシュ限界のすぐ外側をめぐっているために、強烈な潮汐力によって居住不可能な溶岩のかたまりとなっていた。つぎに大きなオビヌルは、大きさは地球の一・五倍だが、含まれる金属が少ないので質量はずっと小さい。そこがオービン族の故郷の惑星だった。三番目の、地球なみの大きさと質量をもつ衛星がアリストだ。

アリストは、現住生物は豊富だがオービン族の移住はほとんど進んでおらず、ごく少数の入植地があるだけだ。とはいえ、オビヌルのすぐ近くに位置しているため、攻撃を仕掛けるのはほぼ不可能といえる。CDFの宇宙船がひそかに潜入するのはむずかしい。アリストはオビヌルからほんの数光秒の距離にある。潜入したとたん、オービン族が殺す気満満で押し寄せてくるだろう。ブーティンをアリストからさらうためには、大規模な襲撃部隊を編成するしかない。ブーティンをさらうということは宣戦布告を意味し、たとえ相手がオービン族だけだとしても、コロニー連合としてまだ準備ができていなかった。

「この件についてはシラード将軍と話をしませんと」ロビンズがマットスンにいった。

「当然だろう。まさに特殊部隊にうってつけの任務だからな。そういえば」マットスンはジェレドに注意をむけた。「この件をシラードにまかせるとしたら、おまえは特殊部隊にもどることになるな。この件に対処するのがシラードになるってことは、おまえの相手をするのもシラードになるわけだ」

「あなたと会えなくなるのは残念ですよ、将軍」ジェレドはいった。

マットスンは鼻を鳴らした。「おまえは日に日にブーティンに似てくるな。あまりいいことじゃないぞ。それで思いだしたが、わしからの最後の正式な命令として、例の虫とウィルスンに会ってもういちど脳を調べてもらえ。いずれシラード将軍に返すとはいえ、それまでは壊さないと約束したんだ。ブーティンにすこし似すぎるってのは、シラードの基準だと〝壊れた〟ことになるかもしれん。わしの基準ならそうだからな」

「はい、将軍」

「よろしい。さがっていいぞ」マットスンはババールを取りあげ、ジェレドにむかってほうった。「こいつを忘れるなよ」

ジェレドはぬいぐるみを受け取り、マットスンのほうにむけてデスクにのせた。「どうぞ持っていってください、将軍。記念品として」彼はマットスンが抗議するより先に、ロビンズにうなずきかけて部屋を出ていった。

マットスンは、ぬいぐるみの象をむっつりとながめてから、なにかいおうとしているロビンズに目をむけた。「その象についてはなにもいうんじゃないぞ、大佐」

ロビンズは話題を変えた。「シラードは彼を取りもどすと思いますか？　あなたがいったとおり、口のききかたがどんどんブーティンに似てきました」

「おまえがわしにそれをいうか」マットスンはジェレドが去ったほうへ手をふった。「忘れたのかもしれんが、スペアの部品からあいつを再生しようとしたのはおまえとシラードだぞ。おまえはついに目的のものを手に入れたわけだ。いや、シラードが手に入れたのか。やれやれ」

「心配しているんですね」

「やつのことではずっと心配しっぱなしだ。やつがうちにいたときは、なにかバカなことをしでかしてくれないかと期待していた。そうすれば合法的に撃ち殺すことができるからな。自分たちの手で第二の裏切り者を、それも軍人の肉体と頭脳をそなえたやつを生みだすのはごめんだ。もしもわしの好きなようにできるなら、ディラック二等兵はトイレと給食用スロットをそなえた大きな部屋に放りこみ、すっかり朽ちはてるまでそのまま放置しておくよ」

「厳密にはまだあなたの指揮下にあるんですが」

「シラードはやつを返してほしいとはっきりいっていた。どんな愚かしい理由があるのかは知らんがな。シラードは戦闘部隊を指揮している。この件で争ったとしても、決定権は彼のほうにある」マットスンはババールを取りあげ、しげしげとながめた。「わしとしては、シラードが自分のやっていることをちゃんと理解しているよう祈るだけだ」

「ひょっとすると、ディラックはあなたが考えているほどブーティンには似ないかもしれません」

マットスンはあざけるように鼻を鳴らし、ババールをふってみせた。「わかるか？　これはただの記念品じゃない。チャールズ・ブーティン自身からじかに届いたメッセージだ。いいや、大佐。ディラックはわたしが考えているとおり、ブーティンそっくりになっているよ」

「まちがいないな」カイネンがジェレドにいった。「きみはチャールズ・ブーティンになっている」

「まさか」ジェレドはいった。

「まさかなんだよ」カイネンは同意し、ディスプレイを身ぶりでしめした。「いまやきみの意識パターンはブーティンが残したものとほぼ完全に一致している。もちろん、多少のちがいはあるが、ささいなものだ。どの点から見ても、きみはチャールズ・ブーティンと同じ精神をもっている」

「なにもちがいを感じませんが」

「ほんとか？」ハリー・ウィルスンが研究室の反対側から口をはさんできた。

ジェレドは返事をしかけて口をつぐんだ。ウィルスンがにやりと笑った。

「じつは感じているんだろ」とウィルスン。「おれにはわかる。カイネンにだって。おまえは以前よりも攻撃的になっている。切り返しも鋭くなった。ジェレド・ディラックはもの静かで、ひかえめだった。こういう表現が適切かどうかはわからんが、もっと無垢だった。いまはもの静かでもひかえめでもない。そして、まちがいなく無垢ではない。おれはチャールズ・ブーティンをおぼえている。おまえは以前のジェレド・ディラックよりもあの男のほうに似ているよ」

「でも、裏切り者になったような気はしないんですが」

「それはそうだろう」カイネンがいった。「きみたちは同じ意識を共有し、いくらかは同じ記憶さえ共有している。だが、きみにはきみの経験があり、それがきみのものの見方をかたちづくってきた。一卵性双生児のようなものだ。同じ遺伝子をもってはいるが、同じ人生を生きているわけではない。チャールズ・ブーティンはきみの精神的双生児だ。しかし、きみの体験はやはりきみのものだ」

「じゃあ、ぼくが悪党になるとは思わないんですね？」

カイネンはラライェィ式に肩をすくめた。ジェレドはウィルスンに目をむけた。こちらは人間式に肩をすくめた。

「おまえはチャーリーが悪党になったのは娘の死が原因だといった」とウィルスン。「いまのおまえには、その娘と、その娘の死に関する記憶があるが、おまえのこれまでの行動や、おまえの頭のなかの様子を見るかぎりでは、そのせいで精神的におかしくなるような気配はまったくない。おれたちはおまえを戦地勤務にもどすよう進言するつもりだ。むこうが受け入れるかどうかはまたべつの話だけどな。なにしろ、このプロジェクトの科学方面の責任者は、一年ほどまえまでは人類の破滅をもくろんでいたんだ。まあ、それはおまえの問題じゃないと思うが」

「まちがいなくぼくの問題です」ジェレドはいった。「だって、ぼくはブーティンを見つけたいんです。ただ任務を手伝うだけじゃなくて。じっと待っているなんてことはできません。ブーティンを見つけて連れもどしたいんです」

「なぜだね？」とカイネン。

「ブーティンを理解したいんです。人がこんなふうになってしまうのはなぜなのか。なにが人を裏切り者に変えてしまうのか」

「おどろくほど小さなきっかけでそうなることもあるのだ。たとえば、敵から親切にされるなどという単純なことでさえ」

カイネンは顔をそむけた。ジェレドは、カイネンの置かれた立場とその忠誠について急に思いだした。

「ウィルスン中尉」カイネンはまだ顔をそむけていた。「わたしとディラック二等兵をすこしだけふたりきりにしてくれないかね」

ウィルスンは眉をあげたが、なにもいわずに研究室を出ていった。カイネンはジェレドに顔をもどした。

「きみに謝罪をしたいのだ、二等兵」カイネンはいった。「それと警告を」

ジェレドは落ちつかない笑みを浮かべた。「あなたがぼくに謝罪することなんかありませんよ、カイネン」

「そんなことはない。きみが生まれてしまったのはわたしが臆病だったからだ。セーガン中尉の拷問に耐えるだけの強さがあったなら、わたしはとっくに死んでいて、人間は自分たちに対して仕掛けられようとしている戦争のことも、チャールズ・ブーティンがまだ生きているとも知らなかったはずだ。わたしがもっと強ければ、きみが生まれる理由はひとつもなかったし、良くも悪くも、きみが他人の意識を背負い込むことはなかっただろう。だが、わたしは心が弱く、生きのびたかった——たとえ、捕虜として、裏切り者として生きることになろうとも。きみたちの一部の植民者たちがいうように、それはわたしの業(カルマ)であり、自分ひとりで立ち向かうしかないのだ。

ただ、まったく意図しなかったとはいえ、わたしはきみに対して罪をおかした。事実上、わたしはきみの父親といえる。なぜなら、わたしは彼らがきみに対しておこなったおそるべきあやまちの原因なのだ。人工の精神を、あのいまいましいブレインパルを組みこんだ兵士をつくりだすのは、それだけでも充分にひどい。だが、他人の意識を埋めこむだけのためにきみをつくりだすというのは、とてつもなくおぞましい。自分自身でいるという権利をきみから奪っているのだから」

「それほどひどくもないですよ」

「いや、ひどすぎる。われわれララエィ族は精神や原則を重んじる民だ。さまざまな信念にもとづいてこの世界と向き合っている。われわれがもっとも重視しているもののひとつが自己の尊厳だ。すべての人びとに選択の自由があたえられるべきだという信念だ。というか」——カイネンは頭をゆらし——「すべてのララエィ族に、だな。たいていの種族と同様、われわれもほかの種族の要求にはあまり関心がない。とくに、その要求がわれわれの要求と相反するものである場合は。いずれにせよ、選択の自由は重要だ。独立も重要だ。きみがはじめてウィルスンとわたしのもとへやってきたとき、われわれはきみに先へ進むかどうかを選ばせた。おぼえているかね？」

ジェレドはうなずいた。

「正直いって、わたしがあんなことをしたのは、きみのためだけではなく自分のためでもあった。きみが選択肢をもたずに生まれる原因をつくったのはわたしなのだから、選択の機会をあたえるのはわたしの道徳上の義務だった。きみがそれに応じたとき――きみがひとつの選択をおこなったとき、わたしは自分の罪がいくらか消えるのを感じた。すべてではない。わたしにはまだ業がある。それでも、一部はたしかに消えた。それについては感謝しているよ、二等兵」

「どういたしまして」

「さて、ここからは警告だ。わたしははじめてセーガン中尉と出会ったときに拷問を受けて、結局は屈服し、きみたち人類に対するわれわれの攻撃計画について、彼女が知りたがったことをなにもかもしゃべってしまった。だが、わたしはひとつだけ嘘をついた。チャールズ・ブーティンと会ったことはないといったのだ」

「会ったことがあるんですか？」

「ある。ブーティンはいちど、わたしを含めたララエィ族の科学者を相手に、ブレインパルの構造と、それをいかにしてラエィ族に適応させるかについて話しにきたことがあった。興味深い人間だったよ。なんとも強烈だった。ラエィ族に対してさえ、ある種のカリスマ性をもっていた。その熱意にはだれもが影響を受けたものだ。とても情熱的で。とても意欲があって。とても怒りに満ちていた」

カイネンはぐっと身を乗りだした。「二等兵、きみがこの件をブーティンの娘と結びつけているのは知っているし、ある面ではそのとおりなのかもしれない。だが、ブーティンを突き動かしているのはそれだけではない。おそらく、娘の死は単なるきっかけで、それがブーティンの心のなかにひとつの思いを結晶化させ、その思いが彼をあおりたてたのだろう。彼が裏切り者になったのはそのせいなのだ」

「なんなんです？　その思いというのは？」

「わからない」カイネンは正直に認めた。「もちろん、復讐ということも考えられるだろう。だが、わたしはあの男とじかに会っている。復讐ではすべての説明にはならない。きみはわたしよりもそれを理解できる立場にいるはずだ。ブーティンの精神をもっているのだからな」

「見当もつきません」

「まあ、いずれわかるかもしれない。警告というのは、ブーティンを突き動かしているのがなんであれ、彼が身も心もそれに捧げきっているのを忘れるなということだ。もはや説得して気を変えるには手遅れだ。危険なのは、いざブーティンと対面したときに、きみが彼とその動機に共感してしまうことだ。なにしろ、きみはブーティンを理解することを目的として生まれたのだからな。ブーティンはそれを利用しようとするはずだ」

「どうすればいいんでしょう?」

「自分が何者であるかを忘れないことだ。自分がブーティンではないということを。そして、つねに選択肢があるということを忘れるな」

「おぼえておきます」

「ぜひそうしてくれ」カイネンは立ちあがった。「幸運を祈る、二等兵。もう行っていいぞ。出ていくとき、ウィルスンにもどってかまわないと伝えてくれ」

カイネンはぶらぶらと戸棚に近づいて、わざとジェレドに背中をむけた。ジェレドはドアから外へ出た。

「もどってかまわないそうです」ジェレドはウィルスンにいった。

「そうか」とウィルスン。「有益な話し合いができたのならいいんだが」

「ええ。カイネンは興味深い人物ですね」

「そういういいかたもできるだろうな。じつはな、ディラック、彼はおまえのことを息子みたいに気にかけているんだよ」

「そんな感じがしました。うれしいですね。もっとも、ぼくが期待する父親像とはちょっとちがいますが」

ウィルスンは声をあげて笑った。「人生はおどろきに満ちているな、ディラック。これからどこへ行くんだ？」

「カイネンの孫娘に会いに行くことになると思います」

ケストレル号は、ジェレドがフェニックス・ステーションにもどる六時間まえにスキップドライヴを起動し、とある恒星系へと転移した。地球からだとコンパス座のなかに見える薄暗いオレンジ色の星だが、それなりの望遠鏡があればの話だった。ケストレル号がそこへ派遣されたのは、コロニー連合の貨物船ハンディ号の残骸の入念な調査をおこなうためだった。非常用スキップドローンでフェニックスへ送り返されたブラックボックスデータは、何者かがエンジンに妨害工作をおこなっていたことをしめしていた。ケストレル号のブラックボックスデータは回収されなかった。ケストレル号についてはなにひとつ回収されなかった。

クラウド中尉が、操縦士用ラウンジのいつもの席で顔をあげ、目のまえに立っているジェレドを見た。テーブルには軽率な連中を罠にかけるための餌（つまりカードひと組）がひろげられていた。

「おや、ジョーク大好きぼうずじゃないか」クラウドは笑顔でいった。

「こんにちは、中尉」ジェレドはいった。「ひさしぶりですね」

「おれのせいじゃないぞ。ずっとここにいたんだからな。どこへ行ってたんだ？」

「人類を救いにいってました。まあ、ありふれたことです」

「よごれ仕事だが、だれかがやらなくちゃいけない。そのだれかがおれじゃなくておまえでよかったよ」クラウドは脚で椅子をひとつ押しやり、カードを取りあげた。「まあすわれよ。補給飛行の発射準備にはいるまで十五分ほどある。それだけあれば、おまえにテキサス・ホールデムでどうやって負けるかを教えてやるには充分だ」

「それだったらもう知ってますよ」

「ほらな？　またお得意のジョークってわけだ」

「じつは、その補給飛行の件で会いに来たんです。ぼくをいっしょに惑星へおろしてもらえないかと思いまして」

「よろこんで乗せてやるぞ」クラウドはカードを切りはじめた。「出発許可を送ってくれれば、このゲームを船内でもつづけられる。どのみち、補給用の輸送船はほとんど自動操縦だからな。おれが乗っているのは、事故があったときに死者が出たといえるようにするためでしかない」

「出発許可はないんです。でも、どうしてもフェニックスへおりる必要があるんです」

「なんのために？」

「亡くなった親戚をたずねたいんです。もうじき出発することになっていて」

クラウドはくすくす笑い、カードをカットした。「おまえがおりたら死んだ親戚が待っているわけだ」

「心配しているのは死んだ親戚のことじゃありません」ジェレドは手をのばしてカードを指さした。「いいですか？」彼はクラウドからカードを受け取って切りはじめた。「あなたがギャンブル好きだということは知っています、中尉」

ジェレドはカードを切り終えて、それをクラウドのまえに置いた。

「カットしてください」

クラウドが上から三分の一ほどの位置でカードをカットした。ジェレドは小さいほうの山を取りあげ、それを自分のまえに置いた。

「ふたりで同時にそれぞれの山からカードを引きます。ぼくのカードのほうが大きかったら、フェニックスへ連れていってください。ぼくは会うべき人に会って、あなたが離昇するまえにもどります」

「もしもおれのほうが大きかったら、三回勝負にしよう」

ジェレドはにっこりした。「それじゃまっとうな勝負とはいえませんよ。準備はいいですか？」

クラウドがうなずいた。

「引いて」ジェレドはいった。

クラウドはダイヤの8だった。ジェレドはクラブの6だった。

「くそっ」ジェレドは自分のカードの山をクラウドのほうへ押しやった。

「死んだ親戚ってのはだれなんだ？」クラウドがカードを集めながらいった。

「ちょっとややこしくて」

「話してみろよ」

「ぼくが意識を格納するはずだった男のクローンです」

「なるほど、たしかにややこしいな。どういうことなのかさっぱりわからない」

「ぼくの兄弟みたいな人です。会ったこともないんですが」

「まだ一歳だってのに、なかなかおもしろい人生を送っているんだな」

「そうですね。でも、ぼくのせいじゃないんですよ」ジェレドは立ちあがった。「それじゃまた、中尉」

「おいおい、待てよ。一分で小便をすませてくるから、いっしょに行こう。輸送機のところに着いたら、なにもいわずにおれにまかせるんだ。なにかトラブルになったら、責任はぜんぶおまえにかぶせるからな」

「しかたないですね」

輸送機ベイのクルーを突破するのはバカバカしいほど簡単だった。クラウドが飛行まえの確認作業をおこなって、クルーを相手にてきぱきと話を進めるあいだ、ジェレドはただそばにくっついていた。だれもがジェレドを無視するか、あるいは、クラウドといっしょなのだからそこにいる権利があるのだろうと判断してくれた。三十分後、輸送機はフェニックスの地上港へむかってゆっくりと降下を開始し、ジェレドはクラウドを相手に、じつはテキサス・ホールデムで負けるのがそれほどうまくないことを実証していた。この事実はクラウドをおおいにいらだたせた。

フェニックスの地上港に到着すると、クラウドは地上クルーとしばらく話をしてからジェレドのところへもどってきた。

「荷物を積みこむのに三時間ほどかかるらしい」クラウドはいった。「そのあいだに目的の場所へ行って帰ってこられるか？」

「墓地はフェニックス・シティのすぐ外です」ジェレドはこたえた。

「じゃあだいじょうぶだな。どうやってそこまで行くんだ？」

「見当もつきません」

「なんだって？」

ジェレドは肩をすくめた。「ほんとうに連れてきてもらえるとは思っていなかったんです。ここから先はなにも考えていなくて」

クラウドは声をあげて笑った。「神は愚か者を愛するんだな」彼はジェレドを手招きした。「来いよ。おまえの兄弟に会いにいくとしようや」

メタリー・カトリック墓地は、フェニックス・シティでは最古の地区のひとつであるメタリーの中心部にあった。メタリーが建設されたころ、まだフェニックスはニュー・ヴァージニアと呼ばれ、フェニックス・シティはクリントンと呼ばれていた。敵の攻撃によって初期のコロニーが壊滅し、人間たちが態勢を立て直してふたたびこの惑星を征服するまえのことだ。この墓地でもっとも古い墓は、メタリーがまだプラスチックと泥の建物のつらなりでしかなく、誇り高きルイジアナ州民がクリントンの最初の近郊地区を築こうとしてそこに入植したころから残っていた。

ジェレドがたずねた墓は、その最初期の死者たちの列とは反対側に位置していた。墓石がぽつんと置いてあるだけで、そこに三つの名前が彫りこまれていた。日付はどれもことなっていた。チャールズ、シェリル、そしてゾーイ・ブーティン。

「なんとまあ」クラウドがいった。「家族全員か」

「いいえ」ジェレドは墓石のまえでひざまずいた。「正確にはちがいます。シェリルはここにいます。ゾーイが死んだのはずっと遠くで、遺体はほかの大勢とともに失われてしまいました。それにチャールズは死んでいません。ここにいるのは別人です。自分が死んだように見せかけるためにつくったクローンなんです」ジェレドは手をのばして墓石にふれた。「ここに眠っているのは家族ではありません」

クラウドは、墓石のまえでひざまずくジェレドを見つめた。「おれはそのへんをまわってくるとするかな」彼はジェレドに時間をあたえようとしていった。

「待って」ジェレドは肩越しにふりかえった。「いてください。一分ですみますから」

クラウドはうなずいたが、すぐに近くにある木立へ目をむけた。ジェレドは墓石に注意をもどした。

だれに会いに来るのかという点について、ジェレドはクラウドに嘘をついていた。会いたい相手はここにはいないのだ。ジェレドは、ブーティンが自分の死を捏造するために殺した名無しのクローンに対して、かすかな哀れみ以外にはなにも感じていなかった。いまもあふれてくる、ブーティンと共有するさまざまな記憶のなかで、このクローンのことは感情面でもそれ以外の面でもきわめて臨床的な表現しかされていなかった。ブーティンにとって、このクローンは人間ではなく、目的を達成するための手段にすぎなかった。その目的については、もちろんジェレドには記憶がなかった――ジェレドの意識の記録がおこなわれたのは、ブーティンが引き金をひくまえだったのだ。クローンに対する同情の念をかきたててみようとしたが、ジェレドがここへ来たのはべつの人たちのためだった。このクローンについては、いちども覚醒せずにすんだことを祈るしかない。

シェリル・ブーティンの名前に意識を集中すると、抑えられた、相反するさまざまな感情が記憶のなかからわきあがってきた。ブーティンは妻に対して好意をもってはいたようだが、この場合、その好意を愛と呼ぶのはいいすぎだった。ふたりが結婚したのは、どちらもこどもをほしがっていて、おたがいのことをそれなりに理解して気に入っていたからだったが、そんな愛着心も最後にはすっかり薄れてしまったようだった。共通のよろこびである娘の存在が、ふたりをかろうじてつなぎとめていた。冷えきった関係でも、離婚騒ぎとそれが娘におよぼす苦しみよりはずっとましだったのだ。

ジェレドの精神のどこかの亀裂から、シェリルの死にまつわる思いがけない記憶が顔をのぞかせた。ハイキングで命を落としたとき、シェリルはひとりではなかった。友人がひとり同行していて、ブーティンはその人物を妻の愛人ではないかと疑っていた。嫉妬しているわけではなかった。愛人のいる妻がねたましいわけでもなかった。愛人ならブーティンにもいた。だが、ジェレドは葬儀のときのブーティンの怒りを感じた。愛人と思われる男が、葬儀の最後のところでいつまでも墓のかたわらにたたずんでいたからだ。そのせいで、ブーティンが妻に最後の別れを告げる時間が奪われてしまった。ゾーイが母に別れを告げる時間も。

ゾーイ。

墓石に彫られた名前をなぞり、娘が眠っているはずなのにそうではない場所で名前を口ふたたび感じた。ジェレドはもういちど墓石にふれて、石に刻まれた名前をなぞり、涙を流した。

手がジェレドの肩にふれた。顔をあげると、そこにクラウドがいた。

「だいじょうぶ」クラウドはいった。「だれだっていつかは愛する人を失うんだ」

ジェレドはうなずいた。「わかってます。ぼくも愛する人を失いました。サラです。彼女が死ぬのを感じ、その後は、彼女がぼくのなかに残した穴を感じました。でも、これはちがうんです」

「ちがうのは相手がこどもだからだろう」

「会ったこともないんですよ」ジェレドはまたクラウドを見あげた。「ぼくが生まれるまえに死んだんです。ぼくはこの娘を知りません。知っているわけがないんです。なのに知っている」自分のこめかみを指さす。「この娘のすべてがここにあります。生まれたときのことをおぼえています。はじめて歩いたときやはじめてしゃべったときのことも。ここで、母親の墓のまえで抱いていたときのことも。最後に会ったときのことも。娘が死んだと聞かされたときのことも。なにもかもここにあるんです」

「他人の記憶をもつことはありえない」クラウドはなだめるようにいった。「そういう仕組みにはなっていないんだ」

りジェレドは苦い笑い声をあげた。「でも、そうなんです。ブーティンの記憶はここにあります。いったでしょう。ぼくは他人の精神を格納するために生まれたんです。うまくいくとは思われていなかったんですが、うまくいきました。いまや、ブーティンの記憶はぼくの記憶です。ブーティンの人生はぼくの人生です。ブーティンの娘は――」

ジェレドはそれ以上つづけられなかった。クラウドがとなりで膝をつき、悲嘆に暮れるジェレドの肩に腕をまわした。

「まちがってるな」クラウドは淡々といった。「おまえがこの娘の死を嘆かなくちゃいけないなんてまちがってる」

ジェレドは苦笑した。「この宇宙に正しさをもとめるのがまちがいなんですよ」

「たしかにな」

「ぼくは娘の死を嘆きたいんです。娘を感じます。娘に対する自分の愛を感じます。娘に対するブーティンの愛を。たとえ嘆くことになるとしても、ぼくは娘のことを思いだしたい。思い出は耐えがたいほどのものじゃありません。そうでしょう?」

「ああ。そうだな」

「ありがとう。いっしょにここへ来てくれて。助けてくれてありがとう」

「友だちってのはそのためにいるんだよ」

《ディラック》ジェーン・セーガンがいった。彼女はふたりの背後に立っていた。《部隊

に復帰しなさい》

ジェレドは、統合がカチッと復活して、ジェーン・セーガンの認識が押し寄せてくるのを感じ、心のなかではより大きな存在の一部にもどれたことをよろこんでいたにもかかわらず、そのことにかすかな反感をおぼえた。そして、頭の隅で、統合は単に情報を共有して高次の意識の一部になることではないのだと気づいた。それはひとつの支配であり、個人をグループに縛りつける手段でもあった。特殊部隊の兵士がめったに退役しないのには理由がある――退役は統合を失うことを意味するのだ。統合を失うのは孤独になるということだ。

特殊部隊の兵士が孤独になることはほとんどない。ひとりきりでいるときでさえ。

《ディラック》セーガンがまた呼びかけてきた。

「ふつうにしゃべってください」ジェレドは、セーガンから顔をそむけたまま立ちあがった。「失礼じゃないですか」

ほんの一瞬の間のあと、セーガンが口をひらいた。「わかった。ディラック二等兵、出発の時間よ。フェニックス・ステーションへもどらないと」

「なぜです？」

「その人のまえでは話すつもりはない」セーガンはクラウドを身ぶりでしめした。「気を悪くしないで、中尉」

「なんとも」とクラウド。

「はっきりいってください」ジェレドはいった。「でないと行きません」

「あたしは命令しているのよ」

「ぼくはそんな命令なんかクソくらえといってるんです。特殊部隊の一員であることに急に疲れてきました。あちこち引っぱりまわされるのはうんざりです。なんのために、どこへ行くのか教えてください。さもなければここを動きません」

セーガンはほうっとため息をつき、クラウドに顔をむけた。「ぜひ信じてほしいんだけど、これから話すことがあなたの口からもれたときには、あたしが自分の手であなたを射殺する。至近距離で」

「お嬢さま」とクラウド。「ひとこと残らず信じさせていただきます」

「三時間まえ、レッドホーク号がオービン族によって撃破された。完全に破壊されるまえに、かろうじてスキップドローンだけは発射したの。この二日間でほかに二隻の船が失われている。そっちは跡形もなく消えてしまった。オービン族はレッドホーク号にも同じことをしようとしたのに、なんらかの理由で失敗したらしい。幸運だった――これを幸運と呼べるならの話だけど。この三隻の宇宙船だけでなく、過去一カ月間にわれわれのほかの四隻の宇宙船が失踪していることから考えて、オービン族はあきらかに特殊部隊を狙っている」

「なぜですか？」ジェレドはたずねた。

「わからない。でも、シラード将軍は、さらに宇宙船が攻撃を受けるまで待つつもりはないと決断した。ブーティンをとらえに行くのよ、ディラック。十二時間以内に作戦を開始する」

「正気の沙汰じゃないですよ。わかっているのはアリストにいるということだけです。衛星をまるごとひとつ捜索しなければなりません。それに、どれだけたくさんの宇宙船を投入しようと、攻撃を仕掛けようとしているのはオービン族の母星系なんですよ」

「ブーティンがアリストのどこにいるかはわかっている。それに、オービン族を出し抜いて彼をとらえる作戦があるの」

「どうやるんです？」

「それはさすがに口には出せない。議論はここまでよ、ディラック。いっしょに来るのか来ないのか。攻撃開始まで十二時間しかない。あなたを見つけるためにここへおりてきたことで、すでに時間をむだにしてしまった。連れて帰るためにさらに時間をむだにさせたりはしないで」

11

ムカつく将軍――ジェーン・セーガンは、カイト号の船内で着艦ベイの制御室へむかいながら考えた――隠れるのはやめてよ、このわがまま野郎。

セーガンは思ったことを特殊部隊の会話モードで送信しないよう気をつけていた。特殊部隊の隊員にとって、考えるのとしゃべるのとはよく似た行為なので、〝いま口に出していたっけ〟という経験を、だれでも一度や二度はしているのがふつうだった。だが、さっきのような考えを口に出してしまったら、割に合わないトラブルをかかえこむことになりかねない。

無許可離隊をしてフェニックスへおりたジェレド・ディラックを連れもどせと命令されてから、セーガンはずっとシラード将軍をさがしていた。その命令には、ディラックがふたたび彼女の指揮下にはいったという通告と、最近のディラックになにがあったかをくわしく記したロビンズ大佐からの機密メモが付随していた。コヴェル・ステーションへの旅、突然の記憶の復活、ディラックの意識パターンがブーティンのそれと完全に同一になったこと。こうした資料に加えて、マットスン将軍がシラードへ送ったメモも転送されてきていた。そのメモのなかで、マットスンはディラックを戦地勤務にもどすべきではないと強く主張していた——少なくとも、迫りくるオービン族との戦闘になんらかのかたちでケリがつくまでは拘留しておくべきだと。

セーガンは、マットスン将軍のことをマヌケ野郎だと思っていたが、その主張が的を射ていることは認めざるをえなかった。自分の配下にディラックがいたとき、セーガンはけっして安心できなかった。優秀な兵士ではあったが、その頭のなかで第二の意識がこぼれだして第一の意識を汚染しようと待ちかまえていると思うと、やはり用心せずにはいられなかったし、任務の最中におかしくなって本人以外のだれかを死にいたらしめる可能性をどうしても意識してしまった。あの日、ディラックがフェニックス・ステーションへ上陸中におかしくなったときには、ひそかに勝利の叫びをあげたものだ。マットスンが割りこんできて、もはや自分が責任を負う必要がなくなったときに、はじめて、セーガンはディラックのことを気の毒に思い、彼がこうした疑念を裏付けるような失敗をいちどもしなかったと認めたのだった。

だが、あのときはあのときだ。いま部隊に復帰したディラックは、まちがいなくいかれている。フェニックスで反抗的な態度をとられたときには、怒鳴りつけないようこらえるのにとてつもない自制心が必要だった。最初にディラックがおかしくなったときに使ったスタンガンがあったら、もういちど頭を撃っていただろう——他人から移植されたあんな強引な態度は通用しないとはっきりさせるだけのために。実際には、行きとはちがう特急シャトルでまっすぐカイト号へもどってくるまでのあいだ、セーガンはなんとか文明人らしさをたもっていた。シラード将軍も乗船して、カイト号の指揮官であるクリック少佐と打ち合わせをしていた。将軍は、セーガンがカイト号にいて自分がフェニックス・ステーションにいたときはセーガンが呼びかけても無視していた。だが、こうして同じ船に乗ったいま、セーガンはいうべきことをいうまでは相手の進路に立ちふさがる覚悟でいた。彼女は一段飛ばしで階段をあがり、管制室のドアをあけた。

《来ると思っていたよ》部屋にあらわれたセーガンを見てシラードがいった。

将軍がすわっているのはベイの各種操作をおこなう制御パネルのまえだった。もちろん、ベイの操作を担当する士官は、ブレインパル経由でほぼすべての仕事をこなすことができるし、ふつうはそうしている。制御パネルはバックアップ用だ。それをいうなら、船内の制御装置はすべて、基本的にはブレインパルのバックアップということになる。

《当然でしょう》セーガンはいった。《あなたは特殊部隊の指揮官です。ブレインパルの信号で隊員の居所はすべてわかるはずです》

《そうじゃない。きみがどういう人間かは知っている。ディラックをきみの指揮下にもどした以上、きみがわたしをさがしにこないという可能性など考えもしなかった》シラードは椅子をすこしまわして両脚をのばした。《きみが来ると確信していたから、ふたりきりで会えるようにここの人払いをしておいたほどだ。思ったとおりだったな》

《率直に発言する許可をください》

《いいとも》

《あなたは頭がどうかしています、将軍》

シラードは声をあげて笑った。《そこまで率直に話すとは思わなかったよ、中尉》

《あなただって同じ報告を受けているんでしょう。いまのディラックがどれほどブーティンと似ているか知っているはずです。脳の働きまで同じなんですよ。それなのに、あなたはブーティンを見つける作戦にディラックを参加させようとしている》

《そうだ》

「まったく!」セーガンは声にだしていった。

特殊部隊のやりとりは速くて効率がいいのだが、怒鳴ったりするのにはあまりむかない。それでも、セーガンはなんとか気をとりなおし、落胆といらだちの波をシラード将軍にむかって送りだした。シラードは無言でそれを受け取った。

《わたしはディラックのことで責任を負いたくありません》セーガンはようやくいった。

《きみに責任を負いたいかどうかたずねた記憶はないんだが》

《小隊のほかの兵士たちにとって危険です。任務にとっても危険です。われわれが成功し

なかったらどうなるかおわかりでしょう。よけいなリスクは不要です》
《同意できないな》
《そんな――なぜですか？》
《"友はそばに置け、敵はもっとそばに置け"》
《なんです？》セーガンは、ふとカイネンとの数カ月まえのやりとりを思いだした。あのときも同じことをいわれたのだ。
シラードはその格言をくりかえしてからいった。《われわれは敵をこれ以上はないほどそばに置いている。ディラックはわれわれの配下にあり、自分が敵だということを知らない。彼は自分をわれわれの仲間だと思っている――本人の知るかぎり、それは事実だからな。しかし、いまやディラックは敵と同じように考え、敵と同じように行動していて、われわれは彼が知ることをすべて知ることができる。それはとてつもなく有益なことであり、リスクをおかすだけの価値がある》
《ディラックが裏切らなければの話でしょう》
《そのときはすぐにわかるじゃないか。ディラックは小隊全体と統合しているんだ。彼がきみたちの不利益になるような行動をとったら、きみだけではなく、任務に参加している全員がそれを知ることになる》
《統合は心を読むわけではありません。われわれが知るのはディラックがなにかをはじめたあとのことです。ディラックには、仲間の兵士を殺したりとか、われわれの位置を敵に知らせたりとか、いろいろなことができるわけです。統合していても、彼がきわめて危険な存在であることにかわりはありません》

《きみのいうことはひとつだけ正しい。統合は心を読むわけではない。ただし、適切なファームウェアがあればべつだ》

セーガンは通信キューにピングを感じた——ブレインパルのアップグレードの通知だ。承認する間もなく展開がはじまった。アップグレードが進んで一時的に脳の電気パターンが不安定になり、不快な動揺が伝わってくる。

《いったいなんなんですか、これは？》セーガンはたずねた。

《読心機能の追加用アップグレードだ。通常は、将軍と一部のきわめて特殊な軍事調査官だけが装備しているのだが、きみの場合は正当な理由があると考えられる。とにかく、今回の任務に関しては。帰還したらまたはずしてもらうし、その機能についてだれかに話したりしたら、きみはとても狭くて遠い場所に入れられることになる》

《どうしてこんなことが可能なのか理解できません》

シラードは顔をしかめた。《考えてみたまえ、中尉。われわれがどうやって連絡をとりあっているかを。なにかを考えていて、それをだれかに伝えようと思った場合には、ブレインパルが仲立ちをしてくれる。伝える意図があるかどうかをべつにすれば、われわれの公的な思考と私的な思考とのあいだに大きなちがいはない。心が読めなかったらそのほうがおどろきだ。ブレインパルはまさにそれをやっているのだから》

《でも、そのことを兵士たちには教えていない》

シラードは肩をすくめた。《だれも自分にプライバシーがないなんて知りたくはないだろう。たとえ頭のなかのことだけであっても》

《では、あなたはわたしの私的な思考を読むことができるんですね》

《たとえば、きみがわたしのことを〝わがまま野郎〟と思っていたこととか？》

《それには前後の文脈があったんです》

《当然だろうな。おちつきたまえ、中尉。たしかに、わたしはきみの考えを読める。わたしの指揮系統内にいる者であれば、だれの考えでも読むことができる。しかし、ふつうはそんなことはしない。そもそも必要がないし、たいていの場合、それはほとんど役に立たないからだ》

《でも、みんなの考えを読めるんですね》

《それはそうだが、たいていの連中は退屈なんだ。特殊部隊の指揮官になって、はじめてこのアップグレードをしたときは、一日じゅう人びとの思考に耳をすませてすごしたものだ。大多数の人びとが大半の時間になにを考えているかわかるか？　腹がへったとか。トイレに行きたいとか。あいつとファックしたいとか。そして腹がへったにもどる。それを死ぬまでくりかえしているんだ。信じてくれ、中尉。この能力を手に入れて一日もたてば、人間の精神は複雑でおどろきに満ちたものであるという考えは、取り返しのつかないほどの痛手をこうむることになるから》

セーガンはにっこり笑った。《そうなんですか》

《そうなんだよ。だが、きみの場合、この能力には実用性がある。ディラックに気づかれることなく、その考えを聞きとり、その私的な思いを感じとることができるのだ。もしもディラックが裏切りを考えたら、きみはほぼ同時にそれを知ることになる。ディラックがきみの部下を殺したり任務を危険にさらしたりするまえに対応できるわけだ。彼を連れていくというリスクに対する充分なそなえになると思うが》

《もしもディラックが寝返ったらどうすればいいんですか？　裏切り者になったら？》

《もちろん殺すのだ。そこは躊躇してはならない。だが、確信がなければだめだぞ。いまのきみは、わたしがきみの頭をのぞけることを知っている。だから、ちょっとしたことでディラックの頭を吹き飛ばしたりはできないはずだ》

《はい、将軍》

《よろしい。いまディラックはどこにいる？》

《小隊の仲間とともに、ベイで準備をしています。命令はここへあがって来るまえに伝えておきました》

《ちょっとのぞいてみたらどうだ？》
《このアップグレード機能で？》
《そうだ。任務がはじまるまえに使い方を学んでおきたまえ。あとになったらもたもたしている暇はないからな》
セーガンは新しい機能にアクセスし、ディラックを見つけて、聞き入った。
《正気の沙汰じゃない》ジェレドは胸のうちで思った。
《まったくそのとおりだ》スティーヴン・シーボーグがいった。彼はジェレドがいなかったあいだに第二小隊に加わっていた。
《いま口に出していたっけ？》ジェレドはたずねた。
《いや、おまえの心を読んだんだよ》シーボーグはそういって、おもしろがっているようなピングをジェレドに送ってきた。
ジェレドとシーボーグのあいだのわだかまりは、サラ・ポーリングが死んだあとで消えていた。シーボーグのジェレドに対する嫉妬心だかなんだかは、ふたりに共通するサラをなくした悲しみのまえで重みを失ってしまった。ジェレドはこの男を友人と呼ぶことにはためらいをおぼえたが、ふたりの絆はどちらかといえば友好的なものとなっており、いまや統合という追加の絆でより強化されていた。

ジェレドはベイをちらりと見まわし、そこにならぶ二ダースのスキップドライヴ・スレッドをながめた。現時点までに製造されているのはこれですべてだった。シーボーグが点検のためにそのうちの一機に乗りこもうとしていた。

《こんなものでひとつの衛星に攻撃を仕掛けようというわけだ》とシーボーグ。《特殊部隊の二十名の兵士が、宇宙を飛ぶアレチネズミの檻に乗りこんで》

《アレチネズミの檻を見たことがあるのか？》ジェレドはたずねた。

《あるわけないだろう。アレチネズミさえ見たことがないんだ。けど、写真は見たことがあって、まさにこんな感じだった。どこの大バカ野郎がこんなものに乗るんだよ》

《いちど乗ったことがあるよ》

《答がでたな。で、どうだった？》

《むきだしな感じ》

《そいつはすごい》シーボーグはあきれた顔になった。

ジェレドにはシーボーグの気持ちがよくわかったが、今回の攻撃の理屈もわからないではなかった。宇宙へ進出したほとんどの種族が、現実宇宙でひとつの場所からべつの場所へ移動するときには宇宙船を使っていた。宇宙船のような大きな物体を探知できるだけの解像力をもっている。惑星の探知防衛グリッドは、必然的に、宇宙船を探知できるだけの解像力をもっている。アリストを取り巻くオービン族の防衛グリッドも同じだった。特殊部隊の宇宙船はたちまち発見されて攻撃を受けるだろう。人間より少し大きいだけの、ちっぽけなワイヤーフレームの物体ならそんなことはない。

特殊部隊がその点を確信しているのは、すでに六度にわたってスレッドを送りこみ、防衛グリッドをすり抜けて、アリストからの通信を傍受していたからだ。その六度目のときに、チャールズ・ブーティンが機密回線ではない通信ビームでオビヌルにむけて音声メモを送り、補給船の到着時刻を問い合わせた。これを傍受した特殊部隊の兵士は、発信源がアリストにたくさんある大きな島のひとつであることを突き止めた。岸辺に設置された小規模な科学調査基地だ。彼はブーティンからもういちど送信があるのを待ち、居場所を確認してから帰還した。

この話を聞いたとき、ジェレドは録音ファイルにアクセスして、自分がなるはずだった男の声を聞いてみた。ブーティンの声については、以前にもウィルスンとカイネンが再生してくれた録音で聞いたことがあった。そのとき聞いた声と、今回の声は同じだった。歳をくって、しゃがれて、緊張しているようだったが、音質や抑揚は聞きまちがえようがなかった。ジェレドは、あまりにも自分の声とよく似ているので、当然のこととはいえ、少なからずうろたえさせられた。

ぼくは妙な人生を送っているな——と、ジェレドは思った。ちらりと目をあげ、考えがもれていないことをたしかめる。シーボーグはまだスレッドの点検をつづけていて、いまのことばが聞こえたようなそぶりは見せなかった。

ジェレドはならんだスレッドのあいだを抜けて、ベイにあるもうひとつの物体に近づいた。スレッドよりもわずかに大きなその球体は、特殊部隊の秘密兵器で〝捕獲ポッド〟と呼ばれ、なにか、あるいはだれかを退避させたいけれど、自分たちでは退避させられないときに使うものだった。球体の内部は空洞で、中くらいのサイズの知的種族をひとりおさめられる設計になっている。兵士たちが対象をそのなかに押しこみ、同時に、ポッドを密閉してうしろへさがると、リフターが点火してポッドを空へと打ち上げる。ポッドの内部では強力な反重力フィールドが作動するので、乗員がぺちゃんこになることはない。そのあとは、上空にいる特殊部隊の宇宙船がポッドを回収するという寸法だ。

この捕獲ポッドはブーティン用だった。作戦は単純だ。ブーティンのいる科学基地を急襲し、その通信機能を破壊する。ブーティンをとらえて捕獲ポッドに押しこみ、それでスキップドライヴが可能な距離まで送りだす。カイト号は、ポッドを回収するあいだだけ星系内に飛びこみ、オービン族が追跡をはじめるまえに脱出する。ブーティンを確保したあとは、おなじみの方法で科学基地を始末すればいい——ちょうど基地を衛星上から消し去るだけの威力をもった隕石を、だれにも疑われないように基地からあてていどの距離を置いた場所へ落下させるのだ。今回の場合、隕石は岸から数マイル離れた海中へ落下し、科学基地はその衝撃で起きる津波(ツナミ)によって破壊されることになる。特殊部隊は何十年もまえから岩を落下させてきたので、事故に見せかける方法は熟知している。すべてが計画どおりに進んだら、オービン族は攻撃を受けたことにさえ気づかないだろう。

ジェレドの見たところ、この計画にはふたつの大きな問題があり、どちらも相互に関連があった。ひとつは、スキップドライヴ・スレッドが着陸できないということだ。アリストの大気圏への突入には耐えられないし、たとえ耐えられたとしても、その先は操縦ができなくなる。作戦に参加する第二小隊の面々は、アリスト大気圏のへりで現実宇宙へ出現し、宇宙のすぐそばから地上めがけてスカイダイビングを敢行しなければならない。以前にもやったことではある——セーガンはコーラルの戦いでおこない、いまも元気に生きている——が、ジェレドにはトラブルのもとでしかないように思えた。

こうした方法で突入するために、計画にはもうひとつの大きな問題が生まれていた。任務が完了したあとで第二小隊を退避させる簡単な手段がないのだ。ブーティンを確保したあと、第二小隊にあたえられている命令は不吉なものだった。科学基地から可能なかぎり遠くへ離れて、予定されている津波を生きのび（計画書には親切にも地図が添付されており、そこにしめされた近隣の高地は大洪水でも冠水しない*はず*と予想されていた）、それから徒歩で住民のいない島の内陸部へとむかい、何日か身をひそめて、特殊部隊が彼らを回収するために送りこんでくる一群の捕獲ポッドの到着を待つ。任務に参加する第二小隊の二十四名全員を回収するには、捕獲ポッドを何度か送りこむ必要があり、セーガンはすでに、最後に衛星を離れるのは自分とジェレドだと通告していた。

ジェレドはセーガンにそういわれたときのことを思いだして眉をひそめた。セーガンは最初からジェレドのことをあまり気に入っていなかったが、それは彼が裏切り者の血を引いていることを知っていたからだ。セーガンはジェレドのことを本人よりもよく知っているらしい。ジェレドがマットスンのところへ異動になったときのセーガンの別れのことばは誠実に聞こえたが、あの墓地で再会して、ジェレドが第二小隊にもどってからというもの、セーガンは本気で彼のことを怒っているように見えた――まるでほんもののブーティンを相手にしているかのように。ある面では、その気持ちもわからないではない。なにしろ、カイネンがいったように、いまのジェレドは以前の自分よりもブーティンのほうに似ているのだ。とはいえ、より身近な面では、敵のように扱われることが腹立たしくてならなかった。ジェレドは暗い気分で考えた――セーガンが彼とふたりだけで最後まで残るのは、だれにも知られずに彼を始末できるからかもしれない。

ジェレドはその考えを頭から追い払った。セーガンがジェレドを殺すことができるのはたしかだ。しかし、理由もなく殺したりはしないだろう。セーガンに口実をあたえないようにするのがいちばんだ。

それに、ジェレドが心配しているのはセーガンではなくブーティンだった。今回の作戦では、科学基地に常駐しているオービン族の小部隊からの多少の抵抗はあっても、科学者やブーティン自身からの抵抗はないものと考えられていた。ジェレドはそれはまちがいだと思った。研究内容の詳細についてはいまだにあきらかになっていないとはいえ、ジェレドは頭のなかでブーティンの怒りを感じていたし、その知性の高さもよく知っていた。ブーティンがおとなしく投降するとは思えない。どう考えても戦士タイプではないので、銃をとって戦うことはないだろうが、彼には頭脳という武器がある。そもそも、ブーティンの頭脳がコロニー連合を裏切る方法を考えついたために、人類はいまのような立場に追いこまれているのだ。ブーティンを簡単にさらってポッドへ押しこめるというのはまちがった前提だ。なにか予想外のおどろきが隠されているにちがいない。

だが、そのおどろきがどんなものになるかは、ジェレドにもわからなかった。

《腹はへってないか?》シーボーグがいった。《任務がどれほどいかれたものになるかを考えていると、いつもなにか食いたくなってくるんだ》

ジェレドはにやりと笑った。《絶えず飢えているんだろうな》

《特殊部隊にいる利点のひとつだな。もうひとつは、ぶざまな十代をすっ飛ばせること》

《十代がどんなものか調べたのか?》

《もちろん。運がよければ、おれだっていつか十代になれるかもしれないからな》

《たったいま、ぶざまな十代をすっ飛ばせたといったくせに》

《まあ、おれが十代にたどり着くころには、もうぶざまじゃなくなってるだろう。さあ行

こうぜ。今夜はラザニアだ》

ふたりはなにか食べるためにベイを出ていった。

セーガンは目をあけた。

《どうだった？》シラードがたずねた。彼はジェレドの思考に耳をすますセーガンをずっと見守っていた。

《ディラックはわれわれがブーティンを見くびっていると心配しています》セーガンはいった。《ブーティンはこちらが見逃しているなんらかの方法で攻撃してくるはずだと》

《よしよし。わたしも同じことを考えていたからな。だからこそ、わたしはディラックをこの任務に参加させたかったんだ》

緑色で雲のかかったアリストが視界いっぱいにあらわれ、ジェレドはその巨大さにおどろきをおぼえた。まわりにあるのはカーボンファイバー製の籠だけという状態で衛星の大気圏のすぐ外側に出現するのは、ひどく心をかき乱す体験だ。まるで墜落しているような感じがする。いうまでもなく、ジェレドはまさにそのとおりのことをしているのだ。

もう充分だ——ジェレドはスレッドから体を切り離しはじめた。衛星側に、先に突入した五人の隊員の姿が見えた。セーガン、シーボーグ、ダニエル・ハーヴィー、アニタ・マンリー、ヴァーノン・ウィグナー。ジェレドは捕獲ポッドを見つけて、ほっとため息をついた。捕獲ポッドの質量は五トンの制限ぎりぎりだった。ミニ・スキップドライヴを利用するには重すぎるのではないかという、こまかいことだが深刻な懸念があったのだ。ジェレドの分隊の面々は、全員がスレッドから抜けだしてふわりと浮かび、彼らをここまではこんできた蜘蛛みたいな乗り物からゆっくりと離れようとしていた。

この六人は先発隊だった。彼らの仕事は、捕獲ポッドを誘導して地上へおろし、すぐあとにつづく第二小隊の残りの隊員たちがおりるエリアの安全を確保することだ。ブーティンがいる島は一面が分厚い熱帯林におおわれており、そのせいで着陸がむずかしい。セーガンは科学基地から十五キロメートルほど離れた狭い草地を着陸地点に選んでいた。

《散開したままでいて》セーガンが分隊の面々に命じた。《大気のいちばんきついところを抜けたらまた集合するから。無線はあたしから連絡があるまで使わないこと》

ジェレドがアリストとむかいあう姿勢をとって、その光景に見とれていると、ブレインパルが大気のもたらす最初のかすかな影響を感知し、背中のパックからナノロボットを放出して保護用の球体をつくりあげ、彼の体をその中心に固定した。球体と交錯して体を焼き焦がしたりしないようにするためだ。球体の内部には光がまったくはいってこなかった。

ジェレドは真っ暗な自分専用の宇宙のなかに浮かんでいた。

なにもすることがなかったので、ジェレドの思いはオービン族へともどった。ブーティンが付き合いをつづけている、無慈悲な、興味深い種族。コロニー連合に残るオービン族の記録は、はるか連合の創設時にまでさかのぼる。そのときは、人類の植民者がカサブランカと名付けた惑星の所有権をめぐる議論が、身の毛のよだつ効率のよさで植民者が排除されるという結果に終わり、惑星の奪還を命じられたコロニー側の軍勢が同じように全滅したのだった。オービン族は降伏しないし、捕虜をとることもない。なにかがほしいと思ったら、それを手に入れるまでひたすら挑戦をつづける。

あまりしつこくオービン族のじゃまをすると、こういうやつらは永遠に排除してしまうのが得策だと判断されかねない。アーラ族――フェニックスの将官用の食堂があるダイアモンドのドームをつくりあげた種族――は、オービン族が入念に一掃した最初の種族ではないし、最後の種族でもないのだ。

オービン族の数少ないとりえのひとつは、宇宙へ進出した種族にしてはあまり強欲ではないということだ。オービン族がひとつのコロニーを開設する時間でコロニー連合は十のコロニーを開設できるほどだし、気に入った惑星であればほかの種族が占有していてもそれを奪うことをためらったりはしないが、そもそも彼らが気に入る惑星はそれほど多くない。オーマは、カサブランカ以降にオービン族が人類から奪ったはじめての惑星で、そのときでさえ、単に領土の拡大を狙ったというよりも、チャンスがあったからにすぎないように見えた（彼らは、最初に人類と戦ってオーマを奪ったと思われるララエィ族から、あらためてそこを奪ったのだ）。オービン族が種族の所有地を必要以上に増やそうとしないという事実も、ほかのだれかが最初に攻撃を仕掛けたのではないかとCDFが疑っている理由のひとつだった。ララエィ族がオーマを攻撃してそのまま確保していたとしたら、コロニー連合はほぼ確実に報復攻撃をおこない、コロニーの奪還を試みていただろう。ララエィ族は引き時を心得ているのだ。

オービン族に関してもうひとつ興味深いのは——これがあるから、ララエィ族やエネーシャ族と同盟を結んでいるという話に違和感をおぼえるのだが——通常、行く手をさえぎったり近寄りすぎたりしないかぎり、彼らがほかの知的種族に関心をしめさないということだ。オービン族は大使を置くこともなければ、ほかの種族と公式に連絡を取り合うこともない。コロニー連合が知るかぎり、オービン族が他種族を相手に正式に宣戦布告をしたり条約を結んだりしたことはただのいちどもなかった。オービン族と戦争をしているとわかるのは、彼らがこちらにむかって発砲してくるとき。逆に戦争をしていないとわかるのは、彼らがこちらを完全に無視するときだ。オービン族は異種族を嫌悪しているわけではない。単に興味がないのだ。よりにもよってそのオービン族が、ひとつどころかふたつの他種族と手を組むというのはきわめて異例のことだ。彼らがそろってコロニー連合に対抗するというのは不吉だった。

オービン族の他種族との関係、というか、関係の欠如にまつわるすべての情報の裏には、この種族にかかわるひとつの噂があった。CDFはあまり信用していなかったが、他種族のあいだでひろく信じられているので気にはとめていた。すなわち、オービン族はみずから知性を発達させたのではなく、ほかの種族からそれをあたえられたという噂だ。CDFがこの噂を軽視したのは、銀河のこのあたりで激しい競争をくりひろげている種族が、わざわざ時間を割いて、まだ岩を打ち合わせているどこかの落ちこぼれを知性化するというのが、バカバカしいほどありそうにないことだったからだ。CDFの知る各種族は、目をつけた不動産で発見された半知的生物を、競争相手を抹殺するのに早すぎることはないといって絶滅に追いやるような連中だ。それと正反対のことをする種族はまったく知られていなかった。

もしも噂が事実なら、オービン族の知能の設計者はコンスー族である可能性が高い。近隣の宙域ではこの種族だけが、ひとつの種族をまるごと知性化する最高レベルの技術力をもち、しかも、そのための哲学的動機を有している。なにしろ、コンスー族の種としての使命は、近隣のあらゆる知的種族を完璧な存在に（すなわちコンスー族と同等に）することなのだ。この仮説にはひとつ問題がある。コンスー族がほかの種族を自分たちに近づけようとするときには、その不運な種族を自分たちと戦うよう強引にしむけたり、ひとつの下等種族をべつの下等種族と争わせたりするのがふつうだ。ちょうど、コーラルの戦いで人間とララエィ族を競わせたように。べつの知的種族を創造した可能性がきわめて高い種族であっても、直接的あるいは間接的に他種族を抹殺することはある――コンスー族の高度で謎めいた基準に達しなかったがゆえの犠牲者だ。

　このコンスー族の高度で謎めいた基準こそが、コンスー族がオービン族をつくりあげたという主張に対する重要な反論となっていた。なぜなら、知的種族としてはきわめて珍しいことに、オービン族には語るに足る文化がほとんどない。人類やそのほかの種族による、数少ない異種比較研究によって判明したことだが、簡潔な実用本位の言語と、実用技術のための施設をべつにすると、オービン族はその創造力をしめすものをなにも生みだしていなかった。彼らの知覚のどの領域においても特筆すべき芸術作品はなかったし、文学や宗教や哲学にしても、研究者がそうと認識できるものはなにひとつなかった。オービン族には政治的活動すらほとんどなく、これは前代未聞だった。オービン族の社会からあまりにも文化が欠落しているため、CDFのオービン族に関するファイルに情報を提供したある研究者などは、オービン族に日常会話があるのかどうか、それどころか、日常会話の能力があるのかどうかにさえ、真剣に疑問を投げかけているほどだった。ジェレドはコンスー族の専門家というわけではないが、禁忌や終末論に強いこだわりのある連中が、おたがいに関心をもつことさえできない種族を創造するというのはありえないような気がした。もしもオービン族が設計者によって生みだされた種族だとしたら、進化には価値があることを肯定する証拠となるだろう。

ジェレドを取り巻いていたナノロボットの球体がひらき、背後へ飛び去った。彼は激しくまばたきをして目を光に慣らしてから、分隊の仲間たちをさがした。複数のタイトビームがジェレドを見つけだし、各自の位置が明るく表示された。彼らの体は入力光に反応するユニタードのおかげでほとんど目に見えなかった。捕獲ポッドさえカモフラージュされていた。ジェレドは捕獲ポッドへ近づいて状態を確認しようとしたが、セーガンにこちらで確認するから近寄るなと警告された。分隊の面々は集合してひとかたまりになったが、パラシュートを展開したときにおたがいのじゃまにならないだけの距離はたもっていた。

隊員たちは、まにあうぎりぎりの高度でパラシュートを展開した。たとえカモフラージュしていても、パラシュートはそれをさがしている相手には見つかってしまう。捕獲ポッドのパラシュートは巨大で、劇的なエアブレーキをかけられる設計になっていた。ナノロボットがつくりだしたキャノピーは、パンッという鋭い音をたてて展開し、風をはらんだとたんに激しく引き裂かれて流れ去ったが、すぐにまた第二のキャノピーが展開した。そしてようやく、捕獲ポッドはパラシュートで支えられるていどまで減速した。

ジェレドは数キロメートル南方にある科学基地へ体をむけ、カウルの倍率をあげて、基地内にこちらを発見したような動きがあるかどうか確認してみた。ジェレドにはなにも見えず、ウィグナーとハーヴィーも同意見だった。ほどなく、隊員たちは全員が地上におりたち、ぶつぶついいながら捕獲ポッドを草地の端から木立のなかへはこびこむと、すばやく動きまわって木の葉でそのカモフラージュを強化した。

《みんなこの場所をおぼえておかないとな》シーボーグがいった。

《静かに》セーガンは頭のなかのなにかに意識を集中しているようだった。《レントゲンがいた。ほかの隊員たちはパラシュートを展開する準備をしている》彼女はMPをつかみあげた。《さあ、奇襲を受けないように安全を確保しないと》

ジェレドは脳をつつかれているような奇妙な感覚をおぼえた。《ああ、くそっ》

セーガンがジェレドに顔をむけた。《どうかした？》

《これはまずい》いですよ——と、ジェレドはいった。

ことばの途中で分隊の仲間たちとの統合が強制的に切断された。重要な感覚のひとつを脳からむしりとられ、ジェレドは思わずうめいて頭をかかえこんだ。まわりでは、ほかの隊員たちが倒れこみ、激しい苦痛と混乱に悲鳴をあげたり嘔吐したりしていた。ジェレドはがくりと膝をついて呼吸をととのえようとした。吐き気がこみあげてきた。

やっとのことで立ちあがり、よろよろとセーガンのほうへむかうと、彼女も両膝をついて、嘔吐したばかりの口もとをぬぐっていた。ジェレドはセーガンの腕をつかみ、引っぱって立ちあがらせようとした。

「さあ」ジェレドはいった。「立ってください。どこかへ隠れないと」

「な——」セーガンは咳きこみ、ぺっと唾を吐いてから、ジェレドを見あげた。「なにが起きているの？」

「切り離されたんです。ぼくはコヴェル・ステーションにいたときに経験しました。オービン族がブレインパルを使えないようにしたんです」

「どうやって？」セーガンは怒鳴るようにいった。必要以上に声が大きい。

「わかりません」

セーガンは立ちあがった。「ブーティンね」ぐったりした声でいう。「あいつがオービン族にやりかたを教えたのよ。そうに決まってる」

「そうかもしれません」

セーガンがわずかにふらついた。ジェレドはその体を支えて、前方へまわりこんだ。

「移動しなければなりません、中尉。ブレインパルが切断されたということは、ぼくたちの居所がオービン族に知られているということです。いまもこっちへむかっているでしょう。みんなを立たせてここを離れないと」

「あとから仲間が降下してくるのよ。なんとか……」セーガンは口をつぐみ、背すじをぴんとのばした。なにか冷たくおそろしい思いが脳裏をよぎったかのように。「ああ、そんな」そして空を見あげた。

「なんです？」ジェレドは顔をあげて、カモフラージュされたパラシュートのかすかなゆらめきをさがした。なにも見えないことがわかるのに一秒かかった。それが意味するものに気づくのにさらに一秒かかった。

「ああ、そんな」ジェレドはいった。

アレックス・レントゲンが最初に考えたのは、小隊の仲間たちとのタイトビームによる接続が切れたらしいということだった。

まいったな――と思いながら、レントゲンは手足をひろげて何度か体を回転させ、タイトビームの受信機に小隊の仲間たちの位置をさがさせた。ブレインパルは最後に交信したときの各自の位置をもとにして現在位置の推定をおこなっている。全員を見つける必要はなかった。ひとり見つけさえすれば、接続も復活し、統合も復活する。

なにも起こらない。

レントゲンは不安を押しやった。タイトビームを見失ったことはまえにもある――いちどだけだが、この先どうなるかはそれでわかる。あのときは地上におりたあとで再接続をおこなった。こんどもそうすればいい。どのみち、これ以上時間をむだにはしていられなかった。そろそろパラシュートの展開高度が迫っている。追跡されにくいようにできるだけ低い高度で展開しなければならないので、そのタイミングについてはかなりの精度を要求されるのだ。ブレインパルで現在の高度を確認しようとしたとき、数分まえからブレインパルとまったくやりとりをしていないことに気づいた。

レントゲンは考えを処理しようと十秒ほどついやした。処理は拒否された。もういちど試したら、こんどは脳が処理を拒否しただけではなく、それを押し返して、乱暴に追い払った。その考えを真実として受け入れたらどうなるかわかっているのだ。レントゲンはブレインパルへのアクセスを試みた。何度も、何度も、何度も試みながら、ぐんぐん増大するパニックを必死に抑えつけた。レントゲンは頭のなかで呼びかけた。だれも返事をしなかった。だれも彼の声を聞いていなかった。彼はひとりぼっちだった。

アレックス・レントゲンはそこでほぼ正気をなくし、あとは落下しながら体をひねり脚をばたつかせ空を引き裂き、めったに使わない口で悲鳴をあげると、脳の解離した小さな一部が頭蓋のなかでその音に仰天した。パラシュートは展開しなかった。それは、レントゲンが使うほぼすべての物体や精神機能と同様、ブレインパルによって制御され、起動される。ブレインパルは、あまりにも長いあいだ、あまりにも信頼性が高かったので、コロニー防衛軍は、もはやそれを装備とは思わず、脳のほかの部分や兵士の肉体と同じ生得のものとみなしていた。レントゲンはパラシュートの展開高度を突破したが、なにも気づかなかったし、なにも感じなかったし、その最後の一線を越えることがなにを意味するか考えもしなかった。

レントゲンが正気をなくしたのは、自分が死ぬことを悟ったためではなかった。仲間から切り離されて、ひとりぼっちになり、統合を失ったためだった。それは、生まれてからの六年間における最初で最後の体験だった。これまでずっと、レントゲンは小隊の仲間たちの生活を、こまごましたことまで残らず感じていた。彼らがどんなふうに戦い、どんなふうにファックするかを。彼らの人生のあらゆる瞬間を、その死の瞬間を。レントゲンは、仲間が死ぬときには自分がそばにいて、自分が死ぬときには仲間がそばにいることに慰めを見いだしていた。だが、もはや仲間はそばにいないし、自分も仲間のそばにいることはない。切り離されたという恐怖は強かったが、同じように墜落死しようとしている友人たちの慰めになれないという恥辱もそれに負けないほど強かった。

アレックス・レントゲンはもういちど体をひねり、自分を殺す大地に顔をむけると、見捨てられた者の悲しい叫び声をあげた。

ジェレドが恐怖の目で見守るまえで、頭上にあらわれたくるくると回転する灰色の点は、最後の数秒で急にスピードをあげて悲鳴をあげる人間の姿となり、ぐしゃっという不快な音とともに草地につっこんで、激しく跳ね返った。あまりのショックに、ジェレドは思わず動きだしていた。走れと叫んでセーガンを押しやってから、ほかの隊員たちのもとへ駆け寄ると、ひとりずつ引きずり起こしては木立へむかって押しやり、落下する肉体の下からのがれさせようとした。

シーボーグとハーヴィーはすでに回復していたが、空をじっと見あげて友人たちが死ぬのをながめていた。ジェレドはハーヴィーを突き飛ばし、シーボーグをぴしゃりと叩いて、さっさと逃げろと叫んだ。ウィグナーはじっと横たわったまま動こうとせず、見たところ緊張病のような状態になっていた。ジェレドは彼を抱きあげてシーボーグに渡し、逃げろといった。それからマンリーに手をのばしたら、彼女はジェレドを突き飛ばし、金切り声をあげながら木立とは逆のほうへ這いずりはじめた。あたりに落下した肉体が衝撃でばらばらになっていくなか、マンリーは立ちあがって走りだした。彼女は六十メートルほど行ったところで立ち止まり、さっとふりかえると、残った最後の正気を絶叫とともに吐きだした。ジェレドが顔をそむけた瞬間、マンリーのすぐそばに落下した肉体の脚が彼女の首と肩にぶつかって、動脈と骨を叩きつぶし、折れた肋骨を肺と心臓に突き立てた。マンリーの絶叫は、げふっという音とともに断ち切られた。

最初のひとりが落下してから、わずか二分間で、第二小隊の残りの隊員すべてが地面に激突した。ジェレドたちは木立にはいったところでそれを見守った。

落下が終わると、ジェレドは残った四人の隊員にむきなおって状況を確認した。程度の差はあるものの全員がショック状態だった。セーガンはもっとも反応が良く、ウィグナーはもっとも悪かったが、彼もなんとか周囲に目をむけられるようにはなっていた。ジェレドは胸がむかむかしたが、それ以外はなにも問題はなかった。統合から切り離されたままかなりの時間をすごした経験があったので、それがなくても活動できるのだ。とりあえず、ここはジェレドが仕切るしかなさそうだった。

ジェレドはセーガンに顔をむけた。「出発しましょう。森へはいるんです。ここを離れないと」

「任務が――」セーガンがいいかけた。

「もう任務どころじゃありません。やつらはぼくたちがここにいることを知っているんです。ここにとどまったら死ぬだけです」

そのことばで、セーガンはだいぶ頭がはっきりしてきたようだった。「だれかひとりはもどらないと。捕獲ポッドを使って。ＣＤＦに知らせるの」彼女はまっすぐジェレドを見据えた。「あなたはだめ」

「ぼくはだめです」ジェレドは同意した。セーガンに疑われているのはよくわかっていたが、そんなことで悩んでいる暇はなかった。ジェレドがもどれないのは、完全に活動できるのが彼ひとりしかいないからだ。「あなたがもどるべきです」

「いいえ」セーガンはいった。無表情に。きっぱりと。

「じゃあシーボーグでしょう」

セーガンをのぞくと、つぎにまともに動けそうなのはシーボーグだった。彼なら、なにが起きたかをＣＤＦに知らせて、最悪の事態にそなえるよう進言できるだろう。

「シーボーグね」セーガンは同意した。

「わかりました」ジェレドはシーボーグに顔をむけた。「さあ、スティーヴ。こいつに乗るんだ」

シーボーグはふらふらと捕獲ポッドに近づき、木の枝をどけてドアをあけようとしたが、そこでぴたりと手を止めた。

「どうした?」ジェレドはたずねた。

「どうやってあけるんだ?」シーボーグの声は、使い慣れないためにかすれていた。

「それは……くそっ」

捕獲ポッドはブレインパル経由でしかあけられなかった。

「やれやれ、まったく完璧なしろものだな」シーボーグはポッドのとなりで怒ったようにどすっとすわりこんだ。

ジェレドはシーボーグに近づこうとして足を止め、首をかしげた。

遠くからなにかが接近していた。それがなんであるにせよ、こっそり忍び寄ろうと気をつかっている様子はなかった。

「あれは?」セーガンがいった。

「だれかが近づいてきます」ジェレドはいった。「ひとりじゃありません。オービン族でしょう。発見されたようです」

12

三十分ほどはなんとかオービン族をかわしたが、結局は追いつめられてしまった。分かれて逃げて、追っ手をべつべつの方向へ引きつけ、仲間の犠牲の上にひとりかふたりだけでも逃げだす可能性を高めるほうがよかったのかもしれない。だが、彼らはそのまいっしょに行動し、統合の欠落を埋め合わせるために、つねにおたがいが見える位置にとどまるようにした。ジェレドが先頭に立ち、セーガンはしんがりでウィグナーを連れて歩いた。途中でジェレドとセーガンは役割を交換し、セーガンは一行をおおむね北へと導いて、追っ手のオービン族から遠ざかろうとした。

遠くで聞こえていたうなりが大きさを増してきた。ジェレドが樹冠をとおして空を見あげると、オービン族の航空機が、いったん分隊とペースを合わせてから、北へと飛び去った。先頭を行くセーガンがさっと右へ曲がって東をめざした。やはり航空機の音が聞こえたのだろう。数分後、第二の航空機があらわれ、やはり分隊とペースを合わせてから、樹冠の十メートルほど上まで降下してきた。ガガガッと激しい音がして、木の枝がまわりにばらばらと落下してきた。オービン族が発砲をはじめたのだ。セーガンが急に立ち止まったとたん、大口径の銃弾が彼女のすぐまえの地面で土を跳ねあげた。東へ行くのはむりだ。分隊は北へと進路を変えた。航空機は旋回して彼らにペースを合わせ、足どりが遅すぎたり東西へ大きくそれたりしたときには銃弾を撃ちこんできた。あの航空機は追跡しているのではない。ジェレドたちを未知の目的地へ効率よく追いたてているのだ。

目的地は十分後にあらわれた。木立を抜けると、さっきとはべつの、もっと狭い草地があって、第一の航空機に乗りこんでいたオービン族が待ちかまえていた。一行の背後では第二の航空機が着陸しようとしていた。その後方では、ずっと一定の距離でついてきていた最初のオービン族のグループが、木立をとおして姿を見せようとしていた。

接続を切られた精神的ショックからまだ完全には立ち直っていないウィグナーが、ジェレドを押しのけてMPをかまえた。戦いもせずに死ぬものかと決意をかためているようだった。彼は草地で待つオービン族のグループに狙いをつけ、引き金をひいた。なにも起こらない。敵がCDFの兵士にむかって使うのをふせぐため、MPを撃つときにはブレインパルの認証が必要となる。もうブレインパルはない。ウィグナーがいらいらして悪態をついたつぎの瞬間、彼の眉から上の部分がそっくり消え失せた。一発の銃弾が頭の上部を撃ち抜いたのだ。ウィグナーは崩れ落ちた。ジェレドは、遠くでオービン族の兵士が武器をおろすのを見た。

ジェレド、セーガン、ハーヴィー、シーボーグはひとかたまりになり、コンバットナイフを抜いておたがいの背中をくっつけ、それぞれがべつべつの方向をむいた。ナイフを抜くのは不毛な抵抗のジェスチャーにすぎなかった。オービン族が彼らを殺すためにわざわざ手が届くところまで近づいてくるとは思えない。四人はおたがいのすぐそばで死ねることにささやかな慰めをおぼえていた。統合とはちがうものの、いま望めるのはそれがせいいっぱいだった。

すでに第二の航空機も着陸していた。機内から六体のオービン族があらわれた。三体は武器を、二体はなにかべつの装置をたずさえていて、残る一体は手ぶらだった。その手ぶらのやつが、オービン族特有の優雅な足どりでゆらゆらと人間たちのほうへ近づいてきて、用心深くすこし離れたところで立ち止まった。背後には武器をかまえた三体のオービン族を従えている。まばたきする多重眼は、いちばん近くにいるセーガンを見つめているようだった。

「降伏しろ」そいつがいった。歯擦音だが、はっきりした英語だった。

セーガンは目をしばたたいた。「いまなんて?」彼女の知るかぎり、オービン族はけっして捕虜をとらないはずだ。

「降伏しろ。さもなければ、おまえたちは死ぬ」

「降伏したら生かしておいてくれると」

「そうだ」

ジェレドは自分の右側にいるセーガンにちらりと目をむけた。敵の申し出についてじっと考えこんでいるようだった。ジェレドにはありがたい申し出に思えた。降伏しても殺されるかもしれないが、降伏しなければ確実に殺される。だが、その意見をセーガンには伝えなかった。セーガンはジェレドを信用していなかったし、なんであろうと彼の意見は受け入れそうになかった。

「武器を捨てなさい」セーガンがようやくいった。

ジェレドはナイフを捨てて、MPを肩からおろした。ほかの隊員たちも同じようにした。オービン族の命令で、さらに背中のパックとベルトもはずしたので、残るはユニタードだけになった。最初の追跡隊にいた二体のオービン族が近づいてきて、それらの武器と装備をかかえあげ、航空機のほうへはこんでいった。一体がハーヴィーの目のまえに来たとき、ジェレドは彼が身をかたくしているのに気づいた。敵を蹴飛ばすまいと必死にこらえているのだろう。

武器と装備を取りあげられたあと、ジェレドたちは間隔をおいてならばされた。なにかの装置をかかえた二体のオービン族が呼ばれ、人間たちの体にその装置をかざしはじめた。隠れた武器がないかスキャンしているのかもしれない。二体のオービン族はほかの三人をスキャンしたあと、ジェレドのそばへやってきたが、検査は手短に切りあげた。一体が笛の音のようなオービン族のことばで隊長になにか伝えた。隊長は、武装した二体のオービン族を従えて、ジェレドのそばへやってきた。

「おまえはいっしょに来い」そいつはいった。

ジェレドはセーガンに目をむけ、彼女がどんな対応を望んでいるのか見てとろうとしたが、なにもわからなかった。

「どこへ行くんだ？」ジェレドはそのオービン族にたずねた。

オービン族の隊長が顔を横にむけて、なにかさえずった。背後にいた一体のオービン族が武器をかまえ、スティーヴ・シーボーグの脚を撃った。シーボーグは悲鳴をあげて倒れこんだ。

隊長はジェレドに顔をもどした。「おまえはいっしょに来い」

「ちくしょう、ディラック！」シーボーグがいった。「そのクソなオービンどもといっしょに行け！」

ジェレドは列から踏みだし、うながされるまま航空機へとむかった。


セーガンはジェレドが列から踏みだすのを見て、一瞬、突進してその首をへし折ってやろうかと考えた。オービン族とブーティンから戦利品を奪うと同時に、ディラックがなにかバカなことをする可能性を確実に消し去るために。その思いはすぐに消えた。どのみち見込みの低い賭けだった。それに、全員が死ぬのはほぼまちがいない。現時点ではまだ生きているとはいえ。

オービン族の隊長がセーガンに顔をむけた。分隊の指揮官だと認めたらしい。「おまえたちは残れ」

隊長は、セーガンが返事をする間もなく、ひょこひょこと歩み去った。

セーガンは一歩踏みだして、遠ざかるオービン族の隊長に呼びかけようとしたが、そのとたん、三体のオービン族が武器をかまえてずいと進みでてきた。セーガンは両手をあげてあとずさったが、オービン族はそのまま前進してきて、セーガンと分隊の仲間たちに身ぶりで歩けとうながした。

セーガンは、地面に倒れたままのシーボーグに顔をむけた。「脚の具合はどう？」

「ユニタードがほとんど止めてくれました」シーボーグがいったのは、表面を硬化させて銃弾の衝撃の一部を吸収するユニタードの能力のことだった。「それほどひどくありません。死ぬことはないです」

「歩ける？」

「うれしそうな顔をしろといわれなければ」

「じゃあ行きましょう」セーガンは手を差しだして、シーボーグを立ちあがらせた。「ハーヴィー、ウィグナーをおねがい」

ダニエル・ハーヴィーが兵士の死体に近づき、肩にかつぎあげた。

セーガンたちは、草地の中心からすこしはずれたところにあるくぼみへと追いたてられた。なかに小さな木立があるところをみると、その下の岩盤が浸食でなくなってしまったのだろう。くぼみにたどり着いたとき、セーガンは、航空機が飛びたつ音と、べつの航空機が近づいてくる音を聞いた。到着した航空機は、はじめの二機よりも大きかった。それがくぼみの近くに着陸すると、機内から同じかたちをしたマシンがぞろぞろと走りだしてきた。

「なんだありゃ？」ハーヴィーがそういって、ウィグナーの死体をおろした。

セーガンは返事をせずに、マシンがまるいくぼみの周囲にずらりとならぶのを見守った。ぜんぶで八台だ。いっしょにぞろぞろとあらわれたオービン族が、マシンの上によじのぼって金属製のカバーを格納すると、大きな多銃身フレシェット銃があらわれた。すべてのカバーを格納したあとで、オービン族がフレシェット銃を起動した。ならんだ銃は不気味な稼働音をたてて標的の追跡をはじめた。

「フェンスだ」セーガンはいった。「あたしたちをここに閉じこめるつもりね」

セーガンは試しに銃にむかって足を踏みだしてみた。銃がくるりと彼女のほうをむいて、その動きを追いはじめた。セーガンがもう一歩踏みだすと、耳をつんざくかん高いサイレンが鳴り響きはじめた。おそらく接近警報だろう。さらに一歩踏みだしたら、最低でも脚を撃たれることになりそうだ。その推測を確認する気にはなれなかった。セーガンが一歩さがると、サイレンはやんだが、銃のほうは彼女がさらに何歩かさがるまで追跡をやめなかった。

「おれたちのためにあんなものを用意していたのか」ハーヴィーがいった。「最高ですね。見込みはどれくらいだと思います？」

セーガンはならんだ銃をじっと見つめた。「見込みはよくない」

「どういう意味です？」

「あれは科学基地からやってきた」セーガンは身ぶりで銃をしめした。「そうとしか考えられない。近くにはほかに施設がないんだから。でも、あれは科学基地にころがっているようなしろものじゃない。以前にも人びとを閉じこめるために使ったのよ」

「なるほど」シーボーグがいった。「でもだれが？　なんのために？」

「特殊部隊の六隻の船が行方不明になっている」セーガンは、オービン族の襲撃で破壊された一隻は除外した。「乗組員はどこかへ行ったはず。ひょっとしたらここへ連れてこられたのかも」

「やっぱり理由がわかりませんね」とシーボーグ。

セーガンは肩をすくめた。まだそこまでは考えていなかった。

航空機が離陸する音があたりに響きわたった。エンジンの轟音が遠ざかると、あとには周囲の自然の音だけが残った。

「やれやれ」ハーヴィーは銃にむかって石を投げつけた。銃はそれを追跡したが発砲はしなかった。「食料も水もシェルターもなしにこんなところへ取り残されるとは。オービン族が二度ともどってこない見込みはどれくらいでしょうね？」

セーガンはその見込みはとても高いと思った。

「では、きみがわたしなんだな」チャールズ・ブーティンがジェレドにいった。「おかしな話だが、わたしはもっと背が高いような気がしていたよ」

ジェレドは黙っていた。科学基地に着いたあと、彼は一台の治療槽に押しこめられ、しっかりと拘束されて、天井の高い殺風景な通路をごろごろとはこばれ、見慣れない機械でいっぱいの研究室らしきところにやってきた。何時間にも思えるあいだそこに放置されたあと、ブーティンがあらわれて、まっすぐ治療槽に近づき、大きな珍しい昆虫でも見るようにジェレドの肉体を仔細に観察した。ジェレドは、頭突きをくらわせられる距離までブーティンに近づいてほしかった。そうはいかなかった。

「いまのはジョークだよ」ブーティンはジェレドにいった。

「わかってる」ジェレドはいった。「おもしろくないだけだ」

「まあ、このところ練習不足だからな。きみも気づいたかもしれないが、オービン族は気のきいた台詞とは縁のない連中でね」

「それは気づいていた」

科学基地へ来るまでのあいだ、オービン族は全員が完全な沈黙をたもっていた。あの隊長がジェレドに話しかけたことといえば、基地へ到着したときの「出ろ」と、ポータブル治療槽をあけたときの「はいれ」だけだ。

「責めるならコンスー族にしてくれ」とブーティン。「彼らがオービン族をつくったときに、ユーモア・モジュールを組みこむのを忘れたんだと思う。忘れたことはほかにもたくさんあるみたいだがね」

われしらず――あるいは、頭のなかに格納している他人の記憶と人格のせいで――ジェレドは興味をそそられた。「じゃあ、ほんとうなのか？　コンスー族がオービン族を知性化したというのは？」

「きみがそう呼びたければな。ただし、〝知性化〟ということばには、本来、善意の行為という含みがあるが、この場合はなんともいえない。オービン族から教わったかぎりでは、コンスー族は、どこかの種族を賢くしたらどうなるだろうとふと思いついたらしい。そこでオビヌルへやってきて、ささやかな生態的地位にある雑食動物を見つけだし、知性をあたえた。そのあとどうなるかを見るために」

「そのあとどうなったんだ？」

「予想外の展開がえんえんとつづいたのだ、わが友よ。その結果として、いま、きみとわたしはこの研究室にいるわけだ。まっすぐにつながっているんだよ」

「わけがわからない」

「もちろんそうだろう。きみにはデータが足りないからな。わたしだってデータがそろったのはここに来てからだ。従って、きみがわたしの知っていることをすべて知っているとしても、そのことはわからない。きみはわたしが知っていることをどれくらい知っているのかな?」

ジェレドはなにもいわなかった。ブーティンがにっこり笑った。

「まあ、そんなことはいい。きみの興味の対象はわたしと似ているらしい。コンスー族について話したときに元気になっていたからな。だが、もっと単純なことからはじめるべきだろう。たとえば——きみの名前は? 自分のクローンみたいなものと話をするのに、呼び名もないのでは困ってしまう」

「ジェレド・ディラック」

「ああ。そうか、特殊部隊の命名法だな。ランダムなファーストネームと、有名な科学者のラストネーム。いちど特殊部隊と組んで仕事をしたことがあった。間接的にだがね——きみたちは特殊部隊以外の人びとに足を引っぱられるのを好まないから。われわれのことをなんと呼んでいるんだったかな?」

「そうそう。きみたちはつねに真生人から距離を置く。それはともかく、特殊部隊の命名規則はじつにおもしろい。ラストネームの種類にははっきりと限界がある。二百かそこらで、それも大半が昔のヨーロッパの科学者だ。ファーストネームはいうまでもない！　ジェレド。ブラッド。シンシア。ジョン。ジェーン」ブーティンはつぎつぎと名前をあげながら、皮肉っぽく笑った。「西洋人以外の名前がめったにないというのは、筋のとおらない話だ。なにしろ、ふつうのＣＤＦとはちがい、特殊部隊は地球からやってきたわけではないからな。ユーセフ・アルビルニと名付けてもかまわないし、それでも本人にとってはなんのちがいもない。特殊部隊が使っている名前は、彼らをつくった、きみをつくった人びとの視点についてなにかを暗示している。そうは思わないか？」

「ぼくは自分の名前が好きだよ、チャールズ」

「一本とられたな。しかし、わたしの名前は家族に伝わっているものだが、きみの名前はただ適当に混ぜ合わせただけだ。べつに〝ディラック〟がいけないというわけじゃないぞ。ポール・ディラックからとったんだろう。きみは〝ディラックの海〟というのを聞いたことがあるか？」

「ない」

「ディラックは、真空の正体は負のエネルギーが詰まった広大な海であると提唱した。じつに美しいイメージではないか。当時の一部の物理学者たちは、それを洗練されていない仮説だと考えた。そのとおりかもしれない。だが、たしかに詩的だし、彼らはそういう側面を評価できなかった。まあ、物理学者とはそういうものだ。詩で満ちあふれているというわけにはいかない。オービン族はすぐれた物理学者だが、詩心という点ではみんなニワトリなみだ。彼らはけっしてディラックの海を評価しない。気分はどうだね？」

「窮屈だ。それに小便がしたい」

「したまえ。かまわんよ。その治療槽はもちろん自動洗浄式だ。それに、きみのユニタードは尿を吸収してくれるはずだ」

「そのためにはブレインパルと交信しないと」ジェレドはいった。

ブレインパルの所有者との交信ができない場合、ユニタードの生地に含まれるナノロボットは、衝撃に対する硬化などの基本的な防御機能だけを維持して、所有者の意識喪失やブレインパル外傷(トラウマ)などの状況でも身の安全を確保する。汗や尿の吸収など、二次的な機能については、必要不可欠なものとはみなされていなかった。

「ああ」とブーティン。「なるほど。それは直さないとな」

ブーティンはテーブルにのっている物体に近づき、それを押した。突然、ジェレドの頭に詰まっていた分厚い脱脂綿が消え失せた。ブレインパルの機能が復活したのだ。ジェレドは排尿の欲求を無視して、ジェーン・セーガンと必死に連絡をとろうとした。

ブーティンはかすかな笑みを浮かべてジェレドを見つめていた。

「むだだよ」ジェレドの目に見えない奮闘を一分ほどながめたあとで、ブーティンはいった。「ここにあるアンテナは強力な干渉波を発生させているが、それも約十メートルが限界だ。研究室のなかでしか効果はない。きみの友人たちはまだ妨害を受けたままだ。彼らに連絡はとれない。だれにも連絡はとれないんだ」

「ブレインパルの妨害はできないはずだ」ジェレドはいった。

ブレインパルによる通信は、一連の暗号化された多重送信ストリームによっておこなわれる。それぞれの送信ストリームはつねに周波数パターンを変化させており、そのパターン自体は、ひとつのブレインパルがべつのブレインパルと交信するときにつくられる一回かぎりのキーによって生成される。送信ストリームのひとつをブロックするだけでもほぼ不可能だ。すべてをブロックするなどというのは聞いたこともない。

ブーティンがアンテナに近づき、もういちどそれを押した。ジェレドの頭のなかの脱脂綿が復活した。「なにかいったかね？」

ジェレドは叫びだしたいという衝動をこらえた。しばらくして、ブーティンはふたたびアンテナを作動させた。

「ふつうの状況なら、きみのいうとおりだ。わたしはブレインパルの通信プロトコルの最新版の監修をした。設計を手伝ったのだ。きみの主張はまったく正しい。通信ストリームを妨害することはできない。やるとすれば、とてつもない高出力の送信源によって、自分自身を含めたすべての送信波を圧倒するしかないだろう。

だが、わたしはそんなやりかたでブレインパルを妨害しているのではない。〝裏口(バックドア)〟というやつを知っているかな？　プログラマや設計者が複雑なプログラムや設計書のなかに残しておくアクセスの容易な入口のことで、苦労することなく目的の場所へたどり着くことができる。わたしがブレインパルに残したバックドアは、わたしの認証信号を受けたときだけひらくようになっている。最新版のプロトタイプでブレインパルの機能をモニターできるようにしてあったわけだが、なにか問題が起きたときには処理をいじって特定の機能をはずすこともできる。そのはずせる機能のひとつが送信機能だ。そもそもの設計にはないから、わたし以外にはだれも、そんなことができるとは知らないのだ」

ブーティンは口をつぐみ、ジェレドをしげしげとながめた。「だが、きみはこのバックドアのことを知っているはずだ。それを武器として利用することは考えなかったかもしれない――わたしだってここへ来るまでは考えなかった――が、きみがわたしなら知っているはずだ。きみはなにを知っているんだ？　ほんとうのところ？」

「どうやってぼくのことを知ったんだ？」ジェレドは話をそらすためにたずねた。「あんたはぼくがあんたになるはずだったと知っていた。どうやって知ったんだ？」

「それがおもしろい話でね」ブーティンは餌に食いついた。「このバックドアを武器として使うことを決めたとき、わたしは武器用のコードをバックドア用のコードと同じ構造にした。それがいちばん単純だったからだ。つまり、影響を受けたブレインパルの動作状態をチェックできるということだ。これはいろいろな理由で役に立つことがわかった。なかでも、いちどに何名の兵士を相手にしているかを知ることができたのは大きかった。さらに、個々の兵士の意識のスナップショットも入手できた。これも役に立ったよ。きみはごく最近、コヴェル・ステーションにいただろう？」

ジェレドは黙っていた。

「おいおい」ブーティンはじれったそうにいった。「きみがあそこにいたことはわかっているんだ。国家機密をもらそうとしているような態度をとることはない」

「ああ」ジェレドはいった。「ぼくはコヴェルにいた」

「ありがとう。オーマにコロニー防衛軍の兵士がいて、コヴェル・ステーションに出入りしていることはわかっていた。そこでバックドアをスキャンする探知装置を仕掛けておいた。だが、警報が鳴ることはなかった。あそこにいる兵士のブレインパルはアーキテクチャがちがうんだろう」

ブーティンはちらりとジェレドの反応をうかがった。ジェレドが表情を変えなかったので、ブーティンは話をつづけた。

「しかし、きみは探知装置にひっかかった。わたしの設計したブレインパルを装着しているからだ。あとで、送られてきた意識のパターンを見たときのおどろきは、きみにも想像がつくだろう。自分の意識のイメージはよく知っている。いろいろなテストで自分のパターンを利用しているからな。わたしはオービン族にきみをさがしてくれと伝えた。どのみち特殊部隊の兵士を収集していたから、むずかしいことではなかった。実際、彼らはコヴェルできみを収集するはずだったんだ」

「彼らはコヴェルでぼくを殺そうとしたんだ」

「すまない。オービン族でも、活動の真っ最中にはすこしばかり興奮してしまう。あれ以降は、まずスキャンして、それから撃つようにとの指示が出ているから安心してくれ」

「ありがたいね。ぼくの分隊の仲間もさぞ感謝するだろうよ。きょう、オービン族に頭を吹き飛ばされてしまったけど」

「皮肉っぽいな！　特殊部隊としては異例なほどだ。それはわたしから受け継いでいるんだろう。いまいったように、オービン族は興奮しやすくなることがあるんだよ。きみをさがすようオービン族に頼んだとき、ここへの攻撃があるかもしれないということも伝えておいた。特殊部隊のだれかがわたしの意識をかかえて走りまわっているとしたら、そいつがここまでたどり着くのは時間の問題だったからな。おそらく、大規模な攻撃を仕掛けるような危険はおかさず、実際にきみたちがやったように、もっとこっそり潜入してくるだろうと。われわれはそういう攻撃に気をくばり、きみに気をくばっていた。そして、きみが地上へおりるとすぐに、ブレインパルを無効化するスイッチを入れた」

ジェレドは小隊の仲間たちが空から落ちてきたときのことを思いだして気分が悪くなった。「全員を着陸させてもよかったじゃないか、こんちくしょう。ブレインパルを妨害すれば、みんな無防備になってしまうんだ。それはわかっていたはずだ」

「無防備ではないさ。ＭＰは使えなくても、コンバットナイフと戦闘技術は使える。ブレインパルを引き剝がせば、きみたちの多くは緊張病で動けなくなるだろうが、一部の者は戦いをつづけるだろう。きみがいい例だ。もっとも、きみは大半の連中より準備ができていたがね。わたしの記憶をもっているのなら、常時つながっていないというのがどんなものかは知っているだろう。それにしたって、六名も地上におりたのは多すぎた。われわれに必要なのはきみだけなのだから」

「なんのために？」

「それはいずれわかる」

「ぼくだけが必要だというのなら、分隊の仲間たちをどうするつもりだ？」

「話してもいいが、きみはわたしの最初の質問からずっと話をそらしつづけているんじゃないか？」ブーティンはにやりとした。「わたしはきみがなにを知っているのかを知りたい——わたしについて、わたしになるということについて、わたしがここで進めている計画について」

「ぼくがここにいる以上、コロニー連合があんたのことを知っているのはわかっているはずだ。あんたはもう秘密でもなんでもないんだ」

「はっきりいって、その点についてはとてもおどろかされたよ。自分の足跡はちゃんと消したと思っていたんだ。例の意識のホログラムを保存した記憶装置の初期化を忘れてしまった自分に腹が立つ。脱出するときはかなり急いでいたからな。それでも言い訳にはならない。わたしがバカだった」

「そこは同意できない」

「そうだろうな。あれがなければ、きみはここにはいなかった。〝ここ〟というのはいろいろな意味でだが。それにしても、軍事研究部の連中があれを脳へもどすのに成功したとはおどろきだ。わたしでさえ、脱出するまでは方法を考えつかなかった。いったいだれがやったんだ？」

「ハリー・ウィルスン」

「ハリーか！　いいやつだ。そこまで頭が切れるとは知らなかった。うまく隠していたんだな。もちろん、研究の大半はわたしがやってあって、それをハリーが引き継いだんだがね。きみが指摘した点に話をもどすと、わたしがどこにいるかをコロニー連合が知っているというのは、そう、たしかに問題だ。しかし、おもしろい機会でもある。うまく乗り切る方法はいくらでもあるのだ。さて、これ以上の寄り道を避けるためにいっておこう。きみがどんなふうにこたえてくれるかによって、きみの分隊の仲間たちが生きるか死ぬかが決まることになる。わかるかね？」

「あんたのことはよくわかってるよ」

「すばらしい。では、わたしについてなにを知っているのか教えてくれ。きみはわたしの研究についてどれくらいのことを知っているんだ？」

「だいたいの輪郭だけだ。こまかいところはむずかしい。あんたとちがって、そのあたりの記憶を根付かせるだけの経験がないからな」

「経験のあるなしが問題になるのか。じつにおもしろい。それでバックドアのことを知らなかったのも説明がつくわけだ。わたしの政治観についてはどうだ？　わたしはコロニー連合やＣＤＦのことをどう思っている？」

「好きではなさそうだな」

「その推測はかなりいい線をいっている。だが、その口ぶりからすると、わたしがそのあたりのことをどう考えているか、じかに知っているわけではないのだな」

「ああ」

「そういう方面についても、まったく経験がないということか？　まあ、きみは特殊部隊だからな。訓練で体制への疑問を植えつけたりするはずがない。わたしの個人的体験についてはどうだ？」

「ほとんどおぼえている。それについては充分に経験があるから」
「では、ゾーイのことも知っているのか」ブーティンは考えこみながらいった。
こどもの名前を聞いたとたん、どっと感情がこみあげてきた。「知っている」声がすこしかすれた。
ブーティンはそれに気づいた。「きみも感じているんだな」彼はジェレドに近づいてき
た。「そうなんだろう？　娘が死んだといわれたときにわたしが感じたことを」
「感じている」
「気の毒に」ブーティンはささやいた。「知りもしないこどものためにそんなことを感じ
なければならないとは」
「ぼくはゾーイを知っている。あんたをとおして知っているんだ」
「そのようだな」ブーティンはジェレドのそばを離れて研究室のデスクに近づいた。「決
めたよ、ジェレド」彼は落ちつきを取りもどして話をつづけた。「きみはとてもわたしに
似ている。本格的に興味がわいてきた」
「それは分隊の仲間たちを生かしておいてくれるということか？」
「とりあえずはな。きみはこれまで協力的だったし、分隊の連中は銃に取り囲まれていて、
その三メートル以内に近づいたら切り刻まれてハンバーガーにされてしまう。だから殺す
必要もない」

「ぼくはどうなる？」

「わが友よ、きみには完全かつ徹底的な脳スキャンを受けてもらう」ブーティンはデスクに視線を落とし、キーボードを操作しはじめた。「はっきりいえば、きみの意識を記録させてもらう。じっくり調べてみたいのだ。きみがほんとうはどれくらいわたしと似ているのかを。こまかな部分はだいぶ忘れているようだし、特殊部隊で受けた洗脳も乗り越えなければならない。だが、重要な部分については、わたしたちふたりには数多くの共通点があるようだ」

「ひとつ大きくちがっている点があると思う」

「ほう。なにかな？」

「ぼくは現存する人類すべてを裏切ったりはしない——娘が死んだという理由では」

ブーティンはジェレドを見つめて、しばらく考えこんだ。「きみは本気で思っているのか？　わたしがこんなことをしたのはコヴェルでゾーイが殺されたからだと」

「ああ。だけど、これじゃ娘さんの追悼にはならないと思う」

「きみはそう思うわけだ」

ブーティンはキーボードにむきなおり、ボタンをひとつ押した。ジェレドの治療槽がうなりだして、脳をつままれたような感覚が襲いかかってきた。

「いま、きみの意識を記録している」ブーティンがいった。「リラックスしたまえ」

ブーティンは部屋を出て、背後でドアをしめていった。ジェレドは、頭の中身をつままれたような感覚が強くなって、すこしもリラックスできなかった。彼は目を閉じた。

数分後、ドアがひらいてまた閉じる音が聞こえてきた。目をあけると、ブーティンがもどってきて、ドアのわきで立っていた。

「意識の記録はどんな感じだね？」ブーティンがジェレドにたずねた。

「地獄のように痛い」

「不幸な副作用だ」ブーティンがいった。「なぜそうなるのかはわからない。いずれ調べてみないと」

「感謝するよ」ジェレドはくいしばった歯の隙間からいった。

ブーティンはにやりと笑った。「また皮肉だな。じつは、きみの痛みをやわらげてくれるものをひとつ用意した」

「それがなんであれ、ひとつじゃ足りないな」

「ひとつで充分だと思う」そういって、ブーティンはドアをあけはなち、戸口に立つゾーイの姿を見せた。

13

ブーティンのいうとおりだった。ジェレドの痛みはすっかり消え去った。

「さあおいで」ブーティンがゾーイにいった。「わたしの友だちを紹介しよう。こちらはジェレド。ごあいさつをしなさい」

「こんにちは、ジェレドさん」ゾーイの声は小さく、ためらいがちだった。

「やあ」ジェレドはそれ以上なにもいう気になれなかった。声が乱れて、ぼろぼろになってしまいそうだった。彼は気を取りなおしてつづけた。「こんにちは、ゾーイ。会えてうれしいよ」

「おまえはジェレドのことをおぼえていないだろう、ゾーイ」とブーティン。「でも、ジェレドはおまえのことをおぼえている。わたしたちがフェニックスにいたときから、おまえのことを知っていたんだ」

「ママのことも知ってる？」ゾーイがたずねた。

「ママのことだって知っているはずだよ。みんなと同じように」

「どうしてその箱にはいってるの？」

「パパを手伝ってちょっとした実験をしているだけさ」

「終わったら出てきて遊んでくれる？」

「あとでね。いまはさようならをいいなさい。ジェレドとパパにはたくさん仕事があるんだから」

ゾーイはジェレドに注意をもどした。「さようなら、ジェレドさん」

そしてゾーイは戸口から出ていった。もといた場所にもどるのだろう。ジェレドは一心にその姿を見つめ、その足音に耳をすました。ブーティンがドアをしめた。

「出てきて遊ぶわけにはいかないということはきみにもわかるだろう」ブーティンはいった。「ただ、ゾーイはここでは寂しい思いをしているんだ。オービン族に頼んで、受信用の小型衛星を小さめのコロニーの軌道に置き、そこのエンタテインメント系の放送を傍受してもらっている。だから、コロニー連合の教育番組を見る楽しみはそこなわれていない。しかし、ここには遊び相手がいない。オービン族の子守りはいるが、娘が階段から落ちないように見張るのがせいぜいだ。わたしとゾーイだけなんだよ」

「教えてくれ。どうしてゾーイが生きているのか。オービン族はコヴェルの人間をひとり残らず殺したのに」

「オービン族はゾーイを救ったんだ。コヴェルとオーマを襲撃したのはララエィ族だ。オービン族ではない。コーラルで敗北したララエィ族が、コロニー連合に復讐しようとしたんだ。ほんとうはオーマなんかほしくなかった。単に攻撃しやすそうな標的を選んだにすぎない。その計画を知ったオービン族は、ララエィ族の第一陣の攻撃が終わり、彼らが人類との戦いで疲弊していたときに乗りこんでいった。彼らはララエィ族をコヴェルから追い払ったあと、ステーションの内部を捜索して、会議室に押しこめられていた民間人を発見した。そこに保管されていたんだ。ララエィ族は軍人と科学者はすべて殺した。肉体が改良されすぎていて食用に適さないからだ。だが、植民者のスタッフは——まあ、美味だったわけだな。オービン族があのタイミングで攻撃していなかったら、ララエィ族は彼らを全員殺して食べていただろう」

「ほかの民間人たちはどうなったんだ？」

「もちろん、オービン族に殺された。きみも知っているとおり、オービン族は捕虜をとらないからな」

「でも、オービン族がゾーイを救ったといったじゃないか」

ブーティンはにっこりした。「ステーションの捜索をしているあいだ、オービン族は科学研究室を見てまわり、盗むだけの価値があるアイディアはないかとさがした。彼らは優秀な科学者だが、あまり独創性はない。よそで見つけたアイディアやテクノロジーを改良することはできても、みずから新しいテクノロジーを生みだすのは得意ではない。そもそもあの科学ステーションがあったから、オーマに関心をもったんだ。オービン族は、意識に関するわたしの研究を見つけて興味を引かれた。わたしはステーションにいなかったが、ゾーイはいた。そこで、わたしをさがすあいだゾーイを確保したんだ」

「あの子を使って脅迫したわけか」

「ちがう。むしろ善意のしるしだった。それに、オービン族にあれこれ要求をしたのはわたしのほうだった」

「オービン族はゾーイを確保していたのに、あんたが彼らに要求をしたというのか」

「そのとおり」

「たとえば？」

「たとえば、この戦争とか」ブーティンはいった。


ジェーン・セーガンは、最後の八番目の銃座へにじり寄った。ほかのやつと同じように、そこの銃も彼女の動きを追跡し、さらにそばへ近づくと警告を発した。あくまでも予想にすぎないが、およそ三メートル以内に接近すると発砲するようだ。セーガンは岩を取りあげて、銃にむかって投げつけた。岩は銃にぶつかり、なにごともなく跳ね返った。銃は飛んでくる岩を追跡はしても発砲はしなかった。岩と人間を区別できるということだ。たいした技術ね——と、セーガンはしぶしぶ認めた。

もっと大きな岩があったので、安全圏の端まで進みでて銃の右側へ投げつけてみた。その銃は岩を追跡し、右どなりにあるべつの銃はセーガンに狙いをつけた。どの銃も標的の情報を共有しているらしい。ひとつの注意をそらしておいて突破するのもむりだ。

くぼみは浅かったので、セーガンはふちのむこうをのぞき見ることができた。目の届く範囲にはオービン族の兵士の姿はなかった。隠れているのか、あるいは、人間たちは逃げられないと確信しているのか。

「やった!」

セーガンがふりかえると、ダニエル・ハーヴィーがなにかくねくねするものを手に近づいてきた。「夕食をつかまえましたよ」

「それはなに?」セーガンはたずねた。

「知るわけないでしょう。土のなかから這いだしてきたんで、もどるまえにつかまえたんです。抵抗されましたがね。咬まれないように頭をつかんだりして。食べられると思うんですが」

シーボーグも足を引きずりながら近づいてきて、その生き物をのぞきこんだ。「おれは食わないぞ」

「いいさ」とハーヴィー。「勝手に飢え死にしろよ。中尉とふたりで食べるから」

「食べるのはむりね」セーガンはいった。「ここの動物は人間の体に合わない。岩を食べるほうがまだまし」

ハーヴィーは頭の上でクソをされたような顔でセーガンを見つめた。「そうですか」彼は上体をかがめてそいつを逃がそうとした。

「待って」セーガンはいった。「そいつを投げてみて」

「はあ？」

「銃にむかって投げるの。生き物に対してどんな反応をするか見てみたい」

「ちょっと残酷じゃないですか」

「一分まえにはそいつを食べようとしていたくせに、こんどは動物虐待の心配をしようっていうの？」

「わかりましたよ」ハーヴィーは腕をふりあげてその生き物を投げようとした。

「ハーヴィー」セーガンはいった。「おねがいだからまっすぐ銃にむかって投げるのはやめて」

ハーヴィーはふと気づいた。弾道がまっすぐ自分の体をむいていることに。「すみません。おれがバカでした」

「上へ投げて。高く」

ハーヴィーは肩をすくめて、その生き物を空高く投げあげた――弧を描いて三人から離れていくように。生き物は空中で身をくねらせた。銃はおよそ五十度の角度までそいつを上向きに追いかけたあと、くるりと回転して、そいつが射撃範囲にもどってきた瞬間に発砲した。フレシェット弾は、命中と同時に無数の細い針を拡散させ、哀れな生き物の体をずたずたに引き裂いた。一秒とたたないうちに、残っているのはただようもやと地面に落ちたいくつかの肉片だけになっていた。

「すばらしい」ハーヴィーがいった。「これで銃がちゃんと作動していることがわかった。おれはいまだに飢えている」

「なかなかおもしろいわね」セーガンはいった。

「おれが飢えていることがですか？」

「ちがう」セーガンはいらいらしていった。「いまはあなたの胃袋のことなんかどうでもいい。おもしろいのは、あの銃が一定の角度までしか上をむけないということ。あくまでも地上の制圧用なのよ」

「だから？　おれたちは地上にいるんですよ」

「木だ」シーボーグが急に声をあげた。「そうか」

「なにか考えがあるの、シーボーグ？」セーガンはたずねた。

「訓練のとき、ディラックとおれは木の枝をつたって敵に忍び寄り、対抗演習に勝ちました。むこうはおれたちが地上から攻撃してくると予想していました。おれたちがすぐ上に行くまで、こっちを見あげようともしなかったんです。おれは木から墜落しかけてあやうく死ぬとこでした。でも、アイディアはよかったんです」

三人はくぼみのなかにある木立へ目をむけた。ほんとうは木ではなく、アリスト版の同等物だった。すらりとした大きな植物が何メートルもの高さまでのびているのだ。

「みんな同じようにいかれたことを考えているといってもらえませんか」ハーヴィーがいった。「自分だけだと思うといやになるんで」

「さあ」セーガンはいった。「これでなにができるか考えてみないと」

「そんなバカな」ジェレドはいった。「あんたが頼んだだけでオービン族が戦争をはじめるわけがない」

「ほう?」ブーティンの顔にはうっすらと冷笑が浮かんでいた。「きみはみずから集めたオービン族に関する膨大な知識にもとづいてそういっているのか? その方面の研究を何年もつづけて? オービン族をテーマに博士論文を書いて?」

「どんな種族だって頼まれたというだけの理由で戦争をはじめたりはしない。オービン族は他種族のためにはなにもしないんだ」

「いまだってそうさ。戦争はある目的を果たすための手段にすぎない。オービン族はわたしが提供できるものをほしがっている」

「いったいなにを?」

「わたしは彼らに魂をあたえられるのだ」

「意味がわからない」

「それはきみがオービン族のことを知らないからだ。オービン族はつくられた種族だ――コンスー族が試しにつくってみただけなんだ。コンスー族は完璧だといわれているが、じつはそうではない。彼らもミスをおかす。そして、オービン族をつくったときには大きなミスをした。コンスー族はオービン族に知性をあたえたが、さすがの彼らにもできなかった――実現するだけの能力がなかった――ことがひとつあった。オービン族に意識をあたえることだ」

「オービン族には意識があるさ。社会をつくっているじゃないか。会話もしている。記憶もある。なにより、考えている」

「それがなんだというのかね？　シロアリにだって社会はある。どんな種族だって会話はする。記憶するのに知性は必要ない――きみの頭のなかにあるコンピュータは、きみの行動をすべて記憶しているが、知性という面では基本的には岩と変わりがない。考えるという点についていえば、考えるのに自分をかえりみる必要があるかね？　まったく必要ないだろう。宇宙へ進出しながら内省能力の面では原生動物と変わりがない種族をまるごと創造することは可能であり、オービン族はその生きた証拠なのだ。オービン族は自分たちが存在していることを集団としては認識している。だが、個としては、だれひとりとして人格とみなせるものはもっていない。自我がない。〝わたし〟がないんだ」

「そんなのは筋がとおらない」

「そうかな？　自己認識の存在をしめす証はなんだ？　オービン族はそれをもっているかね？　オービン族には芸術がないのだよ、ディラック。音楽も文学も視覚芸術もない。頭では芸術という概念を理解しているが、それを観賞するすべを知らない。会話をするのは、相手に実務的なことを伝えるときだけだ。どこへ行くとか、あの丘のむこうになにがあるとか、何人殺さなければならないとか。彼らは嘘をつけない。それをはばむ道徳的抑制があるわけではなく——彼らはなんであれ道徳的抑制などというものとは縁がない——嘘を考えつくことができないのだ。きみやわたしが精神力で物体を持ちあげられないのと同じことだな。われわれの脳はそういうふうにはできていない。オービン族の脳もそういうふうにはできていない。だれでも嘘はつく。意識があり、維持すべきセルフイメージを持っている者ならだれでも。だが、オービン族はそうではない。彼らは完璧なのだ」

「自分の存在を認識していない連中を〝完璧〟とはいえないだろう」

「彼らは完璧なのだ」ブーティンはくりかえした。「彼らは嘘をつかない。みずからの社会機構のなかで共同作業を完璧にこなす。異議の申し立てや意見の相違があっても、あらかじめ規定されたやりかたで処理される。陰口をきくことはない。モラルの面でも完璧だ。彼らのモラルは絶対であり、変更不能だから。虚栄心や功名心をもつこともない。性的な虚栄心すらない。全員が両性具有で、他者との遺伝情報の受け渡しは、きみやわたしが握手をするような気楽さでおこなわれる。そして、彼らには恐怖心がない」

「どんな生物だって恐怖心はある。意識をもたない生物でさえ」

「ちがう。すべての生物がもっているのは生存本能だ。それは恐怖のように見えるが、同じものではない。恐怖というのは死や苦痛を避けたいという欲求だ。恐怖をおぼえるのは、自分として認識している存在がなくなることがあると知っているからだ。恐怖は実存主義的だが、オービン族はまちがっても実存主義者とはいえない。だから降伏しない。だから捕虜をとらない。だからコロニー連合は彼らをおそれるのだ。オービン族はそもそも恐怖を感じるようにつくられていない。とてつもない強みではないか！　あまりにも大きな強みだから、もしもわたしがもういちど人間の兵士をつくる機会があったら、彼らから意識を取りのぞくよう提案するだろう」

ジェレドは身震いした。ブーティンはそれに気づいたようだった。

「おいおい、ディラック。きみだって意識があることが幸せだとはいえないだろう。自分が独立した存在ではなく、ある目的のためにつくられたということを意識して。他人の人生の記憶を意識して。自分の目的はコロニー連合から指示されたとおりに敵を殺すことだと意識する。きみは自我をもった銃だ。自我なんかないほうがずっと楽だ」

「ばかげてる」

ブーティンはにやりとした。「まあ、そのとおりだ。わたしだって自意識をなくしたいとは思わない。きみはわたしになるはずだったんだから、同じように感じるとしてもおどろくことではないな」

「オービン族が完璧だとしたら、あんたを必要とする理由がわからない」

「もちろん、オービン族が自分たちのことを完璧だと思っていないからだ。彼らは自分たちに意識が欠如していることを知っている。個としてはたいした問題ではないが、種としてはとても大きな問題だ。彼らはわたしの意識に関する研究を見た——大半は意識の転送に関するものだが、初期の小論文では意識全体の記録と保存も扱っていた。オービン族は、わたしなら彼らに意識をあたえられると思い、それをほしがっている。熱烈に」

「もうオービン族に意識をあたえたのか？」

「まだだ。しかし、実現に近づいてはいる。近づいているから、オービン族もますます欲求が高まっているんだ」

「〝欲求〟ね。自意識をもたない種族にしては強い感情だな」

「オービンという単語がどういう意味か知っているかね？　それが種族全体をあらわすようになるまえ、オービン族の言語で本来はどういう意味だったかを」

「知らないな」

「〝欠如〟という意味なんだよ」ブーティンは思いにふけるように首をかしげた。「じつに興味深いだろう？ たいていの知的種族では、自分たちをあらわす単語の語源をずっとさかのぼると、あれこれ変化はあるにせよ〝人びと〟にたどり着く。なぜなら、どんな種族も、小さな故郷の世界で第一歩を踏みだすときには、自分たちが宇宙の中心だと信じているからだ。オービン族はちがう。最初から自分たちが何者であるかを知っていた。自分たちをあらわすために使った単語を見ればわかるとおり、ほかの知的種族にあるなにかが欠けていると知っていた。オービン族に欠けていたのは意識だ。それは彼らの言語においてほぼ唯一の叙述的な名詞なのだ。まあ、それとオビヌルだな──こちらは〝欠如している人びとの故郷〟という意味になる。それ以外はどれも無味乾燥なものばかりだ。アリストは〝第三の月〟だし。だが、オービン族は注目に値する。すべての種族がみずからの最大の欠陥から名前をつけたらどうなるか想像してみたまえ。人類の呼び名は〝傲慢〟になるかもしれないな」

「なぜ意識が欠けていることがオービン族にとって問題になるんだ？」

「なぜ知識の木から実を食べられないことがイヴにとって問題だったのかね？　問題になるはずではなかったのに、実際はそうなった。イヴは誘惑された──ということは、もしもきみが全能の神を信じているなら、神がわざとイヴにその要素をしこんでおいたということになる。いわせてもらえば、かなり卑劣なたくらみだ。オービン族が意識をほしがる理由はなにもない。なんの得にもならないからな。それでも、彼らはほしがっている。ひょっとすると、コンスー族は、大失敗をして自我をもたない知性を創造してしまったのではなく、わざとオービン族をそんなふうに創造してから、ひとつだけ彼らが手に入れられないものをほしがるようプログラムしたのかもしれない」

「なんのために？」

「コンスー族の行動にどんな理由があるかって？　近隣のだれよりも進歩した種族になったら、われわれのような岩を打ち合わせている連中に対して自分の行動を説明する必要はなくなる。われわれにとって、コンスー族は神のようなものだ。そしてオービン族は、哀れな、愚かなアダムとイヴということになる」

「じゃあ、あんたは蛇ということか」

ブーティンはその皮肉なたとえに笑みを浮かべた。「そうかもしれないな。オービン族に望みのものをあたえることで、わたしは彼らを自我のない楽園から追放するのかもしれない。まあ、なんとか乗り切ってくれるだろう。そのあいだに、わたしは望みのものを手に入れる。戦争を起こして、コロニー連合に終焉をもたらすのだ」


三人が見ている〝木〟は、高さが約十メートル、直径が約一メートル。幹は無数のひだにおおわれていた。雨がふると、それらのひだが水を集めて木の内側のほうへ送りこむのだろう。三メートルおきに、大きめのひだから円形にならんだつるときゃしゃな枝が生えており、それらは高さが増すにつれて徐々に細くなっていた。セーガン、シーボーグ、ハーヴィーは、風にゆれる木をしげしげとながめた。

「ほんのそよ風なのにずいぶん大きくゆれてる」セーガンはいった。

「上のほうは風が強いのかも」ハーヴィーが応じる。

「たとえ強いとしても、そこまで強くはないはず。上まではたった十メートルだし」

「内部が空洞なのかもしれません」シーボーグがいった。「フェニックスの木もそうでした。ディラックといっしょに上を移動していたときは、どの枝に足を置くか気をつける必要がありました。細いやつは体重を支えきれないので」

セーガンはうなずいた。木に近づき、小さめのひだに体重をかけてみる。それはけっこう長いあいだ耐えてから、ぽきっと折れた。セーガンはもういちど木を見あげて、考えこんだ。

「のぼりますか、中尉?」ハーヴィーがいった。

セーガンは返事をしなかった。木のひだをつかんでぐっと体を引きあげながら、体重をできるだけ均等に分散させて、どのひだにも力をかけすぎないようにした。三分の二ほどのぼると、幹がだんだん細くなって、木が曲がりはじめるのを感じた。体重で幹がたわんでいるのだ。四分の三まで行くと、木はあきらかに曲がっていた。セーガンは、木が折れたりひび割れたりする音に耳をすましたが、聞こえるのはひだがこすれあうさらさらという音だけだった。この木はとてつもなく柔軟性がある。おそらく、アリストの全球にひろがる海で発生した大型ハリケーンが比較的小さな島大陸に押し寄せるとき、たくさんの風に吹かれてきたのだろう。

「ハーヴィー」セーガンはわずかに体をゆらして木のバランスをとっていた。「もしも木が折れそうに見えたら教えて」

「幹の根もとはしっかりしているように見えますよ」とハーヴィー。

セーガンはいちばん近くにある銃へ目をむけた。「あの銃までどれくらいの距離があると思う？」

ハーヴィーにはどういう話の流れになるか見当がついた。「中尉がやろうとしていることができる距離じゃありませんね」

セーガンにはそこまでの確信はなかった。「ハーヴィー。ウィグナーをはこんできて」

「はい？」

「ウィグナーをここへはこんでくるの。試したいことがあるから」

ハーヴィーは信じられないというようにぽかんとしてから、憤然としてウィグナーのところへむかった。

セーガンはシーボーグを見おろした。「調子はどう？」

「脚が痛いです」とシーボーグ。「それに頭も痛みます。なにかなくしたような気がしてなりません」

「統合のせいね。あれがないと集中するのがむずかしい」

「集中はしてますよ。ただ、ひどい喪失感に集中しているだけで」

「じきに慣れるわ」セーガンがいうと、シーボーグはうめいた。

ほどなく、ハーヴィーがウィグナーの死体を肩にかついでもどってきた。「当ててみましょうか。そこまではこびあげろというんでしょう」

「ええ、おねがい」とセーガン。

「はいはい、やりますよ。死体を肩にかついで木にのぼれるなんて最高ですから」

「おまえならできるさ」とシーボーグ。

「だれにも気を散らされたりしなけりゃな」

ハーヴィーはうなるようにいうと、ウィグナーをかつぎなおしてのぼりはじめた。ふたりぶんの体重が加わって、木はきしみ、さらに大きくたわんだ。ハーヴィーはバランスをたもち、しかもウィグナーを落とさないように、じりじりとのぼりつづけた。彼がセーガンのもとへたどり着いたときには、木の幹は九十度近くまで曲がっていた。

「で、どうします？」ハーヴィーがいった。

「ウィグナーをあたしたちのあいだに置いてくれる？」とセーガン。

ハーヴィーはうめき、死体をそろそろと肩からおろすと、うつぶせの姿勢で木の幹にのせた。そしてセーガンに顔をむけた。「念のためにいっておきますが、これはウィグナーを葬る方法としてはクソですよ」

「彼はあたしたちの役に立ってくれる。もっとひどい状況はいくらでもあるし」

セーガンは慎重に脚をもどして木の幹に腰かける姿勢をとった。ハーヴィーも反対向きに同じ姿勢をとった。「一、二の、三」セーガンの合図で、ふたりは同時に木からとびおりた。五メートル下の地面へむかって。

人間ふたりぶんの重みから解放されて、木は勢いよく直立した状態に跳ねもどり、幹から離れたウィグナーの死体は銃座の列のほうへ弧を描いて飛んでいった。打ちあげは成功とはいえなかった。直前に死体が木の幹をすべり落ちたため、得られるはずだったエネルギーの一部がそこなわれ、空中へ飛びだす寸前に位置が中心からずれてしまった。ウィグナーはいちばん近い銃の目のまえに落下し、その射程距離にはいるやいなや、あっというまに粉砕された。地面に落ちたときには肉と内臓のかたまりと化していた。

「うわ」シーボーグがいった。

セーガンはシーボーグに顔をむけた。「その脚で木にのぼれる?」

「そりゃできますよ。でも、あんなふうに打ちだされたいとは思えません」

「だいじょうぶ。あたしが行くから」

「ウィグナーがどうなったか見たばかりでしょう?」ハーヴィーがいった。

「ええ。ウィグナーは死体だったから飛び方を自分でコントロールできなかった。彼のほうが体重もあったし、木にのぼっていたのはあなたとあたしだった。あたしは体重が軽いし、生きているし、あなたたちふたりならもっと重みをかけられる。きっと銃を飛び越せるはず」

「失敗したらパテになるんですよ」とハーヴィー。

「少なくとも苦しむことはない」

「ええ。だけど無惨です」

「批判したいのなら、あたしが死んだあとでたっぷり時間があるから。いまは、とにかく全員で木にのぼりたいんだけど」

数分後、シーボーグとハーヴィーにはさまれた位置で、セーガンは曲がった木の幹の上でしゃがんでバランスをとっていた。

「遺言はありますか?」とハーヴィー。

「ずっと思っていたことだけど、あなたはほんとにムカつくやつね、ハーヴィー」セーガンはいった。

ハーヴィーはにやりとした。「おれも愛してますよ、中尉」彼はシーボーグにうなずきかけた。「それっ」ハーヴィーの合図でふたりはとびおりた。

木がひゅんと跳ねもどった。セーガンは加速に耐えながら姿勢をくずすまいとがんばった。スイングが最高潮に達したとき、彼女は両脚をぐっとのばして、木の勢いに自分自身の力を加えた。セーガンの体は、自分でも信じられないほどの高い弧を描き、やすやすと銃座の列を飛び越えた。銃は彼女の体を追ったが発砲はできなかった。セーガンはくぼみの外周部を越えて、そのむこうにひろがる草地へぐんぐん落下していった。考える余裕はあった。痛そうだな――と思ったつぎの瞬間、彼女は体をまるめて地面につっこんだ。ユニタードが硬化し、衝撃の一部を吸収してくれたが、少なくとも肋骨の一本にはひびがはいったようだった。ユニタードが硬化したせいで、そうでなければありえないほど遠くまでごろごろところがるはめになった。やっと回転が止まると、セーガンは高い草のなかに横たわり、息のしかたを思いだそうとした。それには予想よりさらに数分かかった。

遠くでハーヴィーとシーボーグがセーガンに呼びかけていた。反対方向からは低いブーンという音が聞こえていて、耳をすましているうちにそれが大きさを増してきた。セーガンは草のなかに横たわったまま、姿勢を変えて音のするほうへ目をむけた。

二体のオービン族が、武装した小型の乗物で接近していた。彼らはまっすぐセーガンのいる場所をめざしていた。

「はじめに理解してもらいたいのは、コロニー連合が悪だということだ」ブーティンがジェレドにいった。

ジェレドの頭痛は復讐心とともに復活していた。ゾーイともういちど会いたくてたまらなかった。「意味がわからない」

「それはそうだろう。きみはどんなに歳をくっていても二歳くらいだ。しかも、生まれてからずっと、他人にいわれたことだけをやってきた。自分で選択をしたことはほとんどないはずだ」

「その講義はもう受けたよ」ジェレドはカイネンのことを思いだした。

「特殊部隊のだれかから？」ブーティンは本気でおどろいていた。

「ララエィ族の捕虜からだ。名前はカイネン。あんたともいちど会ったそうだ」

ブーティンは眉をひそめた。「聞きおぼえのない名前だな。もっとも、最近はララエィ族やエネーシャ族とひんぱんに顔を合わせているから。だれがだれだかわからなくなりがちだ。とにかく、ララエィ族がいったのなら筋がとおる。彼らは特殊部隊のことを道徳面でおぞましい存在とみなしているんだ」

「ああ、知ってるよ。カイネンに、ぼくは奴隷だといわれた」

「まさしく奴隷なんだよ！」ブーティンは気負いこんでいった。「どんなによくいっても、契約奴隷だろう。自分では決められない軍務期間に縛られているのだから。そう、彼らは特殊部隊の兵士たちの機嫌をとるために、きみは人類を救うために生まれたのだといってみたり、統合で小隊の仲間たちとつなぎあわせたりしている。だが、つまるところ、それはきみたちをコントロールするための手段にすぎない。きみは一歳か、せいぜい二歳だろう。宇宙についてなにを知っている？　知っているのは他人からいわれたことだけ——そこは敵意に満ちた場所で、人類はつねに攻撃を受けていると。だが、コロニー連合がきみに語ったことがすべてまちがいだとしたらどうする？」

「まちがいじゃない。たしかに敵意に満ちている。戦闘でさんざん見てきた」

「だが、きみが見たのは戦闘だけだ。コロニー連合にいわれて敵を殺しにいく以外のことはなにもしていないだろう。それに、宇宙がコロニー連合に対して敵意をもっているというのはほんとうだ。しかし、なぜそうなっているかといえば、コロニー連合が宇宙に対して敵意をもっているからだ。人類は宇宙へ進出してからというもの、そこで出くわしたほとんどすべての種族と戦争をしてきた。コロニー連合が役に立つと考えた同盟種族や貿易相手もいくつかあるが、そんなものは少なすぎて数のうちにはいらない。コロニー連合のスキップドライヴ地平線の内側には六百三の知的種族がいるのだよ、ディラック。そのうちのどれだけを、コロニー連合が脅威とみなし、先制攻撃を仕掛けてもかまわないと考えているか知っているかね？　五百七十七種族だ。既知の知的種族の九十六パーセントに対して積極的に敵意をもつというのは、もはや単に愚かというだけではない。種族レベルの自殺行為だ」

「ほかの種族だっておたがいに戦争をしている。コロニー連合だけが戦争を仕掛けているわけじゃない」

「そうだ。どんな種族にだって競争したり戦争したりする相手はいる。だが、ほかの種族は遭遇するすべての種族と戦おうとしたりはしない。ララエィ族とエネーシャ族は、われわれと同盟を結ぶまえはずっと敵同士だったし、いずれは、またそうなってしまうかもしれない。だが、どちらの種族も、ほかのすべての種族を恒久的な脅威とみなしたりはしない。そんなことをするのはコロニー連合だけだ。きみはコンクラーべというのを聞いたことがあるかね、ディラック？」

「ないな」

「コンクラーべは銀河のこの宙域にひろがる数百の種族がひらく大会議だ。二十年以上まえに、宙域全体を統括する実現可能な枠組みをつくりあげるために開催された。新たなコロニーを系統だったやりかたで配分することで、不動産をめぐる争いを止めようとしたんだ。すべての種族が戦利品をもとめて駆けずりまわり、競争相手を戦いで押しのけるという状況をあらためるために。いずれは、コロニーを力ずくで奪おうとする者を武力で鎮圧する多種族軍事機構をもったシステムが施行されるだろう。すべての種族がコンクラーべに加盟しているわけではないが、代表すら送らなかった種族はふたつだけだ。ひとつはコンスー族で、これはまあ当然だろう。もうひとつがコロニー連合だ」

「ぼくがそんな話を信じると期待しているのか」

「きみになにかを期待したりするものか。きみはなにも知らないのだから。CDFの一介の兵士が知るようなことじゃない。植民者だってもちろん知らない。コロニー連合は、宇宙船とスキップドローンと通信衛星をすべて抑えている。他種族との貿易も、各宇宙ステーションでおこなわれるささやかな外交活動もすべて管理している。あらゆる情報の流れに割りこんで、各コロニーが知るべきことと知るべきではないことを決めている。コロニーだけではなく、地球もだ。いや、地球はもっとも悲惨だ」

「なぜ？」

「地球は二百年にわたって社会の発達をさまたげられてきた。コロニー連合は地球の人びとを飼育しているのだよ、ディラック。豊かな国々には軍隊用の種を、貧しい国々には植民地用の種をストックしている。その仕組みにおおいに満足しているから、地球の社会の自然な発達を積極的に抑えこんでいる。変化してほしくないのだ。兵士や植民者の供給がうまくいかなくなるから。そこで、コロニー連合は地球をほかの人類から隔離し、そこに住む人びとに自分たちがどれほど停滞しているかを教えないようにしている。〈断種〉と名付けた病気をつくりだし、地球の人びとにはエイリアンの伝染病だと伝えた。惑星全体を隔離する口実にしているのだ。そのまやかしをつづけるだけのために、いくつかの世代を病気の犠牲にしたほどだ」

「ぼくは地球から来た人たちと会ったことがある」ジェレドはクラウド中尉のことを思い

だしていた。「彼らはバカじゃない。進歩を阻害されているなら気づくはずだ」

「コロニー連合は、二年にいちど、ちょっとした技術革新をひとつふたつ地球に提供して、自分たちはまだ成長曲線を描いているのだと思いこませているが、どれもたいして役に立つものではない。新型コンピュータとか、音楽プレイヤーとか、臓器移植の技術とか。刺激をあたえるためにときどきは地上で戦争をさせてやったりもする。そのいっぽうで、社会と政治の構造は二百年まえとなにも変わっていないが、地球の人びとはそれが真に安定した状態に達したせいだと考えている。そして、いまだに七十五歳で老衰で死んでいるのだ！　まったくバカげている。コロニー連合は地球をじつに巧みに管理しているため、人びとは自分たちが管理されていることに気づいてもいない。地球は闇のなかだ。コロニーはすべて闇のなかにいるのだ。だれもなにも知らないだけで」

「あんたは例外だと」

「わたしは兵士たちの開発をしていたんだぞ、ディラック。彼らもわたしにはほんとうのことを教えるしかなかった。自分のクローンを撃ち殺したあの瞬間まで、わたしは最高機密にアクセスすることができたのだ。だから、コンクラーベのことを知っている。だから、コロニー連合を倒さないかぎり、人類が抹殺されてしまうことも知っている」

「ここまではなんとかもちこたえているように見えるけど」

「それはコロニー連合が混乱を巧みに利用しているからだ。コンクラーベが協定を批准したら——おそらく来年か再来年だろうが——コロニー連合はもはや新しいコロニーを見つけることができない。どこかの惑星に移住しようとしても、コンクラーベの軍隊に追い払われてしまう。ほかの種族のコロニーを奪うこともできない。人類は封じこめられてしまう。そして、ほかの種族がわれわれの世界を奪おうと考えたとき、だれがそれを阻止するのだ？　コンクラーベは加盟している種族以外は守ろうとしない。ゆっくりと、だが確実に、人類はもといたひとつの世界に押しもどされてしまう。まだそれが残っていればの話だが」

「だから戦争をするというのか」ジェレドは疑いをあらわにした。

「そのとおり。問題があるのは人類ではない。コロニー連合だ。身勝手な目的で人びとを飼育して情報を遮断するようなやつらは排除して、人びとを本気で支えようとする政府を樹立し、コンクラーベに加盟して新しいコロニーの適切な配分を受けるのだ」

「どうせあんたが指揮をとるんだろう」

「状況が落ちつくまではそうなる」

「あんたと手を組んでいるララエィ族とエネーシャ族には、分け前としていくつかの世界をあたえると」

「ララエィ族やエネーシャ族だって無償で戦ったりはしないからな」

「で、オービン族が地球を手に入れる」

「それはわたしの個人的な要望だ」

「そいつはすごい」

「きみはまだ、オービン族がどれほど意識を熱望しているかわかっていないようだな」

「あんたがゾーイのために復讐しようとしていると思っていたときのほうが、まだましだったよ」

ブーティンはひっぱたかれたようにさっと身を引いた。それから、ぐっと上体を乗りだした。「わたしがゾーイを失ったと思ってどうなったか、きみは知っている」声に怒りがこもっていた。「たしかに知っているはずだ。では、きみが知らないらしい事実を教えてやろう。ララエィ族からコーラルを奪還したあと、CDFの軍事諜報部はララエィ族の反撃を予測し、もっとも可能性の高い五つの標的をリストアップした。オーマとコヴェル・ステーションはそのリストの先頭にあった。そのことでCDFがどんな対応をとったか知っているか？」

「いや」

「なにもしなかった」ブーティンは吐き捨てるようにいった。「なぜそうなったかというと、CDFがコーラルの戦いの影響で手薄になっていて、どこかの将軍がローブ族からコロニーをひとつ奪うことを優先したせいだ。ことばを変えると、どこかの新しい不動産を手に入れるほうが、すでにあるものを守るより重要だったのだ。彼らは攻撃があることを知っていたのに、なにもしなかった。オービン族から連絡がくるまでのあいだ、わたしにわかっていたのは、コロニー連合が本来のつとめを果たさなかったせいで娘が死んだということだけだった。そのつとめとは、保護すべき人びとを守ること。わたしの娘を守ること。信じてくれ、ディラック。これはなにもかもゾーイのためなんだ」

「もしも戦争があんたの思いどおりに進まなかったらどうする？」ジェレドは静かに問いかけた。「オービン族はそれでも意識をほしがるだろうが、彼らにはあんたにあたえるものがなにもない」

ブーティンはにやりとした。「われわれがすでにララエィ族やエネーシャ族の協力を期待できなくなっていることをほのめかしているんだな」

ジェレドはおどろきを隠そうとしたがうまくいかなかった。

「もちろん、われわれもそのことは知っている。正直いって、しばらくのあいだはずいぶん悩まされた。だが、いまやわれわれは、オービン族が戦線へ復帰して独力でコロニー連合と戦うために必要なあるものを手に入れた」

「それがなんなのか話すつもりはないんだろうな」

「よろこんで話してあげるよ」ブーティンはいった。「それはきみだ」

セーガンは地面を手探りして、戦いに使えるものはないかとさがした。指がなにかかたいものにふれたので、それを引き寄せた。手にしていたのは土のかたまりだった。

ああ、くそっ。セーガンはさっと体を起こし、近くを通過するホバークラフトめがけてそれを投げつけた。土のかたまりは、一体目のオービン族のうしろにすわっていた二体目のオービン族の頭に命中した。そいつはおどろいて体勢を崩し、サドルシートから地面にころげ落ちた。

セーガンは草のなかから飛びだして、たちまちそのオービン族に迫った。もうろうとしながらも、そいつはセーガンにむかって武器をかまえようとした。セーガンはさっと横へ身をかわし、武器をもぎとると、そのまま相手に叩きつけた。オービン族は鋭い悲鳴をあげて、もう起きあがろうとはしなかった。

遠くでホバークラフトがぐるりと反転しようとしていた。こちらへ引き返してくるつもりだ。セーガンは手にした武器を調べて、ホバークラフトがもどってくるまでになんとか使い方がわからないかと思ったが、すぐにそれはあきらめた。倒れているオービン族をつかみ、首を殴っておとなしくさせてから、刃のついた武器をさがした。コンバットナイフみたいなものが腰からぶらさがっていた。人間の手で扱うには形もバランスも悪かったが、いまはそれでなんとかするしかなかった。

ホバークラフトはすでに反転を終え、こちらへむかって突き進んでいた。銃身が回転して発砲をはじめようとしている。セーガンはナイフをつかんだまま手をのばし、ひと声うなって倒れたオービン族の体を引き起こすと、ホバークラフトとその銃口にむかって差しあげた。オービン族の体がフレシェット弾でずたずたにされて踊った。セーガンは、踊るオービン族を楯にしながら横へ動き、せいいっぱいホバークラフトの進路に近寄ると、勢いよく通過するオービン族にむかってナイフをふるった。腕を激しく引っぱられて、セーガンの体は回転しながら地面に叩きつけられた——ナイフが敵の体をとらえたのだ。痛みと衝撃でもうろうとしたまま、セーガンは数分間そのまま倒れていた。

やっとのことで起きあがってみると、ホバークラフトは百メートルほど離れたところでエンジンをかけたまま止まっていた。オービン族はまだシートにすわっていたが、頭は首の皮一枚でだらんと垂れさがっていた。セーガンは死体をホバークラフトからおろし、武器と補給品をすべて奪ったあと、機体についた血をできる範囲でぬぐい取り、数分かけて操縦のしかたを調べた。それから、シートにまたがり、フェンスにむかって飛んだ。ホバークラフトは銃座の列をやすやすと飛び越えた。セーガンは射程距離外にいるハーヴィーとシーボーグの目のまえに機体をおろした。

「ひどいざまですね」ハーヴィーがいった。

「ひどい気分よ」セーガンはいった。「さあ、これに乗って脱出したい？　それとも、もうしばらくおしゃべりをつづけたい？」

「ことと次第によりますね。どこへ行くんです？」

「任務があるでしょ。片付けないと」

「なるほど。三人だけで武器もないのに、少なくとも数十体のオービン族の兵士を相手に科学基地を攻撃するんですか」

セーガンはオービン族の武器を持ちあげてハーヴィーに差しだした。「これで武器は手にはいった。あとは使い方を学ぶだけ」

「感激ですね」ハーヴィーは武器を受け取った。

「オービン族がホバークラフトが行方不明になったことに気づくまでどれくらいかかると思います？」シーボーグがいった。

「もう気づいているでしょうね」セーガンはいった。「さあ。出かけるわよ」

「記録が完了したようだ」

ブーティンはジェレドにそう告げると、デスクのディスプレイのまえにもどった。ジェレドはいわれるまえから気づいていた。万力ではさまれたような頭痛がすこしまえに消えていたのだ。

「いったいどういう意味だ？　ぼくがあんたたちをコロニー連合との戦いに復帰させるって？」ジェレドはいった。「ぼくは協力するつもりはないぞ」

「なぜだね？　人類をゆるやかな窒息から救うことに興味はないのか？」

「あんたの説明じゃ納得できないってことさ」

　ブーティンは肩をすくめた。「そういうことか。本来、きみはわたし、というかわたしの複製なのだから、最終的には同じ意見にたどり着いてもいいはずなんだが。結局のところ、わたしの記憶や特徴をどれだけ受け継いでいようと、きみはやはり他人だということかな？　少なくとも、いまの時点では」

「どういう意味だ？」

「あとで説明する。そのまえにひとつ話しておきたいことがある。いろいろなことがはっきりするはずだ。百五十年まえ、オービン族と、アーラと呼ばれる種族が、あるコロニーをめぐって争いになった。表面的には両者の軍事力は拮抗していたが、アーラ族の軍隊はクローンで構成されていた。すなわち、同じ遺伝子兵器の標的になってしまうということだ。オービン族が開発したウイルスは、しばらくのあいだ休眠状態でいて、充分に感染がひろまった段階で、その宿主である哀れなアーラ族の肉体を分解した。アーラ族の軍隊は全滅し、アーラ族そのものも全滅した」

「じつに楽しい話だな」

「まあ待ってくれ。だんだんましになるから。しばらくまえに、わたしはコロニー防衛軍に対して同じようなことを仕掛けようと考えた。だが、それは口でいうほど簡単なことではなかった。第一に、コロニー防衛軍の軍人用の肉体は、ほとんどすべての病気から守られている。スマートブラッドが病原体の侵入を許さないのだ。しかも、ＣＤＦも特殊部隊も、実際にはクローンを使っているわけではないので、たとえ感染させることができたとしても、全員が同じ反応をするわけではない。だが、そこでわたしは気づいた——ＣＤＦの肉体には、ひとつだけ全員に共通している部分があると。それも、わたしが中身をくわしく知っているところで」

「ブレインパルか」

「ブレインパルだ。それを対象にすることで、わたしは時限起動式のウイルスを開発することができた。そのウイルスはブレインパルのなかにもぐりこみ、ＣＤＦの隊員がほかの隊員と連絡を取り合うたびに自己複製をおこなうが、わたしが決めた日時までは休眠状態にある。そのときが来たら、ウイルスはブレインパルが管理するすべての体組織に大混乱を引き起こす。ブレインパルを装着している者は全員が即死し、われわれは人類の各世界をやすやすと征服できるだろう。迅速に、なんの苦労もなく。

だが、ひとつ問題があった。ウイルスを組みこむ手段がないのだ。例のバックドアはあくまでも診断用だ。特定のシステムの状態を読みとったりそれを停止したりすることはできても、コードをアップロードする仕組みにはなっていない。そのためには、自主的にコードを受け取って運搬役をつとめてくれる者が必要になる。そこで、オービン族が志願者をさがしに出かけたわけだ」

「特殊部隊の宇宙船か」

「われわれは、特殊部隊のほうがブレインパルの切断に対してもろいと考えた。ふつうのCDFの兵士はなくても活動できるだろうが、きみたちは生まれたときからブレインパルを着けているからな。予想は当たったよ。特殊部隊の兵士たちはやがては回復したが、最初のショックだけでこちらには充分な時間の余裕ができた。われわれは彼らをここへ連れてきて、運搬役になってくれるよう説得した。はじめは頼み、それから強要した。だれも寝返らなかった。よく規律がとれているな」

「その兵士たちはいまどこにいるんだ？」

「死んだよ。オービン族の強要のしかたはいささか激しすぎてね。だが、それについてはあらためさせるつもりだ。何人かは生きのびたので、わたしが意識の研究に利用させてもらっている。いまも生きているよ、瓶にはいった脳が」

ジェレドは吐き気をおぼえた。「なんてやつだ、ブーティン」

「彼らは志願するべきだったのだ」

「仲間があんたを失望させてくれてよかった。ぼくも同じようにしてやるから」

「それはどうかな。きみはほかの連中とはちがう。彼らの頭にはわたしの脳やわたしの意識ははいっていなかった。だが、きみにははいっている」

「その両方があっても、ぼくはあんたとはちがう。自分でそういったじゃないか」

「いまの時点では他人だといったのだ。きみにはわかっていないんだろう――もしもここにある意識を」ブーティンは自分のこめかみをとんと叩いた。「きみの頭へ転送したらなにが起こるか」

ジェレドは、カイネンとハリー・ウィルスンから、記録されたブーティンの意識をジェレド自身の意識にかぶせる方法について聞かされたときのことを思いだし、急に寒けをおぼえた。「すでにある意識はかき消されてしまう」

「そのとおり」

「あんたはぼくを殺すことになる」

「まあ、そうだな。だが、きみの意識はついさっき記録した。わたしの意識を転送するときに微調整が必要なのでね。あれは五分まえのきみそのものだ。従って、死ぬといってもすべてではない」

「このクソ野郎」

「わたしの意識をきみの肉体へアップロードしたあと、わたしはウィルスの運搬役をつとめる。もちろん、わたし自身は影響を受けないが、ほかの兵士たちはみんな感染することになる。わたしはきみの分隊の仲間たちを射殺し、ゾーイとふたりでコロニー連合の宙域へもどる。きみたちがわざわざはこんできてくれた帰還ポッドを使って。わたしはチャールズ・ブーティンは死んだと報告し、オービン族はブレインパル用のウイルスが発動するまでおとなしくしている。そのときが来たら、オービン族はコロニー連合へ乗りこんでいって降伏を強制する。たったそれだけで、きみとわたしは人類を救うのだ」

「ぼくを巻きこむな。ぼくはなんのかかわりもない」

「そうかな?」ブーティンは楽しげにいった。「いいかね、ディラック。コロニー連合は、その崩壊をもたらした手先がわたしだとは思わない。わたしはすでに死んだことになっているのだから。彼らはきみを、きみひとりだけを手先だと思うだろう。だから、きみはどうしたってこの件にかかわるのだ、わが友よ。選択の余地はない」

14

「この計画は考えれば考えるほど気に入りません」

ハーヴィーがセーガンにいった。ふたりはシーボーグとともに科学基地のそばにある森のはずれでしゃがみこんでいた。

「あまり考えないようにしなさい」セーガンがいった。

「それなら得意だよな、ハーヴィー」シーボーグがいった。彼は雰囲気を明るくしようとして失敗していた。

セーガンはシーボーグの脚をちらりと見おろした。「ほんとにやれそう？　足の引きずりかたがひどくなっているけど」

「だいじょうぶです。おふたりが任務を完了するまで、ここでクソみたいにじっとすわっていますから」

「そうじゃなくて。あなたとハーヴィーは役割を交換する可能性があるのよ」

「だいじょうぶです。それに、仕事を奪ったりしたら、ハーヴィーに殺されますよ」

「そのとおりだ」とハーヴィー。「こいつはおれの得意分野だからな」

「脚は痛みますが、歩くことも走ることもできます」シーボーグはいった。「ほんとにだいじょうぶです。ここでじっとすわっておしゃべりするのはもうやめませんか。脚がこわばってきました」

セーガンはうなずき、科学基地へ視線をもどした。いくつかの建物がひかえめに寄り集まっている。敷地の北側の端にはオービン族の兵舎があり、それはおどろくほど小さかった。オービン族はプライバシーに類するものはほしくないか、そもそも必要としていないらしい。人間と同じように、オービン族も食事はいっしょにとるようだった。多くは兵舎に隣接する食堂に集まっていた。ハーヴィーの役割は、そこで騒ぎを起こして敵の注意を引きつけ、基地内のほかの場所にいるオービン族をおびき寄せることだった。

敷地の南側の端には、発電機と調整装置をおさめた、大きな格納庫のような建物があった。オービン族が使っているのは基本的には巨大なバッテリで、基地から離れたところにある風車によってつねに充電されている。シーボーグの仕事はなんとかしてこの電源を切ることだ。どうやるかは、実際に現場へ行ってから考えるしかない。

このふたつの建物のあいだに、科学基地の本体があった。電源が落ちたら、セーガンがそこへ進入し、ブーティンを見つけて外へ連れだし、必要とあらば殴って気を失わせてでも捕獲ポッドまではこぶ。もしもディラックに出くわしたら、こちらの役に立つのか、それともブーティンのように裏切り者になってしまったのかをすばやく判断する必要がある。もしも後者だったら殺すしかない。きれいに、手早く。

セーガンは、どのみちディラックは殺すことになるのではないかと思っていた。彼が信用できるかどうかを判別している時間はないし、例のブレインパルのアップグレード機能も使えないから、この問題について彼がどう考えているかを読みとることはできない。セーガンは、厳重に機密扱いされている心を読む能力が、ほんとうに必要なときにはまったく役に立たないという事実に、一瞬だけ陰気なおもしろみを感じた。ディラックを殺すはめにはなりたくなかったが、その点について選択肢はあまり多くなさそうだった。ひょっとしたらもう死んでいるかもしれない。それならごちゃごちゃせずにすむのだが。

セーガンはその思いを頭から追い払った。そういう思考の流れが、自分という人間のなにを物語っているかを考えるといやになった。ディラックがあらわれたときでいい。さしあたり、セーガンたち三人にはほかに心配することがあった。結局のところ、いちばんたいせつなのはブーティンをつかまえることなのだ。

こちらにはひとつ有利な点がある——と、セーガンは思った。あたしたちはみんな、自分が生きのびられるとは思っていない。それが選択肢を増やしてくれる。

「準備はいい？」セーガンはいった。

「いいですよ」とシーボーグ。

「へいへい」とハーヴィー。

「じゃあ行くわよ」セーガンはいった。「ハーヴィー、よろしく」

ジェレドが短いうたた寝から目をさますと、ゾーイが彼をじっと見あげていた。ジェレドはにっこり笑った。「やあ、ゾーイ」

「こんにちは」ゾーイはそういって眉をひそめた。「名前を忘れちゃった」

「ぼくはジェレド」

「あ、そうだ。こんにちは、ジェレド」

「こんにちは、かわいこちゃん」ジェレドはまたもや声が乱れそうになるのを感じた。ゾーイが手にしている動物のぬいぐるみをちらりと見おろす。「それは象のセレスト？」

ゾーイはうなずき、ジェレドにむかってぬいぐるみを差しあげた。「あのね、まえはババールを持ってたんだけど、なくしちゃったの。ババールを知ってる？」

「知ってるよ。きみのババールに会ったこともおぼえてる」

「ババールに会いたい」ゾーイは小さな声でいってから、元気をとりもどした。「でもね、パパがセレストを連れてきたの。帰ってきたあとで」

「パパはどれくらい留守にしていたの？」

ゾーイは肩をすくめた。「長いこと。まずやらなくちゃいけないことがあるって。でも、オービン族をよこしてあたしを守ってくれるっていったの」

「そうだった？」

「たぶん」ゾーイは肩をすくめて、声をひそめた。「オービン族はきらい。つまんないんだもん」

「そうだろうな。きみとパパが長いこと離ればなれになって残念だったね、ゾーイ。パパはきみのことが大好きだから」

「知ってるよ。あたしもパパが大好き。パパもママも、会ったことないけどおじいちゃんもおばあちゃんも、コヴェルにいた友だちも大好き。みんなに会いたいな。みんなもあたしに会いたがってると思う？」

「もちろんさ」ジェレドは、ゾーイの友だちの身に起きたことをわざと考えないようにした。ふと目をもどすと、ゾーイはふくれっつらになっていた。「どうかしたの、かわいこちゃん？」

「パパがね、あなたといっしょにフェニックスへ帰りなさいっていうの。あなたがあたしのそばにいれば、パパはここでお仕事を終わらせられるんだって」

「そのことはきみのパパと話したよ」ジェレドは慎重にこたえた。「きみはフェニックスへ帰りたくないの？」

「パパといっしょに帰りたいの」ゾーイは悲しそうにいった。「パパを置いてけぼりにしたくない」

「それほど長く離れることにはならないよ。ただ、ぼくたちがここへ持ってきた船はとても小さいから、きみとぼくが乗るだけのひろさしかないんだ」

「あなたが残ればいいのに」

ジェレドは笑った。「できたらそうしたいけどね。でも、きみのパパを待つあいだ、きっと楽しいことがあるよ。フェニックス・ステーションへ帰ったらなにをしたい？」

「キャンディを買いたい。ここにはぜんぜんないの。パパがいってたけど、オービン族はつくらないんだって。でも、いちどパパがつくろうとしたことがあるよ」

「どうだった？」

「すごくまずかった。ジョーブレーカーと、バタースコッチと、ロリポップと、ゼリービーンズがほしいな。黒いやつが好きなの」

「おぼえているよ。はじめて会ったとき、きみは黒いゼリービーンズを食べていた」

「いつ？」

「ずっとまえだよ。でも、きのうのことみたいにおぼえている。とにかく、フェニックスへ帰ったら好きなキャンディを食べられるよ」

「でも、たくさんはだめ。おなかが痛くなるの」

「そのとおり。そんなにたくさんはむりだよ。腹痛さんが食べさせてくれないから」

ゾーイがにっこりと笑い、ジェレドは胸が張り裂けそうになった。

「へんな人ね、ジェレドさん」

「ああ」ジェレドもほほえみを返した。「努力してるから」

「わかった、じゃあ行く。パパはお昼寝してるの。あたしがここにいることは知らないのよ。おなかがすいたからパパを起こしにいくね」

「そうするといい。来てくれてありがとう、ゾーイ。きみが来てくれてほんとにうれしかったよ」

「うん」ゾーイはくるりとむきを変え、手をふりながら去っていった。「バイバイ、ジェレドさん！　またね」

「またね」ジェレドはいった。もう会えないのはわかっていた。

「大好き！」ゾーイはこどもらしい気さくさでいった。

「ぼくも大好きだよ」ジェレドはささやいた。ひとりの親として。

隣接するホールでドアが閉まる音が聞こえるのを待ってから、ジェレドはずっとこらえていた、乱れた、苦しげな吐息をもらした。

ジェレドは研究室を見渡した。彼の視線は、ブーティンが意識転送をおこなうために持ちこんだコンソールをさっと通過し、同じように持ちこまれた二台目の治療槽のあたりをさまよった。ブーティンがそこに横たわり、みずからの意識をジェレドの肉体へ送りこんできたら、ジェレドという存在はただの代用品のように消え去ってしまう。その肉体のほんとうの持ち主があらわれるまでのあいだ、仮にそこへ置いてあったかのように。

とはいえ、それはまさに事実なのではないか？　この肉体は本来ブーティンがはいるはずだったもの。そのためにつくられたものだ。ジェレドが存在を許されたのは、ブーティンの意識が最初は住みつこうとしなかったからにすぎない。ジェレドは管理人としてこの肉体をなだめすかし、精神のなかに居場所をつくらせてもらわなければならなかった。それがいま、皮肉きわまりないことに、ブーティンがすべてを要求し、ジェレドを完全に押しのけようとしている。ちくしょう——ジェレドは激しく思いをめぐらせた——やっとこの脳を自分の気に入ったように設定したのに！　思わず笑いだしたら、妙にふるえた、不気味な音が響きわたった。なんとか気をおちつけようとして、深呼吸をくりかえし、すこしずつ冷静さをとりもどした。

頭のなかで、ブーティンの声がコロニー連合のあやまちについて説明していた。こういうことではより信頼できるカイネンの声が、その意見に同調していた。自分が特殊部隊の一員となり、宇宙を〝人類にとって安全な〟場所にするという名目でやったいろいろなことを思いだした。たしかに、コロニー連合はあらゆるコミュニケーションを監視し、あらゆる行動方針を指示し、あらゆる面で人類をきっちりとコントロールし、既知のほとんどすべての種族と執念深く獰猛に戦っている。

もしも宇宙がコロニー連合のいうように敵意に満ちた場所だとしたら、このていどの管理は正当化されるだろう。人類が宇宙に居場所を確保するという、種族としてもっとも重要な責務のために。だが、それが事実ではないとしたら――コロニー連合が絶えずつづけている戦争が、外敵との競争のためではなく、みずからの偏執と異種族嫌悪のためだとしたら――ジェレド自身と、彼が特殊部隊の内外で知り合ったすべての人びとは、ブーティンが断言しているように、さまざまなかたちで人類をゆるやかな死へと導いていることになる。

ジェレドとしては戦うことを拒否するしかない。

とはいえ、ブーティンは信用できない。あの男はコロニー連合を悪と決めつけていたが、本人も悪の道へ進むことを選んでいる。ブーティンは三つの種族――ふたつは長年の敵――に働きかけて、合同でコロニー連合を攻撃させ、数十億の人間とそれ以外の数十億の知的生物を戦争の危機にさらした。特殊部隊の兵士たちを実験の材料にして殺した。ブレインパル用のウイルスを使って、特殊部隊を含めたCDFのすべての兵士たちの抹殺をもくろんでいるが、その人数と、コロニー防衛軍の特異な人員構成を考えると、これは集団虐殺となんら変わりがない。そして、コロニー防衛軍を抹殺することで、ブーティンは人類のすべてのコロニーと地球を、それをわがものにしようとする他種族からの攻撃に対してまったく無防備な状態にしようとしている。オービン族では、土地をもとめて押し寄せる他種族を止めることはできない――たとえ可能でも止めないだろう。オービン族にとっての報酬は、土地ではなく意識なのだから。

身を守るすべをもたない植民者たちはもはや絶望的だろう。コロニーは破壊され、行く場所はどこにもない。銀河のこのあたりの種族には、世界を共有するという概念はないのだ。地球に住む数十億人は生きのびるかもしれない。それだけの人間を戦いもせずに強制退去させるのはむずかしい。もっと住民が少なくて環境面で疲弊していない惑星のほうがずっと魅力がある。しかし、だれかが地球を攻撃しようと決めたら、コロニー連合のせいで発展を阻害されてきた地球は、みずからを完全に守ることはできないだろう。生きのびるとしても、損害はとてつもない規模になる。

ブーティンにはそれがわからないのか？　わかっていて、そんなことにはならないと信じることに決めたのだろうか。あるいは、自分の行動がどういう結果をもたらすか考えたことがないのかもしれない。オービン族が接触してきたとき、ブーティンの目に見えたのは、自分があたえられるものを熱烈にほしがっていて、そのためにはなんでもする連中の姿だけだったのだろう。ひょっとすると、ブーティンは月をほしがったものの、それを手に入れたらどうするかなにも考えていないのかもしれない。自分が要求している戦争をオービン族がほんとうに起こすとは考えていないのかもしれない。

あれこれ考えていたら、ゾーイのことがひどく心配になってきた。ブーティンが失敗したり殺されたりしたら、あの子はどうなるのだろう？　ブーティンが成功したら、あの子はどうなるのだろう？　数十億の命運がかかっているときに、ひとりの少女の身を案じるのは気がとがめたが、どうしても考えずにはいられなかった。ほかのあらゆることと同じように、なんとかしてゾーイがこの状況を生きのびる方法を見つけたかった。

ジェレドは、自分がくださなければならない選択の重さに圧倒され、手もとにある情報の少なさに失望し、それについて自分ができることの少なさに打ちのめされた。これだけ大きな問題に、世界じゅうで自分ひとりだけが立ち向かわなければならないような気がした。とりあえず、いまできることはなにもなかった。ジェレドは目を閉じて、さまざまな選択肢に思いをめぐらせた。

一時間後、ジェレドは目をあけた。ブーティンが部屋にはいってきた。オービン族をひとり従えている。

「起きているのか」ブーティンがいった。

「ああ」ジェレドはこたえた。

「そろそろ転送をはじめよう。プログラムはできたし、シミュレーションもすませた。どうやら完璧に作動するようだ。これ以上先延ばしする理由はなにもない」

「あんたがぼくを殺すのを止めるつもりは毛頭ないよ」ジェレドはさらりといった。

ブーティンが動きを止めた。まさに人殺しをしようとしているのだと単刀直入に指摘されて、心を乱したようだ。いいぞ――とジェレドは思った。

「その件だが、きみが望むなら、転送をおこなうまえにきみを眠らせる指示を出すこともできる。そうすればなにも感じないだろう。わたしのほうはかまわない。きみがそうしたいのなら」

「あんたはそうしたくないみたいだな」

「シミュレーションを見るかぎり、転送がよりむずかしくなるのだよ。きみにも意識があるほうが、転送はずっと確実におこなうことができる」

「そういうことなら、ぜひとも起きていたいな。あんたによけいな苦労はかけたくない」

「いいかね、ディラック。これは個人的なレベルのことではないのだ。わかってもらいたいのだが、きみのおかげで、すべてを手際よくかたづけて、両陣営の流血を最小限にとどめることができる。きみが死ぬことになるのは残念だが、それ以外の方法ではもっとたくさんの死者が出ることになるのだ」

「あんたのウイルスでコロニー防衛軍の兵士全員を殺すのは、とてもじゃないが最小限の流血とは思えないな」

ブーティンはふりかえってオービン族に準備をはじめるよう指示した。オービン族はコンソールに近づいて作業にとりかかった。

「教えてくれ」ジェレドはいった。「あんたがコロニー防衛軍を全滅させたあと、だれが人類のコロニーを守るんだ？　もう植民者を守るものはだれもいない。あんたは彼らをすべて殺すことになるんだぞ」

「当面はオービン族がコロニーを守ることになるな。われわれが新たな防衛軍を創設するまでは」

「ほんとに守ってくれるのか？　あんたから意識を受け取ったら、オービン族にはもうあんたのために働く理由はなくなるだろ？　それとも、つぎの要求をするまで、意識の引き渡しを拒むつもりなのか？」

ブーティンは部屋にいるオービン族をちらりとふりむいてから、ジェレドに顔をもどした。「わたしはなにも拒むつもりはない。オービン族は取り決めに従って動いてくれるはずだ」

「それにゾーイの命を賭けられるのか？　あんたはまさにそうしているんだぞ」

「わたしの娘のことでとやかくいわないでくれ」

ブーティンは吐き捨てるようにいって、顔をそむけた。ジェレドは自分がくだそうとしている選択のことを考えて、悲しげに身をふるわせた。

オービン族がブーティンに合図をした。いよいよだ。ブーティンがもういちどだけジェレドに顔をむけた。「はじめるまえになにかいいたいことはあるかね？」

「あとにとっておくよ」ジェレドはいった。

ブーティンはその意味をたずねようとしたが、彼が口をひらくまえに、基地の外からなにかの物音が聞こえてきた。それはとても大きな銃の激しい連射音のようだった。

これはまさにハーヴィーのための仕事だった。

彼が科学基地へ接近していたときにいちばん心配していたのは、セーガン中尉が、お得意の、思慮深く秩序だった作戦をとるのではないかということだった。こっそり潜入するとなったら、みっともないスパイかなにかみたいにつま先立ちで歩きまわらなければならない。ハーヴィーはそういうのがだいきらいだった。自分がどういう人間で、なにが得意かはよくわかっていた。騒々しくて無骨な男で、ものを壊したりふっとばしたりするのが得意なのだ。ハーヴィーは、自分の原本、つまり彼のもとになった男は、放火魔とかプロレスラー、あるいは暴行で服役したような、すごく反社会的なやつではないかと思っていた。何者であれ、ハーヴィーはそいつの唇に思いきりキスしてやりたい気分だった。ハーヴィーは自分の本質に心の底から満足しており、それは禅宗の僧でさえ夢見ることしかできないレベルに達していたのだ。というわけで、セーガンから、彼の任務は敵の注意を引きつけてほかのふたりの仕事をやりやすくすることだといわれたときには、心のなかで躍りあがったものだった。敵の注意を引きつけるのならまかせてほしかった。

問題はその方法だ。

ハーヴィーはさほど内省的なタイプではないが、頭が悪いわけではない。自分なりの分別も持っている。得意分野ではないとはいえ、繊細で巧妙なやりかたに価値があることは理解している。ハーヴィーの騒々しく醜悪なやりかたが通用しているのは、彼が戦略や兵站にかなりのこだわりをもっているからだ。仕事をあたえれば、ハーヴィーはそれをこなす。たいていは、可能なかぎりエントロピーを増大させるやりかたではあるが、それは同時に、当初の目的をきっちりと達成するやりかたでもある。戦略面におけるハーヴィーの規範のひとつは単純さだ。すべての条件が同等なら、あえて状況のどまんなかへ飛びこむ道を選び、そこで全力を尽くす。そのことをきかれたとき、ハーヴィーは、それは戦闘における〝オッカムのかみそり〟理論だとこたえた。だれかのケツを蹴飛ばすいちばん単純な方法は、たいていは正しい方法でもあるのだ。

こうした持論にのっとって、ハーヴィーはセーガンが敵から奪ったホバークラフトにまたがり、すぐに基本的な操縦方法を修得して、オービン族の食堂めがけてまっしぐらにそれを飛ばした。食堂が迫ってきたとき、ドアが内側からひらいて、オービン族が夕食後の勤務のために外へ出てきた。ハーヴィーは凶暴な笑みを浮かべ、ホバークラフトをそのまつっこませると、寸前で減速して、エイリアン野郎を部屋のなかへ（できればそっと）押しもどそうとした。

完璧だった。そのオービン族は、おどろいて金切り声をあげたとたん、ホバークラフトから放たれた銃弾を胸に受けて、糸のついたおもちゃみたいにうしろへ跳ねあがり、食堂のほとんど端から端までふっとんでいった。部屋にいたほかのオービン族は、ハーヴィーの犠牲者が床をごろごろところがっていくのを見送ったあと、それぞれの多重眼を、戸口にいるハーヴィーと、大きな銃を部屋のなかへまっすぐ突きだしているホバークラフトにむけた。

「やあ、諸君！」ハーヴィーは大声をとどろかせた。「第二小隊からのあいさつだ！」

それから、彼は銃の〝発射〟ボタンを押して仕事にとりかかった。

あっというまに部屋がちらかりはじめた。それはすばらしく美しかった。

ハーヴィーはこの仕事が大好きだった。

敷地の反対側から、ハーヴィーが楽しい仕事にとりかかった音が聞こえてきて、シーボーグは思わずぶるっと身をふるわせた。ハーヴィーのことはきらいではないが、第二小隊で何度か戦闘降下をすれば、まわりで不必要な騒ぎが起こるのが大好きでないかぎり、ダニエル・ハーヴィーには近づかないほうがいいとわかってくる。

そのドンパチは狙いどおりの効果を発揮した。発電機のそばにいたオービン族の兵士たちは、すぐに持ち場を離れて、敷地の反対側で陽気に虐殺されている仲間たちを助けにいった。シーボーグは、痛みにひるみながらも発電機へむかってダッシュし、ドアから建物に飛びこんで科学者らしきオービン族に不意打ちをくらわせた。彼は一体を例の奇妙なオービン族の武器で撃ち倒してから、もう一体の首をへし折った。思っていたよりもずっと気分が悪かった——殴ったときに骨かなにかの折れる感触があった。ハーヴィーとちがって、シーボーグにはもともと暴力の才能はなかった。どんなことにもたいした才能はなかった。自分でも早いうちからこれには気づいていたので、わざと過激なことをしてそれを隠そうとした。訓練分隊の仲間の多くからきらわれたのはそのせいだ。シーボーグはなんとかそれを克服した——さもないとだれかに崖から突き落とされていただろう——が、どうしても克服できなかったのは、結局のところ、自分は特殊部隊にはむいていないらしいという思いだった。

となりの部屋には、建物の大半を占める空間がひろがっていて、そこにあるふたつの巨大なかたまりが、シーボーグが破壊することになっているバッテリのようだった。ハーヴィーの陽動作戦が有効なのは、ハーヴィーがなんとか生きているあいだだけであり、シーボーグにはそれほど長くつづくとは思えなかった。制御装置かパネルをさがして、電源を落とす方法か、せめてその手がかりでも見つけようとした。なにもなかった。パネルや制御装置は、二体の死んだオービン族を残してきた部屋にあるだけだった。一瞬、片方は生かしておいてそいつに電源を落とさせるべきだったという思いがよぎったが、そんなことがうまくいくとも思えなかった。

「くそっ」

いらだちで思わず声がもれた。ほかにましなことを思いつかなかったので、オービン族の武器を持ちあげ、片方のバッテリめがけて発砲した。銃弾は巨大バッテリの金属製のケースにくいこみ、いっとき火花が飛び散った。空気がとても小さな穴から抜けていくような、かん高いひゅーひゅーという音が響きはじめた。銃弾を撃ちこんだところをのぞきこんでみたら、緑色のガスが高圧蒸気となって噴きだしていた。シーボーグはそれをしげしげと見つめた。

まあいいか——と思いながら、シーボーグは武器をかまえ、蒸気を噴きだしている穴に狙いをつけた。可燃性かどうかは試してみればわかる。

それは可燃性だった。

発電機の爆発で、ジェーン・セーガンはしりもちをつき、まる三秒ほど目が見えなくなった。視力が回復したちょうどそのとき、発電機の部屋の大きな破片が空を高々と舞ってこちらへ飛んでくるのが見えた。セーガンは破片を避けられるところまであともどりしながら、無意識に統合をチェックし、なにかの奇跡でシーボーグが生きのびていないかをたしかめた。もちろん、反応はなかった。あんな爆発を生きのびられるはずがない。それでも、ハーヴィーのほうは感じられた——ショックで一瞬だけ暴力の饗宴からわれに返っている。科学基地へ注意をもどすと、窓が割れてあちこちで火の手があがっていた。さてどうしたものかと数秒考えたところで、統合が復活していることをやっと自覚した。電源が落ちたことで、なぜかブレインパルが生き返ったのだ。

それどころではないとわかっていたが、セーガンは統合とブレインパルの復活を二秒間だけよろこんだ。それから、もうひとりとの統合がまだ生きているかもしれないと思いついた。

爆風でブーティンとオービン族は床に打ち倒された。ジェレドは治療槽が激しくゆれるのを感じたが、なんとか倒れずにすんだ。もう一台の治療槽もぶじだった。照明が消えて、すぐに予備電源でやわらかな緑色の光がともった。オービン族が立ちあがり、壁ぎわへ近づいて研究室用の補助発電機を作動させた。ブーティンも立ちあがり、ゾーイの名を叫びながら部屋から駆けだしていった。ジェレドはその姿を見送った。心臓が喉もとまでせりあがっているようだった。

《ディラック》ジェーン・セーガンがいった。《返事をして》

統合が金色の光のようにジェレドのもとへ押し寄せてきた。

《ここです》ジェレドはこたえた。

《ブーティンはまだ生きている？》

《はい。でも、ブーティンはもうこの任務の目標ではありません》

《意味がわからないんだけど》

《ジェーン》ジェレドはセーガンのファーストネームで呼びかけた。ふたりの記憶にあるかぎりはじめてのことだった。《ゾーイは生きています。ここにいるんです。ブーティンの娘が。あの子を見つけないと。できるだけ早くここから連れださないと》

セーガンから、ほんの一瞬のためらいが伝わってきた。《なにもかも説明して、いますぐに。急いだほうがいい》

ジェレドは大急ぎでブーティンから知った情報をセーガンに送りつけた。そこには、ブーティンが彼のブレインパルを復活させたときにすぐとりはじめた会話の記録も含まれていた。かすかな希望ではあったが、分隊のだれかが生きのびて、なんとかここまでやってくるかもしれないと考えたのだ。セーガンにはすべての会話を調べている時間はなかったが、記録は確実に残っていた。

《まだブーティンを奪還できる》セーガンはジェレドの話を聞いたあとでいった。

《だめです》ジェレドはせいいっぱい強調してそのことばを送った。《ブーティンが生きているかぎり、オービン族は彼を取りもどそうとするでしょう。オービン族が望みのものを手に入れるには彼が必要なんです。ブーティンに頼まれただけで戦争を起こそうとしたくらいですから、彼を取りもどすためにだって戦争を起こすでしょう》

《だったら殺せばいい》

《ゾーイを連れだしてください。ブーティンはぼくが始末します》
《どうやって？》
《信じてください》
《ディラック》
《あなたがぼくを信用していないのは知っています。信じない理由もわかっています。でも、ぼくはあなたがまえにいってくれたこともおぼえているんです、中尉。なにがあろうと、自分がジェレド・ディラックであることを忘れるな。いまならいえます。ぼくは自分が何者か知っています。ぼくはコロニー連合特殊部隊のジェレド・ディラック。そのつとめは人類を救うこと。どうかぼくを信じてつとめを果たさせてください》
無限にも思えるほどの間があった。通路のほうから、ブーティンが研究室へ引き返してくる足音が聞こえてきた。
《つとめを果たしなさい、二等兵》セーガンがいった。
《そうします。ありがとう》
《あたしはゾーイをさがすわ》
《ゾーイには、あなたはジェレドさんの友だちだと伝えてください。ジェレドとパパのふたりが、あなたといっしょに行きなさいといっていたと。ぬいぐるみの象を忘れずに》
ジェレドはゾーイがいると思われる場所の情報を送った。研究室から廊下を行った先にあるどこかだ。

《忘れないようにする》セーガンがいった。

《もう統合を切断しないと。さようなら、中尉。ありがとう。なにもかも》

《さようなら、ジェレド》セーガンは、統合を切断する直前に、励ましに似た波動を送ってきた。そして消えた。

ジェレドはひとりぼっちだった。

ブーティンが研究室にはいってきてなにか怒鳴ると、オービン族がいくつかのスイッチを入れた。研究室の照明が復活した。

「さあはじめるぞ」ブーティンはオービン族にいった。「攻撃を受けている。いますぐこれを片付けてしまわなければ」

ブーティンはちらりとジェレドに目をむけた。ジェレドはにっこり笑って目を閉じ、オービン族がパネルを叩く音に耳をすませた。ブーティンが第二の治療槽をあけて、そのなかに身を横たえると、ジェレドの治療槽がたてる低いうなりが転送にそなえて大きさを増した。

人生の終わりにあたって、おもに悔やまれたのは、それがあまりにも短かったということだった。たった一年。それでも、その一年で大勢の人びとと出会ってたくさんの経験をした。ジェレドは心のなかで彼らとともに歩み、最後にもういちどだけ彼らの存在を感じた。ジェーン・セーガン、ハリー・ウィルスン、カイネン。マットスン将軍とロビンズ大佐。第二小隊の仲間たち、彼らと共有した親密な統合。奇妙なマーティン大尉とガメランたち。クラウド中尉とかわしたジョーク。最愛のサラ・ポーリング。それとゾーイ。セーガンが見つけてくれさえすれば、ゾーイは生きのびるだろう。かならず。

いいや。後悔はない。ただのひとつも。どんなことについても。

オービン族が転送処理を開始するカチッという音が聞こえた。ジェレドはせいいっぱい自分自身にしがみついた。そして流れに身をまかせた。

ゾーイは悲鳴をあげた。大きな音がして部屋が激しくゆれ、彼女はベッドからころげ落ちてテレビは壁から落下した。子守りが様子を見にきたが、ゾーイはそいつを押しのけた。子守りなんかいらなかった。パパに来てほしかった。思ったとおり、ほんの一分ほどでパパがドアから飛びこんできて、両腕でゾーイを抱きあげ、なにも心配はいらないといって彼女を元気づけてくれた。それから、パパはゾーイをおろしてこういった。すこししたらジェレドさんがここへ来るから、ジェレドさんのいうとおりにしなさい。でも、それまでのあいだは、子守りといっしょにこの部屋にいること。ここにいれば安全だから。

ゾーイがまたしばらく泣いて、パパに置いていかれたくないといったら、パパは二度とおまえを置いていかないといってくれた。すこししたらジェレドさんが来て彼女を連れていくのだとしたら、話が合わないような気がしたけれど、とにかくゾーイはすこし気分がよくなった。それから、パパは子守りになにかいって部屋を出ていった。子守りは居間のほうへ行って、オービン族が使う銃を手にもどってきた。いやな感じだった。ゾーイの知るかぎり、子守りが銃を使ったことはいちどもなかった。もう爆発はなかったけれど、ときどき銃の音が聞こえていた。外のどこかで、パンパンパンと。ゾーイはベッドにもどり、セレストをしっかり抱きしめてジェレドさんを待った。

子守りが金切り声をあげて、ゾーイには見えないなにかにむかって銃をかまえ、戸口から外へ出ていった。ゾーイは悲鳴をあげてベッドの下にもぐりこみ、泣きながらコヴェルにいたときのことを思いだした。まえのときのように、あのニワトリみたいなやつがまたゾーイをつかまえに来るんだろうか。となりの部屋でドスンという音がして、叫び声があがった。ゾーイは耳をふさいで目を閉じた。

目をあけると、部屋にふたつの足があり、それがベッドに近づいてきた。ゾーイは手を口に当てて静かにしようとしたけれど、泣き声がすこしもれてしまった。すると、足が膝と手と腕になって、横むきの頭があらわれ、なにかいった。ゾーイは悲鳴をあげて、セレストをつかんだままベッドの下から逃げだそうとしたけれど、外へ出たとたん、女の人につかまって抱きあげられた。ゾーイは足をばたばたさせて大声で叫び、しばらくたったところで、その女の人が彼女の名前を何度もくりかえしているのに気づいた。

「だいじょうぶよ、ゾーィ」女の人はそういっていた。「だいじょうぶ。しーっ。静かにして。だいじょうぶだから」

ゾーイはやっと逃げようとするのをやめて、あたりを見まわした。「パパはどこ？　ジェレドさんは？」

「あのふたりはすごく忙しいの」女の人はまだゾーイを抱いていた。「あたしはふたりにいわれて来たのよ。あなたを守るために。あたしはジェーン」

「パパはジェレドさんが迎えにくるまでここで待てといったわ」

「わかってる」ジェーンさんがいった。「でも、いまはふたりともやらなくちゃいけないことがあるの。いろいろなことが起きているから、ふたりはあなたを迎えに来られなかった。だからあたしをここへよこしたの。あなたを守るために」

「子守りが守ってくれるよ」

「子守りは呼ばれて出ていったわ。ここはいま、ほんとうに大忙しだから」

「すごく大きな音がした」

「ええ、それもみんなを忙しくさせているもののひとつなの」

「わかった」ゾーイは疑わしそうにいった。

「さあ、ゾーイ、あたしのいうとおりにして。両腕をあたしの肩に、両脚をあたしの腰にまわして、しっかりとつかまるの。目を閉じて、あたしがいいというまであけないで。できる？」

「うん。でも、セレストはどうするの？」

「じゃあ、ふたりのあいだに入れておけばいいわ」ジェーンさんはそういって、セレストを自分のおなかとゾーイのおなかのあいだにはさんだ。

「つぶれちゃうよ」

「そうね。でも、だいじょうぶ。準備はいい？」

「いいよ」

「じゃあ、目を閉じてしっかりつかまって」

ゾーイはいわれたとおりにしたけれど、寝室から出るときにはまだ目を閉じていなかったので、居間の床に子守りらしきものが眠っているのが見えた。ゾーイはそこでしっかりと目を閉じて、ジェーンさんがあけていいというのを待ちつづけた。


セーガンが科学基地のなかで出くわしたオービン族は、ほとんどが彼女を避けようとしたので、ここにいるのは科学者ばかりなのかと思いかけたが、ときどきは、武器をむけてきたり素手で襲いかかってきたりするやつがいた。建物のなかは狭すぎて、不格好なオービン族のライフルで正確な射撃をするのはむりだった。セーガンはナイフだけを使って迅速に動いた。この作戦はゾーイの子守り役のオービン族には通用せず、あやうく頭を吹き飛ばされかけた。セーガンはナイフを投げつけてそいつの注意をそらし、体ごと飛びかかって素手の格闘にもちこんだ。運がよかったことに、ふたりで床をころがったとき、オービン族の片脚が家具にひっかかった。そのわずかな隙に、セーガンはすばやく身をふりほどくと、相手の体にのしかかって絞め殺した。ゾーイを見つけて腕に抱きあげると、あとは脱出するだけだった。

《ハーヴィー》セーガンは呼びかけた。

《いまちょっと忙しいんですが》ハーヴィーがこたえた。

セーガンは、統合を通じて、ハーヴィーが新たなホバークラフトまでの道を必死に切り開いているのを見た。彼は最初のホバークラフトを、上空から攻撃するために離陸しようとした航空機にぶつけて壊してしまっていた。

《目標を確保したから応援がいるの。それと乗物が》

《五分で両方とも手にはいります。急がせないでください》

《急いで》

セーガンはそこで会話を中断した。ブーティンの居室のまえの通路は北へとのびて、ブーティンの研究室を通過し、そこで東へ曲がって建物のべつの区画へつながっていた。この通路を行けばハーヴィーにひろってもらうには近道だが、ゾーイが父親かジェレドの姿を見てしまう危険はおかしたくなかった。セーガンはため息をつき、ブーティンの居室にもどると、オービン族の武器を取りもどした。バランスが悪くて持ちにくい。両手で扱う武器なのだが、その両手は人間ではなくオービン族のものであることが前提となっていた。セーガンは、全員が建物から退去しているか、さもなければハーヴィーを追いかけるのに忙しすぎるかして、この銃を使わずにすむことを祈った。

結局、銃は三度使うはめになったが、三度目は弾切れになったので、それで敵を殴りつけた。オービン族は悲鳴をあげた。ゾーイのほうも、セーガンがやむなく武器を使うたびに悲鳴をあげた。だが、ゾーイは約束どおりずっと目を閉じていた。

ようやく、最初に建物へはいってきた場所までたどり着いた。階段室の一階の、窓が吹き飛んだところだ。

《どこにいる？》セーガンはハーヴィーに呼びかけた。

《信じられないかもしれませんが、オービン族がおれに装備を渡そうとしないんです。せかすのはやめてください。もうじきそっちへ行きますから》

「もうだいじょうぶ？」ゾーイがいった。顔をセーガンの首すじに埋めているので、声がこもっていた。

「まだよ」セーガンはいった。「もうすぐだから、ゾーイ」

「パパに会いたい」

「わかってる。静かにね」

上の階でなにかが動く音がした。

さあ、ハーヴィー——と、セーガンは思った——さっさと片付けて。

オービン族はハーヴィーを本気でいらつかせはじめていた。たしかに、食堂で二十体ほどの連中をなぎ倒すのはこのうえなく爽快な体験だった。まさにカタルシスだ。とりわけ、オービン族のクソどもが第二小隊の大半をどんなふうに殺したかを思うと。小型のホバークラフトをあの航空機にぶつけたのもそれなりに楽しかった。だが、こっちが歩きになってしまうと、オービン族がどれほどたくさんいて、片付けるのにどれほど手こずるかを実感させられることになった。おまけにセーガンのやつが割りこんできて——統合が復活したのはよかったが——〝乗物〟が必要だといってきた。ハーヴィーが忙しくないとでも思っているかのように。

まあ、あいつは上官だからな——と、ハーヴィーは思い直した。使われていないホバークラフトを手に入れるのは容易なことではなかった。どれも中庭に置かれていて、そこへ通じる道は一本しかなかった。それでも、少なくとも二機は外へ出て、ハーヴィーをさがしているはずだった。

さあ、おでましだ。ハーヴィーは、視界で大きさを増してきた一機をにらんだ。彼はしゃがんで目立たないようにしていたが、よく見えるところへ踏みだして、両手を大きくふりまわした。

「おい！」ハーヴィーは叫んだ。「クソ野郎！　つかまえてみろ、こんちくしょう！」

声が届いたのか、姿が見えたのかはわからなかったが、オービン族はホバークラフトの機首をハーヴィーのほうへむけた。

いいぞ。だが、これからどうすりゃいいんだ？

最優先でやらなければいけなかったのは、ホバークラフトの銃から撃ちだされたフレシェット弾を身を投げてかわすことだった。ハーヴィーはごろごろところがり、そのまま伏せ撃ちの姿勢をとると、オービン族の武器をかまえ、遠ざかるホバークラフトめがけて発砲した。最初の一発はあさっての方向へ飛んでいった。二発目はオービン族の後頭部に命中した。

ヘルメットってのはこのためにあるんだよ、マヌケ野郎——と思いながら、ハーヴィーは戦利品を回収し、引きつづきセーガンの回収にむかった。途中で、大勢の徒歩のオービン族が、たったいまハーヴィーがホバークラフトを操縦していたオービン族にやったようなことを仕掛けてきた。ハーヴィーはそいつらを撃ち殺すより跳ねとばしたかったが、選り好みはしなかった。

《さあ、乗物ですよ》ハーヴィーはセーガンにいった。彼はセーガンがかかえているものを見て仰天した。《こどもじゃないですか》

《わかってる》セーガンはゾーイをホバークラフトに乗せた。《できるだけ急いで捕獲ポッドのところへ行って》
ハーヴィーは最高速まで加速し、一直線にホバークラフトを飛ばした。追っ手が迫ってくる気配はなかった。
《ブーティンを連れ帰るんじゃなかったんですか》ハーヴィーはいった。
《計画に変更があったの》とセーガン。
《ブーティンはどこです？》
《ディラックが始末してくれる》
《ディラック》ハーヴィーはまたおどろいた。《あいつは死んだと思っていたのに》
《もう死んでいるはずよ》
《じゃあ、どうやってブーティンを始末するんです？》
《見当もつかない》セーガンはいった。《わかっているのは、彼はきっとやってくれるということだけ》

ブーティンは新品の肉体で目をあけた。
いや、新品じゃないな――と胸のうちで訂正する――少々使用ずみだ。
オービン族の助手が治療槽をあけて、彼が外へ出るのに手を貸してくれた。ブーティンはおずおずと数歩進んでから、しっかりした足どりでさらに何歩か進んだ。研究室を見まわし、以前よりずっと生気と魅力にあふれて見えることにおどろきをおぼえた。生まれてからずっと低出力に抑えられていた五感が、急に全開になったかのようだ。科学研究室さえ、こんなにすばらしい場所に見える。

ブーティンは自分の古い肉体に目をむけた。脳は死んでも、まだ呼吸はしていた。数時間か、長くても一日で、自然に息を引き取るだろう。ブーティンはこの新しい肉体の能力を使ってその死を記録し、証拠として捕獲ポッドへ持ちこむつもりだった。娘もいっしょに連れて。まだポッドがあればの話だがな——と、ブーティンは急いで訂正した。つかまえておいた特殊部隊の連中が、どうやってか脱走したらしい。そのうちのひとりがポッドを回収しに行っているかもしれない。まあいい。すでにべつの筋書きは考えてある。彼が、——ディラックとして——ブーティンを殺したことにすればいいのだ。オービン族は、意識を手に入れるという目的を失って、戦争を中止し、ディラックを解放する。ブーティンの死体とゾーイとともに。

ふーむ、これではあまり信憑性がないな。こまかいところをちゃんと詰めなければ。ただ、どんな筋書きを考えるにせよ——

そのとき突然、小さなイメージが視界をひらひらと横切った。封筒の画像だった。

「ジェレド・ディラックからメッセージが届いています」視界の下端にブロック体のテキ

ストが表示されていた。「ひらくときは〝オープン〟といってください」

「オープン」ブーティンは声にだしていった。これは興味をそそられた。

封筒がひらき、すっと消えた。メッセージはテキストではなく音声だった。

「やあ、ブーティン」

それはディラックそっくりに合成された音声だった。いまとなっては、わたしそっくりだけどな――と、ブーティンは胸のうちで訂正した。

「計画どおりにこの肉体を奪ったようだな。消えるまえに、ぼくはあんたに最後の伝言を残しておこうと思う。

以前、ある賢い生き物が、重要なのは選択をすることだと話してくれた。ぼくは短い生涯のほとんどで、なんの選択もしなかった。少なくとも、重要な選択はなにひとつ。でも、こうして人生の終わりを迎えて、ぼくはひとつの選択に直面している。生きるか死ぬかを選ぶことはできない――それはあんたがぼくのために選んでしまった。ただ、あんたはぼくには選択の余地がなく、あんたの計画に協力するしかないといっていたけど、それはまちがっていた。ぼくには選択の余地があり、まさにそれをおこなったんだ。

ぼくはあんたに協力しないと決めた。ぼくにはコロニー連合が人類にとって最善の政府かどうかは判断できない。それを判断するために学ばなければならないことを学ぶ時間がなかったから。でも、コロニー連合を転覆させるあんたの計画に協力することで、数百万、へたしたら数十億の人びとの命を危険にさらすことはできない。これは最終的にはまちがった決定になるかもしれない。でも、これがぼくの決定であり、ぼくが生まれた目的を果たすためには最善の決定だと思う。人類の安全を守るという目的だ。

なんだか皮肉な話だ。ぼくとあんたはたくさんの同じ考えをもち、同じ意識をもち、ひょっとしたら人類のために最善を尽くすという同じ目的をもっているのに、それをどう実現するかという点については正反対の結論に達してしまった。もっとふたりで時間をすごして、あんたの友人とか兄弟として会えたらよかったのに。ぼくがあんたを流しこむための容器になったりするんじゃなく。まあ、いまとなっては手遅れだ。ぼくにとっても手遅れだし、気づいていないだろうけど、あんたにとっても手遅れなんだ。

それはともかく、あんたには礼をいいたい。良くも悪くも、ぼくが生まれたのはあんたのおかげだし、短いあいだだったけど、人生がもたらしてくれるよろこびと悲しみを経験できた。それに、ゾーイと会って、愛することもできた。いまはあの子がぶじに脱出してくれることを祈るばかりだ。ぼくはあんたのおかげで生きることができたんだ、チャールズ、あんたのせいで死ぬように。

さて、ちょっと話はそれるが、最後には納得がいくと思うからがまんしてほしい。あんたが知っているかどうかは知らないけど、スマートブラッドがもつ興味深い特性のひとつに、瞬時に酸化できるというやつがある——燃焼するわけだ。だれかさんがスマートブラッドにこんな特性を組みこんだのは、悪趣味なジョークだったんじゃないかと思わずにいられない。なにしろ、ぼくがはじめてこれを見たのは、特殊部隊の兵士からスマートブラッドを吸おうとした昆虫を殺すために使われたときだったからな。でも、結局は役に立つことがわかった――実際に戦闘中にこれで命を救われたことがあるんだ。

チャールズ、あんたはウイルスを開発して、コロニー連合を征服するためにそれを使おうとしている。ウイルスとコンピュータの関連を知っているなら、〝トロイの木馬〟という用語も聞いたことがあるかもしれない。このメッセージはね、わが友にして兄弟、そのトロイの木馬なんだ。この手紙をあけると、ぼくがつくったささやかなプログラムが実行される。そのプログラムは、ぼくのスマートブラッドのなかにいるすべてのナノロボットに対して、ぼくの命令で瞬時に燃焼しろという指示を出す。見積もりでは、プログラムがスマートブラッド全体にひろまるまで、ちょうどこれくらいの時間がかかるはずだ。

じゃあ、たしかめてみようか」

セーガンは、ゾーイを捕獲ポッドに入れようとしていたときにメッセージを受け取った。ジェレド・ディラックからだった。

《あなたがこれを読んでいるなら、チャールズ・ブーティンは死んでいます。このメッセージは、ぼくのかつてのブレインパルがスマートブラッドを燃焼させるプログラムを実行した直後に送信するよう設定しておきました。たとえ燃焼で死ななくても――死ぬはずですが――ブーティンは数分で窒息死するでしょう。どちらにせよ、ブーティンは死んでぼくも死にます。あなたにこれが届くかどうかはわかりませんが、受け取ってもらえることと、あなたのぶじを祈っています。さようなら、セーガン中尉。知り合えてうれしかった。もしもカイネンと再会することがあったら、彼のいったとおり、ぼくは選択をしたと伝えてください》

セーガンはメッセージをハーヴィーにも送った。

《たいしたもんだ》とハーヴィー。《あいつも立派な特殊部隊の一員だったんだな》

《そうね》セーガンは、身ぶりでハーヴィーを捕獲ポッドへうながした。《乗って、ハーヴィー》

《冗談でしょう》

《だれかがゾーイといっしょに帰らないと。あたしは指揮官だから。ここに残る》

《中尉、この娘はおれのことを知りません。この娘を基地から連れだしたのはあなたでしょう。あなたがいっしょに帰るべきです。それに、おれはまだ帰りたくないんです。ものすごく楽しんだもので。たぶん、いまからコロニー連合がここに岩を落とすまでのあいだに、すっかり片をつけられると思います。そうしたら、基地にはいって持ちだす価値のあるものがないかどうか調べてみますよ。だから行ってください、中尉。二日くらいしたら

捕獲ポッドを送ってくれればいいんです。おれは生きているか死んでいるか。どっちにしろ、たっぷり楽しませてもらいますから》

《わかった。またあの基地へはいることがあったら、ブーティンの研究室の転送モジュールから記憶装置を回収して。最優先で》

《なにがはいってるんです？》

《〝なに〟じゃないわ。〝だれ〟よ》

遠くからブーンというううなりが聞こえてきた。

《やつらが来ました》ハーヴィーがいった。《乗ってください、中尉》

「もうだいじょうぶ？」打ち上げから数分後にゾーイがたずねた。

「ええ、ゾーイ」セーガンはこたえた。「だいじょうぶだと思う」

「パパはいつ会いに来てくれるの？」

「わからないわ、ゾーイ」セーガンはゾーイの髪をそっとなでた。「わからない」

狭苦しい捕獲ポッドのなかで、ゾーイが抱いてもらおうと両腕を差しあげた。セーガンは少女を抱きしめた。

15

「シラード、おまえのいうとおりだったな」マットスン将軍がいった。「ジェレド・ディラックはやはり役に立ったわけだ」

マットスン、シラード将軍、ロビンズ大佐は、将官用の食堂で昼食をとっていた。今回は三人ともだ。部下には食事をさせないという慣習を公式に破ったのはマットスン将軍だった。ロビンズのためにスパゲティ・ボロネーゼの大皿を注文し、憤慨するほかの将軍たちにむかって、大声で、はっきりと宣言したのだ。「だまっとれ、この乾いたクソどもが。この男はうまいパスタを食うだけの仕事をしているんだ」それ以来、ほかの将軍たちもそれぞれのスタッフを連れてくるようになっていた。

「ありがとう、将軍」シラードがいった。「ところで、もしよければ、ブレインパルの問題を解決するためになにをしているのか知りたいんだが。きみの部下たちがバックドアを全開にしていたおかげで、わたしは七隻の船を失ってしまった」

「くわしいことはロビンズだな」とマットスン。

ふたりの将軍は、ビーフ・ウェリントンをほおばっているロビンズに顔をむけた。ロビンズは慎重に肉をのみこんだ。

「短期的には、もちろん問題のバックドアを削除します」ロビンズはいった。「すでにブレインパルの緊急アップグレードによって修正をおこなってきました。修正は完了しています。もうすこし長期的には、ブレインパルのすべてのプログラムを調査して、欠陥コードや、バックドアや、それ以外のセキュリティ面で問題を起こしかねないコードを洗い出します。ブレインパルのあいだでやりとりされるメッセージや情報については、ウイルスチェックをおこなうようにしました。もうブーティンのウイルス感染が機能することはありません」

「そもそも機能するべきではなかったのだ」とシラード。「ウイルスブロッカーはコンピュータの黎明期から存在していたのに、きみたちはそれをブレインパルに実装していなかった。きみたちが基本的な予防措置を忘れたせいで、あやうくわれわれ全員が死ぬところだったのだ」

「プログラムに組みこまれていなかったのは、その必要がなかったからだ」マットスンがいった。「ブレインパルは閉じたシステムで、外部から攻撃されることはありえない。ブーティンの攻撃だって、結局は機能しなかった」

「だが、ほんとうにきわどいところだった」

「まあそうだが、それはこのテーブルにいるだれかがチャールズ・ブーティンの意識をおさめられる肉体をつくりたがったからだ。あえて名は伏せておくがね」

「うーむ」

「どのみち、現行シリーズのブレインパルはもうじき終了になります」とロビンズ。「次世代ブレインパルは、すでにガメランたちによってテストがおこなわれ、CDF全体に実装すべく準備が進められています。これはアーキテクチャがまったくことなっていて、全面的な有機化とコードの最適化がおこなわれており、初期のブレインパルのコードにあった問題はすべて解決されています。この種の攻撃に関しては、窓は閉じようとしているのです、将軍」

「とりあえず、現行世代の開発にたずさわった連中からの攻撃についてはな」シラードはいった。「だが、新世代の開発をおこなっている連中はどうだ？　道を踏みはずす者がいないかどうか調べる必要があるだろう」

「それについては調査します」とロビンズ。

「頼むぞ」

「道を踏みはずすといえば」マットスンがいった。「セーガン中尉のことはどうするつもりだ？」

「どういう意味だ？」とシラード。

「率直にいって、セーガンは知りすぎている。ブーティンとディラックを通じて、コンクラーベのことも知ったし、われわれがその情報を厳重に隠していることも知ってしまった。セーガンにはその情報を知る権限はないんだ、シラード。危険だろう」

「なぜ危険なのかわからないな。それが事実だということ以外には。コンクラーベは実在している。もしもあれがまとまったら、われわれはまたもやたいへんな窮地におちいることになる」

「なぜ危険かというと、それがすべての真相ではないからだ。おまえだってわかっているだろう。ブーティンは〝反コンクラーベ〟のことや、われわれがそれにどれだけ深くかかわり、どんなふうに双方の陣営を牽制（けんせい）しているかといったことは、なにひとつ知らなかった。事態は急速に進んでいる。そろそろ同盟を結成し、いろいろと決定をくださなければならない段階まできているんだ。いつまでも公式に中立をたもってはいられない。セーガンを野放しにして、半分だけの真相が噂としてひろまったりしたら困るだろう」

「だったらすべての真相を伝えればいい。セーガンは諜報士官なんだぞ。真相を知ってもちゃんと対処できる」

「わしには決められん」マットスンはいった。シラードが口をひらきかけたので、彼はさっと両手をあげた。「ほんとうに決められんのだ、シラード。もしも反コンクラーベが正式にコンクラーベと袂（たもと）を分かったら、その先どういうことになるかはわかるだろう。この銀河全体が戦争に突入するんだ。もはや地球からの新兵に頼ってはいられない。各コロニーにも兵士の供出を依頼しなければなるまい。徴兵制すら必要になるかもしれん。それがなにを意味するかはわかるはずだ。コロニーでは暴動が起こる。内戦を回避できたら幸運といえるほどだ。われわれが各コロニーに情報を伏せているのは、彼らを無知なままにしておきたいからではなく、連合が崩壊するのをふせぐためなのだ」

「あとになればなるほど事態は悪化する。各コロニーに真相を伝える良い方法など見つかりっこない。いつかそれを知るときがきたら、コロニーの人びとは、連合はそんなに長く情報を隠してなにをやっていたのかと勘ぐるだろう」

「わしに決められることではない」

「ああ、そうさ」シラードはつっけんどんにいった。「きみにとっては幸いなことに、ひとつ逃げ道がある。セーガンの兵役はもうじき終わる。たしかあと数カ月だ。一年だったかな。とにかく、退役させても問題がないていどだ。わたしの知るかぎり、セーガンは兵役を終えたらどのみち軍を離れるつもりでいるはずだ。どこかの新品のコロニーへ移住してもらえば、たとえセーガンがコンクラーベのことを隣人に話したとしても、だれもそんなことは気にしない。みんな作物の収穫で大忙しだからな」

「セーガンが承諾すると思うか？」

「餌で釣ることはできる。二年ほどまえ、セーガンはジョン・ペリーというCDFの兵士に深い愛着をいだくようになった。ペリーが退役するのはセーガンの数年あとだが、必要とあらば前倒しにすることはできる。それと、セーガンはゾーイ・ブーティンにも深い愛着をいだいているようだ。そっちは孤児で、保護者を必要としている。どういう話になるか、そろそろわかってもらえたと思うが」

「なるほど。なんとかして実現させるべきだな」

「できるだけのことはしてみよう。秘密といえば、オービン族との交渉はどうなっているのかな？」

マットスンとロビンズは油断なくシラードを見つめた。

「オービン族と交渉なんかしていませんよ」ロビンズがいった。

「もちろんそうだろう」とシラード。「きみたちは、オービン族のために意識に関するブーティンの研究を継続するなどという交渉はおこなっていない。オービン族は、われわれのために、もうじきはじまるララエィ族とエネーシャ族とのちょっとした戦争のあと、生き残ったほうを叩きつぶすなどという交渉はおこなっていない。だれもなんの交渉もおこなっていないというわけだ。で、そのおこなわれていない交渉の状況はどうなっているんだ？」

ロビンズがマットスンに目をむけると、将軍はうなずいた。

「交渉はおどろくほど順調に進んでおりません」とロビンズ。「合意に達するまで、まだ二日はかかるでしょう」

「なんとすばらしくない話だ」とシラード。

「セーガンに話をもどしたいんだが」マットスンがいった。「中尉のほうからはいつごろ返事をもらえると思う？」

「きょう連絡するつもりだ」とシラード。「一週間以内に準備をしろと伝える。それだけあればいろいろと片付けられるだろう」

「たとえば？」

「もちろん、別れのあいさつや後始末だ」シラードはいった。「ほかにも、いくつか本人に決めてもらわなければならないことはあるがね」


ジェーン・セーガンは、ミニチュア版の光のショーみたいなものをのぞきこんだ。「これはなに？」

「ジェレド・ディラックの魂だ」カイネンがいった。

セーガンはちらりとカイネンに目をむけた。「以前、あなたから特殊部隊の兵士には魂がないといわれたんだけど」

「あのときとは場所もちがえば時もちがう。いまのわたしはそこまで愚かではない。まあいい、だったらそれはディラックの意識だ。きみたちの兵士のひとりが回収したと聞いている。記録したのはチャールズ・ブーティンらしい。それをどうするかはきみの仕事だそうだな」

セーガンはうなずいた。シラード将軍がやってきて、彼女自身の除隊と、ジョン・ペリーの除隊と、ゾーイ・ブーティンの養育権を提案していた。条件は、コンクラーベについて口を閉じていることと、ジェレド・ディラックの意識をどうするかを決めること。《コンクラーベについては理解できます》セーガンはいった。《しかし、ディラックについては理解できません》

《きみがどうするかに興味があるのだ》シラードはそれ以上の説明を拒否した。

「どうするつもりだね？」カイネンがたずねた。

「どうするべきだと思う？」セーガンはたずねた。

「きみがどうするべきかは明確にわかっている。だが、わたしはきみではないし、まずきみがどうするかを聞いてからでなければ、わたしならどうするかを話すつもりはない」

セーガンは、興味津々で見守っているハリー・ウィルスンに目をむけた。「あなたならどうする、ハリー？」

「悪いな、ジェーン」ウィルスンはにっこり笑った。「おれも黙秘権を行使する。こいつを決めるのはきみだ」

「あなたなら彼を復活させられるのね」セーガンはカイネンにいった。

「可能だ」とカイネン。「以前よりも多くのことがわかってきた。彼らがブーティンの意識を投入するためにディラックの脳に条件付けをおこなったときと比べると、脳の条件付けの技術も向上している。転送が失敗に終わる可能性も多少はあって、その場合はディラックのときと同じことになる。かわりにべつの人格が成長し、もうひとつの人格が徐々にそこに影響をおよぼすわけだ。しかし、いまはその危険性は低くなったし、いずれはまったく問題にならなくなるだろう。きみが望むなら、われわれはディラックを復活させられると思う」

「でも、ジェレドはそれを望んでいなかったのよね？」セーガンはいった。「彼は自分の意識が記録されたことを知っていた。それを救うよう頼むこともできたはず。でも、そうはしなかった」

「ああ、しなかった」とカイネン。

「ジェレドはみずから選択をした。これを決めるのは彼自身であるべき。記録は消去して、カイネン」

「わたしがきみに魂があると知った理由はそういうことだ。どうかわたしの謝罪を受け入れてほしい。疑ってすまなかった」

「謝罪なんか必要ない。受け入れるけど」

「ありがとう。さて、セーガン中尉、ひとつきみに頼めないかと思っていることがあるのだ。まあ、きみへの貸しを考えればたいした頼みではないかもしれないが」

「どんなこと？」

カイネンはセーガンをとおりこして、急に居心地の悪そうな顔つきになったウィルスンを見つめた。「きみはこの場にとどまらなくてもいいんだぞ、わが友よ」カイネンはウィルスンにいった。

「もちろんとどまるさ」とウィルスン。「だが、もういちどいっておく。おまえはどうしようもない愚か者だ」

「おぼえておこう。そう思ってくれることに感謝する」

ウィルスンは怒ったような顔で腕を組んだ。

「話して」セーガンはいった。

「わたしは死にたいのだ、中尉」カイネンはいった。「この数カ月、わたしはきみからもらう解毒剤の効果が弱まったのを感じるようになった。日に日に痛みがひどくなっているのだ」

「もっとたくさん投与すればいい」

「ああ、たぶんそれで効果はあるのだろう。だが、単に肉体的な面だけではなく、わたしは苦しんでいるのだ。同胞たちからも故郷からも遠く離れ、わたしによろこびをもたらしてくれるものごとから遠く離れて。ハリー・ウィルスンやきみとの——よりにもよってきみとの！——友だち付き合いはありがたいが、わたしのなかのラエィ族が、ほんとうのわたしが、日に日に冷たくなり、ちぢこまっていくのを感じる。それほどたたないうちに、それがすっかり消え失せて、わたしはひとりぼっちになる。真にひとりぼっちに。体は生きながらえても、心のなかは死んでしまう」

「シラード将軍に頼んであなたを解放してもらうこともできる」セーガンはいった。

「おれもそういったんだ」とウィルスン。

「彼らはわたしをけっして解放しない。きみだってわかっているはずだ。わたしはきみたちのためにあまりにも多くの仕事をしてしまった。あまりにも多くを知りすぎてしまった。たとえ解放されたとしても、ララエィ族がわたしを歓迎すると思うかね？　むりだよ、中尉。わたしは故郷から遠く離れていて、二度と帰ることはできないのだ」

「こんなことになって申し訳ないと思う」とセーガン。「できることなら状況を変えてあげたいんだけど」

「なぜきみがそんなことを？　きみは同胞を戦争の危機から救ったではないか、中尉。わたしはその代償のひとつでしかない」

「それでも申し訳ないと思う」

「ではきみへの貸しを返してくれ。死ぬのを手伝ってくれ」

「どうやって？」

「人類の文化の研究をしていたとき、わたしはセップクについて学んだ。きみは知っているかな？」

セーガンは首を横にふった。

「日本人がおこなっていた儀式的な自殺だよ。その儀式にはカイシャクニンという協力者がいて、セップクする人物の苦痛をやわらげるために、苦痛がもっとも激しいときにその人物を殺してやるのだ。きみがくれた病気で死ぬという手もあるのだが、苦痛がもっとも激しくなったときに助けをもとめてしまいそうで怖い。最初のときにそうしてしまったばかりに、わたしは恥辱にまみれ、いまにいたるまでの流れをつくりだしてしまった。協力者はわたしをその恥辱から救ってくれるだろう。きみにその協力者になってもらいたいのだ、セーガン中尉」

「あたしがあなたを殺すことをコロニー防衛軍が許すとは思えない。戦闘以外では」

「ああ、信じられないほど皮肉なことにな。だが、今回はだいじょうぶだ。すでにマットスン将軍に頼んで許可をもらった。シラード将軍にもきみを協力者にしたいと頼んだ。彼は許可してくれたよ」

「あたしが拒否したらどうするの？」

「どうするかはわかるだろう。はじめて会ったとき、きみはわたしに、ほんとうは生きていたいのだろうといった。それは正しかった。だが、さっきもいったように、あのときとは場所もちがえば時もちがう。いまこの場所では、わたしは解放されたいのだ。ひとりでやるしかないのなら、ひとりでやるだけだ。そうならないことを願ってはいるが」

「だいじょうぶ。まかせて、カイネン。あたしがあなたの協力者になる」

「魂の奥深くから感謝するよ、セーガン中尉、わが友よ」カイネンはウィルスンに目をむけた。ウィルスンは泣いていた。「きみはどうだ、ハリー？　まえに付き添いを頼んだときはことわられたが、もういちど頼みたい」

ウィルスンはぶっきらぼうにうなずいた。「ああ。付き合ってやるよ、このムカつくゴミ野郎。おまえが死ぬときはそばにいてやる」

「ありがとう、ハリー」カイネンはあらためてセーガンに顔をむけた。「ここの後始末に二日ほどかかる。三日後の夜にたずねてきてくれるか？」

「わかった」セーガンはいった。

「きみのコンバットナイフで充分だと思う」

「それがあなたの望みなら。ほかになにかしてほしいことはない？」

「もうひとつだけある。できなくてもしかたのないことだが」

「いってみて」

「わたしはファーラというコロニーで生まれた。そこで育ったのだ。もしもできることなら、死んだあとはそこへ帰りたい。むずかしいことだというのはよくわかっている」

「なんとかするわ」セーガンはいった。「たとえあたしが自分ではこぶしかないとしても。約束する、カイネン。かならずあなたを故郷へ帰してあげる」

ゾーイとセーガンがフェニックス・ステーションへもどった一ヵ月後、セーガンはゾーイを連れてシャトルに乗り、少女の両親の墓をおとずれることにした。シャトルの操縦士はクラウド中尉だったので、ジェレドは元気かときかれた。セーガンは彼は亡くなったと伝えた。クラウド中尉はちょっと黙りこんでから、ジェレドに教わったいろいろなジョークを披露しはじめた。セーガンは声をあげて笑った。

墓石のまえで、ゾーイは膝をつき、両親の名前を静かにはっきりと読みあげた。一ヵ月まえ、セーガンとはじめて会ったときのゾーイは、おどおどしていて、実際の年齢以上に幼く見えて、悲しげに父親を乞い求めるばかりだった。それがいまは、ずっと幸せそうになり、ずっとおしゃべりになって、本来の年齢に近づいて見えた。その年齢とは、たまたま、セーガンよりほんのすこし若いだけだった。

「あたしの名前がある」ゾーイは指で自分の名前をなぞった。

「あなたが最初にさらわれたとき、しばらくのあいだ、おとうさんはあなたが死んだと思っていたの」セーガンはいった。

「でも、あたしは死んでないよ」ゾーイは口をとがらせた。

「そうね」セーガンはにっこりした。「あなたはまちがいなく死んでない」

ゾーイは父親の名前の上に手を置いた。「ほんとうはここにはいないんでしょ？　ここの下には」

「ええ。おとうさんはアリストで死んだの。ここへ来るまえにあなたがいたところ」

「知ってる」ゾーイはセーガンに顔をむけた。「ジェレドさんもそこで死んだのよね？」

「そう」

「ジェレドさんはあたしを知ってるといったけど、あたしはよくおぼえていなかった」

「彼はあなたを知っていたんだけど、説明するのはむずかしいの。あなたがもっと大きくなったら話してあげる」

ゾーイはもういちど墓石を見つめた。「あたしのことを知ってる人はみんないなくなっちゃった」小さな、抑揚のない声だった。「みんないなくなっちゃう」

セーガンはゾーイの背後で膝をつき、少女をしっかりと抱きしめた。「寂しいね、ゾーイ」

「うん。寂しい。パパとママがいなくて寂しいし、ジェレドさんがいないのもちょっと寂しい。あんまりよく知らないんだけど」

「みんなもあなたに会えなくて寂しがっているわ」セーガンはゾーイのまえにまわりこんだ。「聞いて、ゾーイ。もうじきあたしはコロニーへ行って、そこで暮らすことになるの。

あなたがそうしたければ、いっしょに来てもいいのよ」

「ふたりだけで？」

「もうひとり、あたしがとても愛している男の人がいっしょなの」

「あたしはその人を好きになるかな？」

「なると思う。あたしはその人が好きだし、あなたのことも好きだから、あなたたちふたりがおたがいを好きになるのは理にかなってる。あなたと、あたしと、その人と」

「家族みたい」

「ええ、家族みたいね。とっても家族みたい」

「でも、あたしにはもうパパとママがいるよ」

「わかってるわ、ゾーイ。あなたにはふたりのことをけっして忘れてほしくない。けっして。ジョンとあたしは、あなたといっしょに暮らせる、とても幸運なふたりのおとなというだけ」

「ジョン」ゾーイはいった。「ジョンとジェーン。ジョンとジェーンとゾーイ」

「ジョンとジェーンとゾーイ」セーガンはくりかえした。

「ジョンとジェーンとゾーイ」ゾーイは立ちあがり、三つの名前のリズムに合わせて歩きまわった。「ジョンとジェーンとゾーイ。ジョンとジェーンとゾーイ！　いい感じ」

「ほんとね」

「じゃあ、そうする」ゾーイはいった。「おなかがへっちゃった」

セーガンは声をあげて笑った。「だったら、なにか食べに行きましょう」

「うん。ママとパパにさよならをいわせて」ゾーイはふたりの墓へ駆けもどり、墓石にキスをした。「大好き」それから、また駆けもどってくると、セーガンの手をとった。「もういいよ。食べに行こう」

「はいはい。なにがいい?」

「なにがあるの?」

「たくさんあるから。好きなのを選んで」

「わかった」ゾーイはいった。「あたしは選ぶのがすっごく得意なんだよ」

「そうね」セーガンは少女をそばへ抱き寄せた。「そのことばを聞けて、うれしくてたまらない」

感謝のことば

まずはじめに、続篇を書くのはすでに宇宙ができあがっているから楽だろうと考えているすべての人びとに——ぶわっはっはっはっはっはっはっ！　はあ。とんでもない。

そのことを念頭に置いて、まずは版元であるトーの編集者、パトリック・ニールスン・ヘイデンに感謝したい。彼はときどきさりげないメールをよこして、つぎの章をどんなに心待ちにしているかを伝えるだけで、わたしを絞め殺したりはしなかった。ほんとうはそうするべきだったのかもしれないし、ひょっとしたらいまでもそうかもしれない。なにしろ、いまや彼はすべての原稿を手にしているので、そうしたところでなんの損もないのだ（つぎの本をほしがっているならべつだが）。

そのほかの真にすばらしいトーの人びとには、愛とチョコレート、またはそのいずれかを送りたい。テリーサ・ニールスン・ヘイデン、リズ・ゴリンスキー、アイリーン・ギャロ、いまはなき親愛なるフィオナ・リー（彼女は生きている、中国にいるだけで）、ドット・リン、トム・ドーアティ。しかしながら、原則として、トーで働くすべての人びとには愛とチョコレート、またはそのいずれかを受け取る資格がある。こんなことをいうのは、締切を破って彼らに迷惑をかけたからではない。まあ、それもちょっとはあるが、事実であることに変わりはない。原稿整理で真に英雄的な活躍をしてくれたリッチ・クリンにも感謝する。

認めたまえ――きみも表紙はイケてると思ったはずだ。まあ、それは事実であり、その件についてはわれわれみんながジョン・ハリスに感謝しなければならない。

例によって、エージェントのイーサン・エレンバーグにも感謝する。彼が巧みに契約をゲットする手腕はすばらしい見ものだ。

『遠すぎた星』が誕生したそもそもの理由のひとつは、シリーズの第一弾である『老人と宇宙（そら）』が、幸運にも、読書家として信頼の厚い人びとにネット上で誉めてもらえたおかげだ。彼らすべてに感謝し、グレン・レナルズ、コリイ・ドクトロウ、スティーヴン・グリーン、スティーヴン・ベインブリッジ、ユージーン・ヴォローには特別の感謝を送りたい。ネット上の口コミなんかに効果があるのかと疑問に思う方には――いやはや、すごいもんだよ。

なぜ本書の特定の部分がとてもすばらしく見えるのだろうと思っている人のために、てっとりばやく説明しておくと、わたしがほかの作家の本でそれらが効果的に使われているのを見かけて、「こいつはすごい、パクるとしよう」と思ったからだ。意識してパクらせてもらった作家たちを紹介しておこう——ニック・セーガン（*Edenborn* でみごとな効果をあげていた、意識転送のアイディア）、スコット・ウエスターフェルド（*The Risen Empire* と *The Killing of Worlds* でくりひろげられた息をのむ宇宙戦には、きみも感涙にむせぶだろう）、そしてデイヴィッド・ブリンの〝知性化〟という概念（『知性化戦争』を参照）には、即座にピングときた。それ以外にも、本書のあちこちで名前を持ちだしたSFおよびファンタジーの作家たちに感謝する。

いつものように、リーガン・エイヴリーは最初の読者として絶対に欠かせない。すべての作家にリーガンがいるべきだ。しかし、きみにはリーガン・エイヴリーがいない。彼女はわたしのものだ。ガルルルルル。

チャド・ブリンクは、サインをしてくれとわたしの本を一冊送ってきたが、送り返すのに何カ月もかかってしまった。じつをいうと、まだここにあるかもしれない。本書の感謝のことばに彼の名前を記すことで、本を送り返すのがへたくそなことの埋め合わせにしたい。それと、あたりまえのことだが、サインをしてくれときみの本を送ってくるのはやめるべきだ。送るとしたら、きみではなく、わたしのほうだ。

デヴン・デサイ、ナターシャ・コルダス、ケヴィン・シュタンプフル、マイカル・バーンズ、ダニエル・マインツ、ジャスティン・ラーバレスティア、ローレン・マクラフリン、アンドルー・ウォッフィンデン、チャーリー・ストロス、ビル・シェーファー、カレン・マイズナー、アン・KG・マーフィー、チアン・チャン、クリスティ・ガイテン、ジョン・アンダースン、スティーヴン・ベネット、エリン・バービー、ジョー・リビッキー、それと、いまは午前四時半だから思いだせないが本人はよくわかっているはずの大勢の人たち。わたしはあなたがたみんなを愛していて、みんなの赤ちゃんがほしい。双子でもいいくらいだ。

最後になったが、クリスティンとアシーナ・スコルジーにも感謝したい。本書の執筆中、ふたりは可能なかぎりしんぼう強くわたしに接してくれた。この本については、とりわけアシーナにとってつらかったと思う。あるときなど、彼女は母親にむかってこう宣言したほどだ——「パパが退屈な人になった」

いとしい娘よ、約束しよう。これからわたしは退屈じゃない人になる。たったいま、この瞬間から。

訳者あとがき

お待たせしました。事実上の第一長篇『老人と宇宙（そら）』でいきなりブレイクし、ヒューゴー賞の候補になっただけでなく、アメリカＳＦ界の新人賞であるジョン・Ｗ・キャンベル賞を受賞したジョン・スコルジーの新作をお届けします。

本国ではすっかり人気作家となった感のあるスコルジー。邦訳版『老人と宇宙（そら）』のほうも、七十五歳以上の老人たちが宇宙軍に入隊するという特異な設定のおかげか、いちど聞いたら忘れられない邦題のおかげか、はたまた前嶋重機氏の手になるクールな表紙絵のおかげかはわかりませんが、まったく無名の新人作家の作品としては異例といえるほどの好評をもって迎えられました。業界関係者が投票する『ＳＦが読みたい！』のベストＳＦ２００７でも第七位にランクインしましたし、今年の夏に発表される星雲賞でも候補にあげられています。

今回お届けする『遠すぎた星　老人と宇宙2』は、同じ宇宙を舞台にした第二弾。ストレートな原題 *The Ghost Brigades* がしめすとおり、前作で強い印象を残したコロニー防衛軍特殊部隊——通称〝ゴースト部隊〟——の活躍に焦点があてられています。

物語は、あの壮絶なコーラルの戦いのおよそ一年後からはじまります。

コロニー防衛軍は、複数のエイリアン種族がひそかに同盟を結び、人類への大規模な攻撃をくわだてていることを察知します。おどろくべきことに、その計画には、ひとりの人間が重要なかかわりをもっていました。防衛軍の軍事研究部でブレインパルの開発にたずさわったあと、行方をくらましていたチャールズ・ブーティンが、人類と敵対するエイリアン種族に進んで協力していたのです。

コロニー防衛軍は、この危機的状況に対処するため、ブーティンの遺伝子からクローン培養した肉体に、本人が残していった意識を転送し、〝もうひとりのブーティン〟をつくりあげます。残された記憶を利用することで、裏切り者の居所を突き止め、敵の計画をあきらかにしようと考えたのです。

しかし、意識の転送は成功したものの、ブーティンの記憶がよみがえることはありませんでした。あとに残ったのは、改造された肉体をもつまっさらなひとりの男。防衛軍はこの男にジェレド・ディラックという名をあたえ、特殊部隊で小隊の指揮官をつとめるジェーン・セーガンに身柄をあずけます。すべての鍵を握るディラックが、ブーティンの記憶をとりもどすわずかな可能性に賭けて。

防衛軍の優秀な研究者が、なぜ人類を裏切ることになったのか？

そして、強大な三つのエイリアン種族を敵にまわした人類の運命は？

――というあらすじからもおわかりのように、本書では、『老人と宇宙（そら）』の主人公ジョン・ペリーと深いかかわりのあったジェーン・セーガンがたいへん重要な役割を果たすことになります。ペリーの親友で軍事研究部に勤務するハリー・ウィルスンも顔を見せてくれますし、前作ではさらりと言及されただけだった、地球が隔離されているほんとうの理由や、〈断種〉と呼ばれる大災害にまつわる真相もあきらかにされます。さらには、人類がこの宇宙で置かれている、きわめてあやうい立場も……。

独立した長篇として読めるように書かれてはいますが、前作の内容を知っていると楽しみが倍増するはずです。ぜひつづけて読んでいただきたいと思います。

作者の経歴については前作のあとがきを参照していただくとして、ここでは、その後にはいった情報などについて簡単に記しておきます。

二〇〇七年には長篇 *The Last Colony* が予定どおり刊行されました。物語の主人公もジョン・ペリーにもどり、人類と地球をめぐる大きな問題にもけりがついて、これでコロニー連合のシリーズは完結した――と思われた矢先に、意外なできごとがありました。作者のブログで、いきなり第四作 *Zoe's Tale* の表紙絵が公開されたのです。シリーズで描かれた一連の事件を、本書に登場するある人物の視点から描く作品だとか。まさに青天の霹靂（へきれき）といえる発表だったのですが、ブログの読者の反応は――「絶対書くと思ってたよ」。刊行予定は二〇〇八年の八月。

ほかに準備中の作品としては、*The Android's Dream* の続篇となる *The High Castle* があります。詳細は不明ですが、前作がフィリップ・K・ディックの『アンドロイドは電気羊の夢を見るか？』へのオマージュだったとすれば、こちらは『高い城の男』へのオマージュになるのでしょうか。こちらは二〇〇九年の初頭に刊行の予定。

それ以外にも、ブログの書き込みをまとめたエッセイ集や、宇宙やSF映画のガイド本など、ノンフィクション方面でも健筆をふるっています。そこにブログの毎日の膨大な書き込みが加わるのですから、いつ寝ているのか心配になってきます。

コロニー連合三部作は、設定やあらすじだけをとりあげたら、アメリカで山のように刊行されているはやりのミリタリーSFのひとつに分類されるでしょう。しかし、スコルジーはそんな狭い枠に押しこめられるような作家ではありません。この三部作だけを見ても、それぞれの作品はテーマも雰囲気も大きくことなっています。スペースオペラの舞台で古典的な新兵の出世物語を描いた第一作、ミステリアスな展開のなかでひとりの兵士のアイデンティティの確立を描いた本作、そして、辺境のコロニー建設物語に宇宙規模の大事件をからませ、みごとにシリーズを締めくくった第三作。

もうひとつ見逃せないのは、ユーモア作家としての作者の力量です。『老人と宇宙(そら)』のオイボレ団の面々のやりとりにはずいぶん笑わされましたし、本気でユーモアSFという難事業に取り組んだ*The Android's Dream*については、カール・ハイアセンを引きあいにだす評もあったほどです。

奇抜な設定と派手な宇宙戦に隠れがちですが、『老人と宇宙(そら)』は、じつは夫婦の物語でもありました。第二作の本書が親子の物語だとすれば、第三作の*The Last Colony*は家族の物語になります。スコルジー自身は、同じジョンでもジョン・ペリーは自分の分身ではないと明言していますが、作者のブログの愛読者であれば、ジョンとジェーンとひとりの少女の姿から、現実のスコルジー一家（ジョンとクリスティンとアシーナ）を連想するのはむりからぬことでしょう。

いずれにせよ、*The Last Colony*はコロニー連合ものの（とりあえずの）総決算になります。あちらの読者の評価も上々で、今年のヒューゴー賞ではふたたび長篇部門の候補にあげられています。最初期からの読者のひとりとして、いずれご紹介できるときを楽しみにしています。

二〇〇八年五月

訳者略歴　1961年生，神奈川大学卒，英米文学翻訳家　訳書『ターミナル・エクスペリメント』『ハイブリッド』ソウヤー，『最後の星戦　老人と宇宙３』スコルジー（以上早川書房刊）他多数

HM=Hayakawa Mystery
SF=Science Fiction
JA=Japanese Author
NV=Novel
NF=Nonfiction
FT=Fantasy

遠すぎた星
老人と宇宙２

〈SF1668〉

二〇〇八年六月二十五日　発行
二〇一一年四月二十五日　三刷

（定価はカバーに表示してあります）

著者　ジョン・スコルジー
訳者　内田昌之
発行者　早川浩
発行所　株式会社　早川書房
郵便番号　一〇一 - 〇〇四六
東京都千代田区神田多町二ノ二
電話　〇三 - 三二五二 - 三一一一（大代表）
振替　〇〇一六〇 - 三 - 四七七九九
http://www.hayakawa-online.co.jp

乱丁・落丁本は小社制作部宛お送り下さい。
送料小社負担にてお取りかえいたします。

印刷・信毎書籍印刷株式会社　製本・株式会社フォーネット社
Printed and bound in Japan
ISBN978-4-15-011668-2 C0197

＊本書は活字が大きく読みやすい〈トールサイズ〉です